红楼梦一回

一入红楼二十年,几多缱绻几悲怜。
情非种种胭脂泪,石去空空旧梦咽。
槛外迷离何人影,灯前摇曳箧中篇。
沉酣一觉终留恨,不到太虚以外天。

紅樓散論

孔令彬 著

上海大学出版社

图书在版编目(CIP)数据

红楼散论 / 孔令彬著. —上海: 上海大学出版社, 2022.1(2023.5重印)

ISBN 978-7-5671-4160-5

Ⅰ.①红… Ⅱ.①孔… Ⅲ.①《红楼梦》研究 Ⅳ.①I207.411

中国版本图书馆 CIP 数据核字(2021)第 281111 号

出版统筹 邹西礼
责任编辑 贾素慧
封面设计 柯国富
技术编辑 金 鑫 钱宇坤

红楼散论

孔令彬 著

上海大学出版社出版发行
(上海市上大路 99 号 邮政编码 200444)
(http://www.shupress.cn 发行热线 021-66135112)
出版人 戴骏豪

*

南京展望文化发展有限公司排版
江苏凤凰数码印务有限公司印刷 各地新华书店经销
开本 710mm×1000mm 1/16 印张 17.25 字数 291 千字
2022 年 2 月第 1 版 2023 年 5 月第 2 次印刷
ISBN 978-7-5671-4160-5/I·645 定价 78.00 元

版权所有 侵权必究
如发现本书有印装质量问题请与印刷厂质量科联系
联系电话: 025-57718474

第23回 《西厢记》妙词通戏语 谭凤嬛 绘

第27回　滴翠亭杨妃戏彩蝶　谭凤嬛 绘

第31回　因麒麟伏白首双星　谭凤嬛 绘

第44回 变生不测凤姐泼醋 谭凤嬛 绘

目录

从人物命名看作者之于袭人与紫鹃的平面设计及其文化意蕴 …………… 001
长槛曲栏随处有,春风秋月总关情
  ——大观园里的桥 ……………………………………………… 008
略论《红楼梦》中丫鬟的人物命名 …………………………………… 015
一种封建婚姻习俗中特殊的陪嫁品
  ——论《红楼梦》中的陪房 ……………………………………… 022
《红楼梦》里绰号多 …………………………………………………… 034
在宴会活动中进行的生命历程
  ——论《红楼梦》中的宴会活动对青年贵族女子成长的影响 ……… 047
刘姥姥是信口开河,情哥哥偏寻根究底
  ——《红楼梦》第六回中的一些纰漏 …………………………… 062
论《红楼梦》中的"副小姐" …………………………………………… 074
"陪房"考 ……………………………………………………………… 093
《千家诗》与《红楼梦》 ……………………………………………… 099
论周瑞家的 …………………………………………………………… 108
《红楼梦》中的闺阁私语情话
  ——从第二十五回凤姐打趣黛玉的"婚事"说起 …………………… 116

"春凳"考略……………………………………………………………… 125
论《红楼梦》中的婆媳关系…………………………………………… 128
论薛宝钗的恋爱心路历程……………………………………………… 136
《红楼梦》里孤女多…………………………………………………… 145
试论"金玉良缘"对宝黛钗等人的心理暗示作用……………………… 161
也谈新编电视剧《红楼梦》中的失误与穿帮镜头…………………… 170
二十世纪以来香菱研究综述…………………………………………… 177
关于读花人涂瀛的几则新考证………………………………………… 193
苦难之水何以浇出清香之花
　　——也谈香菱的形象塑造…………………………………… 203
林黛玉形象塑造"五法"………………………………………………… 212
新发现的《陈钟麟诗草》手稿本……………………………………… 223
陈钟麟《红楼梦传奇》略考…………………………………………… 231
《红楼梦传奇》作者陈钟麟年谱简编………………………………… 242

后记……………………………………………………………………… 261

从人物命名看作者之于袭人与紫鹃的平面设计及其文化意蕴

《红楼梦》的人物命名十分新雅有趣且寓有深意,这最早在脂砚斋批语里就已指出。妙复轩主人张新之更不无夸张地说:"是书名姓,无大无小、无巨无细,皆有寓意,甄士隐、贾雨村自揭出矣,其余则令读者自得。"[①]本文既通过对两个丫鬟袭人和紫鹃的命名来探析作者对这两个人物形象精心的艺术构思及其深层的文化意蕴。

有研究者已指出作者关于丫鬟的命名原则是成双成对、新雅不俗等,其实更为重要的是应将丫鬟的命名同其主人的身份地位甚至性格命运联系起来看,笔者认为这方是作者的处心积虑所在和命名成功的原因。丫鬟的命名贴合主人的身份,这确是《红楼梦》的一大创造。贾母身边的四个贴身丫鬟是:鸳鸯、鹦哥、琥珀、珍珠。名字两两相对,"此等名号,方是贾母之文章"。[②] 黛玉的丫鬟名雪雁,也"杂雅不落套,是黛玉之文章也"。[③]贴身的奴仆半个主子,主子与奴仆的关系又何尝不是紧密联系在一起的呢?

小说中的袭人和紫鹃分别是主人公宝玉和黛玉的贴身丫鬟,也是小说里十分重要的人物角色,但历来的论者由于二人性格的迥异或囿于成见,少有将此二人相提并论。事实上她们之间有许多可资比较的地方,如两人最初都是贾母身边的丫鬟,后被贾母分派给宝黛二人,而这以后两人的性格命运发展也以此为原点启动,各自走向不同的人生;如果说这以前两人的基础有什么不同,也仅是一个为家生的、一个是买来的区别,那么在被贾母分给了宝黛以后,两人显然走了不同的人生道路,而这一切似都从改名开始。两人名字的命名取义,无疑既体现

[①] 三家评本《红楼梦》,上海古籍出版社,1988,第5页。
[②][③] 陈庆浩辑:《新编石头记脂砚斋评语辑校》,中国友谊出版社,1987,第85页。

了作者精心的艺术构思,又含蕴着两人不同的性格命运。西方有句名言:性格即命运,我们不妨改为:名字即性格,名字即命运。

小说第三回交代:由于贾母对宝玉和黛玉的疼爱,故将身边两个放心的丫鬟分与了宝黛,这即是袭人和紫鹃。袭人的原名叫珍珠,紫鹃的旧名叫鹦哥,而此后小说中贾母身边却仍有两个分别叫珍珠和鹦哥的丫鬟,大某山民评曰:"贾母补此二人,故使宝黛二人如在膝下也。"① 作为宝黛身边的贴身丫鬟,作者为她们的改名应该说颇费了一番心思。根植于深厚的传统文化中,既为预示她们二人将来的命运,其实更为映衬她们主人的性格。所以袭人和紫鹃的名字在作者的笔下也超出了一般名字的符号性而包含了更深层次的文化意蕴,如同她们各自主人的名字及其众多的别号一样。

花袭人的命名出处见小说第三回:

> 原来这袭人亦是贾母之婢,本名珍珠,贾母因溺爱宝玉,生恐宝玉之婢不中任使,素知袭人心地纯良,遂与宝玉。宝玉因知她姓花,又曾见前人诗句有"花气袭人知昼暖"句,遂回明贾母,即更名为袭人。

脂砚斋在袭人的名字下夹批道:"奇名新名,必有所出。"旁批则又有"以下乃宝玉之文章",② 可谓宝玉知己。"花气袭人知昼暖"诗句出自宋陆游的《村居书喜》一诗,其对句为"鹊声穿树喜新晴",不过作者引用时不知何故将陆游诗中的"骤"改为了"昼"字。关于花袭人的名字,贾政有过一段教训宝玉的话:

> "谁叫袭人?"
>
> "丫头不拘叫个什么罢了,是谁起这样刁钻的名字?"
>
> "一定是宝玉!"
>
> "只可见宝玉不务正业,专在这浓词艳诗上做功夫。"

这确是定评,指出了宝玉的情趣所在,只是在诗词功夫上贾政要比宝玉差远了,竟将陆游的诗句指斥为"浓词艳诗",何其冤枉! 不过我们再看宝玉其他几个丫头的名字,如:晴雯、麝月、檀云、秋纹、碧痕,总是"宝玉之文章"耳。总之,作者为之改名花袭人,他哥哥也名花自芳,花袭人的字面意义"花气袭人"都是由这个"花"字而起。只有把握了这个名字,我们方能明白作者关于花袭人的性格命运的总体设计。

---

① 三家评本《红楼梦》,上海古籍出版社,1988,第 23 页。
② 陈庆浩辑:《新编石头记脂砚斋评语辑校》,中国友谊公司,1987,第 86 页。

由于贾母选派的原因,也因为宝玉的亲自改名,袭人在宝玉身边的地位应该说确立了。如果说改名仅仅是出于宝玉的一时好玩,那么第六回的宝玉与袭人偷试云雨,更表明了他们关系的密切和不同寻常。其实这一回又是名字做了他们的"色媒"。小说中写宝玉在秦氏房中见到一副秦太虚的对联:"嫩寒锁烟团春冷,芳气袭人是酒香。"前人论引诱宝玉入眠并发生情梦的是秦可卿,其实也未尝不是袭人,所以才有了醒后的初试云雨。"自此宝玉视袭人与别人不同,袭人待宝玉越发尽职"。花袭人的性格小说中说得很清楚:"这袭人有些痴处,服侍贾母时,心中眼中只有一个贾母;今跟了宝玉,心中眼中只有一个宝玉。"花袭人以自己的"温柔和顺"和"如桂似兰"的香气包围着宝玉,从一开始便赢得了宝玉的喜爱和信任。第十九回"情切切良宵花解语",作者又将她比作"解语花"。这里运用了一个典故,王仁裕《开元天宝遗事·解语花》条载:"明皇秋八月,太液池有千叶白莲数枝盛开,帝与贵戚宴赏焉,左右皆叹羡久之。帝指贵妃示于左右曰:'争如我解语花'。"①解语花字面义应是会说话的花,此处用以借代指花袭人的能言善语,显然也是作者巧妙借助于名字而做了一段生动活泼的文字。

关于花袭人的研究历来很多,但从名字上来阐释其性格特征也未尝不是一条途径。袭者,"偃旗息鼓,攻人于不及觉曰袭也"。②"花气袭人知骤暖","花气袭人",正是不觉中花气也能伤人,这也许令人难以置信,但中国古代智慧的最高境界不就是这种鲜花和刀剑的相通吗?以柔克刚的例子不胜枚举。那么以此来对照小说中的袭人性格,她最大的特点岂不正是以温柔暗中伤人?只是在大观园里这样的袭人之花并不多见。其实仔细想一想,如果说袭人的娇嗔箴宝玉还带有花的娇媚和馥香,那么她跪在王夫人面前的一番告密,这时的温柔却几乎将木石前盟及大观园的女儿们一网打尽,试问还有什么比这更让人胆寒和阴毒可怕的呢?! 怪不得有人评:"花袭人者,为花贱人也,命名之意,在在有因。"③其实作为主人的宝玉挨打后不久就开始认识到她温柔背后的另一面,并不无疏远之意,这种疏远至抄检大观园一变而为当面的质问:"怎么人人的不是,太太都知道了,单不挑你和麝月、秋纹来?"再变为《芙蓉女儿诔》中的怒斥:"毁诐奴之口,讨岂从宽?"至此,袭人梦想成为宝玉屋里人、攀上"宝二姨娘"的愿望,虽然可由王夫人恩准,但在宝玉心中却永远失去了位置。

---

① 王仁裕:《开元天宝遗事》,中华书局,1985,第 23 页。
② 三家评本《红楼梦》,上海古籍出版社,1988,第 50 页。
③ 同上书,第 23 页。

名字昭示了性格，名字也体现了作者对袭人命运的暗示，并表达了自己的爱憎。小说第五回的袭人判词正是利用她的名字预示了她以后的结局。

画面：一束鲜花一床破席

枉自温柔和顺，空云似桂如兰；堪羡优伶有福，谁知公子无缘。

桐花凤阁主人评曰："言外之意可见。"其画面上"一束鲜花，一张破席"，正点出了她的姓名——花袭人（"席"为"袭"的谐音），破席的比喻显然不太光彩，与后面判词中说"空云""堪羡""谁知"等词一起看，则作者对袭人的不满之意不难揣摩。袭人的结局是下嫁蒋玉菡，也即判词里的优伶。这一结局的暗示还通过小说第二十八回蒋玉菡唱的小曲及酒底吟的一句诗"花气袭人知昼暖"得以照应。所谓"千里伏线"总因一个名字所牵，成就了这一桩姻缘。

小说中作者还常以花喻人，并象征人的某种品格。花袭人姓花，那么前文画面上象征她品格的那"一束鲜花"应是什么花呢？第六十三回怡红夜宴上袭人所抽得的花名签对此做了回答：桃花。诗云：桃红又是一年春。这里引用诗句的命意恐要整首诗一体看才能明白。宋谢枋得《庆全庵桃花》诗：

寻得桃源好避秦，桃红又见一年春；花飞莫遣随流水，怕有渔郎来问津。

此诗用在这里，许多评注家都一致认为隐寓了贾家败后宝玉出家、袭人忙寻高枝以避祸去了。又桃花有"解语花""轻薄花"两个拟人化的异名称谓。"解语花"的异名其实在前文中已出现过，对袭人被比作桃花也含蓄地做了暗示。桃花又名"轻薄花"，唐人诗句有"轻薄桃花逐水流"，袭人再嫁系作者对人物结局的安排；袭人接受了再嫁的命运，这对她想当"宝二姨娘"的初衷形成了莫大的嘲讽，轻薄的桃花正可作比。小说最后一回叙袭人出嫁前的矛盾心理道："正是前人那桃花庙的诗道：'千古艰难唯一死，伤心岂独息夫人'。"息夫人为楚王所得，能终日无言以对；袭人改嫁蒋玉菡，却认为一切皆命中注定。想来以后的生活，心中眼中又只有一个蒋玉菡吧！

根植于深厚的传统文化土壤中，如果说袭人的命名取义体现了作者对她性格特征及命运结局的把握；而紫鹃的命名，显然更多的是表现了作者对小说主人公林黛玉命运的构思，这同样反映了作者深弘的学养和独到的艺术匠心。与袭人的改名有所交代不同，紫鹃的名字首次出现于第八回时并未做任何解释，我们一看即知是"林黛玉之文章"，而作者采用了一明一暗、一实一虚的写法。紫鹃的名字应来源于杜鹃鸟。杜鹃鸟本是一种善啼的鸟，蜀地最多，常于春末夏初昼夜鸣啼，其声哀切。历史上也有一个关于杜鹃的传说，相传周末蜀王杜宇，号望帝，失国后死去,其魂化为鸟,即杜鹃,日夜悲啼,泪尽泣之以血,李商隐诗"望帝春心托杜鹃"即用此典。这个典故先见于汉扬雄《蜀王本纪》,其后晋常璩《华阳国志·蜀志》、南朝宋刘敬叔的《异苑》及《禽经》都有记录。

  后有王曰杜宇,号曰望帝。法尧、舜禅授之义,遂禅位于开明。帝升西山隐焉。时适二月,子鹃鸟鸣,故蜀人悲子鹃鸟鸣也。

  望帝修道,处西山而隐,化为杜鹃鸟,或云化为杜宇鸟,亦曰子归鸟,至春则啼,闻者凄恻。①

因此杜鹃鸟又名杜宇鸟、子归鸟、子鹃鸟、催归鸟等,这则典故由于故事的凄恻和杜鹃鸟啼的凄苦而经常被文人所引用,借以表达愁苦和坚贞。如白居易《琵琶行》"其间旦暮闻何物,杜鹃啼血猿哀鸣";鲍照《拟行路难》之六"中有一鸟名杜鹃,言是古时蜀帝魂。其声哀苦鸣不息,羽毛憔悴似人髡";近人黄遵宪《近世爱国志士歌》"眼枯泪未枯,中有杜鹃血"。黛玉饱览诗书,对于前人诗中常用之典应相当熟悉,故紫鹃命名出于此典当无疑问,黛玉只需将"子鹃"的"子"换成"紫"字而已;又紫鹃的原名鹦哥为一能言之鸟,恰与杜鹃的善啼构成了一对。

前面我们说紫鹃的命名更多地暗寓了黛玉的性格和命运,其实这一点已为早期的批评家们指出:"鹃鸟善啼,啼至出血,黛玉还泪而来,其婢自应名此。"② 又黛玉的前身为绛珠草,"细思'绛珠'二字,岂非血泪乎?"③ 黛玉为还泪降生人间后,作者虽为其冠以"潇湘妃子"的别名予以提示,但鹃鸟善啼、啼至出血的凄切,无疑更增加了黛玉哭泣感人的力量,构成一幅更深蕴的意象。而黛玉另一丫鬟雪雁的命名,"雪地之雁"亦具此意,故前人一首题红诗将这几种意象构筑成一幅凄美的图画。

  脉脉含情苦未酬,盈盈欲泪揾还流;啼鹃哀雁愁鹦鹉,销尽秋窗雨露愁。

同样紫鹃的命名也蕴涵了黛玉泪尽继之以血、生命凋落的悲剧,以执着与痴心坚持不已直至付出生命的代价,魂魄化为鸟也要鸣啼不已的精神,不正是黛玉最感动人心的地方吗?第七十九回宝玉作《芙蓉女儿诔》后黛玉说道:"等我的紫鹃死了,我再如此说,还不算迟。"脂砚斋于此批:"明是为与阿颦作谶,却先偏说紫鹃,总用此狡猾之法。"宝玉道:"这是何苦,又咒她?"脂批:"又画出宝玉来,究竟不知

---

① 转引自杭州大学中文系《古书典故辞典》编写组编《古书典故辞典》(校订本),江西教育出版社,1988,第459、432页。
② 三家评本《红楼梦》,上海古籍出版社,1988,第132页。
③ 陈庆浩辑:《新编石头记脂砚斋评语辑校》,中国友谊出版公司,1987,第17页。

是咒谁,使人一笑一叹。"①读此论者亦止不住喟然长叹。

　　杜鹃又名子规、子归、催归鸟,取义于它的叫声婉转似在说"不如归去""不如归去"。古人诗句也多用这一意象表达思乡之情、怀友之谊。如"别后同明月,君应听子归""杨花落尽子规啼,闻道龙标过五溪""不信呵去那绿杨影里听子归一声声道:'不如归去'"。黛玉父母双亡,寄人篱下,孤苦伶仃,常有思乡之泪;虽有贾母疼爱、宝玉呵护,但客居之感仍十分强烈,尤其最后竟香消玉殒,泪尽逝于京都,至死都未归家,只能嘱托死后将自己的骨灰送回父母身边。她的两个丫鬟的命名又恰含蕴了黛玉思归的愿望和终不得归的悲剧结局。"雪雁之不返江南,作者有余痛焉"②早期题红诗中的两位女诗人以自己的敏感和含情之笔写道:"最苦伶仃携小婢,外家竟作雁来宾。"③"湘江洒泪妃原死,杜宇思归婢借名。"④作者以一支如椽巨笔,深入到人物灵魂的深处,又以一支生花妙笔带出无限情思,借助于传统文化的深厚功底,将人物的命名和人物的性格及命运暗寓其中,使得情文相生、摇曳多姿,这是一种怎样鬼斧神削的艺术创造!

　　至于林黛玉和紫鹃的关系,我想许多人会把她俩当作姐妹而不是主仆看。虽然大观园里副小姐半个主子身份的丫鬟不在少数,但有谁的关系如黛玉与紫鹃般贴近相知?这也许是以前的小说里所从没有过的。在大观园里除了宝玉呵护黛玉外,而用一生去真心呵护黛玉的,只紫鹃一人而已,这就不奇怪黛玉为什么将紫鹃视为亲姐妹了。她的忠心耿耿并最后为黛玉而出家为尼,虽非惊天动地的大场面,但其人心如此美丽、执着,所以小说又称她"慧紫鹃",岂非所有一切都缘于一名乎?

　　紫鹃的出家为尼似也应与她名字里那个典故有关,一说杜宇在禅让后出家隐居西山。黛玉《桃花行》诗中说:"一声杜宇春归尽,寂寞帘栊空月痕。"黛玉香消魂散不知所踪了,紫鹃出家为尼了,雪雁不归,不知那只廊上的憨鹦鹉可还在否?一声长叹再吟那句令人凄楚肠断的诗:"侬今葬花人笑痴,他年葬侬知是谁?"一切都已命中注定,一切都是"名"里安排,作者从已知看未知,越发看到生命的惆怅而又无可奈何。一心想当"宝二姨娘"的袭人改嫁了,忠心于林黛玉的

---

① 陈庆浩辑:《新编石头记脂砚斋评语辑校》,中国友谊出版公司,1987,第691页。
② 三家评本《红楼梦·大某山民总评》,上海古籍出版社,1988,第24页。
③ 王素琴《读友兰姊题红楼梦传奇诗偶成》之一,转引自韩进廉《红学史稿》,河北人民出版社,1981,第175页。
④ 莫惟贤《读红楼梦传奇有感》,引自周汝昌《周汝昌点评红楼梦》,团结出版社,2004年,第265页。

紫鹃出家了,也许在她们儿时的记忆里还都有各自的憧憬,又岂知命运是如此无情?在人生的路途上她们只能按自己的角色、根据作者安排好的性格命运生活下去,喜怒哀乐,比演戏还真实感人,当然比起她们各自主人的感动会少许多;但我想人们会深深记住这两个人的名字:袭人与紫鹃。

(原载《红楼梦学刊》1999 年第 4 期)

长槛曲栏随处有，春风秋月总关情
——大观园里的桥

"天上人间诸景备"的大观园是《红楼梦》中女儿们的栖息之地，它不仅是作者呕心沥血创造的人间仙境，并且其精美的艺术构思也影响了以后的园林建筑。大观园里的水系历来是研究的一个焦点，水作为园林的灵魂是明清以来园林艺术的重要部分，经营好水路是冶园的基本要求。"衔山抱水建来精"的大观园到底水路如何，目前的学界尽管颇多争议，但有两点大家是认同的：一是大观园的水系发达，多可以行船；二是园中几乎主要建筑景点均临水。明清园林建筑尤其江南的私家园林对水的利用达到了相当高的水平，同时也对临水建筑投入了更多的关注，临水建筑样式的多样别致及其在空间的巧妙组合、移步换景，达到了令人赏心悦目的效果。大观园是江南私家园林和帝王庭苑的结合，其气势架构均突破私家园林的狭小空间，腾挪也更具气魄且自如，我们看到大观园中临水建筑的布局安排更见气象。本文拟对一种水上建筑——大观园里的桥作一审视。

园林中既有水就必有桥，是以在曲折的水路上建桥自然也就成为必然，明清江南私家园林中桥也就成了必须的景观。因为江南私家园林空间狭小，水面不开阔，辗转腾挪间桥的规模只能成为一种小桥流水似的点缀。而北方园林的空间气魄则为桥的建筑提供了阔大的空间，于是也就出现较大规模的桥，并成为园中的主要景点（如北京颐和园的十七孔长桥）。当然，园林中的桥自身也应和谐于园林中的景物，小桥流水人家，不就是都市人一种诗意的向往吗？大观园里的桥就是作者匠心独运的杰作，计有沁芳桥、沁芳闸大桥、折带朱栏板桥、翠烟桥、蜂腰桥、游廊曲桥、曲竹桥、白石板桥等七座桥梁，它们散落在大观园的各个角落，有大有小、形态各异，沟通连接，数量之多、样式之奇，或为点缀，或为景点，颇值得人们玩味和欣赏。不仅如此，大观园里的许多桥还被作者赋予了独特的叙事功能，并与小说中的人物融为一体，成了一道永恒的风景。

沁芳桥是进入大观园的第一座桥。过了"曲径通幽",只见"清溪泻玉,石磴穿云,白石为栏,环抱池沼,石桥三港,兽面衔吐,桥上有亭"。即是贾宝玉命名为"沁芳"的亭桥了。因为桥横跨于池上,规模比较大,故宝玉有额有对,其所题对联是:"绕堤柳借三篙翠,隔岸花分一脉香。"这一额一对形象地点出了"沁芳桥"周围的景物特征:一池清水,两岸花柳环绕,处处花香柳翠,一任自然而宜人景色。沁芳桥的建筑样式是比较独特和讲究的亭桥结合式,石质三港,桥上建亭,大约是方亭,有栏杆楣板可以休息,亦做观景之用。此种样式似从侗族的风雨桥演变而来,戴志昂说与北京颐和园的荇桥形式相似,①建于乾隆年间扬州瘦西湖的五亭桥当是同类中更独特的一个。

从桥的位置看,它应是进入园中的第一个真正景点,同时桥上视野开阔,也是园中一观景的佳处;根据后文描写,此桥处在潇湘馆和怡红院之间,故此桥的位置既独特又重要。《大观园图说》认为它是"近怡红院,为园中出入所必经诸处总路",②脂砚斋道:"此亭大抵四通八达,为诸小径之咽喉要路。"③而小说也以众多事件凸显了此桥的特殊性。有人统计小说中发生于此桥的大小事件共有一二十件,如宝玉受紫鹃气在此发呆、遇邢岫烟在此写答妙玉帖,黛玉闻傻大姐说宝玉娶亲诸事,等等。那么作者这样的安排有何用意呢? 小说第十七回中关于沁芳桥命名的一段描写,熟悉作者原意的脂砚斋批曰"新雅警醒",以提示读者不可不思。很多学者认为"沁芳"与"怡红"之意同,都是关涉小说本旨的点睛之笔,我们也可结合作者对沁芳闸桥的设计再进一步分析。

沁芳闸是大观园水的源头。第十七回众人说着,"至一大桥,水如晶帘一般奔入,原来这桥便是通外河之闸引泉而入者"。沁芳闸的位置在大观园东北角山坳间无疑,这里地势较高,利于修闸蓄水、控制流量。脂砚斋说:"写出水源,要紧之极……此园大概一描,处处未尝离水,盖又未写明水之从来,今终补出,精细之至。"④这座桥的样式更独特,规模亦自不小,属于一种园林中少有的桥闸结合式。此闸宝玉名之"沁芳闸",大桥也即"沁芳闸桥"了,闸上通行,桥下放水,人在桥边或桥上都能看到闸水如珠帘一般奔入,闸桥的附近是一片桃林,正是"风景这边独好"。

---

① 戴志昂《谈〈红楼梦〉大观园花园》,文见顾平旦编《大观园》,文化艺术出版社,1981,第126页。
② 《大观园图说》,文见三家评本《红楼梦》,上海古籍出版社,1988,第63页。
③ 陈庆浩辑:《新编石头记脂砚斋评语辑校》,中国友谊出版公司,1987,第296页。
④ 同上书,第307页。

大观园的水从东北这座闸流入，后由人工分几股流经园中各处，它的主干则经过沁芳桥，最后所有的水又汇集到东南的怡红院外流出。虽然我们于大观园水系的具体走向还不十分明了，但作者对水源流向的这种布局显然是精心设计的。小说叙述众女儿搬入大观园后的第一件大事就是黛玉葬花和宝黛共读《西厢》，这是红楼梦中最感人的故事之一，其地点正是在沁芳闸附近的桃花林中。一段千古痴情的恋爱故事，一起共同葬花的怜悯、同情与痴心，他们一个主张把花抛进水中，任他"花自飘零水自流"；一个则主张把花埋葬起来，因为"撂在水里不好，你看这里的水是干净的，只一流出，有人家的地方，什么没有，仍旧把花糟蹋了"。这里山石、桃林、落花、流水、葬花人等一组意象，以及后来黛玉吟唱于此的《葬花辞》，都无不具有象征意义并充满了悲剧的预兆，这是否是对"沁芳"之名最形象的解释呢？

小说第十七回叙贾政与众人游园还经过一座折带朱栏板桥。大家从花溆出来，因无船，便从山上盘道穿过，沿水岸前行，"只见水上落花愈多，其水愈清，溶溶荡荡，曲折萦纡。池边两行垂柳，杂以桃杏，遮天蔽日，真无一些尘土。忽见柳荫中又露出一个折带朱栏板桥来，度过桥去，诸路可通"。过桥去即是蘅芜院。脂砚斋说："补四字，细极，不然后文宝钗来往，则将日日爬山越岭矣。记此处，则知后文宝玉所行常径，非此处也。"① 此处水面较宽阔，小说中说是池，桥即跨于池上，为木质结构，长而曲折，饰以红色，故作者名之曰"折带朱栏板桥"。我们知道一般园林中建桥，若较长就尽可能曲折，取其诗意。此桥曲折于水面之上，与园林中其他景物相映衬，别有一种诗情画意。故脂砚斋云："绿柳红桥，此等点缀亦不可少。"② 此桥或者地处偏僻，仅为点缀并无实用。

这座桥连接的蘅芜院是薛宝钗在大观园中的住处，园里去蘅芜院的路除了折带朱栏板桥一条路之外，第四十回叙有船行至花溆箩港也可到蘅芜院，另外还有第二十六回小红去蘅芜院走的蜂腰桥一路（有人误把蜂腰桥当成了折带朱栏板桥）。③ 薛宝钗在大观园的住所最近大观园正殿，似在其右，而与其他姊妹的住处相隔都较远，并且有水界隔，它的主色调是白色和黛色，显得朴素幽深，在功能上与大观园正殿等主体建筑似处在一个景区。这一安排无疑跟冷美人薛宝钗的性格和结局有很大关系，那么出现于第十七回游园的这座折带朱栏板桥（度过

---

①② 陈庆浩辑：《新编石头记脂砚斋评语辑校》，中国友谊出版公司，1987，第302页。
③ 葛真的《大观园平面图的研究》即弄错了方向，见顾平旦编《大观园》，文化艺术出版社，1981，第39页。

桥去，诸路可通），作者是不是也另有一番用意呢？

翠烟桥在小说中仅出现于第二十五回："小红便走向潇湘馆去，到翠烟桥，抬头一望，只见山坡高处都挂着帷幕，方想起今日有匠役在此种树。"小红从怡红院去潇湘馆拿喷壶过的这座桥，说明桥在潇湘馆和怡红院之间。小说交代怡红院和潇湘馆是大观园最相临的两处院子，平日两院人物往来走的都是沁芳桥，而过沁芳桥也是宝玉去其他姊妹处的主要通道，这一点小说描写得一丝不苟。当然绕道沁芳闸桥也是一条路，只是这条路更远更不方便。那么这座翠烟桥的位置又当在何处？

笔者认为翠烟桥应在怡红院附近的一处水上，是从怡红院去沁芳桥之间的另一座桥梁，按一般园林样式可能是一规模较小的单顶石拱桥。第十七回贾珍说大观园里的几条水路总汇于怡红院附近的清溪，第二十六回又写宝玉出了院门顺着沁芳溪看金鱼，则证明了翠烟桥就在怡红院附近的溪流上，这里小红站在桥上看到的山坡应是第十七回游园时在大门内附近的那座大山。另外据文中描写怡红院北面或西北一带是比较开阔的水域，似无桥梁可通，所以宝玉去其他姊妹处必过此桥，过桥后有两条岔路，一是去大门的，一是去沁芳桥的。翠烟桥的命名也非常富有诗意，名字似取自古人"秋色连波，波上寒烟翠"的诗句，或许正是当初宝玉试才题对额时所拟定也未可知。人站在桥上看风景，下有溪水潺潺游鱼嬉戏，山顶青烟袅袅，山上植树，山坡放养着鹿等动物，桥与四周的景色贴切并融合在一起，构成了一幅优美的图画。

接下来的蜂腰桥在小说中凡两次出现：第二十六回小红去蘅芜院取东西，"刚走至蜂腰桥门前，只见那边坠儿引着贾芸来了"。以及第四十九回宝玉在芦雪庭附近隔水"只见蜂腰桥上一个人打着伞走来，是李纨打发了请凤姐去的人"。第二十六回回目也用了这个名字："蜂腰桥设言传心事。"判断这座桥的位置可从这两次的描写入手。第二十六回坠儿领着贾芸到怡红院，应是从大观园后角门穿整个园子而来。小红刚走至蜂腰桥门前，不期然地碰上了贾芸，可以确定桥距蘅芜院还有一段距离，同时也是必经之路。再从第四十九回的描写看，桥像是在从稻香村去往正门走的一个方位上，因为宝玉看见人从稻香村出来，想来距离不会太远，方位也应大体不错，所以这座桥的位置很可能就在稻香村附近的溪流上（稻香村的取名缘自"柴门临水稻花香"的诗句）。另外此桥可判断为一交通枢纽和较大型的拱桥，下可以通航。

蜂腰桥的命名十分奇特，有人说命名出自古诗"闲看鱼鳞赤，近观蜂腰细"，并指出桥附近是观花钓鱼的风景小区①;也有人说此桥建在一处水窄形似蜂腰的地方,故名;太平闲人说:"此桥名目即从上回'逢五鬼'出,犹言逢妖也。"②在结构上第二十五回的宝玉遇难确也构成了对后文故事的隐喻,但我们认为"蜂腰"的命名更似"逢夭"的谶语。第二十六回的故事上半是贾芸和小红的设言传情,下半是宝玉黛玉的爱情,贾芸和小红的故事后文没有了结果,而黛玉和宝玉的爱情也以悲剧告终。又"蜂腰"是古典诗歌理论中的一个术语,是律诗对仗的变格之一,用此格写成之诗称"蜂腰格"或"蜂腰体";另外"蜂腰"又是格律诗的一种病,如五言的"仄仄平仄仄"是作诗要避免的,以作者对古典诗歌的谙熟当不会不知这个规则,因此以"蜂腰"命名从故事内容看确隐指了一定的含义。

滴翠亭是建在水池中的一座漂亮亭子,亭子四面俱有游廊曲桥与岸相连,第二十七回叙述了春末夏初发生在这里的一个故事:宝钗因避宝黛之嫌从潇湘馆出来,忽然看见"一双玉色蝴蝶,大如团扇,一上一下迎风翩跹,十分有趣",想扑了来玩耍,于是一路追赶上了滴翠亭。此处十分僻静,连接滴翠亭的游廊曲桥造型与其他桥梁又自不同:其一它是一种游廊和桥相结合的廊桥形式,既曲折于水上又有防雨防晒的功能;其二是滴翠亭的四面均各有一座游廊曲桥与岸相接。这样几座样式独特而又典雅的廊桥与滴翠亭共同组成了大观园一道亮丽风景,这恐是大观园里造型最优美的一座桥梁了,只是发生在这里的故事却与它极不相谐。宝钗"无意"间偷听到了小红和坠儿关于偷情的谈话恐被发现,于是借追黛玉之名使了金蝉脱壳之计逃过,却把听人墙角的罪名栽在了林黛玉头上,其反应之机敏于此可见,但其为人与四通八达的游廊曲桥能无关涉乎?

藕香榭也是大观园中一处独特的水上建筑,以夏天赏荷而得名,"原来这藕香榭盖在池中,四面有窗,左右有回廊,亦是跨水接峰,后面又有曲折竹桥暗接。"这里提到的桥用竹子搭建而成,以其曲折故名曲竹桥。凤姐风趣地说:"老祖宗只管迈大步走,不相干,这竹子桥规矩是咯吱咯吱的。"描写的十分有野趣和诗意。藕香榭的柱子上也有一联:"芙蓉影破归兰桨,菱藕香深泻竹桥",写的就是藕香榭周围夏日的迷人景色。藕香榭的位置与冬天赏雪的芦雪庵和秋天赏月的凹晶馆同在一条岸边,它们各自相距都不太远,这一带风景依山傍水,在布局功能上似是大观园以玩水、钓鱼、赏月、观赏荷花和桂花为主的风景区。第三十八

---

① 戴志昂《谈〈红楼梦〉大观园花园》,见顾平旦编《大观园》,文化艺术出版社,1981,第 126 页。
② 三家评本《红楼梦》,上海古籍出版社,1988,第 402 页。

回即描写了众女儿在藕香榭吃螃蟹赏桂花赋菊花诗玩乐赏景吟诗的风雅生活；小说中还有几次热闹的诗会和聚会也是在这几个地方展开的。

最后一座桥是怡红院内水池上的一座白石板小桥。第四十一回刘姥姥因多喝酒误闯怡红院，"只见迎面忽有一带水池，只有七八尺宽，石头砌岸，里面碧浏清水流往那边去了，上面有一块白石横架在上面"。怡红院里有小溪流过自照应了第十七回贾珍细说大观园水源流向的话，这里的白石横架即是一跨水接岸的石板小桥了。我们知道怡红院是大观园里贾宝玉的居所，其建筑的精巧别致和富丽华贵比别处自是不同，但这座白石板小桥却十分朴素地跨在水池的两岸，与其他华丽的描写形成了鲜明对比。

以上我们简要介绍了大观园里的七座桥梁，虽然这些桥并不是大观园的主体建筑，但通过梳理不难发现，它们的大小、高低、长短、曲折、构造等无一雷同，尤其是它们随物赋形、融形于景的造型和周围的环境和谐一体，构成了优美的意境，给人以审美的愉悦，为大观园的景色增添了不少光彩。即如这些桥的命名，或自然质朴，或寓意隽永，无不体现了作者精心的艺术构思和匠心。

在大观园丰富的水系上，这些起沟通连接作用的桥梁，被作者巧妙地设计在对大观园的几次不同侧面的皴染描绘中。第十七回大观园建成时宝玉等人的游园描绘了其中的三座：沁芳桥、折带朱栏板桥和沁芳闸桥，是大概一写；在众女儿搬入大观园后的不久，作者又通过怡红院丫鬟小红的活动描写了其中的三座：翠烟桥、蜂腰桥、游廊曲桥（第二十五、二十六、二十七回）；而在以后的故事里又夹叙了两处：曲竹桥（第三十七回）和白石板桥（第四十二回）。如此一叙，则大观园里的交通便明晰起来，有了桥，作者写起来便一丝不乱。当然如果有人试图确定大观园中给这些桥的具体位置，相信仍是比较困难的，而且我们猜测作者未必要读者明了这些桥的确切地点，给它画出一条明晰的旅游线路图来。另外我们应更清楚，以大观园之水系发达，其中的桥梁当不止作者为我们所描绘的这么几座；这正是作者的高明之处，不着笔墨，胸中自有丘壑万千。其实早期学界曾就大观园的大小、方位、交通诸问题发生过激烈的争论，并非全然事出无因。

大观园是一座具有浓郁民族特色和传统的古典庭院式园林，它的特点是将一个个独立的院落散布在园林中，将园林住宅化、住宅园林化，这也是我国园林发展到明清时期的趋势，充分体现了中国人的园林理想，也反映了我国传统园林的实用性功能和它的景观性特征。大观园不仅仅是一座美丽的园林，它更是作者为小说叙事隐喻而创造的人间仙境，它是贾宝玉和众多女儿们独立于贾府之外的乐园;关于大观园的理想色彩前人已有诸多论述,兹不赘述。那么大观园中的这些桥除了串联起各个庭院景点、担当交通和构成大观园空间布局的实用功能之外,显然也都有着一定的象征隐喻等叙事功能,这确实是我们阅读《红楼梦》所不可忽视的。

杨义先生说得好:"'天上人间诸景备'的大观园,在泛舟游乐之时似乎变得大一些,在人伦两性频繁交往之时又似乎变得小一些。自然空间似乎随着人物的游兴和亲情一类心理空间,而作了一些幻觉性的伸缩变异。"这种阅读体验恐是大多数读者都有过的,因为"大观园的总体图像,是以流动的诗化眼光描绘出来的伟大的园林"。"它不是静态的客观写实,而是在写一种充溢着诗的生命的空间和胸襟"。① 因为诗化,所以我们看作者所描写的桥以及发生于桥边的人和事都充满了诗情画意;而那些一心试图为大观园做复原图的人们和已仿建成了的大观园,注定是要胶柱鼓瑟的了。

(原载《昌吉学院学报》2002 年第 3 期)

---

① 杨义:《中国古典小说史论》,中国社会科学出版社,1995,第 460 页。

略论《红楼梦》中丫鬟的人物命名

《红楼梦》以其刻画和描绘了众多的女性形象而闻名于世,在这些令人眼花缭乱的女性世界里,有着一群身份低贱没有人身自由、以伺候她们的主子为天职的女性群体——丫鬟群体。附和着作者"千红一哭""万艳同悲"的主题,曹雪芹无疑也对她们的命运投注了相当多的关注和同情。在《红楼梦》的世界里,尽管永远都是生活的配角,但她们以其年轻活泼的生命在大观园的舞台上也自有生动的表现,留下了不同于其他女性群体的光辉形象。

《红楼梦》中描写的丫鬟群体是一个十分庞大的队伍,同时也是一个复杂的群体,据今人统计,单有名有姓者就达八九十位之多。从来源上看有家生的、有买来的、有转送的、有别人孝敬的;从身份上看虽同为丫鬟也分等级,有大丫头、小丫头等待遇各个不等;从地位上看就更是千差万别,主要跟其主子的地位以及她本人与主子的关系有很大关联。在封建社会里丫鬟们既失去了自己的人身自由,甚至连她们的命名权也被剥夺,只能由她们的主子赐予,《红楼梦》里的丫鬟即是如此。

《红楼梦》的人物命名十分新雅有趣且寓有深意,这在最早的脂砚斋批语里就已指出,早期评点派人物周春也说:"盖此书每于姓氏上着意,作者又长于隐语庾词,各处变换,极其巧妙,不可不知。"[①]其实以称号或诨名作为塑造人物的手段,早为我国的小说家所习用,但《红楼梦》中人物的命名取义之复杂和成功却是大家公认的,也是历来红学界一个有趣的课题。笔者即希望通过对《红楼梦》丫鬟人名寓意的合理解释,通过对小说中此类现象的综合、类比、分析、归纳,以使人们对作者精心的艺术构思有所认识,并对这部不朽名著的丰富内涵有更深一层的了解。

---

① 周春:《阅红楼梦随笔》,中华书局,1958,第9页。

《红楼梦》中作为小说配角的丫鬟们虽大都有名无姓，但显然也没有被作者一笔带过，有研究者已指出作者关于丫鬟的命名原则是成双成对、新雅不俗等。① 其实更为重要的是应将丫鬟的命名同她们主人的身份地位甚至性格命运联系起来看，纳日碧力戈说："个人的名字往往是由别人赋予的，表达的是命名者的期待、意愿以及其他社会心理。"② 丫鬟的命名体现了其主人的兴趣、爱好、期待、意愿甚至性格、命运，我们认为这方是作者处心积虑之所在和成功的原因；俗语说贴身的奴才半个主子，现实生活中主子和奴仆的关系又何尝不是紧密联系在一起的呢？

　　对于丫鬟仆人的命名进行成双成对的排列组合是作者一个重要命名原则，这在小说中有大量的例证，毋庸赘言；这一方面是来源于现实生活，同时也是出于创作的需要，因为成双成对的组合排列是作者获得大量人名的捷径。但为了力求不俗而尽可能新雅，以免落入俗套，显然是作者的又一个重要原则，而丫头的名字也并非如贾政说的"不拘叫个什么"就行。如何使丫鬟的名字既有富贵人家的气派又能体现贵族家庭较好的文化修养，也更为了一洗以往小说中丫鬟命名的陈套，作者显然费了不少心思。

　　通过主人和丫鬟以及丫鬟之间人名的陪衬或关联关系，从而构筑一幅颇具画意的图景，是作者追求新雅有趣的一个典型手法。如探春的丫头侍书、翠墨乃是"因书生墨（太平闲人批语）"；③惜春的丫头入画、彩屏是"因画生屏（太平闲人批语）"；④夏金桂的丫头名宝蟾，与主子的名字共同构筑了月宫里的一组意象；宝钗的丫鬟莺儿又叫黄金莺寓有"金"字，而王熙凤和秋桐的名字则显然化用了"凤栖梧桐"的意象等。最有趣的莫过于小说第五十九、六十两回所写丫鬟仆妇的命名：夏婆、何婆，芳官、藕官、蕊官、艾官、豆官，春燕、小鸠儿、小蝉、柳嫂、柳五儿、莲花儿、莺儿、林大娘、彩云等。夏婆、何婆（何应是谐音"荷"无疑）是老姐妹俩，她们一块在大观园当差，夏婆是藕官的干娘，小蝉是她的外孙；何婆是芳官的干娘，春燕与小鸠儿是她女儿。这些名字有的已先出而有的是第一次出现，这起事件中人物的命名取义似乎都与整个故事发生的背景——春末夏初有关，相信这些名字的聚合不是偶然。尤其第五十九回的故事，那是刚下过夜雨的早上，

---

① 参阅赵冈《红楼梦里的人名》，见胡文彬、周雷编《海外红学论集》，上海古籍出版社，1982，第164—169页。
② 纳日碧力戈：《姓名论》，社会科学文献出版社，1997，第2页。
③④　三家评本《红楼梦》，上海古籍出版社，1988，第454页。

莺儿和蕊官在去往潇湘馆的路上,经过荇叶渚(有的版本做"柳叶渚")的柳堤,心灵手巧的莺儿(原名黄金莺)于是就攀折些柳条编花篮,及后又碰见春燕、藕官,一时还提到春燕的妹妹小鸠儿,夏婆、何婆和夏婆的外孙女小蝉等。"荇叶渚边嗔莺叱燕"的故事暂且不提,单就这一组人物的名字不就恰构成了一幅春日优美的图画吗? 如此联想其中的因果关系及人物之间的矛盾当是十分有趣的事情。

《红楼梦》中还有许多不引人注意、出场不多甚至仅是过场人物的丫头,她们命名的原则是因事设名,即太平闲人所云"有即此一事而信手拈来"者。这一类的命名有实写、有虚写,有正用、有反用,作者想象丰富,笔法灵活,妙手灵心,往往涉笔成趣。小螺是宝琴的贴身丫头,最早出现在第五十回,贾母等正要出园,"忽见宝琴披着凫靥裘站在山坡背后遥看,身后一个丫鬟抱着一瓶梅花。"这个手抱一瓶梅花与宝琴一起入画图的丫鬟不是"小螺"又会是谁呢(大某山民总评:瓶梅斜抱,定是小螺)?① 又后文宝钗命小螺叫人来一起欣赏宝琴带来的海外真真国女儿诗;螺者号角也,名字寓意若此。第五十七回出场的邢岫烟的丫头名篆儿,不仅她的名字难识,连她的两个主子邢岫烟、薛蝌的名字也都难识,而篆儿经手的那张当票就更不是那些小姐们所认得的,故其名曰"篆儿"也是名副其实了。还有被李纨训斥不懂规矩的尤氏丫头名"炒豆儿"和会献殷勤上得台面的丫头"银蝶(碟)儿"(见小说第七十五回),命名取义也是既形象又生动。再如荣国府的丫鬟靛儿向宝钗找扇子开玩笑被抢白,宝钗借扇机带双敲,宝玉黛玉也一并被揶揄,"靛"者蓝色或蓝紫色也,人尴尬之色也。以上是几处实写的例子。虚写的例子有:探春小丫头名小蝉的是夏婆的外孙女,春燕的妹妹名叫小鸠儿,夏金桂的丫头小舍儿无父无母等。另外书里还有一些丫鬟名字的命名则具有一种隐喻性的反讽意味,也多因事而设名。如王熙凤丫头名"善姐"的而实不善,不仅不听使唤,反过来对尤二姐进行虐待(事见第六十八回)。怡红院偷玉被撵的丫头名"良儿"其品行实也不良。赵姨娘的小丫头"小吉祥儿"随赵姨娘参加殡礼没衣裳穿,却向黛玉丫头雪雁借衣服,其事实不吉祥,故雪雁未借给她(第五十七回)。后回故事中有雪雁被王熙凤借去做"调包计"用,因此而害死了黛玉,不知这两件事情是否有一定的内在关联。又小说第七十三回,晚上为贾宝玉通风报信的赵姨娘的小丫头"小鹊","我来告诉你一个信。方才我们奶奶这般如此在老爷前说了。你仔细明儿老爷问你话。"她带来的"信息"使得怡红院上上下下着实紧张了

---

① 三家评本《红楼梦》,上海古籍出版社,1988,第 24 页。

一场。

谐音双关更是《红楼梦》作者擅长的一种命名手法，《红楼梦》中有大量这样的人物命名，许多人名亦属因事而设，但其寓意的内容却比较复杂，有表现全书主旨的如元迎探惜四姊妹之谐"原应叹息"、有讽刺角色本人品格的如卜世仁谐"不是人"、有蕴含角色自己命运的如冯渊之谐"逢冤"等。对丫鬟的命名采用谐音双关寓意者小说中较少，这里我们也试举几例。甄士隐夫人丫鬟娇杏之谐音"侥幸"，是对娇杏命运的最好概括；香菱的丫鬟名臻儿谐音"甄儿"，交代"乃云真儿，甄士隐之所出也（太平闲人评语）"；① 怡红院的小丫头坠儿、良儿似应谐音"罪儿""凉儿"，"那一年有一个良儿偷玉，刚冷了这二年，闲时还常有人提起来趁愿，这会子又跑出一个偷金子的来了（第五十二回）"，指的即是坠儿偷金一事。还有第三十回宝钗"借扇机带双敲"的小丫头靛儿之谐音"垫儿"、迎春的大丫头司棋谐音"私期"或"死期"、秦可卿的丫鬟宝珠谐音"报主"、第六十回中的小蝉谐音"小谗"暗指其向林大娘打小报告事等都属此一类。

如果说前面我们所举大量丫鬟的命名取义，作者还仅是停留在故事表层的话，其中有些不乏游戏笔墨的成分；那么因主人身份地位教养不同而丫鬟的命名各异，或者也可以说丫鬟的名字一定程度上揭示了其主人的身份、地位或喜好，确是作者对丫鬟命名取义的一种创造。这种对丫鬟贴合其主人身份的命名，收到了映衬她们主人的效果。如贾母的六个贴身丫鬟：琥珀、珍珠、鸳鸯、鹦鹉、翡翠、玻璃，其名字象征着贾母的尊贵和长寿，"此等名号，方是贾母之文章（脂砚斋评语）"②，"婢名琥珀，以喻长在松根。"③ 黛玉的丫鬟名紫鹃、雪雁，也"杂雅不落套，是黛玉之文章（脂砚斋评语）"。④ 脂砚斋更在袭人的名字下夹批道："奇名妙名，必有所出。"旁批则又有"以下乃宝玉之文章"。⑤ "丰年好大雪"的女主人薛姨妈的丫鬟名同喜、同贵，总是跟她的皇商家庭以及她想和贾家联姻的愿望相符合，同时"见其依炎附势，人喜亦喜、人贵亦贵而已"（太平闲人评语）。⑥ 凤姐的丫鬟平儿、丰儿包括小厮兴儿、旺儿，反映了王熙凤作为管家婆求财求势的心态。李纨的丫鬟名素云、碧月，则暗示了她的好静孤独和稻香村的孤寂生活。另如元、迎、探、惜四姊妹的丫鬟抱琴、司棋、侍书、入画的命名确和传统的技艺琴、棋、

---

① 三家评本《红楼梦》，上海古籍出版社，1988，第454页。
②④ 陈庆浩编：《新编石头记脂砚斋评语辑校》，中国友谊出版公司，1987，第85页。
③ 三家评本《红楼梦》，上海古籍出版社，1988，第24页。
⑤ 陈庆浩编：《新编石头记脂砚斋评语辑校》，中国友谊出版公司，1987，第86页。
⑥ 三家评本《红楼梦》，上海古籍出版社，1988，第454页。

书、画有关,既表现了富贵人家小姐们的高雅情趣和艺术修养,又和她们侍候四姊妹的职责结合起来,可谓相得益彰,"洗尽春花腊梅等套"。①

不仅如此,其实许多重要丫鬟的命名更隐喻了她们自己以及她们主人的性格和命运特征,体现了作者精心的艺术构思。中国古语云"人如其名",或曰"名副其实"。中国人重名,在传统的观念中,人们相信名字与人的性格以及一生的命运有着莫大关系。这一点显然被深谙中国姓名文化精髓的曹雪芹创造性地运用于《红楼梦》人物的命名中,许多重要角色的命名都遵循了这一原则,从而使《红楼梦》人物的名字远远超出一般名字的符号性与虚拟性,包含了更深层次的文化意蕴。小说里几个作者着重刻画的丫鬟的命名即是如此,如宝玉的丫鬟袭人、晴雯,王熙凤的丫鬟平儿,贾母的丫鬟鸳鸯,迎春的丫鬟司棋,宝钗的丫鬟香菱、莺儿等。她们的名字都蕴含着人物的内质与灵魂,同时也与她们主人的命运紧密联系在一起。由于这些人物的命名取义比较复杂,不便展开更详细的讨论,兹举几例简单说明之。

迎春的大丫鬟名司棋,从总体设计上讲她从属于琴、棋、书、画总的排列顺序,排行第二,琴、棋、书、画的排列寓意已如前述。另外就命名反映主人的情趣而言,迎春确实喜欢下棋,所以"司棋"乃是她的职责,命名取义亦是在在有因。在紫菱洲下棋成了贾宝玉大观园盛世生活的一个重要组成部分,在迎春搬出大观园不久,宝玉旧地重游,感喟于大观园的人事凋零,于是吟出了一首感人肺腑的《紫菱洲歌》:"不闻永昼敲棋声,燕泥点点污棋枰。古人惜别怜朋友,况我今当手足情!"正是对众姊妹包括迎春下棋生活的回忆和伤怀。迎春虽然会下棋,但对自己生活的这盘棋局做却不得半点主张,其丫鬟名司棋而实不"司棋",其可悲也夫(其实在大观园的世界里又有谁能做得了自己的主呢)!而与其主子的命运相对照,司棋则是自己命运的主人。司棋又谐音"私期",寓指她和表兄潘又安在大观园私下幽会一事(迎春整天捧着阅读的《太上感应篇》首句即是"万恶淫为首",潘又安的名字似来自历史上那个绝妙才郎潘安的戏谑,三人定名如此!)。其事虽在后来抄检大观园时败露,司棋也因此被逐出大观园,但她并不后悔,在家庭坚决反对她和表兄的婚姻之后,毅然决然地殉情自杀,以示抗争。她的表兄闻讯赶来亦自杀身亡,他们的死是何等壮烈!司棋在自己人生的关键时刻表现果敢,把握了自己的命运,这与她的主子正形成了鲜明的对比——虽然这抗争是

---

① 陈庆浩编:《新编石头记脂砚斋评语辑校》,中国友谊出版公司,1987,第184页。

以自己的生命为代价。其实"司棋"又谐音"死期",名字早作了她和迎春一对主仆命运悲剧的谶语。太平闲人说:"司棋,私期也,一着错,满盘空。"①则显然是一种迂腐的观点。

《红楼梦》中最重要的男女主人公林黛玉、贾宝玉丫鬟的命名更是作者的杰作,也充分反映了作者在人物命名上的匠心。林黛玉的丫鬟紫鹃、雪雁、春纤包括后来补进的藕官的命名,都是服务于她们主人的性格和命运塑造的,这些名字的意象都杂雅不落俗套,蕴含春夏秋冬四季名物,是林黛玉性情高洁的象征,其中寓含着她们主人命运悲剧的文化意蕴(详见笔者的另一篇论文)。②而贾宝玉怡红院八大丫鬟媚人、袭人、绮霞、晴雯、麝月、檀云、春燕、秋纹的命名也是如此,这些漂亮的女孩都拥有漂亮的名字,在怡红院怡红公子的呵护下快乐地生活。但仔细研究却不难发现这些名字的另一个共同特征,即虚幻、缥缈、看不见、摸不着、容易散失。这些名字都具有美丽、雅俗相共、虚幻、难以长存而且易逝的意蕴。贾宝玉本以为取这些美丽的名字可以让她们拥有美丽的人生,却想不到这名字倒成了她们悲剧命运的兆头;同时这些名字也充分体现了贾宝玉衷心希望女孩子们永葆青春和自己的雅洁观念以及空幻意识。

另外,大观园里还有一群特殊的少女群体——梨香院的戏子们,她们是贾府为贵妃省亲而特从江南采办来的;她们的地位实际跟丫鬟一样,没有自己的人身自由,后来在戏班解散以后有的被领走,但大部分都留了下来被分到各处做了丫头,作者十分真实地写出了她们的人生际遇。她们的名字据考证是按当时梨园的规矩以"官"排行的,以文官为首的十二戏子的艺名是:文官、小生宝官、正旦玉官、正旦芳官、小旦龄官、小生藕官、老外艾官、大花面葵官、小花面豆官、小旦药官、小旦蕊官、老旦茄官;除文官、宝官、玉官、龄官外,其余的名字又都以草字头排行,她们的命名显然也出于作者的精心安排。尤其重要的是,她们所饰演的角色甚至演出的每一出戏对故事的进展都不无隐喻功能。第五十八回戏班解散后对留下的丫头分配如下:"贾母便留下文官自使,将正旦芳官指与宝玉,将小旦蕊官送了宝钗,将小生藕官指与了黛玉,将大花面葵官送了湘云,将小花面豆官送了宝琴,将老外艾官与了探春,尤氏便讨了老旦茄官去。"无疑其所妆演角色正映照或影射了其主人在现实生活中的角色,丝丝入扣,俗谓"戏场小天地,天地大

---

① 三家评本《红楼梦》,上海古籍出版社,1988,第112页。
② 参见孔令彬《从人物命名看袭人与紫鹃形象的平面设计及其文化意蕴》,《红楼梦学刊》,1999(4)。

戏场",直是戏里人生。"以真为戏,无往而非戏也。以戏为真,无往而非真也。惟在有情与无情耳。(读花人论赞)"①这又是一种丫鬟的命名。

综上所述,可知《红楼梦》丫鬟名字的命名取义是作者用以塑造人物形象、构织人物关系和推动情节发展的一个不可或缺的手段,尤其丫鬟的命名取义反映了其主人的兴趣、爱好乃至性格及命运,这样的构思更是作者的一大创新,因此也必然成为我们探讨小说人物形象和人物关系不可分割的组成部分,这确是前此所有的小说所没有的。诚如有人所言,《红楼梦》是一部寓意很深的小说,解读《红楼梦》"不能仅读其写实层面,必须同时留意其隐喻性,或者回味其隐喻性"。②《红楼梦》中丫鬟的命名寓意必须还原到小说具体的故事中,尤其要结合人物自身的命运遭际并将之放在与其主人的关系中考察,方"不为作者冷齿,亦知作者匠心"(护花主人)。③ 当然我们也注意到许多重要丫鬟名字命名取义的复杂性和鲜活性,使得我们的任何描述相比之下都显得干瘪和单调。借用小说中一幅十分动人的画面"晴雯补裘"和一句唐诗"为他人做嫁衣裳",《红楼梦》中丫鬟的名字即是这样,然而她们的命运又何尝不是如此呢?一切人物都必须按照作者安排好的性格、命运走下去,在她们身上,我们只能看到命运的无情、生命的惆怅和无可奈何。

(原载《韩山师范学院学报》2003 年第 2 期)

---

① 三家评本《红楼梦》,上海古籍出版社,1988,第 33 页。
② 李劼:《历史文化的全息图像——论〈红楼梦〉》,东方出版中心,1995,第 81 页。
③ 三家评本《红楼梦》,上海古籍出版社,1988,第 13 页。

一种封建婚姻习俗中特殊的陪嫁品

——论《红楼梦》中的陪房

《红楼梦》中有一个十分重要而又容易被人忽略的婚俗现象——陪房。所谓陪房,就是旧社会随同主子姑娘出嫁到婆家的男女仆人,他们是主子姑娘嫁妆中的一部分,因此也可以说是主子姑娘的一种特殊陪嫁品。这种以人作为陪嫁品的习俗,其实并不为我国旧社会所独有,它也是整个人类不平等社会婚姻习俗中的一个共同现象。考察中国的陪房习俗,其起源似乎很早,从传说中的伊尹为有莘氏女的陪嫁之臣,到春秋时期普遍实行的媵妾制婚姻,再到封建社会乃至民国,陪房习俗可说贯穿了整个旧中国的婚姻史。直到新中国成立,这一不平等、压迫人的婚姻习俗才算寿终正寝。遗憾的是关于这种绵延了数千年的婚姻习俗,至今还没有引起人们足够的重视。在这方面,《红楼梦》为我们提供了清代大家族陪房习俗丰富而真实的生活画卷,可谓清代婚俗不可多得的宝藏;并且这些生动的描述在展开人物矛盾冲突、深化小说主题上也具有不可替代的重要作用。

一、《红楼梦》中所描写的清代姑娘出嫁陪房习俗

著名民俗学家高国藩说:"《红楼梦》中的婚俗表现了清代婚俗的全貌。……从大关目直至细节,均一并提及。"[①]自然在这些繁缛的婚俗礼仪中,也包括了对陪房习俗的描写。考察《红楼梦》中的陪房,有男有女,有年轻的陪房丫头,有有经验的奶娘,还有一家子都做陪房的。我们所熟知的陪房即有周瑞家的、王善保家的、来旺家的、平儿、宝蟾、莺儿等。

先说陪房中的陪嫁丫头,比较传统的称呼又叫媵婢。在旧社会,几乎所有富

---

① 高国藩:《〈红楼梦〉中的婚俗》,载《红楼梦学刊》,1984(2)。

裕人家嫁女儿时都会陪送使唤的婢女，用以伺候照顾主子姑娘在婆家的生活起居，而讲究的人家对于陪嫁丫鬟还有许多具体的要求。《女仙外史》中就有一段这样的描写："要两个媵嫁的丫鬟，必得苏、扬人材，十八九岁的方好，即小寡妇亦不妨。此地丫头蠢夯，是用不着的。"①这里对陪嫁丫头必得"苏、扬人材"，固然有点苛求，但年轻、聪明、利索、干净等应是最一般的条件。关于陪嫁丫鬟的来源，大约也有两种：一是小户人家在小姐出阁时临时买一两个婢女作陪嫁的，二是大家族本身即有许多婢女使唤，于是就以其中的一些作陪嫁。《红楼梦》中描写的陪房丫头基本属于后一种。

在大家族的使唤婢女当中，大家闺秀贴身的婢女往往是陪嫁丫鬟的首选，如元春的贴身大丫头抱琴就是陪嫁入宫的，湘云的贴身丫鬟翠缕后来也做了陪嫁。这一方面是由于小姐们已经习惯了她们的伺候，另一方面，作陪嫁丫头似乎还是婢女们的一种特殊待遇呢！第三十五回宝玉对莺儿说："宝姐姐也算疼你了，明儿宝姐姐出阁，少不得是你跟了去。""我常常和袭人说，明儿不知哪一个有福的消受你们主子奴才两个呢。"这里宝玉后面的一句，其实就暗示了陪嫁丫头可能的特殊待遇，即如凤姐的陪嫁丫头平儿、夏金桂的陪嫁丫头宝蟾那样，被男主人收房做妾，从而摆脱奴婢的地位上升到姨娘的位置。尽管在名分上仍比正经的主子要低一些，但相比一般丫鬟，应该算得上一种比较好的归宿，况且也并不是每个陪嫁丫头都会有这样的"好命"！

除了陪嫁丫鬟，《红楼梦》还写了一家子都做陪房的情况。如王熙凤的陪房里，既有四个陪房的丫头，同时还有来旺、来旺媳妇和来旺儿子一家三口，这又是怎么一回事呢？其中固然不乏经济的因素，如女方家有经济实力，陪嫁很多奴仆（包括一家子的奴仆），但更重要的原因应是陪嫁丫鬟和其他陪房奴仆分工的不同。著名红学家周汝昌关于陪房的解释或者可以帮助我们理解这个问题，他说："陪房者，旧时姑娘出阁，嫁到婆家，一切陌生，要从娘家带过来一位媳妇照料扶持她，包括教导指引家务礼数，种种关系，也是她的'保护者'。"②这里周先生提到的"陪房"职责，显然就不是一般的陪嫁丫鬟所能胜任的。事实上，旧社会的一些大家族礼数繁多，虽然一般女子出嫁之前，也多少接受过一些礼数方面的教育，但毕竟有时经验不足或是不方便出面处理应酬，所以有经验懂礼数的奴仆媳

---

① 吕熊：《女仙外史》，齐鲁书社，1995，第21页。
② 周汝昌：《红楼梦的真故事》，华艺出版社，1995，第5页。

妇作为陪嫁也就成了必然。当然能够作为陪嫁媳妇的，本身也应是受女家重用的奴仆，有时陪房媳妇就是姑娘的奶娘，如迎春出嫁到孙绍祖家，除了陪嫁的四个丫鬟，还有奶娘等。

既然有陪房的媳妇子，当然也就有她的家人等一块儿陪嫁，《红楼梦》中描写到的一家子做陪房的还真不少。王夫人的陪房周瑞家的就是一家人陪嫁过来的，包括她的丈夫周瑞和儿子；其实从小说的描写看，王夫人的陪房还不止周瑞一家人。第七十四回抄捡大观园时，王夫人即嘱咐凤姐"把周瑞媳妇、旺儿媳妇等四五个贴近不能走话的人安插在园内""一时周瑞家的与吴兴家的、郑华家的、来旺家的、来喜家的现在五家陪房进来，余者皆在南方各有执事。"从这几句话里，不难看出王夫人的陪房至少还有两家：吴兴一家、郑华一家。而来喜名字和来旺成双成对，所以可以判断来喜一家应是凤姐的陪房。小说中描写到的另外一家子做陪房的情况，就是邢夫人的两个陪房王善保家的和费婆子，这主要是从年龄上来推断的。因为王善保家的和费婆子的年龄比之邢夫人的年龄都要大许多，所以她们决计不可能是邢夫人的陪嫁丫鬟，而只能是一家子陪嫁来的（按：王善保家的外孙女司棋是二小姐迎春的贴身大丫头，其年龄已和迎春差不多，费婆子的外孙女年龄也不小）。

除了上面介绍的陪嫁丫头和一家子做陪房等现象外，《红楼梦》还有一笔描写到陪嫁丫头的作用，应该也是当时的婚俗。第九十七回"薛宝钗出闺成大礼"，我们知道，凤姐使用调包计为宝玉冲喜，只瞒过宝玉和黛玉二人。但在这一计谋中，要想使得婚礼得以顺利完成，有一个人的角色不可缺少，那就是陪嫁丫头。本来她们是要用紫鹃来应景的，但由于黛玉已是弥留之际，紫鹃不肯离开，所以只得换作雪雁。果然，在婚礼上，宝玉丝毫不怀疑自己娶的是林妹妹，因为他看到牵引新娘出来拜天地的是雪雁："下首扶新人的是谁，原来就是雪雁，宝玉看见雪雁犹想：'因何紫鹃不来，倒是她呢？'又想到：'是了，雪雁原是她南边家里带来的，紫鹃仍是我们家的，自然不必带来。'因此见了雪雁竟如见了黛玉一般欢喜。"

二、陪房"半主半奴"式特殊的身份和地位

在等级森严的封建社会，人们都被人为地划为不同的等级，就连生活在社会最低层的"贱民"——奴仆也被划分成许多等级，出现了不少"半主半奴"式的人物。考察《红楼梦》中这种有身份体面的"半主半奴"式奴仆大约有以下几类：一

是公子小姐儿时的奶妈,小说中又叫嬷嬷的;二是跟随小姐公子身边贴身伺候的大丫鬟,小说中又称"副小姐"的;三是负责管家的奴仆。这些人在主子面前是奴仆、是工具,他们服务和听命于各自的主子,但在其他奴仆面前,却又有支配使用甚至打骂其他奴仆的权利。作为主子姑娘从娘家带来的奴仆,虽然陪房属于贾府的外来者或后来者,但由于和女主人之间特殊的主仆关系,使得他们往往比较容易获得女主人的信任,从而成为女主人的心腹和左右手,有些甚至获得重用,出任管家等。在贾府,陪房似乎还成了某种特殊"身份"的标示。

在《红楼梦》的陪房中,大约以掌握实权的王夫人的陪房周瑞家的及其丈夫最有体面和身份。其一,他们都是贾府的大管家,周瑞专管荣国府一年春秋两季的地租,而周瑞家的则是贾府的主要女管家之一,负责奶奶小姐们的出门。其二,他们有自己独立的院子,家里也雇佣小丫头,甚至还认了个干儿子何三,生活上比有的主子一点都不差。其三,周瑞和他的儿子虽在小说中不怎么露面,但周瑞家的却十分活跃,处处都有她的身影;第六回刘姥姥进贾府,就是周瑞家的为"显弄自己的体面"自作主张领进来的。其四,就连宝玉、宝钗、黛玉、王熙凤等正经主子见面都要叫她一声"周姐姐",而凤姐的陪房丫头平儿更要喊她一声"周大娘"。

其实小说中还有两件事足以说明周瑞家的及其丈夫在贾府中的体面和地位。第一,他们女儿的婚姻。小说交代周瑞家的女儿嫁给的是一位古董商人冷子兴。我们且莫小看了这场婚姻的意义,因为周瑞家的女儿本为奴仆贱民,而古董商人冷子兴则属于社会上的良民。按明清律法规定贱民不得与良人通婚,但他们的女儿却能嫁给古董商人冷子兴,这里就只能有一种解释,即贾府主子开恩除了他们女儿的贱户奴籍,允许她从良(按:小说中获此殊荣的除了赖嬷嬷的孙子外,其他并不多见)。第二,他们儿子喝酒生事。周瑞家的儿子在凤姐的生日上,先是喝多了酒,后又把贺礼打翻了,凤姐派彩明去说他,他不仅不服教训,还骂了彩明。试想一下,什么样的奴仆敢这样大胆放肆,尤其是在贾府的管家婆凤姐的生日上?凤姐本想把他撵出贾府,但最终没有撵成,究其原因与其说是赖嬷嬷说情,不如说因为他不是贾府的家生子儿,而是太太陪房的缘故。

如果说周瑞家的是贾府中最有面子的陪房,那么作为贾府当家奶奶凤姐的陪房平儿则应该是其中最有权力的陪房。其实她也是很有体面的一位,得到了贾府众多主子的赏识。贾府的最高统治者贾母就曾说素日看好平儿的话,在凤姐生日上,平儿因贾琏偷情受了不少的委屈,贾母还命凤姐向平儿赔不是,宝玉也以能在她跟前略尽心意而感到宽慰。平儿生日的时候,凤姐不仅放她一天假,而且贾府的公子小姐们也一样为其庆贺生日。平儿在其他奴仆面前,更俨然被当作主子一般看待,婆子媳妇们也都对她非常殷勤、客气、尊敬,大观园中管厨房的柳氏甚至还向她磕头表示祝贺生日。当然,这除了她陪房的身份和通房大丫头的地位之外,也与她自己的性格和为人处事有关。在权力上,作为贾府管家婆凤姐的得力助手和左膀右臂,平儿"接触的是荣府中最敏感的神经中枢",①无疑她也拥有比一般管家奴仆更多更大的权力,可以独立决断许多事情。如丫鬟婆子她可以打可以撵,钱财上也有比较大的自主权。第六十九回,贾琏苦于没有银子为尤二姐办丧事,她却能轻易地"将二百两一包的碎银子偷出来"给他,可见她确实掌握了不少实权。

再有凤姐的另外两个陪房来旺和来旺媳妇,也是凤姐的心腹,虽不及平儿风光体面,但也非常有面子。来旺主要替凤姐跑腿外面的事,而来旺家的则专管凤姐出门之事。一次来旺媳妇为自己儿子求亲,遭到了丫鬟彩霞一家人的拒绝,于是就转去求贾琏夫妇。贾琏本不待管此事,因"看着她是凤姐儿的陪房,且素日出过力的,脸上实在过不去",后来了解到来旺儿子只是个会喝酒不成器的东西,就撒手不再管。最后还是凤姐亲自出面,将彩霞配给了来旺不成器的儿子,小说中这一回的回目即是"来旺妇依势霸成亲"。

邢夫人的两个陪房王善保家的和费大婆子,"起先也曾兴过,只因贾母近来不大作兴邢夫人,所以连这边的人也减了威势"。即使如此,她们的体面也是一般奴仆无法望其项背的。如一向爱财贪婪的邢夫人即把自己所有财产都交付给王善保家的来保管打理,王善保家的外孙女司棋还是贾府二小姐迎春的贴身大丫头。这就难怪王夫人要把王善保家的视为邢夫人的头号心腹,把抄检大观园的重任分派给她。在抄检大观园的过程中,王善保家的甚至仗着是邢夫人陪房,竟去搜庶出的小姐探春的身,结果当然是挨了极有自尊心的探春的耳光而收场。关于费大婆子,小说描写不多,仅有的一次是邢夫人正是听信她的挑唆,在贾母生日时,当着众人的面,给了凤姐一个下不了台,从而使得她们婆媳矛盾公开化。

以上我们略略描述了陪房这种不同于一般奴仆的特殊身份和地位,当然实际情况要更复杂一些,如陪房之间在地位、人际关系等也是不尽相同。正如李贵所说:"人家的奴才跟着主子赚些好体面,我们这等奴才白陪着挨打受骂的。"于

---

① 邸瑞平:《红楼撷英》,华东师范大学出版社,1997,第 361 页。

是我们便会看到小说中一些陪房，不仅丝毫没有上述的优越，相反地，由于受到主子的嫉妒或是主子姑娘本身的软弱可欺，他们的命运下场，有时甚至连一般奴仆都不如。如凤姐的陪房丫头本来有四个，除了平儿得到重用，另外的三个，不是死了就是早早地被凤姐打发了出去，而迎春的陪房丫头则更成了孙绍祖的玩物。

三、陪房作为奴仆的本质——工具性

陪房的这种"半主半奴"式的特殊地位，显然是与他们主子的势力、地位和权力密切相关的。或者换句话说，他们正是依附于女主人的势力、地位和权力，才能生活得比一般奴仆更体面些，并分享得一点点利益。当然他们在忘形得意之时，无论如何都要牢记自己作为奴仆的本质，尤其是他们作为女主人的一种特殊陪嫁品的本质——工具性，即便他们已陪嫁到男方家，成为男方家的奴仆，但在很大程度上，他们仍是女主人的私有财产。

陪房作为女主人会说话的工具，为女主人所使用、替主子办事、照顾主子的生活，如平儿伺候凤姐吃饭、梳洗、出门等，是其最基本的工作，也是他们作为陪嫁品的天职。然而事情显然远非仅仅照顾女主人生活起居，或者导引风俗礼仪这么简单。在伴随着女主人进入一个陌生的新家——贾府之后，陪房们包括他们的女主人发现，他们都已自觉或不自觉地被卷进了一股股家庭内部争权夺利的矛盾斗争中。在这种种错综复杂的矛盾斗争中，陪房自然也就成了女主人最可信赖的心腹和得力工具。他们的任务除了伺候好女主人、帮女主人理家之外，还要随时奉命办理一些更为紧要的事情，如抄检大观园、撵丫头等，而陪嫁丫头则更成了女主人笼络男主人和抬高自己地位的有力工具，如宝蟾、平儿的被收房做妾。下面我们以凤姐的陪房平儿和来旺夫妇为例，具体阐述一下陪房的工具性特征。

李纨曾对平儿说："你是你奶奶的一把总钥匙。"这句话不仅生动形象地概括了平儿在贾府中的地位和作用，而且还从另一个层面反映了平儿作为陪房所具有的工具性。无疑平儿和来旺夫妇都是凤姐得力的工具，为凤姐奔波效劳、帮凤姐从事放债甚至杀人放火等秘密事情。凤姐放高利贷，都是平儿和来旺媳妇经手的，平儿只负责帮凤姐收回利钱，来旺媳妇则负责外面钱银的收贷。来旺还是凤姐的杀人帮凶。凤姐假借贾琏名义，托长安节度使云老爷解除张金哥与原任长安守备公子两人的婚约,致使两个有情人双双殉情,凤姐却坐享白银三千,而帮助凤姐完成这件事的正是来旺。不仅如此,当凤姐的利益受到威胁时,他们都会为主子的利益而周旋。如贾琏在外面偷娶了尤二姐,凤姐的地位明显受到威胁,是平儿最先将贾琏偷娶尤二姐一事告诉的凤姐;来旺则在维护主子地位的这场官司中帮凤姐打点一切,怂恿张华状告贾蓉、贾琏等,必要时还亲自担纲"演出",帮凤姐完成了大闹宁国府这场戏,巩固了凤姐的地位。他如凤姐抱病时,探春代理日常家务,一次要拿凤姐开刀,平儿知情会意,便为凤姐进行了辩解,一席话说得探春消了火气,最终维护了凤姐的利益。

这里值得强调的是,平儿和来旺夫妇的服务都带有很明显的个人专利性质,而这专利权的拥有者便是凤姐。虽说贾琏是凤姐之夫,也是他们的主子,在一般情况下,他们也为贾琏做事,但当利益在这对夫妇之间产生冲突时,他们便会毫不犹豫地站在凤姐一边。例如凤姐放高利贷,平儿、来旺都清楚这件事,惟独瞒着的便是一家之主贾琏!有一次来旺媳妇送利钱的时候,差点被贾琏碰个正着,幸好平儿机灵,借香菱撒了个谎才蒙过去,过后还说:"二爷倘或问奶奶是什么利钱,奶奶自然不肯瞒二爷的,少不得照实告诉二爷。我们二爷那脾气,油锅里的钱还要找出来花呢,听见奶奶有了这个体己,他还不放心的花?"如此忠心地维护主子利益,这就难怪凤姐疼她了。此外,在凤姐的名誉方面,平儿也是极力维护的,尽其所能地为凤姐隐恶扬善,甚至在贾琏面前也一样。当贾琏吃凤姐的醋、怀疑凤姐与别人有染时,平儿便为凤姐辩解:"她防你使得,你醋她使不得。她原行得正走得正;你行动便有个坏心,连我也不放心,别说是她。"来旺一家瞒着贾琏替凤姐做下的勾当就更多了。除放债不说,凤姐在铁槛寺弄权得赃钱,最后害死两条人命就是背着贾琏做的,而帮凤姐完成这件事的便是来旺。再有凤姐背着贾琏让来旺唆使张华告状,凡此种种都是以凤姐为核心的"王家集团"做下的勾当,而贾琏对此却一无所知。贾琏的小厮兴儿一次这样对尤二姐说:"我是门上该班的人。我们共是两班,一班四个,共是八个人,有几个便是奶奶的心腹,有几个是爷的心腹。"由此可见平儿、来旺等陪房的服务具有很强的排他性,这种排他性有时是连主子的丈夫也不在其服务范围内的!

或许有人会问,陪房们何以要如此忠心赤胆、万死不辞地为主子服务呢?究其原因大概有三:其一,主仆之间的利益关系。封建社会主子和奴才的利益是息息相关的,对于处在从属地位的奴才来说,主子的利益便是最大的利益,只有主子获利了,他们的利益才能有所保障。所以为了自身的利益,他们首先便得为主子的利益服务。其二,封建等级观念的影响。封建社会统治阶级为了巩固自己的统治地位,大力鼓吹所谓的君臣思想,致使陪房们的思想中早已深深地烙上了"忠臣义仆"这四个字。他们认为主子就是自己的君王,君王的命令若不服从甚至违背,那么他们就是所谓的叛徒,从此陷于不忠不义的境地。所以,不忠的事情他们不会去做,因为那对他们来说是有违他们的职业原则的。其三,依附关系。在封建社会里,奴仆的人身自由受到很大限制,甚至完全没有人身自由。他们都是属于主子们的东西,主子要他们去干什么,他们就得去干什么,毫无反抗的余地。凤姐为了笼络贾琏,不顾平儿意愿,硬逼平儿给贾琏做妾,平儿只能屈从;如果她不屈从,鸳鸯、晴雯的下场就是她的下场。

总之,在贾府内部复杂的矛盾斗争中,女主人和陪房之间的主仆关系变得越来越紧密。一方面,陪房依附于自己的主子,女主人即是他们的靠山,是他们做事的主心骨,他们对主子也都忠心耿耿;但另一方面,女主人也依靠陪房,陪房成了女主人必不可少的臂膀。

四、陪房与贾府错综复杂的矛盾冲突

无疑,陪房在贾府许多矛盾冲突中都扮演着十分重要的角色。在抄检大观园中,探春曾说:"咱们倒是一家子亲骨肉呢,一个个都像乌眼鸡,恨不得你吃了我,我吃了你!""可知这样大族人家,若从外头杀来,一时是杀不死的——必须先从家里自杀自灭起来,才能一败涂地!"这是十分沉痛而又清醒的认识,而挑起这次《红楼梦》中最大矛盾冲突的主要人物就是邢夫人以及她的陪房王善保家的。尤其王善保家的,可以说王夫人正是听信了她的挑唆,才决定把暗中的调查改为明里抄检,其结果直接害死了晴雯、司棋,逐走了芳官、四儿、入画等,从而大大激化了贾府内部本就错综复杂的矛盾。下面我们拟通过透视陪房和主子、陪房与陪房、陪房与其他奴仆之间的矛盾冲突,再深入剖析一下陪房的本质。

1. 陪房与主子之间的矛盾

虽然陪房与主子之间的利益是一致的,但他们之间也同样存在着许多矛盾冲突。关于老一辈王夫人、邢夫人和她们陪房之间的矛盾冲突如何,或许由于他们之间早已达成一种默契,或许这些陪房们早已摸透了主子脾气,小说中写到的比较少。不过小说描写的年轻一代凤姐和陪房之间的矛盾冲突,却更具有一种典型意义。

凤姐与陪房之间产生的矛盾冲突,主要有两方面的原因:一是凤姐的嫉妒吃醋,二是凤姐对下人的严厉。当然第一个原因也和贾琏的好色有关,贾琏是个唯知淫乐悦己、并不知作养脂粉的色鬼,凤姐为了拢住贾琏的心,就硬逼着平儿做了贾琏的屋里人。但被收房做了妾的平儿,却一年也难得亲近几次贾琏,主要即是因为凤姐不仅是出了名的母夜叉,还是个醋坛子。我们从兴儿的谈话中知道,凤姐四个陪房丫头中,死的死、嫁的嫁,就只剩平儿一个。虽然作者对其他三个丫鬟的情况仅是一笔带过,但从尤二姐的死因不难猜出,她们很可能也是与贾琏夫妇的风月情债有关,以致死的死、被打发的被打发。所以对于贾琏的亲近,许多时候平儿只能是远远地躲着。即便如此,一次在凤姐的生日上,平儿还是由于贾琏和别人偷情而惨遭了凤姐夫妇的毒打。

另外,凤姐的性格中更有严厉的一面,尤其是对待下人,凤姐对他们轻则骂,重则打,就连王夫人的陪房周瑞家的都发过牢骚。作为凤姐的陪房,平儿、来旺也生活在凤姐的淫威之下,时时提心吊胆。平儿为尤二姐弄菜吃的事被凤姐得知,凤姐便骂平儿,"人家养猫拿耗子,我的猫只倒咬鸡。"对此平儿只能忍气吞声,并从此远着尤二姐。作为凤姐的另一心腹陪房,来旺也没少看凤姐的脸色。来旺因得知贾琏偷娶尤二姐一事没有及时告知,便被凤姐数落了一通,还差点挨打。在处理张华一事中,凤姐命令来旺暗地里把被利用过的张华干掉,但来旺认为那样做实在太恶毒,于是就偷偷地放跑了张华。总之,凤姐对他人的严厉,最后使她失去了人心,也造成了自己的悲剧。

处境与平儿相似、情形却不大相同的是薛家媳妇夏金桂的陪房丫头宝蟾。夏金桂把宝蟾赏给薛蟠,是利用她来对付香菱的,但宝蟾自成了薛蟠"过了明路"的屋里人,便把金桂忘在了脑后。当"内秉风雷之性的"夏金桂摆布了香菱又作践她时,她便不肯服低半点,先是拌嘴,后来金桂打骂她,她虽不敢还手,便大撒泼、打滚、寻死觅活,闹得薛蟠一身难以两顾,只好出门躲着。这是陪房与女主人的矛盾激烈化,是极少见的一种情形。

2. 陪房与陪房之间的矛盾

《红楼梦》中还有一个现象值得我们关注,那就是陪房与陪房之间的矛盾冲突,确切地讲,其实主要即是王夫人陪房和邢夫人陪房之间的冲突,这些冲突主要集中在小说第七十一至七十四回。

第七十一回的"嫌隙人有心生嫌隙",主要就是描写王夫人陪房和邢夫人陪房两派之间的矛盾冲突。两个管家婆子因几句话得罪了尤氏,周瑞家的因素日即与这几个人不睦,便告诉尤氏"我告诉管事的打她个臭死"。在听了凤姐一句"记上两个人的名字""凭大嫂开发",周瑞家的巴不得一声儿,"出来便命一个小厮到林之孝家传凤姐的话,立刻叫林之孝家的进来见大奶奶;一面又传人立刻捆起这两个婆子来,交到马圈里派人看守。"那么这两个婆子到底是什么人?他们为什么会和周瑞家的不睦呢?原来这两人中的一个是邢夫人陪房费婆子的亲家。这件事接着便引起了连锁反应,被捆婆子的女儿向管家林之孝家的求情,林之孝家的则提示他们应该去找邢夫人的陪房费婆子。这费婆子听说周瑞家的捆了她亲家,本来就已经对王夫人这边有头脸的人心怀怨气,越发火上浇油,仗着酒性,指着隔断的墙大骂一阵,又跑到邢夫人跟前求情,并极力把矛头指向了周瑞家的和凤姐。而邢夫人也早就对凤姐这个儿媳妇和王夫人走得近心生不满,于是在贾母的寿辰上,邢夫人当着众人的面给凤姐一个下不了台,且离间了王夫人、尤氏和凤姐之间的关系。

关于这场矛盾冲突以及后面第七十四回抄检大观园的本质,诚如有人已经指出的:"老婆子们在这些回目中的出现和尽情表演是荣府上层主子间、下层奴才间、主子与奴才间各种长期掩盖的矛盾尖锐化表面化的结果。""她们是女主子间矛盾争斗中性格阴暗面的化身。"①换句话,也就是说陪房与陪房之间的矛盾冲突,其实质反映的则主要是荣国府女眷邢、王二夫人之间的矛盾冲突,象征的"是荣府经济困窘,后继乏人,即将衰败的征兆"。②

3. 陪房与其他奴仆之间的矛盾

在陪房与其他奴仆之间的矛盾中,凤姐的陪房平儿可说是个例外,她既未做过任何仗势欺人或打击报复的事情,也很少与别的奴仆发生冲突,她以她的善良赢得了大多数仆人的尊重。然而其他的陪房们就远没有平儿这么好心,凤姐的另一个陪房来旺家的就曾仗势欺人,为儿子强娶了丫鬟彩霞。至于邢、王二夫人的陪房则更是挑拨离间、仗势欺人的主儿,是奴才中的恶奴的典型。探春有一句话可以作她们的定评:"狗仗人势,天天作耗,专管生事。"

说到邢夫人和王夫人的两个陪房王善保家的、周瑞家的,让我们还是回到抄检大观园的事件上来。无疑这两个陪房都在其中扮演着十分重要的角色,在抄

---

①② 谢遂联《红楼灰影:〈红楼梦〉中的老婆子》,载《明清小说研究》,2001(1)。

检的过程中,她们一路上明争暗斗,名义上她们都是受自己主子委托,但却从不乏自己的某种意图在里面,那就是借机打击对方。不仅如此,整个事件中她们对大观园丫鬟们的迫害,也折射出她们另外一种阴暗变态心理。王善保家的就因为大观园中的丫鬟们尤其是晴雯等不大趋奉她,便调唆着王夫人进行抄检大观园,最终撵了晴雯。周瑞家的在赶司棋出大观园时也是毫不留情,连宝玉的面子都不给,还咄咄逼人:"你如今不是副小姐了,要不听我说,我就打得了你。"也是因为"素日深恨她们大样"。分析她们共同的心态即是,她们自认为的优越感在大观园里受了挫折,于是她们便心生怨恨,因此趁机报复。她们迫害其他丫鬟时所表现的嘴脸,实在是变态而可恨可憎!

最后略补充一下陪房"半主半奴"的两面性特征。一方面,他们是奴仆的身份,是伺候主子、替主子办事的;另一方面,他们的地位又高于其他奴仆,沾上了一点主子的气味。由于长期处于半主半奴的地位,他们大多变得心性乖滑,具有很突出的两面性。如周瑞家的善于看人说话,应酬自如。她可以当面批评刘姥姥在凤姐跟前不会说话,可以直呼水月庵的老尼姑为"秃歪剌",但对凤姐却说:"如今等奶奶的示下。"非常的恭敬。当尤氏受到荣国府两个婆子慢待时她对尤氏说的是:"可了不得,气坏了奶奶了。偏我不在跟前!若在跟前,且打给她们几个耳光,再等过了这几日算账。"俨然一副管家婆的嘴脸。既有奴仆的谦卑,又有主子的架子。

结　语

在封建社会里,嫁妆对一个女子来说无异于一架天平,它是衡量一个女子在婆家分量的一把重要标尺,而陪房正是这份嫁妆中的一个特殊的组成部分。陪房的多寡、得力与否是决定主子姑娘在婆家能否站稳脚跟的重要因素。凤姐曾在贾琏面前骄傲地炫耀:"把太太和我的嫁妆细看看,比一比你们的,那一样是配不上你们的!"而平儿、旺儿正是这份嫁妆中的特殊组成部分,丰厚的嫁妆让凤姐在贾家尽显威风体面,而陪房则加固了凤姐在贾府的统治地位。在小说中,作者把李纨刻画得清心寡欲、槁木死灰,但这位奶奶却曾在无意中透露自己缺个臂膀的心事。与其说李纨是与世无争,倒不如说她是实力不如人家,只好任人摆布罢了。陪房是主子利益的代表,他们不只是简单的奴仆身份,而是兼具主子与奴才的双重身份。因此属于不同主子的陪房之间也存在着不同程度的冲突,这主要取决于他们主子的利益所在。如王善保家的时常有意给王夫人出难题,这实际上是邢夫人与王夫人存在利益冲突的表现,王善保家的只不过是邢夫人的代言人罢了。同样作为陪房的平儿、来旺夫妇实际上是以凤姐为利益中心的封建社会内部权力纷争的一股势力,随着主子嫁入贾府而融入贾府的权力系统中,打破贾府原来权力系统的旧有面貌,使贾府内部的权力得以重新分配,最终达到新的平衡。

(原载《红楼梦学刊》2004 年第 4 期)

《红楼梦》里绰号多

一

民间有句俗语云:"有起错了的名字,没有叫错了的绰号。"的确,"一个人的名字也许说明不了什么,但一个人的(绰)号则多半是有意思的、有意义的。"[①]那么什么是绰号呢?绰号就是人的外号,又叫诨号、诨名(浑名)、混号、混名,俗又称作花名、野名。"是人们凭着机智根据对方的外貌、性格、特长、嗜好、生理特征、特殊经历等特点而命名的一种带有戏谑、幽默、讽刺色彩,或用以臧否人的称谓符号"。[②] 研究绰号文化不难发现,其实绰号也是人类姓名文化中普遍存在的一种特殊称谓现象,古今中外,帝王将相、社会名流、村夫野老、医卜百业,各式人等,皆可能有绰号。

王利器先生说:"绰号的使用有着深广的历史意义和社会基础。"[③]中国的姓名文化是世界姓名文化中最复杂独特的一种,而它的绰号文化也是富有民族特性和丰富多彩的。关于中国人绰号的特性,"中华一家人网"上有两段精彩的文字,兹引述如下:

> 它(绰号)和别号、斋号的初级性区别,似在于几乎全部为他人所取,然后得到公认,使用性完全不取决于担当者本人的意愿。而任何一个绰号在获得多数人认可之前,又几乎全部是通过口耳相传的途径传播,这与别号、斋号的发生与流传照例都依赖文字自署、又多借助作品的方式形成中级性区别。很多绰号都在与相貌、姓名、生理特征相结合的条件下,对担当者的禀赋德性、行为举止等做出外观与内涵有机统一的概括,同时富有强烈的公

[①] 古龙语,转引自陈墨《金庸小说艺术论》,百花洲文艺出版社,1999,第474页。
[②] 王泉根:《中国人名文化》,团结出版社,2000,第322页。
[③] 参见作家出版社编辑部编《水浒研究论文集》,作家出版社,1986,第272页。

众舆论的褒贬性能，从而也在某种程度上构成社会评判机制的一个部分（其间因阶级立场、文化教养和道德观念的不同所造成的分歧乃至错误性导向，是另一回事）。因此，它又和别号、斋号通为取用者个人思想感情的表述或纯主观的自我评判和标示，形成高级性区别。

从语言艺术看，绰号对汉语文化潜力的开掘，在修辞手法上所达到的造诣，远远超过了名讳、表字、别号、室名之类的平均水准。也许大多数绰号都不像前者那样或出于经典、或工于雕琢，缺乏书卷气雅致味，但它们运用简练精辟的语言所塑造的艺术形象，却真正能使担当者在人闻见时获得一种立体感。

绰号既然有着如此丰富而独特的文化内涵，又是这样与人的日常生活密不可分，因而它也就必然与号称"人学"的文学结缘了；当然，如有人想要考证绰号是什么时候进入文学作品的，肯定是一件吃力不讨好的事情。由于绰号能运用简练精辟的语言塑造形象，从而使担当者在人闻见时真正获得一种立体感，所以鲁迅先生给那些擅长起绰号的人们以很高的评价，他说："创作难，就是给人起一个称号或诨名也不易。假使有谁能起颠扑不破的诨名的罢……倘弄创作，一定也是深刻博大的作者。"[1]考察中国的俗文学传统，事实似乎也正如此，以称号或诨名作为塑造人物的手段，已久为小说家所习用。这其中自然又以《水浒传》最突出、影响也最大，百八人皆有诨名，可谓是诨名的集大成。现代作家赵树理显然也是这方面的翘楚，他的乡土小说中以绰号命名的人物比比皆是，据他说那是因为"农民差不多都有绰号"的缘故。而当代流行的武侠小说更是承继了它的祖宗《水浒传》这方面的传统，其中金庸小说中的人物绰号最多也最脍炙人口。总之，纵观中国俗文学史，其人物以绰号名扬天下者，如"豆腐西施""孔乙己""骆驼祥子""芦柴棒""座山雕""二诸葛""三仙姑""东邪、西毒、南帝、北丐"等等，可说是数不胜数，有时甚至于这些人物的本名是什么，人们倒往往并不怎么在意了，这也正反映了小说家们在创造人物形象上绰号命名艺术使用的成功！

《红楼梦》是我国古代小说中的经典，它的人物命名手法之高妙、用心之精细、寓意之深刻，历来为人们所激赏。太平闲人张新之说："是书名姓，无大无小、无巨无细，皆有寓意，甄士隐、贾雨村自揭出矣，其余则令读者自得。有正用，有反用，有庄言，有戏言，有照应全部，有隐括本回，有即此一事而信手拈来，从无随

---

[1] 《鲁迅选集(4)》，中国青年出版社，1991，第199页。

口杂凑者,可谓妙手灵心,指麾如意。"①清人周春也说:"盖此书每于姓氏上着意,作者又长于隐语庾词,各处变换,极其巧妙,不可不知。"②而今人也对《红楼梦》的人物命名艺术进行了更深入细致的研究和总结,著名红学家胡文彬先生即说:"曹雪芹通过《红楼梦》人物的命名取号,选姓定字,为小说人物涂上了艳丽夺目的色彩,成为全书艺术构思时不可缺少的艺术细胞。这些人物形象的命名不仅是一种符号而且还具有深刻的内涵和审美价值。"③傅憎享也说:"《红楼梦》中人物创名,已不再是抓取人物的表征,而是涵融着人物的内质与灵魂。名字成了人物性格的标志、命运的纹章。"④但阅读以往的研究似也不无某种遗憾,如人们多关注的是小说中那些新雅不俗或寓意深刻的人物命名,而对于其中众多以俗为美取义显豁的绰号命名艺术,还缺少必要的展开和论述。我们认为不仅小说的人物命名获得了巨大成功,即使这些绰号,也大多可以称得上是"颠扑不破的诨名","真正能使担当者在人闻见时获得一种立体感",同样体现了作者高超的命名技巧和艺术成就。

二

在生活当中,许多人都喜欢给别人起绰号,因而自己也就随时有被别人取绰号的可能,这其中尤以市井和江湖间更为常见;在我国元明以后,绰号甚至还成了市井文化和江湖文化的重要表征之一。这些绰号既有为熟人所取所送,也有不少不知是谁第一个这样子叫,然后大家都叫了起来的;有的人的绰号是可以当面叫的,甚至某些人自己也引以为豪,但有的绰号却万万不能当面叫;还有的人干脆就以绰号为名行世,于是就常常出现自呼绰号的现象。总之,生活中人们有绰号是再自然不过的事情了。《红楼梦》虽是我国古代一部以贵族家庭生活为主要描写对象的世情小说,但其中也描写到了许许多多人物的绰号以及为别人取绰号打趣人的现象。不仅市井游民奴仆丫鬟下人们有绰号,就连主子奶奶小姐公子们也有绰号,从而构成了不同于小说中人物的大名别号或雅号的另外一种有趣的姓名文化现象。关于小说中人物的绰号,我们根据其在小说中的命名

---

① 三家评本《红楼梦》,上海古籍出版社,1988,第5页。
② 周春:《阅红楼梦随笔》,中华书局,1958,第9页。
③ 胡文彬《红楼梦与中国姓名文化》,载《红楼梦学刊》,1997(3)。
④ 傅憎享《小说人名比较小议》,载《红楼梦学刊》,1994(4)。

来源大体可分为三类：

1. 作者假托世人、街坊、邻里所取

生活中一个人的绰号是如何叫起来的，有时往往并不容易考证，比较通常的情况是大家都这么叫，于是就流行了起来。所以作者也就假托世人、街坊、邻居或熟人为小说中的人物取一些绰号。如因为二十把古扇被贾雨村投入监牢的石呆子，就是"混号儿世人叫他做石呆子"。薛蟠的外号"呆霸王"也是世人所取："这薛公子的混名人称'呆霸王'，最是天下第一个弄性尚气之人，而且使钱如土。"贾芸在街头遇见的那位颇有侠气的醉汉倪二的绰号叫"醉金刚"，听他口气不难猜出他的绰号当为街坊邻里所取，有意思的是他自己也呼自己的绰号："有什么不平的事，告诉我，替你出气。这三街六巷，凭他是谁，有人得罪了我醉金刚倪二的街坊，管叫他人离家散。"这里倪二的自报绰号不无江湖习气的特征。其他如算卦的"毛半仙"、测字的"刘铁嘴"、马贩子"王短腿"等大都属于此类。

第二十一回中那个与贾琏有奸情和很多人私通的"多姑娘"，以及她的丈夫"多混虫"，他们的绰号当是荣国府里与他们有关系的人所取，"不想荣国府内有一个极不成器破烂酒头厨子，名唤多官，人见他懦弱无能，都唤他做'多浑虫'"。而他的"这个媳妇美貌异常，轻浮无比，众人都呼他作'多姑娘'"。天齐庙的当家道长王道士的绰号"王一帖"，也是宁荣两宅的家人们所取，"这老王道士专意在江湖上卖药，弄些海上方治人射利。这庙外现挂着招牌，丸散膏丹，色色具备，亦长在宁荣两宅走动熟惯，都与他起了个诨号，唤他作'王一帖'"。而第九回闹学堂一事起因的两个学生"香怜""玉爱"，是满学中送给他两个的外号。邢夫人的弟弟邢德全的绰号"傻大舅"，则是跟他一块儿吃喝的狐朋狗友们所取，"这个邢德全只知吃酒赌钱、眠花宿柳为乐，手中滥漫使钱，待人无二心，好酒者喜之，不饮则不去亲近，无论上下主仆皆出自一意，并无贵贱之分，因此都唤他'傻大舅'"。

2. 具体为小说中某人所取

生活中相熟悉的人或亲朋好友也会经常取一些相互戏谑的绰号，这类绰号多取义于开玩笑打趣或善意的讥讽等。《红楼梦》的作者即让小说中互相熟悉的人给对方取一些有趣的绰号，这类绰号更加生活化，命名取义也比较贴切。我们可根据辈分不同，大体把小说中的这类现象分作长辈给晚辈起（包括主人给奴仆起的）绰号、平辈之间起绰号，以及仆人给主子和小辈给长辈取绰号等几种情况。

先说长辈给小辈取绰号的情况。小说第三回，贾母就用一连串的绰号来向林黛玉介绍王熙凤。贾母笑道:"你不认得她,她是我们这里有名的一个泼皮破落户,南省俗谓作'辣子',你只叫她'凤辣子'就是了。"老祖宗用绰号来跟凤姐开玩笑,很说明了凤姐在贾母心中的位置。同样第三回,王夫人在向黛玉介绍宝玉时称的也是绰号:"我有一个孽根祸胎,是家里的'混世魔王'……你这些姊妹都不敢沾惹他的。……他嘴里一时甜言蜜语,一时有天无日,一时又疯疯傻傻,只休信他。"关于主子给仆人取绰号的例子,如贾母身边命名为"傻大姐"的丫鬟,显然是个绰号。贾母因喜欢她爽利便捷,又喜她出言可以发笑,便又起名为"呆大姐""痴丫头"等,也都是绰号。再如凤姐叫林之孝夫妇为"天聋、地哑","林之孝两口子都是锥子扎不出一声儿来的,我成日家说,他们倒是配就了的一对夫妻,一个天聋,一个地哑,那里承望养出这么个伶俐的丫头来"。

再说平辈间互取绰号的情况。小说中似以宝钗给人取的绰号最多,计薛宝钗给人起的绰号有:称香菱为"诗魔""诗呆子",称湘云为"诗疯子",称黛玉为"促狭嘴",第三十七回结海棠社时又给宝玉起了两个绰号"无事忙""富贵闲人"等。他如黛玉以"呆雁""银样镴枪头"来打趣宝玉,晴雯、麝月等用"西洋花点子哈巴儿"来讥讽袭人,凤姐说尤氏是"没嘴葫芦",平儿说晴雯是块"爆炭"等,都是平辈间打趣或取笑的绰号。而黛玉以探春的诗社雅号"蕉下客"来打趣探春,使这一雅号也同时具有了绰号的功能。

关于晚辈给长辈起绰号的情况比较少见,主要是封建社会非常讲究尊卑之礼,由于绰号多是一些不庄重的称谓,故小辈一般不敢以绰号来跟长辈开玩笑。但小说第四十一回,黛玉就给刘姥姥取了个很不雅的绰号"母蝗虫",并把惜春画的画取名叫作《携蝗大嚼图》,惹得大家大笑不止。这是因为刘姥姥并不是她们真正的长辈,所以黛玉和众人才敢打趣她。另外一种仆人、下人给主子起绰号的情况,倒是很常见,但这类绰号却一般不能让主人知道,只是仆人们中间这样叫罢了。关于仆人给主子起绰号的描写,集中在第六十七回兴儿向尤二姐介绍贾府人物的时候,如称王熙凤是"醋坛、醋瓮、醋缸",李纨的诨名叫作"大菩萨",二姑娘的诨名是"二木头",三姑娘诨名"玫瑰花",林黛玉是"多病西施",薛宝钗是"冷美人",等等。

3. 其他类别的绰号命名

姚燮在《读红楼梦纲领》中谈到《红楼梦》回目制作的特点:"《红楼》之制题,如曰俊袭人、俏平儿、痴女儿、情哥哥、冷郎君、勇晴雯、敏探春、时宝钗、慧紫鹃、慈姨妈、呆香菱、憨湘云、幽淑女、浪荡子、情小妹、苦尤娘、酸凤姐、痴丫头、懦小姐、苦绛珠、病神瑛之类,皆能因事立宜,如赐美谥。"①姚氏的这段话道出了作者在制题上的个中三昧,这些"美谥"多能以一字点出人物的性格,表达了作者对人物的爱憎褒贬。但其中的一些称谓符号似更近于绰号的特征,如花解语、尴尬人、冷郎君、滥情人、浪荡子、嫌隙人、河东狮、中山狼等,这些称谓符号或幽默、或讥讽、或褒或贬,总之,都具有通俗易懂、生动形象、针对性强、有浓烈的刺激性等特点,尽管作者在小说中并没有明白说出它们所指代或比喻的是谁,但由于这些称谓概括了某些人的性格特征,因此我们很容易就能把它们归到某个人的名下;如果我们说这是作者运用另外一种方式在给他的人物起绰号,相信也会得到大部分人的认同。

还有一种情况是小说中常使用一些比喻,将某人比喻成某种东西或物件,由于这些喻体和本体之间的相似性,使得这些喻体仿佛就是某些人的绰号(其实比喻也是绰号最常使用的修辞)。如第五十五回凤姐生病,由探春来理家,李纨和宝钗相协助。由于他三人如此一理,更觉比凤姐儿当差时倒更谨慎了些。于是里外下人都暗中抱怨说:"刚刚的倒了一个'巡海夜叉',又添了三个'镇山太岁'。"这里把凤姐比作"巡海夜叉",把三人形容为"镇山太岁",既形象又通俗生动有趣。尤其把凤姐比喻为"巡海夜叉",还与前面贾琏曾经将凤姐比过"夜叉"联系了起来,当然后一个"夜叉"主要是"母夜叉"的意思。这里我们完全可以把"巡海夜叉"看成是下人们给凤姐取的另一个绰号。至于"镇山太岁"通常是男人的绰号,这里用来比作女儿,也非常有趣,也可以说取得了与绰号一样的效果。另外凤姐比喻黛玉为"美人灯"、李嬷嬷骂袭人是"狐媚子"、贾琏把凤姐比作"醋坛"等,都是相当生动形象、贴切传神,比较好地呈现出了人物的独特风貌。当然,王夫人之骂晴雯和芳官两人为"狐狸精",则不免是冤枉了她们。

三

以上我们略梳理分析了《红楼梦》中关于小说人物绰号的形成及分布情况,这里显然还不是全部,但从数量上就已达几十个之多,涵盖了小说几乎所有重要角色。不仅主要人物有绰号,次要人物也有;不仅男人有,女人也有,有的甚至还有不止一个。这些绰号的题材也各色各样,有的雅,有的俗,有的新,有的旧,有

---

① 一粟编:《古典文学研究资料汇编:红楼梦卷(1)》,中华书局,1963,第171页。

的褒,有的贬,有的可以当面叫,有的只能背后说。凡此种种,都充分证明了作者以绰号来反映生活和塑造人物形象的深刻用心,并且在艺术上也取得了不少的突破和创新。下面我们拟就作者的人物绰号命名艺术和技巧再作一些简单的探讨。

《红楼梦》的作者显然是善于给他的人物取绰号的,这些绰号的命名也取得了与小说里人物的名字、雅号、别号等相同的艺术水准,只不过一含蓄蕴藉而深刻、一通俗显豁而诙谐而已。作者在小说里充分调用了取绰号所能使用的各种修辞手段如比喻、双关、夸张、借代、仿拟、反语、反用、别解等,运用简练精辟的语言,塑造了众多具有立体感的艺术形象。简而言之,《红楼梦》的绰号命名艺术手法是多种多样的,限于篇幅,我们不能一一枚举,以下仅对几个比较突出的特点做一简要的概括和介绍。

1. 绰号的重名和通用

"绰号由于设喻用典、格式套路都有鲜明的民族习惯性,再加上人们之间的相似的特点,这就出现了绰号的'重名'与通用现象。"[1]现实生活中如"书呆子""好好先生""应声虫""包青天"等绰号就曾被不同时代不同地域的人们所广泛使用。《红楼梦》中也有不少这类"重名"与通用的绰号,如"毛半仙""刘铁嘴""山子野""辣子""泼皮""破落户""醋坛""河东狮""中山狼""混世魔王"等,当都系作者从生活中不费吹灰之力提炼借用而来。但这里又需要区别开来,如"毛半仙""刘铁嘴""山子野""石呆子""傻大姐""王一帖""大菩萨"之类者,比较简单,不过是作者直接借用或稍稍改动一两字,其绰号并无具体深意;还有一种情况是作者虽一字未改,却通过故事设计或角色置换做到旧名一如新名,使绰号别开生面,另具了一番新意。

如"外具花柳之姿,内秉风雷之性"的夏金桂绰号"河东狮",就是一个通用的绰号,生活中本意指那些厉害得能制服丈夫的女人,而她的丈夫薛蟠绰号是"呆霸王"。他们夫妻二人一个是"呆霸王",一个是"河东狮",作者最后以"河东狮"制服"呆霸王"来构造他们的故事,就使得"河东狮"夏金桂的人物形象鲜活了起来,且与同一回孙绍祖的绰号"中山狼"形成了对仗。同样孙绍祖的绰号"中山狼"也是一个通用的绰号,世人常以之比喻那些残暴凶恶忘恩负义的小人。小说中的孙绍祖显然就是个"中山狼"式的人物,有趣的是作者早在第五回迎春判词

---

[1] 侯广旭《绰号的社会语用分析》,载《语言教学与研究》,2001(3)。

里已埋下伏笔:"子系中山狼,得志便猖狂。"就以"子系"合成"孙"字来巧妙地指出孙绍祖是个"中山狼"了,而绰号"二木头"的迎春也终于惨死在他的蹂躏中,从而印证了孙绍祖"中山狼"般的残暴凶恶本性。另外,王夫人叫的贾宝玉绰号"混世魔王",也由来已久,《水浒传》中全真先生樊瑞绰号即"混世魔王",《隋唐演义》中程咬金的绰号也叫"混世魔王"。而王夫人向黛玉说贾宝玉是家里的"混世魔王",表面上是说他是个行为乖张的大恶魔,实际上则是一种昵称。再如贾母给凤姐的三个绰号:"泼皮""破落户""辣子",也是生活中常用的绰号。"泼皮""破落户"一般是用来指称男人,意指无赖,如"醉金刚"倪二贾芸心里就叫他"泼皮"。这里用来借指凤姐,显然是置换了角色,既点出凤姐从小充男子教养的生活经历,又指出她的行事颇具男子的一些风格。关于"辣子"的绰号,据章太炎《新方言》卷三《释言》称:"江宁谓人性狠戾者剌子。"陈昭说:"疑'剌子'即'辣子',与'泼皮'意同。"①其实南方北方人都常用此绰号,如南方人称泼辣的女子为"辣妹子",北方人则专称那些嘴头厉害的女人为"小辣椒",而小说里的"凤辣子"兼而有之,使这一绰号又别具了新意。

2. 绰号的改造与创新

《红楼梦》作者不仅对旧绰号通过故事设计或置换角色翻出新意,做到了旧名一如新名,而且还善于改造旧绰号,赋予新意义。如花袭人的绰号"花解语"典故即出于"解语花",作者改"解语花"为"花解语",不仅暗合了第十九回花袭人对宝玉的规劝,也正对应了花袭人的姓名。再如"诗魔"的典故,古人很早就称嗜诗极深的人为"诗魔",博古通今的宝钗不仅用这个典故来打趣香菱为"诗魔""诗呆子",还打趣了湘云为"诗疯子",这既是绰号里的仿拟手法,也是对旧号的改造。类似的还有对"霸王""夜叉""金刚"等生活中常见绰号的改造,薛蟠的绰号"呆霸王"即增加了一个"呆"字便突出了人物的性格特征,王熙凤的绰号"巡海夜叉"则增加了"巡海"二字反映了她对下人管家的严厉,"醉金刚"倪二的绰号在"金刚"前面加一"醉"字,塑造了外表凶恶但却富有侠义心肠的醉侠形象。他如"冷郎君""多病西施""山子野""冷美人"等都属此类,读者皆可一一自得,不再赘述。

《红楼梦》中最值得人们称赏的无疑还是作者发挥他那创造性的艺术天才为小说里的人物所命名的一系列全新的诨名与绰号。"富贵闲人""无事忙""绛洞花主""美人灯""二木头""母蝗虫""西洋花点子哈巴儿""爆炭""多浑虫""多姑

---

① 陈诏:《红楼梦小考》,上海书店出版社,1999,第150页。

娘""禄蠹""鱼眼睛""馒头庵""护官符"等，无不抓取了人物或物品的突出特征，以简洁的语言艺术做到了象形毕肖，"真正能使担当者在人闻见时获得一种立体感"。它们应都属于鲁迅先生所谓的"颠扑不破的诨名"之类。这类绰号的命名是建立在作者广博的识见和对人物性格充分把握的基础之上。如以"爆炭"来比喻晴雯火爆的脾气性格，以当时贵族家庭才有来自外国的"西洋花点子哈巴儿"比喻袭人的温顺俯首帖耳讨好主子，都形容惬当、形象鲜活，而题材来源一中一西，尤其"西洋花点子哈巴儿"的绰号借用外国物品点题，反映了作者兼容并蓄的生活观念和创作态度，确是作者的又一种创新。它如"富贵闲人""无事忙""绛洞花主""美人灯""二木头""母蝗虫""多浑虫""多姑娘"等绰号或俗或雅，或戏谑或讽刺，或有典故出处，或自出机杼，亦同样反映了作者才情识见的深刻博大。

3. 一人多号与多人一号

由于绰号的取义角度不同或为不同人物所取，于是就出现了一个人有两个或两个以上的绰号。如汉末荆州刺史刘表就有"人俊""笑谈客"两个诨号，开国大将许世友也被人称"猛张飞""活李逵"等。《红楼梦》中的这类现象亦自不少。如凤姐的绰号就有贾母给送的三个："泼皮""破落户""凤辣子"，下面的仆妇们又称她为"巡海夜叉"，她的丈夫贾琏则称她为"夜叉"（母夜叉的意思）、"醋坛子"等，凤姐一人就有五六个绰号。另外，不止一个绰号的人物还有花袭人（"花解语""西洋花点子哈巴儿""狐媚子"）、薛蟠（"呆霸王""滥情人""薛大傻子"）、林黛玉（"多病西施""美人灯"）、刘姥姥（"母蝗虫""女篾片"）等。当然绰号最多的还是小说第一主人公贾宝玉，有他母亲叫的"混世魔王"，有小时候干的营生"绛洞花主"，有丫鬟们叫的"凤凰"，有老祖宗喊的"命根子"，有黛玉打趣的"呆雁""银样镴枪头"，有宝钗开玩笑的"无事忙""富贵闲人"等。前前后后一共有近十个绰号，构成了宝玉大名小名雅号别号之外的另外一种有趣的姓名符号系统。

多人一号也是绰号文化中的一个有趣现象。如近代被曹锟收买的国会议员时人就统称为"猪仔议员"，而民间更有"十三太保""四大金刚"等之类的绰号。《红楼梦》中多人共一绰号的现象并不很多，约有几处，如下人们称李纨、探春、宝钗三人为"镇山太岁"，作者把那些搬弄是非勾心斗角的人叫作"嫌隙人"，称邢夫人、鸳鸯的嫂子为"尴尬人"等。小说里还有两个比较独特的多人一绰号现象，即贾宝玉给那些追求功名利禄的人起的"禄蠹"和骂那些可恨的老太婆为"鱼眼睛"。前者见第十九回袭人劝宝玉："凡读书上进的人，你就起个外号叫做'禄蠹'。"被宝玉骂为"禄蠹"的人既有贾雨村之流，也有他的对立幻影"甄宝玉"，更有那些劝他读四书五经谈经济文章入了"国贼禄蠹"之流的女儿们。而给那些老女人起"鱼眼睛"的绰号则出自他著名的"女儿三段论"。

4. 东西物件起绰号

生活中有时候人们也会给身边的东西物件起个通俗易懂易记的绰号。如老百姓称青楼为"窑子"、现代人把走私货叫"水货"等。小说里也有作者假托世人给起的两个有趣的诨号,即"馒头庵"和"护官符"。馒头庵的原名叫水月庵,本是贾府的家庙,但老百姓"因他庙里馒头做得好,就起了这个浑号"。当然作者并非仅为了通俗有趣才起了这样的绰号,这个绰号显然是受启发于小说中妙玉所喜欢的那两句诗:"纵使千年铁门槛,终需一个土馒头。"妙玉以之为自己起了个不俗的雅号"槛外人",而作者又把"馒头庵"作为绰号送给了水月庵,表达了对水月庵里的尼姑们所干的肮脏事的嘲讽。第四回中出现的"护官符",其实只是个地方豪族的名单,但它却有着不同一般的来历:"如今凡做地方官者,皆有一个私单,上面写的是本省最有权有势、极富极贵的大乡绅名姓,各省皆然。倘若不知,一时触犯了这样的人家,不但官爵,只怕性命还保不成呢!所以绰号叫做'护官符'。"陈昭说它"反映了官僚阶层的本质,是一种由来已久的陋规恶习",[①]并罗列了历史上一些生动的事例,可参看。

四

综上所述,《红楼梦》的人物绰号命名确是小说中一个十分突出的现象,是其人物姓名文化的重要组成部分,而作者也以其丰富的艺术手法和独特的艺术创造,使《红楼梦》的人物绰号命名取得了不同于以往的艺术成就。

1. 正因写实,转成新鲜

在江湖文化中,一个人的绰号往往比他本人的真名更重要,所以《水浒传》的人物几乎人人都有诨名。《红楼梦》写的是一个贵族大家庭的兴衰过程,其中也写了许多人物绰号,但已丝毫没有了《水浒传》人物绰号的传奇色彩,而更倾向于平实。它写主子的绰号、仆人的绰号、男人的绰号、女人的绰号以及小姐公子的绰号,写绰号的命名来源以及姐妹们互取绰号相戏谑的日常生活细节,其中充满了生活情趣。这既反映了生活的真实样态,也体现了作者的一种新的审美追求。

---

① 陈诏:《红楼梦小考》,上海书店出版社,1999,第82页。

鲁迅先生在谈到《红楼梦》打破传统手法时曾有一著名论断："正因写实,转成新鲜。"①从某种意义上,《红楼梦》对人物绰号的细节描写也未尝不可以看作是一种"新鲜"的写实！

很显然,《红楼梦》的绰号都是活生生的生活化的产物,而作者也尽可能把对绰号的描写融于平淡无奇的日常生活中。典型的例子是第四十二回黛玉给刘姥姥取绰号"母蝗虫"的一段精彩描写。这里既写了黛玉的幽默诙谐,又写了宝钗的解说以及众姊妹的笑声,是小说中一个十分精彩的场面描写。作者显然也比较喜欢自己的这段故事,于是就连这一回的回目都赫然大书为"潇湘子雅谑补余音"。再如第六十五回的兴儿"演说"荣国府,若从绰号命名的角度,分明也是一段好文章。它写下人背着主人给他们起绰号,尤其是给他们的女主人取绰号,确是其他小说中少有的。而这些绰号也大都形象生动、爱憎分明,富于生活气息。这些描写如同小说中大家族的吃饭、看戏、吟诗结社一样成了小说不可分割的组成部分。

2. 提挈人物的全般

鲁迅先生在谈到《水浒传》人物诨名特点时曾说："不过着眼多在形体,如'花和尚鲁智深'和'青面兽杨志';或者才能,如'浪里白跳张顺'和'鼓上蚤时迁'等,并不能提挈这人的全般。"②先生的意思,《水浒传》中的绰号虽然不乏"形容惬当"之妙,但多着眼于人物表征,故不能真正揭示人物的性格内质。考察《红楼梦》的人物绰号命名则大部分是属于性格类型的,如"呆霸王""傻大舅""凤辣子""富贵闲人""无事忙""冷美人""河东狮"等,它们抓取的"已不再是人物的表征,而是涵融着人物的内质与灵魂",故能"提挈这人的全般",而这样的绰号也才符合先生所谓的"颠扑不破"的诨名的标准。

首先,小说中许多诨号都能同时点破诨名所蕴含的本质。如兴儿演说荣国府介绍几位女主人时,"我们家这位寡妇奶奶,她的诨名叫作'大菩萨',第一个善德人。……二姑娘的诨名是'二木头',戳一针也不知哎哟一声。三姑娘的诨名是'玫瑰花'。……玫瑰花又红又香,无人不爱的,只是刺戳手。也是一位神道,可惜不是太太养的,'老鸹窝里出凤凰'。"这些绰号即运用了简练精辟的语言,抓取了人物某方面的性格特征,"使担当者在人闻见时获得一种立体感"。其次,作

---

① 鲁迅:《中国小说史略》,人民文学出版社,1975,第205页。
② 《鲁迅选集(4)》,中国青年出版社,1991,第198页。

者也常在一些次要人物登场亮相时给他取一个绰号,如第九回的"香怜""玉爱",第二十一回的"多混虫""多姑娘",第二十四回的"醉金刚",第四十八回的"石呆子"等。重要的是作者并不是随便给他们一个绰号就完事,而往往接下来的一段文字便是对于这个绰号内蕴的演绎,使这些人不仅闪亮登场,而且加深读者对他们的印象,做到了名副其实,使诨名追随人物,不落入虚空境地。第三,许多重要人物都有绰号,有的甚至不止一个绰号。这些绰号从不同角度、不同方位刻画人物,也可说是作家塑造人物形象的一个特殊手法。如凤姐的"凤辣子""巡海夜叉""醋坛",宝玉的"无事忙""富贵闲人",花袭人的"花解语""西洋花点子哈巴儿"等,这些绰号也都足以担当起人物某一方面的性格特征,成了这些人物形象不可分割的组成部分。

3. 一声两歌,一手二牍

戚蓼生《石头记序》云:"一声也而两歌,一手也而二牍,此万万所不能有之事,不可得之奇,而竟得之《石头记》一书,嘻!异矣。"①戚蓼生这里提到的《红楼梦》一声两歌、一手二牍的艺术特点是深为大家所认同的,我们认为作者在对人物绰号的命名上,也体现出了"一声两歌,一手二牍"的独特艺术手法:作者一方面借助绰号提挈人物全般,使人物形象毕肖,获得了一种立体感;同时还通过小说中一个人对其他人的绰号命名,揭示了命名人的兴趣爱好、文化教养和性格特点。如贾母给凤姐和自己身边的一个傻丫头取绰号,既反映了她和凤姐之间不同寻常的关系,又表现了她安享尊荣喜欢热闹的性格特点。而最突出的便是作者通过宝玉、黛玉、宝钗给别人取绰号的细节描写,分别展示了他们三人不同的兴趣爱好、文化教养和性格特征。

小说里宝玉、黛玉、宝钗都是善于给别人取绰号的,他们语言丰富、思维敏捷、博古通今,这是他们的共性,但通过绰号的命名却也十分明显地表现了三人性格、兴趣爱好的不同。宝玉给别人取的绰号主要是"禄蠹"和"鱼眼睛"。"禄蠹"的绰号表现了他对读书人的憎恶和对科举制度的反感;而给老女人起"鱼眼睛"的绰号,则表明了他对女性认识的加深。这两个绰号均不见任何典故出处,可说是千古未有之奇文,既反映了他对生活认识的广度和深度,也鲜明地表现了他自己独特的人生态度和价值取向。黛玉给人取的绰号最突出的是"母蝗虫"。关于黛玉取的这个绰号,还是宝钗的评价比较到位:"世上的话,到了凤丫头嘴

---

① 丁锡根编:《中国历代小说序跋集》,人民文学出版社,1996,第1151页。

里,也就尽了。幸而凤丫头不认得字,不大通,不过一概是市俗取笑。更有颦儿这促狭嘴,他用'春秋'的法子,将世俗的粗话,撮其要、删其繁,再加润色比方出来,一句是一句。这'母蝗虫'三字,把咋儿那些形景都现出来了。"黛玉给刘姥姥起"母蝗虫"的绰号固然反映了贵族小姐的某种情趣,但这里的林黛玉也以其幽默诙谐的语言和天真活泼的少女本色活跃在了读者的面前。即使一向庄重典雅的薛宝钗也经常给别人取个绰号什么的,如称黛玉为"促狭嘴",叫湘云为"诗疯子"、香菱为"诗呆子",送给宝玉两个绰号"富贵闲人""无事忙"等,这既反映了她幽默风趣的一面,同时也反映了她性格的另一面。宝钗给湘云和香菱取的绰号,表明了她对香菱学诗的不理解、对湘云做诗疯狂的看不惯,反映了她"女子无才便是德"的思想。而给宝玉取的两个绰号,更反映了她对宝玉生活状态的不满意,表现了二人生活观念的差异。

(原载《红楼梦学刊》2005 年第 3 期)

在宴会活动中进行的生命历程
——论《红楼梦》中的宴会活动对青年贵族女子成长的影响

一

由于男尊女卑、三从四德等封建伦理思想的束缚,明清时期的女性仍然作为男性的附属品,没有独立的社会地位,被排除在以男性为主体的主流社交活动之外。上层青年贵族女子更是被牢牢地幽困在深闺大院中,她们的生活并不为外界一般人所熟知。尽管如此,这个时期的很多文学作品,如才子佳人戏(《西厢记》《牡丹亭》等)、才子佳人小说(《玉娇梨》《平山冷燕》等)中仍有许多涉及贵族小姐生活状态方面的描写。这些作品,固然塑造了许多至今仍鲜活于人们口头的典型贵族青年女子形象,如崔莺莺、杜丽娘等;但由于其中大部分作者虚幻的理想女性观,使得很多作品塑造出来的青年贵族女性形象并不真实,从而也缺乏深刻的社会意义。《红楼梦》的作者在前人创作的基础上,取其精华,弃其糟粕,开拓创新,把笔触深入到日常生活的角落里,根据现实生活创造出许多性格鲜明而又复杂的人物形象。而作家特殊的经历,也使得他有机会熟悉贵族女性的生活样态,并以一种超前的女性观,塑造出了一群真实与审美并存的女性形象,从而使得《红楼梦》在描写青年贵族女子形象方面具有了超越前人的独创性。

据史料记载,明清时期一般青年贵族女子的日常生活样式仍主要以参加闺塾教育、操作女红为主,逢年过节的时候,她们也偶尔会有机会参加诸如逛庙会、拜亲访友等社会活动。此外,某些地方如江南地区、京师,由于文学结社风气兴盛,闺阁中人也纷纷以文会友,参加吟诗结社等活动。《红楼梦》中即有大量关于这种日常生活样态的描写。但由于贾府封建家长对女子文学教育的不重视(这也是贾家三姐妹诗才反不如后来进入贾府的薛宝钗、林黛玉等的原因之一),以及贾府的富贵,所以家族私塾教育、女红活动这两项本是最常见的女性活动样式,在贾府女子的生活中占据的分量反倒不大。而贵族之家承平日久的富贵和闲散使得她们有大量的时间和精力追求消闲娱乐,这里又以年老辈尊的贾母为首。因为贾母喜爱热闹,"变着法子取乐",因此,贾府里可谓是"日日笙歌",各种名目的宴会活动不断。

"这些宴会活动以饮食这一基本环节为中心,不断向纵深拓展,使宴会成为一个兼容演戏、说书、奏乐、行令、掣签、吟诗、游园、说笑话等在内的多彩多姿的群体性活动。"①大大拓展了其娱乐性,从而成为贾府贵族女性消闲娱乐的首要选择;处于身心成长阶段的贵族少女们受到宴会活动影响巨大。在贾家这种以宴会活动连接起来的生活常态中,她们或激烈或悄悄然地完成了性格的形成、身心的成长,甚而是生命的终结。宴会活动对她们的性情塑造或再塑造具有重要的影响。

二

"宴会描写是具有特质的情节类型,首先作为一个空间单位,为人物的聚合交际、故事的发生演变提供了特定的场所。同时它又是一个时间单位,人物的聚合交际、故事的发生演变将伴随着宴会的时间流程而展开。"②贵族青年女子们作为大部分宴会活动的主要参加者,借助这个舞台自觉不自觉地展示自己、定位自己。她们交流着、学习着、成长着。

当然,并不是所有的宴会活动都是她们乐于参加的,更多的宴会活动是她们作为家庭成员之一必须参加的。如第十八回"元宵暨省亲宴会",第四十回"史太君两宴大观园",第五十三回、第五十四回"除夕祭祖宴会""荣国府元宵开夜宴",第七十五、第七十六回最后一次中秋家宴等。这些义务式的宴会,间接地为少女们传递着大观园之外的社会情况,也让她们在贾府这个坐标中找到了自己的位置。但有一些宴会,却是她们乐于并积极参加的,她们甚至就是这些宴会活动的发起者、组织者。比如第三十八回由湘云做东的螃蟹野宴和菊花诗咏,第四十九、第五十回由李纨做东的芦雪庵野宴和即景联诗,第六十一、第六十二回宝玉生日的两次家宴,第七十回由林黛玉做东的桃花社小宴等,这些由她们姐妹们组

---

①② 郝晓丽《〈红楼梦〉宴会描写简论》,载《河北工程技术职业学院学报》,2004(6)。

织的宴会活动,是"向'乐'文化的回归"。① 在这些快乐的自发性的宴会活动中,她们自由自在地表现着自己,挥洒着自己的青春和才情。

无论是自愿参加的向"乐"文化回归的宴会活动,还是作为家庭成员义务式和权利式必须参加的节庆活动,它们对少女们的成长乃至命运的走向都产生了重要影响。

(一) 礼仪风俗的实践

"理是法度的一种,它要通过仪式仪理来体现。礼仪规范大体上可以分为两个部分,一部分是与国家政治息息相关的礼仪制度以及人们在政治活动与社会交往中所应遵守的行为规范,如拜祖祈年、祭天祀地、面圣参君……之规。另一部分是家庭内部各成员之间的长幼尊卑的等级区分与行为规定,即家庭之礼。"②在这种传统下,作为"诗礼簪缨之族"的贾府中的礼仪要求是极其严格的。正如贾母所说:"你我这样人家的孩子……见了外人,必是要还出正经礼数来的……若一味地只管没里没外,不与大人争光,凭他生的怎样,也是该打死的。"这段话可以说是对传统礼数的权威性和不遵守礼数的危险性所做的最通俗易懂的解说。在这样一种严格遵守礼仪规范的家族氛围下,重大宴会活动的礼仪就更是显得严谨而繁复。比如,第五十三、第五十四回"除夕祭祖宴会",贾府合族"分昭穆排班站定:贾敬主祭,贾赦陪祭,贾珍献爵,贾琏、贾琮献帛,宝玉捧香,贾菖、贾菱展拜毯,守焚池。青衣乐奏,三献爵,拜兴毕,焚帛奠酒,礼毕,乐止,退出"。众人围着贾母至正堂上,上面正居中悬挂着宁荣二祖遗像,两边还有几轴列祖遗影。每一道菜至,传至仪门,最后传到贾母方捧放在供桌上。左昭右穆,男东女西。待祭礼完毕后,贾敬、贾赦等又随贾母回至荣府向贾母行礼,贾母受礼毕,"散押岁钱、荷包、金银锞,摆上合欢宴来。男东女西归坐,献屠苏酒、合欢汤、吉祥果、如意糕……"谁应该干什么、哪个时候实行哪种礼仪都有严格的规定,礼仪的隆重和严谨可见一斑。这些是合族性的活动,但实际上,即使是小型的家庭宴会,贾府也依然是礼仪周全的。如第三回黛玉进贾府、贾母为她接风洗尘所安排的席面情况。一是伺候的人多:先有"贾珠之妻李氏捧饭,熙凤安箸,王夫人进羹"。待大家坐定之后,旁边丫鬟执着拂尘、漱盂、巾帕。李、凤二人立于案旁布让。外间伺候之媳妇丫鬟虽多,却连一声咳嗽不闻。二是席位的规定

---

① 梅新林《"旋转舞台"的神奇效应——〈红楼梦〉的宴会描写及其文化蕴义》,载《红楼梦学刊》,2001(1)。
② 王齐洲:《绛珠还泪——〈红楼梦〉与民俗文化》,黑龙江人民出版社,2003,第 196—197 页。

之严谨:这次晚饭,贾母正面榻上独坐,两边四张空椅。黛玉首进贾府,又是贾母的外孙女,自然是贵客,坐得首席,为左边第一张桌子。其余迎、探、惜三姐妹,按年龄之长幼分别坐于二席、三席、四席……贵族之家,长幼尊卑划分的严密和礼仪的繁复再次体现。

很多的宴会活动,在表现贵族之家礼仪严谨的同时也展示了浓郁的风俗习惯。《红楼梦》涉及了众多的节日风俗活动,一年四季中的各个节日基本上都写到了;其中,设宴庆祝节日是一项重要的活动。比如,"元宵暨省亲宴会""除夕祭祖宴会""荣国府元宵开夜宴"等。书中提到的两次元宵节,虽然隆重程度大不一样,却无一例外地谈到贾府的"张灯结彩,燃放烟火"。特别是第十八回,通过元妃所见的"院内各色花灯烂灼,皆系纱绫扎成,精致非常",展示了一个五彩缤纷、金碧辉煌的灯的世界,展现了我国元宵之夜张灯结彩的传统风俗。此外,中秋节,宁国府因"是孝家,十五过不得节",于是便于十四夜设宴赏月过节,尚且"西瓜月饼都全了,只待分派送人"。有"孝"在身的宁国府尚且如此,荣国府的隆重就更是不言而喻了。这里既有礼节的描写,如,"送西瓜月饼",又有传统习俗的显现,如"送圆"、团圆本就是中国中秋节日的典型活动。再如,端阳的晌午避邪宴会、重阳的螃蟹宴会、饯花会和消寒会等,无不体现了浓郁的风俗气息。女子们在"过节"的同时,也接受了这种历史与文化相结合的传承性风俗。

礼仪和风俗本就是一种文化,一种由历史积淀下来的社会文化、伦理文化和民俗文化,它构成了个人生活的家庭文化环境和社会文化环境,也塑造着人的文化心理和文化性格。这些礼仪风俗的重复实践,使得它们已经融化到这群女孩子的血液中,影响着她们的精神生活和文化品位。

(二)文学艺术审美的熏陶

宴会活动以饮食为中心,成为一个兼容演戏、说书、奏乐、行令、擎签、吟诗、游园、说笑话等在内的群体性活动,是"生活艺术化与艺术生活化有机统一的独特舞台"。[①] 这些活动,让少女们置身于文学和艺术的审美熏陶之中,潜移默化地提高着少女们的文学才情和艺术素养。

从第十八回元妃省亲宴会上的大观园题咏,女孩子们开始吟咏歌唱。但最能体现女子们文学才情的,还是那些贵族女子们在自发性宴会活动上所吟咏的诗歌;在这些诗作中,她们把自己的命运感悟和诗歌联系了起来。一次次的宴会

---

① 郝晓丽《〈红楼梦〉宴会描写简论》,载《河北工程技术职业学院学报》,2004(6)。

活动,一次次的诗才砥砺,在激发她们自觉提升自身文学素养的同时,也让她们对于诗歌形成了自己独特的见解。林黛玉就曾说过:"词句究竟还是末事,第一立意要紧。若意趣真了,连词句不用修饰,自是好的,这叫做'不以词害意'。"浓郁的诗学氛围使得香菱这个地位卑微的丫头也为学诗而废寝忘食。此外,宴会中的行令活动也在一定程度上磨练了女孩子们的才学和智力。如第六十二回,宝玉、宝琴等四人共祝生日,举行欢宴。"行令"游戏时,湘云要求宝玉作出的是:"酒面要一句古文,一句旧诗,一句骨牌名,一句曲牌名,还要一句时宪书上的话,总共凑成一句话,酒底要关人事的果菜名。"要求可谓高矣。平时杂学旁收的宝玉答不出来,最后还是黛玉反应敏捷。她以自己的日常忧思为内容,替宝玉作了出来。而湘云自己也应景做出了"这鸭头不是那丫头,头上那讨桂花油"的句子,引得众人大笑。

诗歌的吟咏多发生在女子们自发组织的小型娱乐宴会活动上,而戏剧的欣赏则多是节庆性宴会中不可缺少的一个环节。自家拥有戏班子在贵族之家是很平常的事情。贾母就曾说过:"薛姨太太、这李亲家太太,都是有戏的人家,不知听过多少好戏的。这些姑娘们,都比咱们家姑娘见过好戏、听过好曲子。如今这小戏子又是那有名玩戏家的班子,虽是小孩子们,却比大班还强。"可见贵族之家不仅常看戏听曲,而且所欣赏的还都是比较专业的演出。通过观看宴会活动上的戏曲表演,女孩子们都积累了一定的戏曲常识。以第二十二回宝钗生日宴会为例,薛宝钗就不仅晓得《鲁智深醉闹五台山》很热闹,能符合贾母的心意;也知道里面的一套北《点绛唇》铿锵顿挫、韵律极好;还能背出《寄生草》的戏文,展示了极高的戏剧鉴赏素养。林黛玉也毫不示弱,在吃醋泼酸的同时,也能随口说出《山门》《妆疯》等戏曲关目,可见她对戏曲的了解也不少。此外,迎、探、惜三姐妹也分别有自己喜欢的戏曲,都有着自己的戏曲审美标准。其实,女孩子们的艺术修养远远不止体现在对戏剧的鉴赏上,在其他艺术领域,她们也有自己的见解,比如宝钗论画、妙玉论琴,等等。

宴会活动对女孩子们进行着文学和艺术熏陶的同时,也提高着她们的审美能力。但她们的审美又不只是体现在文学和艺术这两方面,在建筑上,同样也有精彩的表现。大观园是"天上人间诸景备"的好去处,借助宴会活动中的游园活动,如"元宵暨省亲宴会""史太君两宴大观园"等,女子们见识了建筑的自然美、艺术美,正是这样的日常熏陶,使她们有着极高的建筑审美观。比如,第七十六回中,通过史湘云和林黛玉谈论"凸凹"用法之奇巧,我们知道"凸碧山庄"和"凹晶溪馆"是黛玉命名的。女孩子们对于建筑独特的审美见解,不仅宝玉自叹不如,就是贾政也赞赏有加。贾政就曾说过:"早知这样,那日该就叫他姊妹一并拟了,岂不有趣。"

女孩儿们对于文学、艺术等审美的敏感,使得"她们都在超脱尘世束缚中找到了艺术的归宿,获得了审美的升华,女性的内在价值也由此得到了最充分的体现"。①

(三)营造浓浓温情,填补寂寞情怀

根据作者的宏篇构思,这些贵族少女们虽身处社会的上层,但却仍是"薄命司"里的人物。她们大都有不幸的身世、不完整的家庭,属于亲情世界里的有所缺失者。正因为如此,她们更加害怕一个人的孤寂,而频繁的聚社宴会活动,为她们提供了一个热闹的聚集时空。通过和与会者的互动,她们感受着浓浓温情,年轻少女的寂寞情怀也得到一定程度的补偿。

"在贾府事败抄家之前,贾家大大小小的宴会不断,各种玩乐花样迭出,家庭人伦亲情的融融泄泄,通过欢欢宴宴弥漫在大观园的琼楼玉宇之中、小桥流水之上、红花绿叶之旁。"②在第三十八回的螃蟹宴会上,王夫人劝贾母"这里风大,才又吃了螃蟹,老太太还是回房去歇歇罢了。若高兴,明日再来逛逛"。贾母笑答她亦有此意,只是怕扫了年轻一辈的兴头,最后临走之时还心心念念,叮嘱湘云,"别让你宝哥哥林姐姐多吃了",又嘱咐湘云、宝钗说"你们两个也别多吃,那东西虽好吃,不是什么好的,吃多了肚子疼"。又如第四十回,贾母两宴大观园进行游园活动时,看到黛玉住所窗纱的颜色旧了,就命凤姐开库拿"软罗烟"的纱子替她换上;看到宝钗的房屋太清淡,就命鸳鸯拿了自己收藏的古董器物补上。此外,凤姐曾给家贫的邢岫烟送衣物、为病重开销大的林黛玉送来体己的银子……幼尊老、老爱幼,补所短、送所缺,浓浓的亲情弥漫在大观园的中。

然而,封建家长们关心的多是年轻一辈物质方面的问题,他们没有办法体会处于青春期少女们心理的需求。幸运的是,大观园的年轻群体们通过宴会等活动,抒发着她们的情感;姐妹们彼此沟通、彼此关怀、彼此抚慰,建立了血浓于水的情谊,从而使她们的情感需求在一定程度上得到慰藉。如第四十回,在缀锦阁

---

① 梅新林《"旋转舞台"的神奇效应——〈红楼梦〉的宴会描写及其文化蕴义》,载《红楼梦学刊》,2001(1)。
② 饶道庆:《〈红楼梦〉的超前意识与现代阐释》,北京图书馆出版社,2004,第77—78页。

的宴会上,林黛玉行令游戏时脱口说出有关《西厢记》中的词句,聪明的薛宝钗立即明白了她为爱情"煎心日日复年年"的心理活动,因而有了之后发生的"蘅芜君兰言解疑癖",让从未受过人如此教导的林黛玉感动不已。且不论宝钗在此是否"藏奸",她对姐妹之间的这份行动就足以让人感动,更别说送燕窝、冰糖,以及后来写信向黛玉诉说自己家门的不幸等。可见其实钗、黛之间是存在着深厚的友谊的,她们有着士人所有的那种"惺惺惜惺惺"的情感。又如"第二次元宵夜宴"上面对"凄清"的场景,黛玉和湘云两个孤儿互相依赖、互相慰藉。黛玉恐拂了湘云的兴致,不顾自己体弱多病,陪她联诗到深夜;而当黛玉回应湘云的"寒塘渡鹤影"吟出"冷月葬花魂"一句时,湘云一开始为联句接得精妙而拍手称赞,但她马上又反应过来,叹道:"诗固新奇,只是太颓丧了些。你现病着,不该作此过于清奇诡谲之语。"任是平时大大咧咧的湘云,其实骨子里也在担心着黛玉的病情。

在此,更值得一提的是大观园女儿国里的守护者——宝玉。宝玉是唯一有资格参加大观园中女儿活动的男子,也是幽困在大观园的女儿们最经常接触到的同龄男性。少女们因他的存在而意识到自身青春期的觉醒和生理压抑。宝玉在宴会上对她们的爱护和关注使她们感受到自己作为女性的魅力和存在的价值,他对于舒缓被压抑的少女们的青春情怀无疑具有重大的作用。正因如此,在那些自发式宴会活动上,宝玉的参与使少女们青春的激情愈发张扬。

(四) 接触经济,感受复杂生活

《红楼梦》中,几乎所有宴会的准备过程,都提到了与宴会经费有关的问题。尤其是几次大的宴会活动准备期间,能听到贾府经济一次比一次"紧张"的谈论。"元宵暨省亲宴会"之前,通过贾琏、贾蔷之口,道出了花费之多,要把寄存在甄家的五万两银子"支出三万两,下剩二万存着,等置办花烛彩灯并各色帘栊帐幔的使费"。"除夕祭祖宴会""荣国府元宵开夜宴"前通过贾珍与乌庄头的谈论,既道出元妃省亲对贾府造成的经济"内伤",同时也道出这些祭祀等活动的花费之大,除了皇帝赐给的一千两银子,还要"多赔出几千银子来",此时的贾府应付较大的开销已经很是吃力了。贾母八十寿诞隆重地连续设宴庆祝了八天,贾府彻底沦落到"入不敷出"要靠典当支撑的地步。

女孩子们虽然不像贾珍、贾琏、凤姐等人操持家务,清楚每一注银子的去处;但是作为家族的一员,她们也是这些家族性重大宴会活动的参与者。从中,她们也能意识到贾府"花得太多"。就连林黛玉也在替贾府算着"花得太多了……出的多进的少,如今若不省俭,必使后手不接"。其实,在小型的家庭宴会活动上,她们也时不时感受到"经济"的影子。"贾母两宴大观园"带来了一位特殊的参加者——来自社会下层的刘姥姥。宴会上刘姥姥言行"独特"：为一两银子一个的鸽子蛋"没了"而叹息不已；为茄鲞奢侈而复杂的做法惊讶不已；猜测黄杨套杯所用的材料时所说的话："我们成日家和树林子作街坊，困了枕着他睡，乏了靠着他坐，荒年间饿了还吃他，眼睛里天天见他，耳朵里天天听他，口儿里天天讲他，所以好歹真假，我是认得的。"让少女们在开怀大笑的同时，也感受到了社会底层人们生活的艰辛和困苦。如果说刘姥姥所展示的下层生活距离这些贵族女子们还过于遥远，她们无法深刻地体会；那么邢岫烟在聚众宴会上的寒酸衣着、在白雪与众芳交相辉艳的琉璃世界里瑟瑟发抖的窘态，就不是女孩子所陌生的事情了。女孩子们通过宴会这扇窗口，了解着贾府的经济状况。就在其他女孩子还在为此担忧不已的时候，敏锐的探春已经在寻求解决的办法了。她在参加庆祝赖大家儿子升官的宴会上就关注其是如何利用园子来赚钱的，懂得了"一个破荷叶，一根枯草根子，都是值钱的"。这也成为她后来管理贾府、大兴开源节流改革财政的一个范本。此外，云丫头就通过做东包办"螃蟹宴"而彻底地认识到没有经济作为后盾做事的困难。皇商家庭出生的宝钗在这方面无疑最具有"先天的感悟"，她能明白云丫头经济困难造成的痛楚，为其筹谋策划，提供从智力支持到物质支援的全力帮助，也能在参与贾府治家时提出"小惠全大体"的措施。

宴会活动向少女们传递着与经济息息相关的信息的同时，也让少女们感受着复杂生活的其他方面。在贾府为凤姐庆祝生日的宴会上，贾琏偷情、夫妇争吵，闹得丑态百出人尽皆知。少女们见识了男性社会欲海翻腾的丑恶现象，而之后贾母毫不在乎的评价则让女孩子们感到女性社会对此无奈的纵容，也引发了少女们对婚姻的忧虑。

如果说凤姐的生日宴会上让她们看到了男性社会丑陋的一面，那么在贾母的八十寿诞上她们则感受到了家族内部人际关系的错综复杂。由两个婆子对尤氏的不敬而引发出邢、王二夫人的妯娌矛盾，以及邢夫人和凤姐的婆媳矛盾、凤姐与王善保家的主奴矛盾。人际矛盾斗争之火愈演愈烈，最后爆发在少女们居住的"圣地"——大观园。目睹了因人际斗争而演出的种种丑剧的女儿们，以各自的形式表现着她们内心的动荡：懦弱的迎春更加木讷，敏锐的探春无奈地做着徒劳的反抗，孤介的惜春则以冷漠的态度逃避着现实的世界、寻求精神的解脱，凄苦的黛玉则成了惊弓之鸟、日夜悲啼。

(五) 在宴会进行中决定着的命运走向

宴会活动让她们姐妹相伴相依的同时,也让她们在宴会上表现着、比较着,而她们的表现也给封建家长更多了解她们的机会。封建家长以他们的标准,衡量着"优劣",最终做出影响她们命运的决定。

薛宝钗无疑是最懂得如何委婉得体地在封建家长面前表现自己的人。在"元宵暨省亲宴会"中,元妃要大家按匾题做诗,"薛宝钗用其诗不失大家闺秀风范地表达了一个道德楷模对贵妃的奉承、对省亲之政治意义的领会和对成为皇上小老婆那种人生的向往和仰慕。"[①]她对元妃牺牲价值的全面理解和权势的崇仰赢得了元妃的欣赏,夺得"金玉良缘"和"木石前盟"较量最关键性的一场胜利。而在贾母特意为她举办的隆重生日宴会上,她又点了贾母素日爱吃的甜烂食品、爱看的热闹戏曲,让贾母"更加欢悦"。在帮助史湘云操办的螃蟹宴会上,她又根据贾母等往日的喜好,准备周全,引得贾母赞道:"我说这个孩子细致,凡事想的妥当。"相比之下的黛玉呢?"原来林黛玉安心今夜大展奇才,将众人压倒,不想贾妃只命一匾一咏,倒不好违谕多作,只胡乱作一首五言律应景罢了。"全然不把元妃省亲的庄重含义放在心上,其诗竟是潦潦草草随便应付而来,而且不顾时节气氛,意趣却在"借得山川秀,添来景物新",并且还强调"仙境别红尘"。写完后还在众目睽睽之下,与宝玉传送纸团,替其完成最后一首诗。而在贾母特意为宝钗举行的隆重宴会上,她全然不顾贾母与邢、王二夫人等重要人物早已在场,先是歪在床上赌气,不去看戏,被宝玉硬拉过去后,看到宝钗和宝玉在讨论《寄生草》热闹非常时又忍不住吃醋泼酸,并且毫无顾忌地说:"安静看戏罢,还没唱《山门》,你倒《妆疯》了。"不顾场合任意表露自己的"小性",也就难怪在钗、黛的对比中,她会日渐趋向下风;甚至在其死后,贾母和湘云说话时就仍拿她和宝钗比较,褒贬之意溢于言表:"你宝姐姐生来是个大方的人……我看这孩子倒是个有福气的。你林姐姐那是个最小性儿又多心的,所以到底不长命。"

"迎、探、惜三人之中,要算探春又出于姊妹之上,然自忖亦难与薛林争衡。因此在省亲宴会的命题诗上,她也只得勉强随众塞责而已。"纵观全书,我们知道探春是有争强好胜之心的;只是在高手如钗、黛二人面前,她也只好慨叹无奈。但她在时机适合时还是会"好好表现"的。如第二次元宵宴会上,漫漫长夜、冷清无聊,所有的姐妹都撑不住先跑了,只有她仍然强打精神,陪贾母到最后散场,大

---

① 李劼:《历史文化的全息图像——论〈红楼梦〉》,东方出版中心,1995,第 57 页。

获贾母的欢心,说她"可怜见的"。在两宴大观园的游园活动中,当贾母开玩笑说怕弄脏了她们姐妹的屋子时,探春笑道:"这是那里的话,求着老太太姨太太来坐坐还不能呢。"又引得贾母赞道:"我的这三丫头却好……"正是她的这些表现,在贾母、王夫人等人心目中留下了好的印象,让她有机会在贾府衰落之际协同李纨执掌贾府,并在最后取得了相对平等的婚配权利。

迎春的表现虽然不及她们几位明显,但具有丰富社会阅历、"明察秋毫"的贾母实际上早把她的举动一一收入眼中。只是,她年纪大了,又顾着要享乐,没有太多的精力去管教她。但在问题的关键时刻,她还是会"毫不含糊"的。要不她怎么会在自己生日宴会上,当南安太妃问起众小姐时,就回头命凤姐儿去把史、薛、林带来,"再只叫你三妹妹陪着来罢"。在此,贾母的炫耀,也让我们清楚地看到,她是如何对这群女孩子进行定位的。邢夫人曾因为贾母只叫探春而没叫迎春去而忿忿不平,其实,这也因为迎春平素性格懦弱、为人腼腆在贾母心中留下了印象。她在贾母、薛姨妈,甚至是刘姥姥都能依令成韵的酒令活动中也会出错,贾母又怎敢让她在那些显赫的贵客面前出现呢?也正因为这样,在讨论迎春的婚姻大事时,贾母虽对孙家的不良事迹已略有所闻,但却没有采取强硬的态度阻止这桩婚事,间接酿成了迎春最后"金闺花柳质,一载赴黄粱"的悲剧。

正是封建家长这些或公开或隐蔽的评价、待遇,让女孩子们看到了自己在贾府中的位置。比如,林黛玉在目睹了送礼的厚薄、生日的不同过法等等之后,知道曾使"迎、探、惜三姐妹倒靠后"的自己地位正在下降,"木石前盟"在"金玉良缘"的冲击下日渐式微,因而便越发地悲恸,最后发出了《唐多令》中的焦虑:"漂泊亦如人命薄""叹今生谁舍谁收"。相反,意气风发的宝钗则欢吟出"好风凭借力,送我上青云"。在贾府的宴会链上,众女儿通过表现——被了解评价——定位自己——被决定命运这一系列环节,走向了各自命运的归宿。

三

宴会描写作为小说创作的一种叙事题材,其功能众多。梅新林教授在《"旋转舞台"的神奇效应——〈红楼梦〉的宴会描写及其文化蕴义》中就分别对宴会的起兴、交际、聚焦、辐射、导控、寓意等六方面功能作了阐述。此外,郝晓丽在《〈红楼梦〉宴会描写简论》中也说到"宴会描写使一系列艺术画面形成和谐有序、圆融的有机整体,具有组接叙事单元的功能"。"其借表象蕴涵和表达意绪的功能是很明了的,具有对社会人生更为深刻的穿透力,它所蕴涵的深层意义在叙事当中渗透到行文的每一个细胞中,贯穿于整个叙事之中,对全书具有统摄性作用"。①这些关于宴会功能的观点应该说都是比较中肯和有见地的。但我们认为,《红楼梦》采用宴会描写作为小说创作的叙事题材,既是作者写实观念的主要体现,同时也是其群体形象塑造的必然性选择,它们在塑造贵族女子形象方面具有不可替代的作用和独特的艺术价值。

首先,宴会描写是作者写实观念的重要体现。众所周知,当小说题材从传奇走向写实的时候,《金瓶梅》首开其端,它写家庭日常琐碎生活,让人们在平实的题材中细细体味世态的冷暖与人情关系的复杂。小说题材不再是战场上的打打杀杀,不再是政治圈里的阴谋与阳谋;不再是草莽英雄的快意恩仇、行侠仗义的江湖世界;也不再是异域山川的新奇和神魔争斗,而是一切归向琐屑和平实。在写实这一点上,《红楼梦》无疑是《金瓶梅》的最好继承者。

而在人们平实琐屑的日常生活中,饮食又占据了重要的位置。中国饮食文化源远流长,宴会活动渗入到社会方方面面、角角落落。因此,我们不难发现即使传奇题材的小说,也能到处看到宴会活动的影子。如《三国演义》中大多属于"鸿门宴"之类的宴会描写;《水浒传》的宴会则是"大块吃肉,大碗喝酒",表现了英雄们的豪气和有酒喝有肉吃的理想;《西游记》写唐僧师徒一路的餐风露宿、写猪八戒总是饥肠辘辘的饥饿状态等。当然《红楼梦》之前描写宴会之多、之详细,《金瓶梅》当属首屈一指。另外,《儒林外史》也写了许多次文人的聚会、官场的打秋风等宴会活动,莺脰湖大会、杭州西湖宴聚和莫愁湖胜会是其中主要的三次。《红楼梦》之后,《镜花缘》的整个后半部就是众才女们的游宴逞才。总之,宴会活动是中国古典小说一个十分重要的题材。

但是,要说到宴会活动写实本身以及挖掘其内在的审美意蕴,则《红楼梦》才是最卓越和无可比拟的。且不说传奇题材类的《三国演义》《水浒传》《西游记》宴会活动描写之夸张不实和别具用心,即使写实的《金瓶梅》,其大量的家庭宴饮描写除罗列多达数百种的菜名和几支俗曲艳曲,表现西门庆暴发户的俗不可耐之外,"金瓶宴"是永远无法和"红楼宴"相媲美的。再如同样是宴会活动中的结社吟诗,《红楼梦》的结社吟诗就是生活的艺术化和艺术的生活化过程;而《镜花缘》则只是为表现才学而无病呻吟,与生活远相脱节。通过比较,我们可以说《红楼

---

① 郝晓丽《〈红楼梦〉宴会描写简论》,载《河北工程技术职业学院学报》,2004(6)。

梦》所写宴会活动数量与名目之繁多，以及宴会在作品中所占分量之重要确是其他小说所无法比拟的。它写生日宴会、节日宴会、喜庆宴会、游赏宴会、饯别宴会，等等，有些是社交应酬的，有些是以享乐为主的，有些是为了家族团结，有些是为了联络感情，其中又以家庭内部娱乐消闲的宴会为主，这是封建社会贵族大家庭的主要生活样态，是由来已久的传统。尤其写生活比较单调的贵族青年女性生活，她们的交游活动也只能以家庭内部的聚会活动为主。总之，以饮食为中心的聚会活动把松散的日常家庭生活挽结在一起，更有利于表现家庭内部的各种矛盾，表现贵族青年女性生活的雅致，当然也有空虚、无聊和苦闷。这既是写实，又是对传统宴会描写的超越。

其次，符合作者塑造人物群像的艺术需要。作者在开篇不久即声明小说的目的是要"使闺阁昭传"，因为"闺阁中本自历历有人"，故"万不可使其泯灭也"，也即是说作者要塑造的是他所钟爱的"闺阁女子"群体形象。如我们在第一部分论述中所言，由于贾府大家族的特殊性，家族私塾教育、女红活动这两项本是最常见的活动样式在贾府女子们的生活中占据的分量不大，以及贾母的享乐思想使得宴聚活动比较突出，成为她们生活中最常见的生活样式。而宴会具有充分的描写空间和时间，更有利于人物群体形象的塑造。《红楼梦》作者正是借助宴会这种立体时空的特性来展开人物描写的。

为了更好地在宴会等群体性活动中塑造这些贵族青年女子形象，我们看到，作者甚至不惜把这些女孩子的出身都设计成某种残缺型，让她们大都出自不完整的家庭。如黛玉、湘云自幼父母双亡，寄人篱下；迎春生母早丧，其父又只顾自己荒淫玩乐，并不关心她；宝钗也是父亲早逝；探春虽父母双全，但庶出的身份却让她无法享受家庭的温情；惜春父亲好道离家，母亲早逝，等等。因此，可以说她们父母对她们本身的教养以及性格的形成影响都并不直接。据书中所写粗略推算，林黛玉六岁进贾府，十六岁逝世，她在贾府待了约十年。宝钗比黛玉大两岁，又比她迟一年多进贾府，因而她大约十岁进入贾府，之后就一直居住在贾府（中间有过短暂的搬出）。迎、探二姊妹至出嫁前，都居住在荣国府，而惜春也一直随贾母居住在荣国府，史湘云则打小来往于贾府和史家之间。这些宴会活动刚好发生在她们从童年到少年的成长阶段，处于身心成长阶段的少女们，受到宴会这种群体性生活的影响自然要比性格已经定型的成人们要大。

第三，多角度立体地展示和刻画人物形象。无疑，宴聚活动给贾府的青春少女们提供了各自表演的舞台，贵族青年女子们作为大部分宴会活动的主要参加者,借助这个舞台自觉不自觉地展示自己、定位自己。她们交流着、学习着、成长着,而作者也因此获得了多角度立体描写人物的机会,在对比、聚焦"旋转的舞台"中塑造了一系列性格各异、同而不同的贵族青年女子形象。这里我们以第四十回两宴大观园为例:由于刘姥姥的滑稽表演而产生了一个集体式的笑态描写,笑态首先从史湘云描写起,"史湘云撑不住,一口饭都喷了出来"。史湘云性格豪爽、不拘小节,她笑得喷饭,正是其性格的有力显现。"林黛玉笑岔了气,伏着桌子嗳哟"。林黛玉体质孱弱,经不住大笑,立刻在生理上产生反应。"探春手里的饭碗都合在迎春身上;惜春离了坐位,拉着他奶母叫揉一揉肠子"。平时矜持的三小姐一反常态,年少娇嫩的四小姐禁不住大笑过度,只得叫"奶母揉一揉肠子"。在这里看不到一个相同的笑态,即使是某些相似的情态也有细微的差别,而种种不同的笑态又都符合人物各自的身份、地位、气质、个性。当然,除此之外,宴会上人物交接而引发的语言、动作、心理等描写,同样也具有展示人物性格、凸显人物个性的作用(其实,作者在宴会这种群体性活动中的写人手法是多样的且非常高明的,限于篇幅,不再详述)。

最后,展现人物本真,表现作者向原始"乐"文化回归的理想。如果说从宴会自身的特性出发展开描写,刻画人物形象只是各种具体的艺术表现手法,固然也体现了作者的高超技巧;那么作者对贵族女性群体性宴会描写最具独创性的,则在于通过强烈渲染少女们的青春激情,在一种集体无意识的群体性生命狂欢中展示了人物的本真面目,塑造了一大批真实可信与审美并存的少女群像,并表现了作者向原始"乐"文化回归的理想。

《红楼梦》中的宴会除去为数不多的礼仪要求严谨的家族大型活动外,更多的是以"娘儿们说说笑笑"为主要目的的家庭小型宴会。由于贾母的"取乐"思想,她不仅不拘限她们姐妹玩乐,而且还驱逐了会影响她们取乐的如贾政等人物,为这些年轻的儿女们创造一个无拘无束、自由自在的玩乐空间。在没有压力的情况下,少女们当然就可以摘下或拘谨或伪装的面纱,尽显其真实的性格。特别是在一些自发式的宴会活动中,欢乐自在的气氛彻底冲破了束缚在女子们身上的矜持和顾忌,群体处于一种集体的无意识当中,使得儿女们青春的激情更加张扬,同时也把青春少女们的性格描绘得更为真实、生动和深刻。

《红楼梦》中的儿女们都处于朝气蓬勃的青少年时期,她们身上飞扬着生命的活力和张力。当这一群风华正茂的儿女们在宴会上聚集一堂时,欢乐的笑声响彻云霄,青春活力的狂欢溢出纸面。第四十九、第五十回,"琉璃世界白雪红梅,脂粉香娃割腥啖膻""芦雪庵争联即景诗,暖香坞雅制春灯谜",女儿们青春的活力和横溢的才情,达到了一个展示的顶峰。搓棉扯絮的雪天也抵挡不住年轻儿女们的青春激情,只不过一块鹿肉,用最简单的烧烤方法来做,加以青春活力的调料,就把一个寒冬肃日熏得活色生香。黛玉虽然斯文柔弱、躲得远远的仍不忘过来打趣她们;伶俐娇俏的宝琴,也禁不住引诱成了割腥啖膻的一员;宝钗是最善解人意的,虽然自己不吃,却能抚慰劝解别人;平儿是宽厚温和的,很容易就被湘云拉过来同畅;凤姐泼辣爽直,不用人唤,闻香一径走来,入了割腥啖膻的一伙。最是湘云可爱,从头到尾,都是她的主意,还一边吃肉,一边辩解:"只有吃肉才能吃酒,只有吃酒才能有诗。"快乐自在之情表现得淋漓尽致。第六十回"憨湘云醉眠芍药茵,呆香菱情解石榴裙",女儿们的自然之美态、困窘之媚态,惹人怜爱,动人心魄。第六十三回"寿怡红群芳开夜宴"则是众女儿狂欢的最高峰。"通过酒的生理刺激,在青春与生命激情的勃发和感染中,每一位宴会参与者都沉醉在一种似梦似幻、自由洒脱的独特氛围之中,而暂时忘却和摆脱了现实的种种规范。"①体现了原始野性的集体无意识和青春冲动的生命激情,因而具有极强的感染力。连一向是封建伦理道德的自觉守护者袭人也跟平儿说"连往日老太太、太太带着众人顽也不及昨儿这一顽"。其实,何止是袭人这样的青春女子受到感染,就是贾母也喜欢和她们在一起说笑取乐,也受到她们青春活力的强烈感染。如当她们顶着个大雪天、在芦雪庵欢宴联诗取乐的时候,贾母就甘愿离开自己舒适的暖阁,包得严严实实,命人抬着,前来凑热闹。再如性格高洁足迹很少踏出栊翠庵半步的尼姑妙玉,不也禁不住春心荡漾,情不自禁地加入她们欢聚的行列中来了吗?!

在铺排的、自在的欢乐宴会场景的描写中,我们感受到了青春儿女无尽的美好和狂欢,感受到了作者向"乐"文化回归的美好理想。"这里的'乐'文化主要是指未经'礼'文化熏陶和改造的带有原始生活激情与生命冲动的文化。""对原始'乐'文化的回归是与对传统'礼'文化的扬弃密切地联系在一起的。"②当然,亦如梅新林先生所说,《红楼梦》的宴会描写还指向了"对新的'礼乐'文化的创造"。

然而,"盛宴必散""千里搭长棚,没有个不散的宴席"。在以"乐"文化回归为指向的纵情的宴会描写中,我们固然感受到了众儿女青春与狂欢的美好,但随后

---

①② 梅新林《"旋转舞台"的神奇效应——〈红楼梦〉的宴会描写及其文化蕴义》,载《红楼梦学刊》,2001(1)。

而来的却是令人窒息的"千红一哭""万艳同悲"、众儿女四散飘零凋落的绝大悲剧。正如鲁迅先生所说,"悲剧就是把人生中美的事物毁灭给人看"。作者极力张扬被毁灭的事物的"美",从而使得众儿女人物命运的悲剧性更加强烈和震撼。

综上所述,《红楼梦》宴会描写不仅在整体结构上具有独特的功能,在人物形象的塑造方面更是表现了超越的特质。这些以哲理意蕴加以贯通的宴会描写,以其生活的厚度和意蕴的深度,形象生动地勾勒出人物性格,显示了主体人物的必然的生命形态。

(原载《红楼梦学刊》2006年第5期)

刘姥姥是信口开河，情哥哥偏寻根究底

——《红楼梦》第六回中的一些纰漏

《红楼梦》中的村妪刘姥姥是一个老生常谈的话题，以致民间有了"刘姥姥进大观园"这样鲜活在大众口头的俗语，由此可看出历来人们对这个人物的喜爱。本文也拟就刘姥姥这个"积年老寡妇"的出身由来做一点文字考证，并求教于红学方家们。

凡读过《红楼梦》的人都知道，刘姥姥这个角儿是在第六回粉墨登场的，这也是她的一进荣国府，后面还有二进、三进等故事。关于这个人物形象的价值意义，我想引用两个人的论断。李希凡说"（刘姥姥）是《红楼梦》中一个贯穿首尾的特殊人物"，她的三进荣府"是作者精心设计的小说总体架构的一部分，即见证着荣府贵族由末世繁荣走向最后败亡的历程"。[1] 梅新林则把刘姥姥称为红楼梦中的救世之神，"（刘姥姥）逐步从最初的求救者转化为旁观者，最后竟奇迹般地成为拯救者的角色"。[2] 总之，刘姥姥是《红楼梦》众多形象中十分重要而独特的"这一个"。

总结以往研究不难发现，人们多关注的是走进贾府走进故事旋涡中的刘姥姥；本文拟"反其道而行之"，即考证此前的刘姥姥故事——刘姥姥的出身由来、年龄、家庭关系等。这一研究策略使我们发现小说中的"前刘姥姥"故事充满了疑惑，不知是作者纵笔所误抑是刘姥姥的信口开河？故拟题目曰："村姥姥是信口开河，情哥哥偏寻根究底——《红楼梦》第六回中的一些纰漏。"

一、刘姥姥在进贾府之前见过王夫人吗？

第六回，刘姥姥带着小外孙板儿到贾府攀亲戚打抽丰要见的正主就是王夫

---

[1] 李希凡，李萌《"品味"刘姥姥》，载《红楼梦学刊》，2003（4）。
[2] 梅新林：《红楼梦哲学精神》，学林出版社，1995，第28页。

人,只是这一次并未见着,由凤姐代为接待。这之前据刘姥姥说她曾经见过王夫人一面,而这也正是她能到贾府打抽丰的缘由之一,我们的疑问是刘姥姥在进贾府之前真的见过王夫人吗?

我们先看小说中关于刘姥姥见过王夫人的几段证据:

  刘姥姥:"当日你们原是和金陵王家连过宗的,二十年前,他们看承你们还好,如今自然是你们拉硬屎,不肯去亲近他,故疏远起来。想当初我和女儿还去过一遭,他们家的二小姐着实响快,会待人,倒不拿大,如今现是荣国府贾二老爷的夫人。听得说,如今上了年纪,越发怜贫恤老,最爱斋僧敬道,舍米舍钱的。如今王府虽升了边任,只怕二姑太太还认得咱们,你何不去走动走动,或者他念旧,有些好处,也未可知。"

  刘氏:"你老说得是!你我这样嘴脸,怎么好到他门上去?只怕他那门上人也不肯去通报,没的去打嘴现世。"

  王狗儿:"姥姥既如此说,况且当日你又见过这姑太太一次,何不你老人家明日就去走一遭,先试试风头看?"

  王夫人的陪房周瑞家的对平儿说:"(刘姥姥)今日大远的特来请安。当日太太是常会的,今日不可不见,所以我带了他进来了。等奶奶下来,我细细回明,奶奶想也不责备我莽撞的。"①

首先,从上面刘姥姥和王狗儿一家的对话以及王夫人的陪房周瑞家的介绍,我们不难得出刘姥姥之前见过王夫人的结论。其次这几段话里还包含有她们那次见面的其他一些信息:(1)见面地点,金陵王府;②(2)见面时间,王夫人在家当二小姐时,约二十年前;③(3)见面次数,一次(周瑞家的对平儿说当年太太是"常会的"当为夸张其辞,不无自做主张与卖弄体面之意);(4)印象,尚在闺阁中的王夫人接待了刘姥姥并给她留下深刻印象;(5)刘姥姥女儿曾一同前往,不过这次谈话并没有提及那次走亲戚事(或者她当时太小不记得的缘故);(6)王夫人的陪房周瑞家的那时也知道这件事或者当时也在场。另外,从王狗儿的语气看,他似乎从没有见过王夫人这位"姑太太"一面。

以上即是作品中刘姥姥见过王夫人证据的主要部分,然而当我们结合作品

---

① 本文所引《红楼梦》原文皆出自上海古籍出版社的三家评本以及庚辰本。节录部分,若庚辰本文字和程本文字并无太大差异,不再录。
② 小说中的京都和金陵以及长安其实常常是模糊一体的,读者不必较真。
③ 根据王夫人已死长子贾珠年龄推算,王夫人嫁入贾家约有二十年左右,这与王狗儿祖上和王夫人家连宗时间基本相一致。

中的其他描写对这些信息进行综合分析以后,不禁要对这件发生在二十年前的往事产生怀疑。

其一,二十年前的王夫人与刘姥姥。二十年前王夫人的身份地位清清楚楚,她是金陵地方豪门王家的二小姐,和大哥一起跟随在京做官的父亲,因与贾家门当户对,所以才有婚姻,后来便嫁给了荣国府的贾二老爷贾政;但二十年前的刘姥姥情况如何却颇难判断。有人说"刘姥姥来自一个已经没落的小官僚地主家庭",①我们认为只能算是臆测(刘家谁做官?刘姥姥见过世面享过福?),不过二十年后的她只是一个住在京城近郊"膝下又无子息,只靠两亩薄田度日"的"积年的老寡妇"。总之,王夫人和刘姥姥二人一个住在乡下,一个住京城的深闺大院,两人身份地位悬殊,可说是风马牛不相及。

其二,二十年前刘姥姥以何身份到的王夫人家?按小说交代似乎只能是走亲戚。刘姥姥带着女儿的这趟亲戚走的还不错,见到了尚在闺阁中的王夫人,并对王夫人的初次见面留下深刻印象:"着实响快,会待人,倒不拿大。"以至几十年后仍不忘。那么刘姥姥和王夫人是一种什么亲戚关系呢?按刘姥姥是带着女儿到王家的,则给我们一种暗示,就如同刘姥姥带着板儿一进荣国府一样,靠的是同一种亲戚关系,即刘姥姥和王夫人为远族姻亲关系。也就是刘姥姥的女儿刘氏嫁给了王狗儿,而王狗儿与王夫人有远族亲戚关系,所以刘姥姥和王夫人才有了这种姻亲关系。这个圈子的确绕得好远,但为了"打抽丰",刘姥姥还是替王狗儿想到了这条二十年前她已走过的门路。但这同时却也带来了另外一个疑问:二十年前刘姥姥和王狗儿家是姻亲关系吗?

其三,二十年前刘姥姥和王狗儿家的关系。也是二十年前,王狗儿家在京城做小官的祖上与王夫人家连了宗,其时也可说是王狗儿家比较发达的时候。而同时的刘姥姥和她的女儿,应该可以肯定仍是孤儿寡母的住在郊外,以务农为业。在封建社会以门当户对为主要婚姻标准的时代,很难想象势利眼的王狗儿家会和她们攀上姻亲关系!因此刘姥姥与王狗儿家建立姻亲关系,合理的时间应是在王狗儿家家道中落、狗儿父亲王成移居乡下以务农为业之后;也就是说,以常理推二十年前刘姥姥和王狗儿家是没有任何关系的。即使退一步讲,二十年前刘姥姥家和王狗儿家有姻亲关系,最多也只是刚定了亲的"娃娃亲",但肯定没有结婚,那么试想作为姻亲的刘姥姥有可能带着女儿到刚刚连过宗的远族姻

---

① 李希凡,李萌《"品味"刘姥姥》,载《红楼梦学刊》,2003(4)。

亲王夫人家里走亲戚吗?更何况那是连王狗儿本人也还从没有见过的远族姑太太呢?

其四,与小说其他情节的矛盾。设若刘姥姥真的见过尚未出阁的王家二小姐王夫人,那么自然也可推测刘姥姥是应该去过金陵王家,见识过金陵王家的富有和气派的,而那是比贾家毫不逊色的富有和气派。第七十二回凤姐曾当面说贾琏:"把我们王家的地缝子扫一扫,就够你们过一辈子呢。说出来的话也不怕臊,现有对证:把太太和我的嫁妆细看看,比一比你们的,那一样是配不上你们的!"说得贾琏无言以对,只好以开玩笑来岔开话题,证明了凤姐所言不虚。但反过来说,何以曾经见过王家富贵和气派的刘姥姥第六回一进荣国府,却又变得像个地地道道什么世面也没有见过的老村妪呢?难道她早忘记了二十年前那次值得夸耀一辈子的金陵之行了吗?

总之,我们的结论是二十年前刘姥姥见过王夫人的故事简直匪夷所思。

二、刘姥姥之前见过周瑞家的吗?

大家知道第六回刘姥姥能进荣国府,走的是王夫人陪房周瑞的门路,这条路是在家里商量时狗儿提供给刘姥姥的。

王狗儿:"我教你个法儿:你竟带了外孙小板儿先去找陪房周瑞,若见了他,就有些意思了。这周瑞先时曾和我父亲交过一桩事,我们本极好的。"(三家评本)

王狗儿:"我教与你老人家一个法子:你竟带了外孙子板儿,先去找陪房周瑞,若见了他,就有些意思了。这周瑞先时曾和我父亲交过一件事,我们极好的。"(庚辰本)

刘姥姥:"我也知道,只是许多时不走动,知道他如今是怎样?"(三家评本)

刘姥姥:"我也知道他的,只是许多时不走动,知道他如今是怎样?"(庚辰本)

关于王狗儿与周瑞的关系我们下节再谈。先说刘姥姥带着板儿到了荣国府门口,本是要找周瑞,却被告知出门了,但他的娘子在家,于是刘姥姥到了后门一带很容易就找到了"太太的陪房周大娘"也即周瑞的家里。以下是刘姥姥和周瑞家的二人见面时的对话:

>刘姥姥:"好呀,周嫂子!"周瑞家的认了半日,方笑道:"刘姥姥,你好呀,你说这几年不见,我就忘了,请家里坐。"……周瑞家的又问"板儿倒长了这么大了?"刘姥姥:"你老是贵人多忘事了,那里还记得我们。"(三家评本)
>
>刘姥姥:"好呀,周嫂子!"周瑞家的认了半日,方笑道:"刘姥姥,你好呀,你说说,能几年,我就忘了,请家里来坐罢。"……周瑞家的又问板儿道:"你都长这们大了!"(庚辰本)

看了二人见面时的寒暄,相信所有人都会认为她们是老相识。它如刘姥姥见过王熙凤后周瑞家的埋怨她不会说话:"我的娘,你怎么见了她倒不会说了?"听那语气和口吻,周瑞家的也一定熟悉刘姥姥能说会道。然而事实是二人以前真的见过面并且是老相识吗?

我们再看下面的对话:

>周瑞家的听了,便已猜着几分来意。只因他丈夫昔年争买田地一事,多得狗儿之力……便笑说:"姥姥你放心,大远的诚心诚意的来了,岂有个不教你见个正佛去的!论理人来客至回话,却不与我相干。我们这里,都是各占一样儿:我们男的只管春秋两季地租子,闲时带着小爷们出门,就完了;我只管跟太太奶奶们出门的事。只因你老是太太的亲戚,又拿我当个人,投奔了我来,我竟破个例,与你通个信去。但只一件,老老有所不知,我们这里,不比五年前了,如今太太不大理事,都是琏二奶奶当家了。你道这琏二奶奶是谁?就是太太的内侄女,当日大舅老爷的女儿,小名凤哥的。"刘姥姥听了纳罕,问道:"原来是她?怪道呢,我当日就说她不错的。这等说来,我今儿还得见了她?"
>
>刘姥姥因说道:"这位凤姑娘,今年不过二十岁罢了,就这等有本事,当这样的家,可是难得的。"

首先我们来确定一下二人见面的时间。前面我们已经排除刘姥姥二十年前见过王夫人的可能性,当然也就排除了刘姥姥和周瑞家的那次见面的可能性。其实从二人对话也不难看出她们上次见面仅是几年前的事,甚至可以推断出她们最后一次见面的大体时间:即不早于六年而不晚于五年。不晚于五年是因为五年以后贾府的许多大事刘姥姥都不知道,如凤姐嫁入贾家、凤姐管家等;而不早于六年是因为周瑞家的见过小板儿,知道他是刘姥姥的外孙(这时板儿约五六岁),再早则恐怕板儿还没有出生呢!

接着我们再来确定一下见面的地点。首先可以排除刘姥姥到贾府拜访周瑞家的可能性,那么剩下的只能是周瑞家的去拜见刘姥姥了。这里人们一定会问,周瑞家的为什么要去拜见乡下的孤寡老太太刘姥姥呢?以下是我们根据前后文提示进行的推测:最可能的原因是王狗儿家帮忙"争田地"那次,周瑞家因此与王狗儿家"关系极好",于是时常上门走动;而王狗儿是刘姥姥的女婿,刘姥姥也常往王狗儿家来,所以也就遇见了周瑞或周瑞家的。刘姥姥年龄固然大周瑞家的许多,或许都是上了年纪女人的缘故,周瑞家的倒和刘姥姥谈得来,故此也就都熟悉了起来。如果这个故事编得不错的话,那么我们的结论是刘姥姥和周瑞家的见面地点是乡下王狗儿家,二人见面的最早时间当是刘姥姥家与王狗儿家有姻亲关系时;至于次数则要看周瑞家对王狗儿家感恩的深浅和刘姥姥的殷勤程度了。

以上是我们对过去二人可能的见面时间和地点的推测,然而毕竟只是一种推测,同样我们也可以从上面的诸多材料中得出另外的结论:

其一,小说中狗儿对刘姥姥说起周瑞的语气,似乎是在回忆好多年前的往事,不像是在和刘姥姥说起一个他们曾经共同交往过的熟人,而王狗儿说的"我们本极好的"当中的"我们",自然是不把刘姥姥包括在内!

其二,王狗儿和刘姥姥对周瑞夫妇的情况都知之甚少,如只知周瑞夫妇是王夫人的陪房,而不知他们还分别是荣国府有权势的男女管家,尤其周瑞家的还是王夫人跟前的心腹红人!难道他们认识的时候周瑞夫妇还只是普通的奴才,他们的"升官"都是在王熙凤管家之后?

其三,刘姥姥从没有见过凤姐却对她相当熟悉,如知道她的年龄以至脾气、性格等,而且还说"当日我就说她不错的"。这些既不是应酬的客套话,但也绝不像"当日"从周瑞家的那儿得知的,不知刘姥姥关于凤姐的信息从何而来,那句"当日"的话又是对谁所说的呢?

其四,狗儿说:"我又没有收税的亲戚、做官的朋友,有什么法子可想的?便有,也只怕他们未必来理我们呢!"这周瑞以及周瑞家的虽只是王夫人的陪房,却也一样有很大的活动能力,以狗儿的名利心势力眼,如果真有这样的朋友,也应该早联系上了。狗儿的这句牢骚话也再次证明了周瑞或者周瑞家的在狗儿结婚生子以后并没有到他们乡下的家里做过客!

所以,我们的结论只能是刘姥姥没有在王狗儿家见过周瑞家的,那么她们还能在哪儿相识呢?难道她们认识还有另外我们所不知道的原因?

三、王狗儿帮忙"争买田地一事"

王狗儿家原本与周瑞家无任何关系,若说有,也仅是因为周瑞是王夫人的陪房,而王狗儿和王夫人是连宗的远族。但小说却叙述说两家关系曾经很好,具体原由便是所谓的"争买田地一事"。

王狗儿:"这周瑞先时曾和我父亲交过一桩事,我们本极好的。"

周瑞家的:"他丈夫昔年争买田地一事,多得狗儿之力。"

关于"争买田地一事",小说中既有王狗儿的追述,也有后文周瑞家的交代,按说此事应是不虚,但小说中的这两处描写却又是矛盾的。按狗儿的说法,"争买田地一事"是发生在周瑞和他父亲之间的事,即主要是狗儿父亲王成帮的忙出的力,然而周瑞家的则说成"争买田地一事,多得狗儿之力"(这里庚辰本文字同),这就与狗儿的说法相矛盾了。那么这二人到底谁的说法对呢?

回答这个问题其实不难,我们只要推测一下事情发生的大体时间就清楚了。按王狗儿家能帮这个忙,说明当时他们家尚未衰落,有一定办事能力,而这至少应该是在王狗儿家搬到乡下之前也即六七年以前。以理来推,那时的王狗儿尚是少年,故能帮上忙的可能性不大,所以只能是他的父亲王成。为了印证,我们查阅了《红楼梦》的其他版本,果真在另外一种脂评本里找到了与我们的推理相符合的文字:"多得狗儿他父亲之力。"这样就前后一致,不会引起人们的疑惑了。①

但这里同样也有两个不小的疑问,足以使我们对这件事的真实性产生怀疑。

疑问一是作为王夫人陪房,又是荣国府大管家之一的周瑞和他的女人,连他们的女婿古董行的冷子兴都被雨村赞为"是个有作为、大本领的人",何以在"争买田地一事"上要求王狗儿的父亲来帮忙呢?即使退一步讲,他们也可以求自己的主子呀(而其时正是王夫人管家)?!小说第八回周瑞家的女儿到贾府找母亲,说女婿冷子兴吃了官司,周瑞家的只说是小事一件,晚上求一下凤姐就行了,并不把这些事放在心上,从中可以想见平日他们是如何依仗主子权势的。

疑问二是既然狗儿家与周瑞家关系极好,王狗儿也应非常熟悉周瑞一家人,其时周瑞一家在贾府做陪房,按常理他们应该互有来往才对,但何以王狗儿竟没

---

① "争买田地"事发生在狗儿家搬到乡下之前,也再次证明了刘姥姥先前不具有见过周瑞家的机会。

有到过贾府,尤其是没有去拜见过自己真正的亲戚王夫人呢?

四、刘姥姥的年龄问题

刘姥姥的年龄本不是问题,小说第三十九回刘姥姥二进荣国府时,贾母问刘姥姥今年多大了,刘姥姥说"我今年七十五了",言之凿凿。由这回我们还知她比贾母大好几岁,身体也还比较硬朗(人们还往往用此回刘姥姥的年龄来推算贾母等人的年龄,指出贾母年龄的纰漏)。如果刘姥姥第二次进贾府时七十五岁这一年龄没有什么问题的话,由此我们也可推算出她一进荣国府时的年龄。假设刘姥姥第一与第二次进贾府的时间间隔为两三年①,则刘姥姥初登场时的年龄应在七十二三岁左右,这个年龄也比较符合小说里的描述:"是一个积年的老寡妇。"

在刘姥姥年龄问题解决以后,我们对照小说的描写便会发现,刘姥姥的年龄和王狗儿一家尤其她女儿的年龄是矛盾的、不合常理的。

按板儿年龄小说有明确交代,说是五六岁,青儿年龄更小,而刘姥姥的女儿刘氏还是个"年轻媳妇子"。我们以合理的母子年龄差算,此时的刘氏应约二十多岁,最多不超过三十;再由刘氏及其儿女的年龄推算,王狗儿的年龄大约也以三十岁以下为宜。② 如此则刘姥姥的年龄与王狗儿一家人的年龄就存在有很大的问题了,试问"一个积年的老寡妇",又只有一个女儿,焉有母亲已七十多而女儿才二十多岁的道理!?

这里我们不妨对比一下年龄比她还小几岁的贾母的情况。按此时的贾母早已四世同堂,甚至第四代重孙贾兰、巧姐的年龄也和板儿相仿佛;从小说的交代看:贾母七十多岁,贾政已年近五十,孙子贾珠二十余岁(已死),重孙辈贾兰约五六岁。以常理推,贾母和她的儿孙辈应是一个比较合理的年龄组合,也符合封建大家庭的年龄结构。如此我们再反过来比照一下刘姥姥和其女儿、小外孙的年龄结构,不就显得太不合情理了吗?

究其原因,或许作者为了突出她是个"久经世代的"老人而故意把她写得太

---

① 关于刘姥姥两次进贾府的时间间隔,一些红楼年谱长达六七年,我们认为若间隔太长不符合刘姥姥为感谢上次贾府施舍的此行目的,另外板儿的年龄也成了问题,因为如此推算二进时板儿就已经十一二岁了,显然不符合小说中仍是个小孩的描写。故应以两三年为宜。
② 狗儿年龄还可从王狗儿家几代单传证明,即狗儿结婚应是正常年龄。

大的缘故;另外刘姥姥和她的小外孙板儿这一老一少进贾府,姥姥很老,外孙很小,岂不也正是一对比较滑稽幽默风趣的搭配? 只不过这一切作者似乎又都忘记了刘姥姥还是一个"积年的老寡妇"呢!

五、两个王家的辈分问题

关于两个王家的辈分问题,具体出现在小说中刘姥姥的一句话:

> 刘姥姥:"我今日带了你侄儿,不为别的,只因他爹娘在家里,连吃的也没有,天气又冷了,只得带了你侄儿,奔了你老来。"

人们普遍认为这里的刘姥姥说错了话,搞乱了辈分。关于这一点太平闲人早在一百多年前就已指出,并在那句话的下面以双行夹批点明:"凤姐适云不知辈数,刘姥姥亦不知辈数了。王姓与王夫人之父连宗,而认为侄,则王姓与王夫人为一辈,其子王成乃王夫人宗侄矣,与凤姐为一辈,王成之子狗儿乃凤姐侄辈,至板儿乃孙辈。'今日带了你侄儿'是已乱其辈数。直越板儿而上之,挤凤姐而下之,使与狗儿等矣。作者寓意每在矛盾,他处或有知者,而此处存此细账、藏此深意,当是千人千忽者,闲人之闲有矣夫。"①太平闲人书读得固然仔细,对两个王家的辈分推算也很认真,但他对刘姥姥这句话所做的微言大义的发挥,却实难让人苟同。其实小说里周瑞家的已经责备了刘姥姥的不会说话,刘姥姥也承认那是自己一时的紧张糊涂。

> 周瑞家的:"我的娘,你怎么见了她倒不会说了? 开口就是你侄儿。我说句不怕你恼的话,便是亲侄儿也要说话和软些,那蓉大爷才是她的侄儿呢,她怎么又跑出这样侄儿来了?"
>
> 刘姥姥:"我的嫂子,我见了她,心眼儿爱还爱不过来,哪里还说得上话儿来?"

因此关于刘姥姥的那句错话,我们认为仅是一个鲜活场面中的小插曲,并不是作者搞乱辈分的纰漏。

六、狗儿一家人

"王成亦相继身故。有子小名狗儿,娶妻刘氏,生子小名板儿,又生一

---

① 三家评本《红楼梦》,上海古籍出版社,1988,第102—103页。

女,名唤青儿,一家四口,以务农为业。因狗儿白日间又作些生计,刘氏又操井臼等事,青、板姊弟两个无人看管,狗儿遂将岳母刘姥姥接来,一处过活。这刘姥姥乃是个久经世代的老寡妇,膝下又无子息,只靠两亩薄田度日,如今女婿接了养活,岂不愿意?遂一心一计,帮着女儿、女婿过活起来。"(三家评本)

"王成新近亦因病故。只有其子,小名狗儿,狗儿亦生一子,小名板儿,嫡妻刘氏,又生一女,名唤青儿,一家四口,仍以务农为业。因狗儿白日间又作些生计,刘氏又操井臼等事,青、板姊妹两个无人看管,狗儿遂将岳母刘姥姥接来,一处过活。这刘姥姥乃是个积年的老寡妇,膝下又无儿女,只靠两亩薄田度日,今者女婿接来养活,岂不愿意?遂一心一计,帮趁着女儿、女婿过活起来。"(庚辰本)

上面我们节录了程本和庚辰本相同的两段文字,这两段文字大同小异,但却有几处值得注意,尤其是关于王狗儿一家情况介绍的文字。

其一,这段文字介绍了王狗儿的家庭成员:狗儿、刘氏、板儿、青儿一家共四口人的情况,但小说第四十一回刘姥姥醉卧怡红院的一段描写却让我们诧异:

(刘姥姥)只见一个老婆子也从外面迎了她进来,刘姥姥诧异,心中恍惚想到:"莫非是她亲家母?"因连忙问道:"你想是见我这几日没家去,亏你找我来!哪位姑娘带你进来的?"又见她戴着满头花,刘姥姥笑道:"你好没见世面!见这园里的花好,你就没死活戴了一头。"说着,那老婆子只见笑,也不答言。……

按这段文字中刘姥姥说的"亲家母"只能是王狗儿的母亲,从刘姥姥的语气看,狗儿的母亲明明还好端端的活着,但为什么这里却只说是一家四口人呢?

其二,青儿、板儿排行:按小说里介绍的狗儿有一儿一女,从叙述上看,他们的排行一目了然,即板儿大青儿小,但何以现存几乎所有版本都作"青、板姊弟"的排行?而庚辰本错得更离谱,说成"青、板姊妹",连性别都搞错了!

显然第一个疑问对任何人都是一个死结,这里我们试对后一个问题作一种猜测。

相信大家都注意到了王狗儿一家人十分有趣的名字:王成的儿子小名狗儿,狗儿的儿子叫板儿,女儿叫青儿。关于他们一家人命名的缘由,先说王成给儿子取名狗儿,人们也许会问有一定知识和出身的王成为什么给儿子取这么难听的名字?我们的猜测,大约狗儿父亲因为已是两代单传,故在大名之外还给儿子取了个贱名(一种取名的习俗),为的是好养活;但从另外一个角度,其实"狗儿"之名还符合了"狗儿最是名利心重"的性格特点呢(狗儿之祖连宗王夫人之父恐也不乏此意吧!)至于狗儿对自己儿女的命名取意,其目的也是十分显豁的,因为"板儿"就是明代以后铜钱的俗称,所以陈诏说:"狗儿是小官吏的后代,家道中落,务农为业,他生儿子取名'板儿',反映了他生活困难求财心切的思想。"①"其实板儿的姊姊青儿之被取名,意思也是一样。青者,青蚨之青也,青蚨原是传说之中的虫类,大约从东晋时期就有'青蚨还钱'之说。以后青蚨逐渐演变为钱的别名。"②因为铜钱称为"青儿"的叫法比较早,而称"板儿"则是明代以后的事情,从这个角度说,当然是青儿大板儿小,至于性别,管他"姊弟""姊妹"倒也都无所谓了。以此也可看出《红楼梦》作者在人物命名上的颇具匠心。③

七、小结

关于《红楼梦》的摘疑本就是红学研究中的一个热门话题,从早期的评点派到新红学的考证派以及当代的红学研究,都曾出现过精彩而又激烈的论争,尤其关于小说中的"时序""年龄""地点"等问题的争议,历来最为热烈。真理是愈辩愈明的,近来读了好几篇关于这方面的文章,许多都能给人以深刻的启发,如王蒙关于《红楼梦》时间"模糊"的说法、金生奎关于贾宝玉年龄问题的解析、张志关于《红楼梦》中"时序"和"年龄"的论述、杨俊才关于姑娘丫鬟年龄之谜的猜测、王志尧关于《红楼梦》诸多迷津的三昧蠡测等,都一反"过去那种认为书中的矛盾、可疑、破绽之处是作者的'失误'与'疏忽'的传统观点",表现出了一种积极探索的可贵品质。他们都认为作品在"客观上确实存在着不统一现象,但这却不是作者的'失误''疏忽'和作品的'纰漏',而是作者的有意为之"。至于理由,如张文认为:"它是作者不为人物作'传记'、不为贾家作'年谱'的特殊创作方法。这种方法既使作品'历历生动',又是我国优秀传统小说创作方法的继承和发展。同时,更是作者'象征现实主义'创作方法的成功运用。"④杨文的结论是(姑娘丫鬟年龄)前后存在矛盾原因有二:"一为了使人物的前后描写更符合情理。""二跟作

---

① 陈诏:《红楼梦小考》,上海书店出版社,1999,第169页。
② 刘广实《青儿与板儿》,见《红楼梦研究集刊》第五辑,上海古籍出版社,1980,第57页。
③ 另外刘姥姥带着板儿进贾府走亲戚打秋风,"板儿"的名字即昭示了此行的目的,同时也是刘姥姥的"伴儿",甚至他还是刘姥姥掩饰话题的"板儿"。
④ 张志《试论〈红楼梦〉的"时序"和"年龄"描写》,载《南都学坛》,2001(2)。

者的少女崇拜思想和对十五六七岁这个年龄特别注重有关。"另外,在年龄描写上使用了"障眼法",它有特殊作用。① 王文则认为:"这诸多疑团正是《红楼梦》的高明和特色之处。这个特色不是别的,而是一个'梦'字。""京都无确址,人物忽大忽小,某些情节违背常规常理又是极其正常之事。如果书中的事理情节人物年龄丝丝入扣,天衣无缝,何梦之有?这并非作者的狡黠之笔,而正是作者艺术上的创新。"②总之,他们的这些探索有的已经深入到作品的幽微艺术境界,对于我们把握作品中的人物风神、领会作者高超的艺术技巧以及他那超前的艺术思维,提供了一种新鲜的艺术视角。

本文也是一篇对《红楼梦》"纰漏""迷津"等尝试探究的文章,而且是对《红楼梦》第六回"前刘姥姥故事"——一个小得不能再小甚至不无吹毛求疵话题的探究,所以绝不敢与上面诸家创建迭出的宏文相提并论。本文的目的只意在指出前人未曾指出的"纰漏",即它们作为一种客观存在的事实;至于谜底恐只能以待后来的高明者了。然而这问题实在又微不足道,因为不管它的结论如何,也都丝毫不影响我们对"刘姥姥"这个形象所作的任何价值判断和审美赏析,所以这谜底不猜也罢!

(原载《南都学坛》2007 年第 3 期)

---

① 杨俊才《〈红楼梦〉姑娘丫鬟年龄之谜试解》,载《红楼梦学刊》,2003(3)。
② 王志尧《精研红学疑窦频　醒来方悟梦非真——〈红楼梦〉三昧蠡测》,《明清小说研究》,1998(3)。

论《红楼梦》中的"副小姐"

在"蓄奴"之风盛行的封建时代,许多贵族府第都蓄有大量的奴仆。这些奴仆,部分用于田庄的农业生产,另一部分则从事家内的服务性劳动,以满足统治者奢靡生活的需要。其中个别奴仆由于受到主子的赏识,还可以担任一些管理家务的工作,如料理钱财、管理奴婢等。这些人往往具有双重身份,一方面是主子的奴才,另一方面在他们名下又有人数不等的小奴才供他们使唤,这种奴才的身份地位用《红楼梦》中的一个称呼"二层主子"来概括是再恰当和形象不过的。《红楼梦》成功刻画了许多"二层主子"的典型,其中的"副小姐"群像就是很值得我们关注的对象。大家知道,在贾府众多老少主子的名下,都有数量不等、等级不同的丫鬟供其役使,其中都有一两个大丫鬟主事,如贾母房里的鸳鸯,宝玉房里的袭人、晴雯,王熙凤房里的平儿,迎春房里的司棋,探春房里的侍书,惜春房里的入画,王夫人房里先是金钏儿、后是玉钏儿和彩云,也包括黛玉的紫鹃、宝钗的莺儿,等等。这些大丫鬟不仅经济待遇好、地位高,还有一定的权力。各房的丫头都由这些大丫鬟分级管理,她们可差遣小丫头干活,也可代主子发号施令。在众仆眼中,大丫鬟们俨然是"二层主子",被仆妇婆子们又羡慕又嫉妒地称为"副小姐"。在《红楼梦》中,"副小姐"这一特殊群体显然并不仅仅是她们主子的附庸,作者在她们身上也投注了大量笔墨和心血,她们也一样活跃在大观园的舞台上,和黛玉、宝钗等为代表的金陵十二钗们共同演绎了"千红一哭,万艳同悲"的悲剧。

一、《红楼梦》中的"副小姐"现象

《红楼梦》中的奴仆,不仅差使分工明确而且还有森严的等级。在大观园里,数老婆子和仆妇们的地位最低,她们只负责浆洗一类的粗活。第五十八回小丫头们骂芳官干娘:"我们到的地方儿,有你到的一半,还有你一半到不去的呢。"小丫头虽然比老婆子高一层,但在服侍的天地里,仍有许多她们"到不去的地方"。"所谓'到得去''到不去'乃是指干活的粗细以及与主子的接触的远近疏密而言。"①小丫头们只能干些"喂雀、浇花、生炉子"的事,"递茶递水""拿东拿西"这些能接近主子的"眼见的事"只有大丫鬟才有资格做。而随身服侍的大丫鬟们端茶倒水、拿东拿西还是小事,更重要的是她们掌管着主人的衣服头面、四季穿戴、饥渴寒暑。迎春的累丝金凤不在家,问司棋便知;宝玉出门,袭人要打点穿什么戴什么;黛玉串亲戚,紫鹃派雪雁去送手炉,主子们一刻也离不开她们。大丫鬟不仅工作体面,经济待遇也远高于小丫头和婆子们,并且管理着她们。大丫头吩咐就等于是传主子的令,她们可以代替主子惩罚小丫头和媳妇婆子们,所以在大观园中,这群大丫鬟们,俨然成为一个"副小姐"的阵营。

1."副小姐"的待遇好

关于丫头们的经济待遇,据凤姐说,头等大丫头的月钱是一两银子(袭人以"准姨娘"的身份领二两银子)。周锡山先生曾替我们算过这笔账:"清代《履园丛话》记乾隆年间江南最富庶的无锡一带,田价每亩不过七至八两,上者十余两。大丫头的收入每年可买江南好地一亩。"②应该说这些大丫鬟的收入是不薄的。如袭人,因为家里穷得没饭吃,老子娘几乎要饿死了才被卖进贾府当奴才,但自做了贾母、宝玉的大丫鬟后,家里不久"又整理得家成业就,复了元气"。晴雯的月钱自然比不得袭人,但她死后"剩的衣履簪环,约有三四百金之数"。其他大丫鬟的积储也可想而知。大丫鬟所拿月钱是她们的净收入,她们的日常衣食住行皆由贾府负担,生病的医疗费、节日和主人一起看戏、玩风筝等的消费也是主人出的。不仅如此,主人一高兴还会赐给她们衣服或饭菜,意外增加劳动时也会给她们"加班费"。如宝玉生病后,贾母给丫头们分赐辛苦钱,佳蕙向小红抱怨没分到,给大丫头们吞光了。

再来看大丫头们的衣食住行。林黛玉刚到贾府,观察到几个"三等仆妇""吃穿用度已是不凡"。三等仆妇都如此,那么大丫头就更加体面了。刘姥姥一进荣国府,看到"遍身绫罗,插金戴银,花容玉貌的"平儿,便误以为是凤姐,差点要称姑奶奶。而鸳鸯,宝玉见到的是"穿着水红绫子袄儿,青缎子背心,束着白绉绸汗

---

① 曾扬华:《末世悲歌红楼梦》,汕头大学出版社,1997,第241页。
② 周锡山:《红楼梦的奴婢世界》,北岳文艺出版社,2006,第199页。

巾……"这些当然只是平日里的家常装束,特殊场合她们的服饰则更加风光体面。如袭人要回家探母,"头上戴着几枝金钗珠钏""身上穿着桃红百子刻丝银鼠袄子,葱绿盘金彩绣绵裙,外面穿着青缎灰鼠褂。"如此打扮,哪里像一个奴婢。但凤姐看了仍觉不够风光,命平儿将自己的两件褂子送给袭人。这也无怪乎袭人跟家里人说"吃穿和主子一样"了。

在吃的方面,大丫头的饭食也有很高水准,并且她们在正餐外还可以自己加菜,让厨房开小灶,如书中就写到晴雯派春燕到厨房点芦蒿、司棋叫莲花儿去点碗鸡蛋羹。她们对吃非常挑剔,芦蒿要"少搁油才好",鸡蛋要"炖得嫩嫩的",连厨房的柳嫂子都说:"就是这样尊贵"。这些大丫头们对吃的高要求,成为厨娘非常难伺候的一族。柳嫂子抱怨说:"细米白饭,每日肥鸡大鸭子,将些儿也罢了。吃腻了肠子,天天又闹起故事来了。鸡蛋、豆腐,又是什么面筋、酱萝卜炸儿,敢自倒换口味!"以至于厨娘"别伺候头层主子,只预备你们二层主子了"。至于住,大丫鬟为亲侍丫鬟,与主子相邻而住,当然是好房子。大丫鬟的出行,不是乘车,便是坐轿,不仅舒服而且威风体面。

2."副小姐"的地位高,身份尊贵

《红楼梦》里的大丫鬟都是下层家庭出身的女孩子,但一旦她们当上亲侍大丫鬟,便是众仆眼中高高在上的"副小姐"。那些地位低下的奴仆们,见了她们是口口声声"姑娘"地喊着;那些富贵尊荣的青年主子们,对她们也是"姐姐"长"姐姐"短。史湘云来到荣府,还给袭人、鸳鸯、金钏和平儿送戒指。而贾府对这些"老少房中所有亲侍的女孩子们,更比待家下众人不同,平常寒薄人家的小姐,也不能那样尊重的"。贾母当然带头做榜样,对她们尊重,并且经常表扬她们的优点和出众的才华。

鸳鸯是贾母的贴身丫鬟,在贾府女奴中是地位最高的。不仅一般奴仆"见是她来,便站立待她过去",连贾府的爷们奶奶,有时也要赔笑脸求她。第四十四回,王熙凤过生日,鸳鸯过来劝酒,当时凤姐已被灌了几杯,向鸳鸯求饶;可是当鸳鸯撒下两句回头要走时,凤姐赶紧把她拉住,一饮而下。看来王熙凤这位管家奶奶也要给足鸳鸯面子。平儿是管家奶奶的管家丫头,婆子媳妇们对她都非常殷勤、客气。平儿生日,凤姐不仅放她一天假,连贾府的公子小姐们也一样为其庆祝生日。贾芸来到宝玉房中,也知道袭人在宝玉房中"与别个不同",见她端了茶来,他竟不敢劳动袭人大驾,连忙站来说:"姐姐怎么替我倒起茶来。我来到叔叔这里,又不是客,让我自己倒罢。"而在第三十二回跳井死了的金钏儿,她生前的地位也可通过死后的待遇得以证明：王夫人"吩咐请几众僧人念经超度"。"奴才死了，主子为其请僧超度，此举可谓空前绝后，金钏儿之地位如何，不言自明"。①

3."副小姐"享有一定特权

在众多的奴仆中，大丫鬟无疑属于高级的丫鬟，对低层的丫头婆子，她们有相当大的支配权力，一个不如意，小丫头和婆子们就得"吃不了兜着走"。如紫鹃可让雪雁给黛玉送手炉。在宝玉房中，袭人可支配众人干活，凤姐要宝玉的小丫头小红，宝玉不在家，袭人可作主"打发"了小红。晴雯也常行使大丫鬟的权利，对小丫头常是把"撵出去"挂在嘴上。厨房不给司棋做菜，司棋带领小丫头来厨房兴师问罪，并按她的吩咐打砸东西，这些小丫头只能俯首听命。

当然，"副小姐"跟随的主子不同，她们享有的特权也不同。鸳鸯是贾府最高统治者的贴身丫鬟，如果说贾母是贾府这个金字塔的塔尖，那么鸳鸯便是层层阶阶众仆的塔尖。第四十回"史太君两宴大观园，金鸳鸯三宣牙牌令"更显示了鸳鸯在贾府中的地位，暗示了她可代贾母"行令"的特权。鸳鸯不仅管着老太太的生活起居，还打理着老太太的金银财物。贾琏因筹措不出贾府的浩大开支，还求鸳鸯把贾母房里的金银家伙"偷着运出一箱来，暂押数千两银子"。平儿是贾府管家婆的得力助手，她比一般的管家奴仆还有更多更大的权力，可以独立决断许多事。第五十九回，春燕被她的母亲打了，跑到怡红院向大丫鬟求救，麝月教训了老婆子，又叫小丫头去向平儿求救，小丫头一回来就下达平儿命令："既这样，且撵他出去，告诉林大娘在角门外打他四十板子就行了。"凤姐抱病之时，也都是平儿在替凤姐行事，她与"敏探春""时宝钗"等人共同组成"大观园临时管理委员会"，帮助协理贾府，把一切都打理得井井有条。

二、贾府对"副小姐"的政策

大丫鬟和其他小丫鬟本是一样出身卑微的奴婢，可一旦主子们给予她们较好的待遇、尊贵的地位，让她们坐享一定特权时，她们便有了"副小姐"的光环。那么，贾府的主子们为什么要这样"优待"这些奴婢？这显然主要是因为贾府的主子们对这些亲侍的大丫鬟有依赖性，丫鬟尤其是大丫鬟是主子们衣食住行每

---

① 马珏珏《非玉非石的悲剧人生——论鸳鸯、平儿、金钏儿、袭人》，载《红楼梦学刊》，1997(2)。

时每刻不能缺少的服务者,主子们离开她们便无法舒服地享受生活。李纨不就说,老太太没了鸳鸯会"连饭也吃不下",宝玉房里要是没个袭人,也不知道打量到什么田地吗?而凤姐没了平儿这把钥匙又如何了得?正因为主子们离不开这些大丫鬟,所以贾府便采取一些特殊的政策让这群"副小姐"们乖乖地为他们服务。

首先,在物质上,贾府对"副小姐"们极力笼络,令其甘于尽忠。前面我们提到"副小姐"的吃穿用度极其奢华,生活水平与主子很接近,而贾府让这些大丫鬟们吃好、穿好,给她们套上"副小姐"光环的目的就是要她们无条件地尽忠。袭人在宝玉被打后在王夫人面前的一番言论得到了王夫人的信任,王夫人立刻把袭人的月钱由一两增加到二两,并给袭人送衣送菜。这不仅要袭人更好地服侍宝玉,也要袭人成为她安插在宝玉身边的"心耳神意"。这些"副小姐"们在贾府里所享受到的是令小丫头和婆子们望尘莫及的生活,所以平儿所说的"各屋大小人等都作起反来"的自然是那些"不得志"的小丫头和婆子们,"副小姐"哪个不是乐为奴、安为婢的?她们乐意坐着"副小姐"这个高级奴才的位子,即使能够"赎身"出去也不愿离开,一旦有过错,宁愿挨打挨骂也不愿被"撵出去"。袭人因为家里要赎她,竟说至死也不回去,还哭闹了一回。晴雯听到宝玉赌气要撵她,她说"一头碰死了也不出这个门"。还有金钏等,被撵时苦苦哀求,她们宁愿被打被骂也不愿离开贾府。贾府如一个"牢坑"(龄官语)般地吞噬了这些丫鬟婢女的自由和青春,但"副小姐"们却不愿离开,"这并不是她们觉悟低,而是因为出了贾府这个'牢坑',必然还要掉进另一个'牢坑'"。①而贾府的统治者提供给"副小姐"们的是一个"花柳繁华"的环境,给她们主子般的"吃穿用度",那么相比之下,贾府就是一个好一点的"牢坑"了。

其次,在精神上,贾府的主子对"副小姐"们采取"奴化教育"的政策。在封建时代,主奴的名分和纲纪森严。清雍正皇帝就明确指出:"主仆之分等于冠履,上下之辨,关乎纪纲。"并进而认为"主仆之分一定,则终身不能更易。在本身及妻子仰其衣食、赖其生养,固宜有不忍背负之心。"②贾府即用"主尊奴卑"的等级观念来代替客观是非的标准。按他们的逻辑,主子有错,是奴才的教唆;主子出状况了,是奴才服侍不好。所以宝玉黛玉一吵架惊动了贾母,贾母便骂袭人、紫鹃

---

① 蒋和森:《红楼梦论稿》,人民文学出版社,1981,第 349 页。
② 《清大内档案·起居注册》,转引自褚赣生《奴婢史》,上海文艺出版社,1995,第 181 页。

为什么不好好服侍；宝玉和金钏儿调笑几句，王夫人便骂金钏儿是"下作的小娼妇"，认为宝玉"好好的爷们"是叫金钏儿教坏了。而她抄检大观园，赶走了怡红院里的晴雯等人，也是怕这些"狐狸精"勾引坏了宝玉。统治者正是将"主尊奴卑"的等级观念灌输到"副小姐"以及各类丫头的思想中，在她们的心灵上刻下深深的烙印，使许多丫鬟在不知不觉中丧失了独立的人格意识和尊严感。不仅如此，在进行奴化教育的同时，封建统治者还企图打造出一批忠诚的奴仆形象，以作为他们的"正面教材"和众仆学习的榜样，进一步宣扬他们的"奴化理论"。统治者极力向奴婢推行仁、义、礼、智、信思想并且特别注重其中的忠义精神。奴才就得向主子效忠，主子死了，奴才如果跟随主子而死，便被统治者提高到"义仆""忠仆"的最高境界。秦可卿死了，她的贴身丫鬟瑞珠也"触柱而亡"，这一举动令宁府合族人"都称叹"不绝，贾珍极其隆重地"以孙女之礼殓葬，一并停灵于会芳园中之登仙阁"（据许多资料分析，瑞珠当是因为撞破了秦可卿和贾珍的丑事，自知难逃一死而自杀的）。贾母死后，鸳鸯深知难以逃出贾赦的魔掌，也只有一死。而贾政对她的死却称"不枉老太太疼她一场"，并"买棺盛殓"跟着老太太的灵送出，以此"全了她的心志"。贾府主子对她们不得不死的举动毫无悲伤之意，而是赞不绝口，认为她们为主人而死，死得其所。统治者"在这些奴婢的身上都贴上了'标签'，这标签就是属于三纲五常范畴中的'忠、孝、节、义'。也就是说，这些被表彰的奴婢到头来都成了封建统治者的宣传品"。[①]

最后，贾府对奴婢人身的绝对控制。一方面，奴婢被主子定格为物化的人，她们没有任何人身自由；另一方面，她们又必须无条件地服从主人，如稍有反抗，或小有过失，则常常被施加各种毒刑。在《红楼梦》中，丫鬟如同物品，需要时花银子买人，不需要时随便处置。薛蟠为买香菱还犯了人命官司，可夏金桂过门后把香菱视为"肉中刺，眼中钉"，调唆薛蟠闹得鸡飞狗跳、家无宁日。薛姨妈在一怒之下竟要卖了香菱，说"叫个人牙子来，多少卖几两银子"以"拔去肉中刺，眼中钉，大家过太平日子"，后在宝钗的劝阻下才罢休。王夫人"开恩"把彩霞放出去，实是因为她多病不堪驱使之故；但出去之后，彩霞还给来旺的儿子霸占成亲。丫鬟到了年龄，贾府主子可决定由丫头配小厮，生下的子女即为"家生子"，代代相传，永远也摆脱不了为奴的命运。在贾府主子眼中，奴婢的配合仅仅是可以生出小奴婢的意义，至于奴婢自身的感情，根本不用考虑。相比

[①] 褚赣生：《奴婢史》，上海文艺出版社，1995，第182页。

其他奴婢的归宿，贾府的"副小姐"们除了"配小子""卖出去"之外，似乎还有一条更具诱惑性的出路，就是当上公子的"通房丫头"或小姐出阁时的"陪房丫头"，前者如宝玉身边的袭人，后者如宝钗的莺儿。当然也有人坚决抵制这条路，如"不要命"的司棋和"不嫁人"的鸳鸯。但"副小姐"即使当上"通房丫头"或"陪房丫头"，也改变不了"奴"的身份，她们依旧没有人身自由，仍然要服侍主子、听从主子的吩咐。而这时她们的主子也由原来的一个增加到两个——男主子和女主子，这意味着她们将要受到两个人的奴役，可见这也不是一条好的出路。在对奴婢的人身管制方面，贾府虽声称"自祖宗以来，皆是宽柔以待下人"，但书中写到的主子对奴才的各种惩罚却是层出不穷：打嘴巴、戳簪子、跪磁瓦、烙铁烫、打板子、抽鞭子、塞马粪等，主子对奴才的人身处置有极端的特权。奴婢虽然没有公开被杀害，但遭受百般折磨与凌辱，许多奴婢年纪轻轻就被迫走上死路，"副小姐"也不例外。金钏跳井、晴雯被逐而亡、瑞珠触柱、司棋撞墙、鸳鸯悬梁等悲剧，都是贾府的男女主子直接或间接造成的；但主子们不用负任何责任，最多只是花几两银子、赏几套衣服或送一副好棺材便心安理得，继续过着他们醉生梦死的奢靡生活。

三、"副小姐"与主子的复杂关系

《红楼梦》中的"副小姐"，在经济上，她们没有任何谋生手段，只能靠替主子劳动吃饭；在政治上，她们除了家人或亲戚外，几乎没有其他任何社会关系，长期在贾府中过着与世隔绝的生活。贾府的主子需要她们，并在物质上笼络、精神上奴化、人身上控制，才对她们委以重任，所以"副小姐"对主子有绝对的依附性。

一方面，主子的身份地位不同，"副小姐"的身份地位也不同。例如鸳鸯，正像大人物所使用的普通物品也会变得无比珍贵一样，由于她服侍的主子在贾府中至高无上，鸳鸯在丫鬟中的地位也显得最高。平儿过生日之时，贾府管家赖、林及上中下三等家人都来拜寿送礼，与其说是真的因为平儿做事周全人缘好，还不如说是迫于凤姐之威和对这个当家大丫头的惧怕和恭维。春燕娘不就说过："凭你哪个平姑娘来也凭个理……"可一听说是"二奶奶屋里的平姑娘"就不同了。平儿是管家婆王熙凤的大丫头，如众人所说，平儿一翻脸就可让她"吃不了兜着走"。晴雯和司棋同样派小丫头点菜，厨房的柳嫂自然也懂得看人下菜，晴雯是宝玉房中的大丫头，自然要照顾周到，于是忙问："肉炒鸡炒"，做好了还派人送过去。而司棋的主子是庶出并且懦弱的"二木头"迎春,柳嫂不仅不给做鸡蛋,反发了一通牢骚,而且"前儿要吃豆腐",她还敢"弄了些馊的"。可见,"副小姐"是依附着主子的"二层主子",主子地位的高低也决定了"二层主子"的不同待遇。另一方面,如果失去主子的保护伞,"副小姐"便是纯粹的奴才。鸳鸯抗婚虽然得到了贾母的支持,但贾母一死,鸳鸯的护身屏障便消失了。她所抗拒的对象是无恶不作的贾赦,贾母在时,贾赦碍于鸳鸯为母婢不敢乱来;而贾母一死,鸳鸯便难逃贾赦的手心,只能一死。司棋一旦被赶出大观园,也不再是"副小姐","往日姑娘护着",才能任她"作耗",而离开了主子的保护,"若不听话"周瑞家的就"打得"。

正因为"副小姐"对主子有依附性,主子的身份地位决定了"副小姐"们的身份地位,主子的命运也决定着她们的命运,双方荣辱与共,所以"副小姐"们必须维护主子的利益,一切从主子出发。书中写袭人"亦有些痴处:服侍贾母时,心中眼中只有一个贾母;如今服侍宝玉,心中眼中又只有一个宝玉"。宝玉性情乖僻,不喜仕途经济、不喜读书,袭人本可对宝玉千依百顺,但袭人却常常逆其意"劝谏"宝玉。宝玉是贾府未来的接班人,贾府的荣辱兴衰自然也系于宝玉身上。作为一个奴婢,袭人的心思自然没有如此"伟大",她所考虑的是小主子宝玉的荣耀能带给作为副主子的她更多的光环,更何况她还有跟着宝玉一辈子并当上"姨娘"的长远打算。平儿是精明狠辣的管家婆王熙凤的得力助手,"她的身份、地位又决定了她不能不参加'助纣为虐'"。[①] 平儿对凤姐可谓"一味忠心赤胆服侍",凤姐放高利贷,平儿虽不赞同,却帮她遮掩得天衣无缝,连"油锅里的钱也要捞出来花"的贾琏也被瞒过去。凤姐抱病,探春理家之时,平儿不离须臾、见机行事,处处维护凤姐的利益,使"正要拿她奶奶出气去"的探春"没了主意"。贾琏偷娶尤二姐的事,凤姐一直蒙在鼓里,而第一个把这件事告诉凤姐的是平儿。"她可以为贾琏隐瞒拈花惹草的偷情证据却不能对凤姐隐瞒贾琏偷娶二房的背叛行为,因为这对凤姐的地位构成了威胁"。[②] 平儿对尤二姐的解释是:"我原是一片痴心,从没有瞒他的话。既听见你在外头,岂有不告诉他的。"这所谓的"痴心",就是对凤姐地位的维护,而对凤姐地位的维护其实也是为了保护自己的地位和利益。尽管后来她看到凤姐对尤二姐的种种虐待和残害,心里十分后悔,曾暗中

[①] 李希凡:《红楼梦艺术世界》,文化艺术出版社,1997,第292页。
[②] 方明光,于丽莎:《红楼女儿花》,宁夏人民出版社,2006,第238页。

多次帮助尤二姐,但一旦遭到凤姐的斥责,便只好作罢。张毕来在《漫说红楼》中论证大观园内一般大丫鬟们的分化时指出:"对于主子们那种奢侈生活以及种种恶行,是看不惯的,甚至抱着反感。但是,被实际生活需要所规定,她们又往往跟着主子们走。她们替主子办事,也就替主子着想,为主子辩护。"①

"副小姐"们在经济和政治上对主子有依附性,也因她们所依附的主子身份、地位、性格的不同而形成各自不同的性格,并和主子产生了复杂的关系。这里仅以平儿、司棋、紫鹃、晴雯、侍书等几个为典型,来阐述她们的性格及她们与主子之间的关系。

1. 互补型:平儿与凤姐

凤姐与平儿的性格迥然不同,但这对主仆一"辣"一"平"又相互补充、相辅相成。凤姐与平儿都是有"才"之人。凤姐是荣国府的管家婆,她雷厉风行,处处争强好胜。"协理宁国府",王熙凤受任于危难之际,在承接这项棘手的工作时,她并不是勉为其难而是乐意相就,因为她"素日最喜揽事办"。上任后,她马上有针对性地进行整顿、调度,很快取得了成效,获得了众人的赞赏。可见凤姐不仅有才而且争强好胜,喜欢显示她的才干。所谓"强将手下无弱兵",平儿在能力上绝不亚于凤姐,在"判冤决狱平儿行权"中,她即明断是非、处事公平又虑事周全,考虑到多方面的利害和影响。平儿有才,但她从不恃才邀功,而是自觉地如影随形地跟着凤姐,成为"奶奶的一把总钥匙"。不仅如此,她还时刻保持着清醒的头脑,劝凤姐"得放手时且放手"。凤姐一向一意孤行,但她却能听得进平儿的话,也许正如她自己所说的,只有平儿"这蹄子"才能"降服"她吧。在对待下人上,王熙凤永远是一副火辣辣的架式,动不动就是跪瓦砖、打板子、撵出去,在她的强权之下,奴才们平时似乎也能风平浪静,但"合家大小除了老太太、太太两个人,没有不恨他的"。在贾母的丧事上凤姐终于力绌失人心,这难道不是平日里她的"辣""使人含恨抱怨"的结果?平儿并非反对严治奴仆的懒散偷盗、赌博酗酒,而是对奴婢们的小错小过抱宽容态度,认为给他们一些教育或轻度处罚就够了。平儿"得饶人处且饶人"的处事原则在一定程度上帮凤姐治理荣国府稳定了人心,也稳定了大局。"凤姐之所以能在杀机四伏、危机重重的贾府长袖善舞、如鱼得水,与平儿的得力辅助是分不开的。如果没有平儿,凤姐一定会遭更多人的怨

---

① 张毕来:《漫说红楼》,人民文学出版社,1978,第175页。

恨、惹更多的麻烦。"①所以李纨说："凤丫头就是个楚霸王，也得这两只膀子好举千斤鼎。"

2. 截然相反型：司棋与迎春

迎春和司棋这对主仆，性格截然相反：一个懦弱，一个刚烈；一个逆来顺受、任人摆布，一个敢于反抗、追求自由的爱情。这两个人似乎是格格不入的。

迎春的诨名为"二木头"，"一向温柔沉默，观之可亲"，自幼"玩笑之事，并不介意"，虽然是庶出，也不介意别人怎么看。正是迎春这样懦弱的"好性儿"，她的奶妈才敢偷了她的攒珠累丝金凤去典当、柱儿媳妇这样的下人也才敢说主子反使了她们的银子。连小丫头都看不过了，迎春却认为"宁可没有了，又何必生事"。而当探春等人为迎春抱不平时，迎春也还是一副"局外人"的姿态，竟说出"任凭你们处治，我总不知道"的话来。由于迎春这个"懦小姐"在书中的许多场合多为"群众演员"，这样一来，迎春的首席大丫头司棋似乎也没什么显示自己个性的机会。但作者着力写到司棋的四五处，却用浓缩的笔墨塑造了一个性格刚烈、卓有主见、有情有义的少女的光彩形象。司棋正式出场便是一场大闹厨房的风波，这件事可以看出司棋的性格：一是个性张扬、敢想敢做、做事不计后果；二是负气使性、容不得别人欺负。这与迎春的懦弱隐忍、惟恐惹是生非形成了鲜明的对比。那么，身处"二木头"之下，司棋何以有如此之大的脾气和胆量？这是因为迎春虽名为小姐、身属大房，但她生性懦弱不管事，实际已成为大观园的"弱势群体"。在这种情况下，作为"副小姐"的司棋必须强硬起来，才能在上上下下"一个富贵心，两只体面眼"的贾府中立足。当然这与司棋的外婆王善保家的尚得宠于邢夫人、司棋的后台很硬也有关系。在婚姻爱情上，迎春这样的大家闺秀自然摆脱不了"父母之命，媒妁之言"的命运，更悲哀的是迎春的婚姻只不过是为了给父亲贾赦抵债，她被父亲准折"卖"给了骄奢淫佚的"中山狼"孙绍祖。她虽也不相信她的"命不好"，但也只能逆来顺受，一年内便被折磨而死。司棋作为一个女奴，却公然蔑视封建礼法，敢于追求爱情，她和表哥潘又安的自由恋爱被封建统治阶级视为洪水猛兽、伤风败俗，引起贾府高层的震怒和抄检大观园的"保洁运动"。最后，司棋竟以一死捍卫了自己的爱情。曹雪芹把这样刚烈的司棋安排在"戳一针也不知嗳哟一声"的迎春身边，产生了"于无声处响惊雷"的效果。

---

① 方明光，于丽莎：《红楼女儿花》，宁夏人民出版社，2006，第238页。

3. 相互影响型：晴雯和宝玉、紫鹃和黛玉

晴雯与宝玉、紫鹃与黛玉，这两组人物在身份上是主仆关系，但在精神上又升华为平等的"朋友""知己"。正因为如此，紫鹃敢派黛玉的不是，而宝玉"一天不挨他（晴雯）两句硬话村你，你再过不去"（袭人语）。这两组人物在长期的相处中既相互理解又相互影响。

撕纸扇、补雀裘、反抄检、夭风流，晴雯在《红楼梦》里的情节大致如此，显示了她容不得半点虚伪做作和阳奉阴违、嬉笑怒骂表里如一、率性自然毫不拘泥做作的性格。在"撕纸扇"中，我们看到的是她的任性；在"补雀裘"中，我们看到的是她的热忱；在"反抄检"中，我们看到的是她的勇敢，这些都是由她的"真"爆发出来的。晴雯身上的"真"在某种程度上也影响了宝玉性格的发展，同时宝玉对晴雯的肯定、理解和支持也使晴雯更加充分地表现了她性格中最率真自然的一面。晴雯跌了扇子，受到宝玉的指责，晴雯敢于顶撞宝玉，一方面是她的本性使然，另一方面是她想争取到宝玉的尊重，最后晴雯以"撕扇"取得了胜利，挽回自己的尊严，也赢得了宝玉的尊重，二人找到了契合点。在第三十四回"情中情因情感妹妹"中，贾宝玉被打后记挂着黛玉，他支开了袭人再让晴雯去给黛玉送旧手帕。可见宝玉是视晴雯为知己的，只有晴雯才能担此重任。在抄检大观园时，晴雯首当其冲，她自始至终都表现出铮铮傲骨，没有一丝妥协，"正是这样的品性，使她既是大观园女儿世界毁灭过程中一个最特殊的牺牲品，也是以自身的殉难将宝玉推向一个新的灵魂高度的人"。①

紫鹃和黛玉的关系也超越了主仆的界线，她们两人情同姐妹，用紫鹃的话来说："一时一刻，我们两个离不开。"紫鹃对黛玉，不只倾心尽心照顾她、服侍她，而且在宝黛关系的调解和推动上也起着不小的作用。在黛玉与宝玉发生口角时，紫鹃既以宝玉对黛玉的一片真心劝慰黛玉，又委婉地批评了黛玉的小心眼。而在"情辞试莽玉"中，这个"慧紫鹃"编织了一番思虑周密、有情有理的谎言，把宝玉唬得"急痛迷心""死了大半个人"，在贾府引起一场轩然大波。紫鹃这一试试出了黛玉在宝玉心目中无可动摇的地位，这是紫鹃"一片真心为姑娘"所导演的一场大戏，对宝黛关系的发展有很大的推动作用。紫鹃不断鼓励黛玉拿出勇气实现自己的爱情，并且劝她不要对贾府的人抱多少梦想，趁老太太还在"早拿主意要紧"。紫鹃对黛玉的帮助和劝导其实是在不断将黛玉往叛

---

① 丁武光：《百态人间红楼梦》，巴蜀书社，2006，第91页。

逆的道路上拉,对一个封建时代的贵族小姐来说,婚姻大事怎能自己拿主意呢？虽然紫鹃对黛玉的劝诫"只不过叫你(黛玉)心里留神,并没叫你(黛玉)去为非作歹"。但在封建礼教中,"心里留神"已经是一种越礼的行为了。紫鹃的话深深地打动了黛玉,引起了她内心的矛盾斗争和痛楚,竟让她"直泣了一夜"。而紫鹃善良、真诚、朴实的性格也是在和黛玉朝夕相处中形成的。贾府等级的森严、封建礼教的虚伪、黛玉高洁的人品以及宝黛之间的纯洁爱情无不牵动着紫鹃的心,使她滋生了一种朴素的人生价值观。在她的思想中,自由婚姻是最可贵的,她认为"万两黄金容易得,知心一个也难求"。而当她亲眼见证了黛玉为追求自由的爱情泪尽而亡,她对人生也有了更深刻更透彻的体悟。最终,她选择了远离尘世、遁入空门。她的出家并非自己的遭遇所致,而是她从黛玉的一生中体会到命运无常,更无从去掌握自己的命运,对现实、对人生已经"心死"。

4. 陪衬型：侍书与探春

在曹雪芹的笔下,有个性情乖僻、叛逆的宝玉就有个率真任性的"勇晴雯",有个"心较比干多一窍"的黛玉便有个善良的"慧紫鹃",有个"英豪阔大"的史湘云便有个不识阴阳、语笑如痴的翠缕,有个"随分从时"的薛宝钗就有个善解人意、娇憨婉转的黄莺儿,而有个"政治家"风度的贾探春就有个语言锋利、口齿伶俐的侍书……

侍书在书中出现的场面不多,几乎没有掺入大观园的各种矛盾。"三春"的三个大丫鬟,司棋、侍书、入画,所用笔墨虽不多,但性格明显不同。迎春的丫鬟司棋为了要吃碗鸡蛋大闹厨房,惜春的大丫鬟入画为了偷存哥哥的银物竟致获罪。探春的丫鬟侍书却从没发生过什么毛病,这不能不说是和主人的调教和管理有关。另外,主人对丫鬟的态度也不同：司棋被撵向迎春求情,迎春认为"事关风化",如果她还"十分说情",岂不连她也完了；入画在抄检时被搜出私藏物品,这本是关系不大的事情,连凤姐、尤氏都认为是可饶恕的,但"口冷心冷心狠意狠"的惜春却非要撵走入画不可。探春就不同,她不仅调教丫鬟甚严,在抄检大观园时,她还大义凛然保护自己的丫头,认为"凡丫头所有的东西我都知道""一针一线他们也没的收藏",所以只许凤姐搜她自己的东西却不准搜她丫头的东西。王善保家的自恃是邢夫人的陪房,小瞧了探春这朵"庶出"的"玫瑰花",竟上前翻探春的衣裳,想灭一灭探春的威风。探春大怒,立刻扬手给王善保家的一记耳光,并痛骂她"狗仗人势""天天作耗"。在这里,探春锋芒毕露、敢作敢为的性格凸显了出来。而在这一幕中,侍书虽然只是一个小配角,但她的语言锋利一点也不逊色她的主子。当王善保家的讨了个没意思,赌气说:"我明儿回了太太,仍回老娘家去罢。这个老命还要他做什么!"侍书站出来说:"你果然回老娘家去,倒是我们的造化了。只怕你舍不得去!你去了,叫谁讨主子的好儿,调唆着察考姑娘,折磨我们呢?"侍书在关键时刻,出语响应探春,配合得非常默契,而且语言锋利,连凤姐都说:"好丫头,真是有其主必有其仆。"

四、"副小姐"的本质

"副小姐"虽然属于《红楼梦》中特殊的一族,她们性格上也千差万别,但透过现象看本质,这一群像仍有其很大的共同性,即她们都处于半主半奴的生存状态:一方面她们直接服侍主子,接受主子的统治;另一方面她们也接受众仆的服侍并管理着众多的奴仆。这种身份的双重性决定了她们思想的矛盾性,她们思想中或多或少地沾染了封建统治阶级的习性,存在一定的等级观念;而另一方面,奴仆的身份又让她们能够体谅下层奴仆的处境,表现出怜弱惜贫的美德。同时,半主半奴行事的复杂性,在她们身上也得到了很好的体现:她们的行为处事既要讨得主子的信任与欢心,又要让众仆心服口服,所以她们必须居中守正,若有一点差失,便容易成为众矢之的。

1. 身份的双重性

贾府的丫鬟有两种来源,一种是"家生"的,即古代所谓的"奴产子",她们是几代为奴之人,如鸳鸯、小红;一种是买来的,她们尚有赎身的机会,是"半自由"之身,如袭人、晴雯。不管是哪一种来源,一旦她们凭着出众的美貌和才华给主子们看中,当上亲侍大丫鬟,似乎便摇身一变成为"副小姐"。她们"吃穿和主子一样",过着锦衣玉食的生活,地位尊贵,还享有特权,俨然一副主子的派头,这已如上文所述。但"副小姐""二层主子"只不过是统治阶级因一时所需给予她们的光环,不管她们处在多么体面的地位,最终还是摆脱不了奴才的身份。荣国府总管赖大,已经有了不小的家业,有一个虽比不上大观园但也很精致的花园,赖大的儿子还"放出去"做了州县官,但他家的身份,仍是荣府的家奴。至于这些亲侍大丫鬟们,表面风光体面,如同半个主子,"可是他们一遇风浪,就如同雨打落花、风吹败絮一般,或流落,或惨死,毫无保障。统治者常把她们看成'调唆''鼓捣'兴风作浪的'狐狸精',而那些依仗主子势力的奴才们把她们看作可恨又不敢惹的'副小姐'"。① 统治者可给她们套上"副小姐"的光环,当然也可随时摘掉她们"副小姐"的光环。归根到底,就是因为她们"身为下贱",她们奴才的身份在封建等级社会里是铁定的事实,无法改变也无法跨越。

入画从小就服侍惜春,但在抄检大观园时,惜春的绝情令人吃惊。入画跪着向惜春求情,惜春竟然逼着入画出去,还说出了"或打、或杀、或卖,我一概不管"这样的话。迎春这个"二木头",当司棋被拘求她说情时,她"连一句话也没有",难怪司棋说她"姑娘好狠心"!对于金钏的死,薛宝钗说"不过多赏他几两银子发送他,也就尽主仆之情了",这和那个聋婆子和宝玉说的"有什么不了的事?……太太又赏了衣服,又赏了银子,怎么不了事的!"简直如出一辙。而晴雯更可悲,她被王夫人一口咬定为"狐狸精",不仅病中就被逐出大观园,王夫人还命人把她死后的尸首烧掉。

我们再来看鸳鸯、平儿和袭人。这三个人,一个是贾府最高统治者贾母的"一把活拐杖",一个是贾府管家婆王熙凤的一把"总钥匙",一个是贾府未来接班人宝玉的"首席"大丫鬟,她们都处于"重点岗位"上。但这并没有改变她们的奴婢地位,她们依然要按一个丫头的身份说话行事,小心翼翼地侍候主子,一有疏忽,就要受到一个奴婢所受的惩罚。第三十回,因开门迟了,袭人挨了宝玉的"窝心脚",这一脚自然是踢错了,但袭人被踢得口吐鲜血也不敢声张,连宝玉叫人去拿药也连忙制止,怕"闹"出去惹人说她"轻狂"。"袭人所以要这样做,虽然也是怕自己落个'不好';然而,她所处的丫头身份和地位,也不容许她不这样做"。②平儿虽然可以和凤姐一桌子吃饭,但仍得"屈一膝于炕沿上,半身犹立于炕下",凤姐吃完饭,还得"服侍漱口毕"。在"变生不测凤姐泼醋"事件中,无辜的平儿夹在贾琏和凤姐之间,两头遭打,备受凌辱。虽然大家都知道平儿受了委屈,连贾母也命凤姐给平儿赔不是,可平儿还得忙给凤姐磕头,说"奶奶的千秋,我惹了奶奶生气,是我该死"。贾赦要讨鸳鸯当小老婆,贾母"气得浑身打战",而她的"气",只是认为贾赦要"算计"她,弄开了鸳鸯,好"摆弄"她;因为鸳鸯可是她的活拐杖,一旦离开,贾母就要"饭也吃不下"。她对邢夫人说"留下他服侍我几年,就和他(贾赦)日夜服侍我尽了孝一般",所以贾母力保鸳鸯,只不过因为鸳鸯服侍得好。"正是在贾母这种不能失去活拐杖的自私心理下,鸳鸯得到了'保护'"。③

---

① 王昆仑:《红楼梦人物论》,生活·读书·新知三联书店,1983,第 173 页。
② 蒋和森:《红楼梦论稿》,人民文学出版社,1981,第 333 页。
③ 同上书,第 343 页。

2. 思想的矛盾性

"副小姐"这种半主半奴的特殊身份也造成了她们思想上的矛盾性。

首先,贾府的丫鬟有三六九等之分,这种等级的存在,就使处于不同等级的丫鬟们存在不同的心理意识。那些亲侍大丫鬟,"她们每天都在和贾府的主子们接触、服侍他们,主子们对丫头的惩罚,主子们的生活习性,她们每天无不耳濡目染。因此,她们的思想、行为,必然要或多或少地沾染上没落的封建统治阶级的行为"。① 大丫鬟们往往觉得自己高人一等,她们对自己"亲侍"主子的职责有一种荣耀的心理,一方面可以对小丫鬟颐指气使,另一方面又不能让其他等级的丫鬟来分享。正因为如此,小红不过给宝玉递了一杯茶,就遭到大丫鬟秋纹、碧痕的严厉责问,并骂她:"你也拿镜子照照,配递茶递水不配?"袭人潜意识中也有着强烈的等级观念。在主子面前,她当然是甘认奴才的身份的,如第十九回"情切切良宵花解语"中,宝玉对袭人说:"'你在这里长远了,不怕没八人轿你坐。'袭人冷笑道:'这我可不希罕的。有那个福气,没有那个道理。纵坐了,也没甚趣。'"所谓的"道理"就是袭人的奴才身份,这是无法跨越的等级。在这里,袭人是有自觉意识的。但在小丫头面前,袭人却又表现出"头儿"的意识。第三十回,宝玉误踢袭人,心里十分过意不去,而袭人是这样解嘲的:"我是个起头儿的人,不论事大事小事好事歹,自然也该从我起。"第七十七回,晴雯被逐,宝玉见院子里海棠枯萎,认为这是应在晴雯身上的先兆,袭人听了说:"那晴雯是个什么东西……他纵好,也灭不过我的次序去!便是这海棠,也该先来比我……"这两个例中"起头的人""我的次序"就是袭人在丫鬟中的"头儿意识"。"纵然这两个是晦气的例子,但因为体现着等级,她就要占着,容不得他人觊觎"。② 晴雯似乎是反对封建等级制度的,她曾说:"一样这屋里的人,难道谁又比谁高贵些?"可是她的许多言行又都表现了她的等级观念。她自认为她们比小丫头、老婆子"高贵"些,有"吹汤"的资格,她训斥小红"不服我说",麝月让她放镜套,她说"有你们一日,我且受用一日"。晴雯还常以大丫头的身份打骂责罚小丫头,对于偷东西的坠儿,她先是把她骗到跟前,用簪子在坠儿脸上乱戳,并且一定要把坠儿立即撵走。在此,我们不仅想到第四十四回凤姐对一个小丫头也是用簪子朝她脸上乱戳,可见,晴雯身上也沾染着统治阶级虐待奴仆的坏作风。"晴雯所反对的,也正是她所奉行

---

① 石亚明《传神写照,百态千姿——试比较〈红楼梦〉中几个丫鬟的形象》,载《六盘水师专学报》,1991(3)。
② 徐乃为:《红楼三论》,中华书局,2005,第 230 页。

的的;她想摘掉套在身上的枷锁,却又给别人套上了同样的枷锁"。①

"半主"的身份使这些"副小姐"们在思想上存在着与小丫头界限分明的等级观念,并且在一定程度上沾上封建主子们的坏习性。但这并不是说她们成了统治者的帮凶,在她们身上,更多地体现了劳动阶级所特有的善良、朴实的天性,她们能够切身体谅奴仆们的处境,对和她们处于同级或低级的奴仆,表现了惜贫怜弱的美德。鸳鸯"心也公道",还"倒常替人说好话儿,还倒不依势欺人的"(李纨语),她对与自己处于同一奴婢地位的人怀有深厚的同情。司棋和情人在园中幽会被她撞见了,吓得"恹恹成病",而她"反过意不去",连忙去安慰司棋,说决不去上报"献勤儿",又向司棋起誓:"我告诉一个人,立刻现死现报。"平儿作为凤姐的心腹,大权在握,但她从不像那些惹是生非的悍妇那样作威作福、仗势欺人。她总是设身处地为下人着想,力所能及地为下人排忧解难。在对待奴仆的纠纷上,她认为"得饶人处且饶人",常常劝凤姐"得放手时须放手"。第六十五回兴儿是这样评价平儿的:"为人很好,虽然和奶奶一气,他倒背着我们常作些好事。小的们凡有了不是,奶奶是容不过的,只求求他去就完了。"袭人则是"出了名儿的贤人",金钏儿之死引起袭人同气之悲,"不觉落下泪来";春燕的娘闹事差点被撵,一跟袭人求饶,袭人"早又心软了";晴雯被逐,袭人暗中把晴雯的东西捎给她,还把自己攒下的钱也给了她些。对于前来投靠贾府的穷亲戚刘姥姥,鸳鸯、平儿都表现出怜贫惜弱的美德,两人不仅给刘姥姥送衣送物,还要刘姥姥"不嫌弃",讲出"咱们都是自己人,我才这样"的话。第六十一回,丫头彩云偷茉莉粉,引起一场不小的风波,牵连了五儿等人;事发后,宝玉替丫头承担过失,平儿、袭人都极力为丫鬟们打掩护。平儿、袭人一方面投鼠忌器,希望大事化小、小事化了,另一方面也是她们不愿看到彩云、五儿等人被打被逐。这是她们自身阶级带给她们的优秀品质,和王熙凤这种不分青红皂白便命令将五儿"打板子""或卖或配人"的主子们有着本质的区别。

3. 行为的复杂性

"副小姐"是主子的奴仆,又是奴仆的"二层主子",她们是连接着主子和底层奴才的纽带。"副小姐"的位子自然是风光体面,但要胜任这一重点岗位却并不容易。忠于职守,这是对奴才的最基本要求。"副小姐"们作为各房丫头的"头儿",自然得给小丫头们做好榜样。看鸳鸯、平儿、袭人、司棋、紫鹃、侍书、入

---

① 冯志国,邓容《试论晴雯性格的多重组合》,载《大庆社会科学》,1993(9)。

画……哪一个不是小心翼翼、无微不至地服侍着主子的生活起居。但这还远远不够,一个成功的"副小姐",不仅要讨得上头挑剔主子们的欢心和信任,又要让下面竞争激烈的众仆心服口服;不然,她们可能会被主子们"淘汰",也可能被众仆们"排挤"。这就是"副小姐"行为的千艰万难,她们每走一步都可以说是"战战兢兢,如履薄冰"。

司棋大闹了厨房,发了一回主子脾气,大大地显示了"副小姐"的威风,但这只不过讨得更多人嫌罢了。晴雯"掐尖要强",对丫头婆子也苛刻,这些人平时是敢怒不敢言,可一旦有了抄检大观园的机会,不仅王善保家的,那些"和园中不睦"的人,也就"随机趁便"告了状;晴雯被赶走后,这些人都非常得意,认为"把这一个祸害妖精退送了,大家清净些"。这也是晴雯被赶的一个原因。当然,在"副小姐"群中,能在主子与奴才的夹缝中活得游刃有余的也不乏其人。先说鸳鸯,她给贾府主子们的印象是极好的。这是因为鸳鸯一则了解贾母"凡百的脾气性格"、会说话,能在各种场合讨老太太的欢心,像喝酒打牌等。二是她还"投主子们的缘法",无论王夫人、凤姐,"以至家下大大小小,没有不信的"。而在奴仆当中,正是因为鸳鸯的"不仗势欺人",所以奴仆们对她也格外的尊敬。在贾府的主子、奴才中,鸳鸯可以说是一个人敬人爱的人。再说袭人,她性格温柔和顺,对上恭敬有加、忠心耿耿,对姐妹们和睦相待,对宝玉更是百般呵护体贴,上上下下无不称其好处。"沉重知大礼""行事大方,心地老实""模样儿自然不用说的,他的那一种行事大方、说话见人和气里头带着刚硬要强,这个实在难得。"王夫人甚至说她比宝玉都强十倍。袭人能在主子中获得如此高的评价,一是以谄媚、温柔体贴来讨好宝玉,二是她懂得揣摩掌权主子的心理,时时"劝谏"宝玉"读书"和不要在姐妹中厮闹,获得了王夫人的信任。而众仆对她也是心服口服,她们都是"袭人拿下马的",即使"小丫头顽皮有不服别人的,也没有听说过不服袭人的"。佳蕙跟小红抱怨赏钱给大丫头们吞了,心里很不服气,但对袭人,她也认为"哪怕他得十分儿,也不恼他,原该的"。此外,平儿的为人处事也能左右逢源、八面玲珑,在主子和奴才之间做得妥帖周全。

五、"副小姐"的美学价值和悲剧意蕴

《红楼梦》中关于"副小姐"形象的成功描写有着多方面的价值和意义,这是毋庸置疑的,限于篇幅,这里我们仅略谈谈其中的美学价值和悲剧意蕴。先说其

美学上的意义。金圣叹最早在《贯华堂第六才子书西厢记》中提出"烘云托月之法":"欲画月也,月不可画,因而画云。画云者,意不在于云也……合之固不可得而合,而分之乃决不可得而分乎!"①"副小姐"形象与"金陵十二钗"的关系,正如画家笔下的云和月,相辅相成。如许多评论家所认为的"袭为钗副,晴为黛副",就是很好的明证。而有时"副小姐"和主角也形成了鲜明的对比,如上面提到的司棋和迎春。当然这云和月的关系也并非一成不变的,"副小姐"在全书中虽处于配角地位,但在有些章节中却当上了主角,甚至让主角为她们当配角。如"情切切良宵花解语""贤袭人娇嗔箴宝玉"写袭人对宝玉的劝谏,着力表现了袭人的温柔和顺以及她对宝玉的"心机";"撕扇子作千金一笑"写晴雯与宝玉的冲突却突出了晴雯的率真任性、追求平等的性格。"这种'主仆颠倒'的描写,从另一角度表现作者艺术手段之高超和此书艺术成就的不同凡响"。②

　　在充分反映作者的悲剧观上,"副小姐"群像也扮演着举足轻重的角色,其中所蕴含的悲剧意蕴与她们的主子有着异曲同工之妙。《红楼梦》中的"副小姐"是主子们从丫鬟群中精挑细选出来的得力助手,她们是丫鬟群中的佼佼者。用宝钗的话来说,她们都是"百个里头挑不出一个来,妙在各人有各人的好处"。论模样,晴雯"生得太好了",好得让许多人嫉妒;平儿是"极清俊的上等女孩";金钏儿让宝玉一见就"有些恋恋不舍";袭人"模样儿自然不用说的"……个个都是花容月貌。论性情,贤袭人是温柔和顺、俏平儿是宽厚和善、勇晴雯是率性自然、慧紫鹃是聪慧善良、烈司棋是有情有义、巧莺儿是善解人意……各人都有各人的好处。论才能,鸳鸯行事做人"一概齐全",是"一个可靠的人";平儿"判冤决狱"明辨是非;袭人把怡红院的一切事务都打理得井井有条;晴雯会补"连裁缝绣匠并作女工"都不会补的"雀金裘";黄金莺会"巧结梅花络"……各有千秋。在她们身上,体现了作者近乎完美的人格理想——美、才、善、忠,她们虽只能位居"金陵十二钗"的又副册,但仍是作者极力歌赞的"上等女孩"。"副小姐"能在竞争激烈的众仆中脱颖而出,绝不是机缘凑巧,而是她们有真才实貌。而几经淘汰、几经筛选,这其间她们经历了怎样残酷的角逐、付出了怎样的辛苦可想而知。但登上"副小姐"之位,坐享主子般的荣华富贵,她们仍然摆脱不了"身为下贱"的事实。身为奴才,她们的命运完全掌控在封建主子的手里,在"忽喇喇大厦将倾"的贾府

---

① 《金圣叹评西厢记》,四川文艺出版社,2000,第61页。
② 周锡山:《红楼梦的奴婢世界》,北岳文艺出版社,2006,第4页。

中,她们更无法逃脱悲剧的结局:鸳鸯悬梁、袭人出嫁优伶、紫鹃出家、晴雯冤死、司棋撞墙……因此,"副小姐"的才貌越出众,她们的悲剧性就越强烈。同时,"副小姐"身份的双重性使她们的悲剧命运也有双重代表性:一方面,由于主子的命运决定"副小姐"的命运,"副小姐"的悲剧可以说是主子悲剧的缩影;另一方面,"副小姐"的阶级身份仍是奴才,她们的命运也反映了封建社会下层人民的普遍命运。

(原载《红楼梦学刊》2007年第6期)

"陪房"考

《红楼梦》中有一个十分重要而又容易被人忽略的婚俗现象——陪房。作为一种婚嫁习俗,陪房不仅是清代婚姻习俗中的一个重要现象,而且也是我国几千年不平等社会婚姻习俗中的一个共同现象。本文即是对"陪房"这种婚俗现象进行的考释。

关于"陪房"一词的解释,周定一主编的《红楼梦语言词典》说:"陪同主子姑娘出嫁到婆家的男女仆人。"①冯其庸、李希凡主编的《红楼梦大词典》说:"旧时富贵人家女儿出嫁,随嫁至其夫家之男女仆婢称陪房。"②周汝昌在《红楼梦的真故事》中说:"陪房者,旧时姑娘出阁,嫁到婆家,一切陌生,要从娘家带过来一位媳妇照料扶持她,包括教导指引家务礼数,种种关系,也是她的'保护者',因此是姑娘平生中最贴身贴心、得力得用的亲人,故此最得宠信。"③

让我们再看看专业的汉语词典是怎么解释的。比较通行的《现代汉语词典》说:"旧时指随嫁的女仆。"④以专门收录新词条为主的《简明汉语新词词典》说:"指我国某些农村中的一种落后习俗,即新婚之夜由别的男青年和新娘睡一头,新郎睡另一头,无论该男青年如何闹腾,新郎都不准阻止。"⑤而权威的《汉语大词典》则有两个义项:(1)指随嫁的婢仆。元无名氏《争报恩》楔子:"这厮是俺带过来的陪房,唤做丁都管。"(2)指嫁妆。元无名氏《符金锭》第三折:"我将这绣球儿抛下,准备着齐整的陪房。"让人奇怪的是同样作为大型工具书的《辞海》和《辞源》却均没有收录该词条。

无疑,这里《汉语大词典》的释义要比《现代汉语词典》更准确精当些,《简明

---

① 周定一:《红楼梦语言词典》,商务印书馆,1995,第628页。
② 冯其庸、李希凡:《红楼梦大词典》,文化艺术出版社,1990,第298页。
③ 周汝昌:《红楼梦的真故事》,华艺出版社,1995,第5页。
④ 中国社会科学院语言研究所词典编辑室:《现代汉语词典:第7版》,商务印书馆,2016,第984页。
⑤ 王均熙:《简明汉语新词词典》,上海世界图书出版公司,1997,第366页。

汉语新词词典》的解释既啰唆且不具普遍性，故不在我们的讨论之列。通过比较我们不难发现，两个《红楼梦》语言词典的释义，应该都是来自《汉语大词典》的第一个义项，而周先生的解释则偏向陪房的实际功用方面。考察《汉语大词典》里"陪房"的两个义项，均指向了人类的婚姻习俗。其实后一个义项在今天的某些少数民族地区一直还在使用，如甘肃的东干人仍把他们的嫁妆称为"陪房"。而我们所关注的"陪房"，则主要指向前一个义项，即以人作为陪嫁品的习俗。关于中国早期的这种婚俗现象，学界是一直比较关注的，尤其治先秦婚姻史者。因为周代以及春秋时期的媵妾制婚姻，正是这种婚俗现象的源头。《公羊传》曰："媵者何？诸侯娶一国，二国往媵之，以侄、娣从。"这里所谓的"媵"，其实就是女方以侄、娣陪嫁。"媵者必娣、侄从之"（《左传·成公八年》）。说到这种习俗的起源，专家们普遍认为至少在原始社会后期，这种媵制就已经存在了，如舜帝娶尧两个女儿娥皇、女英的传说，就是明证。从《左传》《周礼》等先秦文献资料看，这种陪嫁媵妾制婚姻到了春秋时期，更是盛行一时。"凡诸侯嫁女，同姓媵之"（《左传·成公八年》）。不仅诸侯国君，而且在当时的贵族以及士大夫家庭，也都是普遍存在的。有人类学家指出这种陪嫁媵妾制婚姻，其实质是一夫一妻多妾制，是人类从族外群婚制向族外对偶婚的一种过渡形式。

到了春秋后期，由于礼崩乐坏，兼并战争加剧，这种以侄、娣随嫁的媵妾制婚姻显然已逐渐失去存在的土壤，走到了它的末路。战国时期的《韩非子》曾记载了一则有趣的媵嫁故事："秦伯嫁其女于晋公子，令晋为之饰装，从文衣之媵七十人。至晋，晋人爱其妾而贱公女，此可谓善嫁妾而未可谓善嫁女也。"①这里的七十衣文盛装之媵，恐怕就已不再是同姓诸侯以侄、娣随嫁的媵，而只能是一些陪嫁的宫女或仆女了！到了战国时期，这种以侄、娣陪嫁的媵妾制婚姻，最终不仅在礼制上而且在习俗上逐渐消亡了。

在这种流行一时的媵妾制婚姻里，除了随嫁的侄、娣，还有另外一种"媵"，也是先秦陪嫁媵妾制婚姻的重要组成部分。《左传·成公八年》："凡送女适人者，男女皆谓之媵。"《吕氏春秋·本味》："汤于是请娶妇为婚，有侁氏喜，以伊尹为媵送女。"《左传·僖公五年》："晋执虞公及其大夫井伯，以媵秦穆姬。"（在秦穆姬的媵嫁队伍中就包括后来著名的五羊大夫百里傒）关于这种陪嫁"媵"的身份和地位，学界目前尚有一些分歧。一种观点认为这里所谓陪嫁的"媵"，其实就是陪嫁

---

① 韩非子著，秦惠彬校点：《韩非子》，辽宁教育出版社，1997，第100页。

的男女奴隶。在奴隶社会里，诸侯或贵族嫁女，陪嫁数量不少的男女奴隶是再自然不过的事情。但也有一种观点认为要具体区别开来。一方面，诸侯或贵族嫁女固然要有一定数量的男女奴隶做陪嫁的"媵"，但还有一种陪嫁叫做"媵臣"的，他们的社会地位身份，便不能简单视作一般奴隶，如上述的伊尹、虞公及其大夫井伯等。宋镇豪认为其中有的可能还是主人的"私臣"，"或称'多宰'，既是'多宰'就不止一个"①。而这一类的"媵臣"，对于他们的女主人来说，意义也自不同于一般的奴隶。

应该说这后一种陪嫁的"媵"，才是本文所要探讨的婚俗现象，即陪嫁的奴仆，也是在中国封建社会延续了两千多年的一种重要的婚嫁习俗。诚然，先秦媵妾制对于我国后来的陪嫁习俗还是有一些影响的，如汉代赵飞燕姐妹两个嫁给汉成帝，辽代、元代、清代贵族经常有姐妹或姑侄俩同嫁给一个皇帝的现象，就有着媵妾制的影子。至于后世的陪嫁丫头又叫"媵婢""媵嫁"乃至"媵妾"等称谓，更说明了它们之间千丝万缕的联系。

在封建社会，这种以人作为陪嫁品的习俗成为一种社会普遍的婚俗现象。考察我国历朝历代的这种陪嫁习俗，大约有以下五方面的共同特点：(1) 它不再是社会某阶层的特权，即只要是有钱人家，嫁女儿都可以陪送一定数量的奴仆。(2) 这些作陪嫁的人都失去了人身自由，他们和嫁妆一起构成了女方的陪嫁品，成为女主人的私有财产。(3) 陪嫁奴仆的数量，一般与男主人的地位身份关系不大，主要依据的是女方家的经济实力。(4) 由于陪嫁奴仆多以家庭服务为主，并不从事其他繁重的生产劳动，所以女性的陪嫁奴仆最为普遍，而男性则可有可无。(5) 在女性的陪嫁中又以年轻的婢女也即丫鬟为主。分析这种习俗之所以在中国风行数千年的原因，大概也有以下五个方面：(1) 封建统治者需要奴仆用以伺候照顾主子姑娘的生活饮食起居。(2) 陪嫁奴仆也一定程度上充当了导引礼仪风俗甚至主子姑娘保护者的角色。(3) 女方家不无炫耀财富、显示身份和体面的目的在里面。(4) 陪嫁品包括陪嫁奴仆数量的多少也直接关系到主子姑娘在婆家的地位。(5) 年轻的陪嫁丫头往往也成为男主人潜在的妾的补充人选，满足男人对性的多方面需求。总之，以奴仆作为陪嫁成了封建社会从帝王将相到普通百姓家都十分盛行和讲究的婚姻陪嫁习俗。

我们试举一些例子。汉代司马相如本是一个穷书生，但在娶了临邛大商人

---

① 宋镇豪：《夏商社会生活史》，中国社会科学出版社，1994，第169页。

卓王孙的女儿卓文君以后，卓王孙除了送钱百万给他们，还分给僮仆百人以做女儿的陪嫁。《女仙外史》中也有一段描写："要两个媵嫁的丫鬟，必得苏、扬人材，十八九岁的方好，即小寡妇亦不妨；此地丫头蠢夯，是用不着的。"由此可见一般人家对陪嫁丫头的讲究。至于封建社会大家族，民间即有所谓"礼出大家"之说。由于婚礼是人生最大的喜事，所以其讲究自然非比寻常，陪嫁的奴仆更是不能少；至于数量，一般似都有约定俗成，如《红楼梦》中凤姐的陪房丫头四个、迎春的陪嫁丫头也是四个，另外，还可以有数量不等的陪房媳妇、奶娘等奴仆。当然，说到历朝历代皇帝嫁女儿，为凸显皇家婚礼的隆重和体面，更是动辄以数百人之多做陪嫁。而那些负有和亲使命的公主们，所带的陪嫁奴仆，数量就更不在少数；这些奴仆们和公主们一样，为汉民族和少数民族的文化交流做出了贡献。史载文成公主入藏，随身带去的不仅有侍女，还有一大批的文士、乐师、农技人员等。有意思的是皇帝的婚姻，在少数民族建立的政权如辽、元、清等王朝中，嫁入宫中的妃嫔们是可以随带陪嫁的奴仆以及媵臣的，而这些媵臣有的还获得重用。如元世祖时的宰相费纳喀忒人阿合马，即为察必皇后的媵臣；康熙朝后宫一位有影响的女子苏麻剌姑是孝庄太后的陪嫁丫鬟。相比之下，在汉族建立的政权中，嫁入宫中的妃嫔们随带陪嫁奴仆的情况就比较少见，至于男性的陪房则更是绝无仅有。

　　说到这里，我们就不能不探讨一下封建社会中陪嫁奴仆的称谓问题。或许由于先秦时期所有的陪嫁都统称为"媵"，故后世陪嫁奴仆的称谓也都深受其影响。如"媵婢"就是一个使用率特别高的称谓，从秦汉史籍到明清小说，如《三言》《聊斋志异》等，都把陪嫁丫头称作"媵婢"。其次"媵臣"也是史籍中经常出现的一个称谓，它的使用范围似乎要狭窄些，只适用于皇帝妃子们的男性陪嫁仆人。再有"媵嫁"一词，也算一个比较常用并泛指所有陪嫁男女奴仆的称呼，其他还有"媵妾"等特定的称谓。也许是因为"媵""媵婢""媵臣""媵嫁""媵妾"等的叫法太书面语，民间不知什么时候很生动形象地把所有陪嫁的男女仆人都统称为"陪房"。我们推测这个称谓，大约源于俗文学开始繁荣的元代，理由之一是《汉语大词典》所举"陪房"两个义项的例子，即是出自元杂剧作品中；之二是元陶宗仪《南村辍耕录》卷十七《奴婢》条："又有曰陪送者，则摽拨随女出嫁者是也。"[①]"陪房""陪送"词语结构相同，似也可证明其源于元朝。另外，到了明代，又有了"陪床"

---

① 陶宗仪著，文灏点校：《南村辍耕录》，文化艺术出版社，1998，第 238 页。

"陪嫁"等称呼,如《金瓶梅》中西门庆的第六房妾孙雪娥,就是西门庆第一个妻子陈氏娘子的"陪床"丫头。不过总的说来,元明时期"陪房""陪送"等词语的使用还不是很流行,因为以市井生活为主要题材的《三言》等小说,就仍把陪嫁丫头称"媵婢"。

著名民俗学家高国藩则认为"陪房"仅是清代的一个婚俗称呼:"清代女子结婚,如果家庭有经济能力,随嫁带去身边的男仆女仆,或丫鬟,这些仆人便被称作'陪房',这也是一个婚俗的称呼……这种说法直至民国年间也听见老年人这么说过,但它是清代的一个婚俗称呼,进入民国年间便逐渐消逝了。"①高先生的这种说法显然是站不住脚的。至于陪房习俗的结束,高先生说进入民国年间便逐渐消逝也是值得商榷的。

尽管清政府于1909年颁布法令,严禁把人变为奴仆,主要即是针对社会上存在的大量家庭生活奴仆而言,但这条法令显然并没有产生任何影响。民国以后,政府虽也是屡次颁布法令,废止各种不平等压迫人的现象,但社会上仍是屡禁不止,张爱玲描写旧家庭的小说中即大量出现"陪房""佣人"等名词。不过这时陪房的习俗也开始有些改变。日本人武田昌雄对民国时的陪房习俗记载曰:"女家给他们姑娘雇的老婆子,也叫作老妈儿,她是随着姑娘过来的,由女家给工钱,所以名为陪房。这路陪房有长期的、有短期的,短期的多半是一个月,也有仅止十几天的。大凡有半份儿嫁妆的,就可以有长陪房了,可也并不一定。阔家儿还有两个陪房的,并还有陪送使女的,叫作陪房丫头。"②这里的陪房有的便属于雇佣性质,时间可长可短,有一定的人身自由。当然真正彻底废除这种不平等压迫人的婚姻习俗,还是要到1949年新中国成立后;由于切实废除了一切剥削人压迫人的制度,真正实现了人人平等,这种在中国流行了数千年的以人作为陪嫁品的婚姻习俗才最终寿终正寝。

最后,顺便提一下古今文学作品中所描写的"陪房"现象。明代著名散文家归有光的《寒花葬志》,即是为他妻子的媵婢所写,可说是历史上最有名的了。文章不长,却感人泪下,兹全文摘录如下:"婢,魏孺人媵也。嘉靖丁酉五月四日死,葬虚丘。事我而不卒,命也夫!婢初媵时,年十岁,垂双鬟,曳深绿布裳。一日天寒,爇火煮荸荠,熟,婢削之盈瓯。予自外入,取食之,婢持去不与,魏孺人笑之。

---

① 高国藩《红楼梦中的婚俗》,载《红楼梦学刊》,1984(4)。
② 武田昌雄:《满汉礼俗》,上海文艺出版社,1989,第70页。

孺人每令婢倚几旁饭,即饭,目眶冉冉动,孺人又指予以为笑。回思是时,奄忽便已十年。吁,可悲也已!"相比之下,署名为关汉卿的《朝天子·从嫁媵婢》散曲:"鬓鸦,脸霞,屈杀了将陪嫁。规模全是大人家,不在红娘下。巧笑迎人,文谈回话,真如解语花。若咱,得她,倒了葡萄架。"作品就远没有归有光散文真执动人,甚至不无玩弄的意味在里面。在这方面,《红楼梦》倒为我们提供了有关清代大家族陪房习俗丰富而真实的生活画卷,不仅是清代婚俗不可多得的宝藏,而且其生动的描述在展开人物矛盾冲突、深化小说主题上也具有不可替代的重要作用。

综上所述,"陪房"是一种绵延了数千年的婚姻陪嫁习俗,它一直贯穿着整个旧中国的婚姻史,承载着丰富的文化内涵。遗憾的是它至今还没有引起人们足够的重视。

(原载《红楼梦学刊》2008 年第 3 期)

《千家诗》与《红楼梦》

《千家诗》与《红楼梦》之间的关系较早是由著名红学家蔡义江先生发现的。蔡先生20世纪七八十年代在做《红楼梦》诗词曲赋评注和鉴赏时发现,《红楼梦》第六十三回"夜宴中行酒令时所玩的象牙花名签子所镌刻的诗句,极大部分均可在旧时十分流行的《千家诗》中找到"。[1] 他对这八首花名签酒令一一做了注解并征引了全诗,其中有六首系出自《千家诗》。蔡先生认为作者之所以引用《千家诗》中的句子是"因为人们比较熟悉,所以只要提一句,就容易联想到全诗。这就便于作者采用隐前歇后的手法把对掣签人物的命运的暗示,巧寓于明提的那一句诗的前后诗句之中,而达到雅俗共赏的目的。这种'诗谶式'的表现方法,其缺点是给人以一种神秘主义的感觉。这多少反映了作者的思想有宿命论的成分,但从小说的情节结构的完整性和严密性来说,倒可以看出曹雪芹每写一人一事都是胸中有全局、目光贯始终的。这应该说是有价值的艺术经验"。[2] 自然我们对蔡先生的这番独到见解和发现是十分佩服的,但在仔细阅读《红楼梦》的文本和了解了《千家诗》的一些相关信息之后,我们认为《红楼梦》和《千家诗》的关系似还有进一步探讨之必要。

这里我们先把蔡先生已发现的出自《千家诗》的六首罗列出来:[3]

(1) 探春掣出的花名签酒令是:杏花——瑶池仙品,诗句是:"日边红杏倚云栽。"出自唐代高蟾的《上高侍郎》:"天上碧桃和露种,日边红杏倚云栽。芙蓉生在秋江上,不向东风怨未开。"

(2) 李纨掣出的花名签酒令是:老梅——霜晓寒姿,诗句是:"竹篱茅舍自甘心。"出自宋代王淇的《梅》:"不受尘埃半点侵,竹篱茅舍自甘心。只因误识林和

---

[1] 蔡义江:《红楼梦诗词曲赋鉴赏》,中华书局,2007,第200页。
[2] 同上书,第201页。
[3] 文中所有引用的《千家诗》作品均出自汤霖、姚枫《千家诗注析》,甘肃人民出版社,1982。

靖,惹得诗人说到今。"

（3）湘云掣出的花名签酒令是：海棠——香梦沉酣,诗句是："只恐夜深花睡去。"出自宋代苏轼的《海棠》："东风袅袅泛崇光,香雾空蒙月转廊。只恐夜深花睡去,故烧高烛照红妆。"

（4）麝月掣出的花名签酒令是：荼蘼花——韶华胜极,诗句是："开到荼蘼花事了。"出自宋代王淇的《春暮游小园》："一从梅粉褪残妆,涂抹新红上海棠。开到荼蘼花事了,丝丝天棘出莓墙。"

（5）香菱掣出的花名签酒令是：并蒂花——联春绕瑞,诗句是："连理枝头花正开。"出自南宋女诗人朱淑真的《落花》（又题《惜春》）："连理枝头花正开,妒花风雨便相催。愿教青帝常为主,莫遣纷纷落翠苔。"

（6）袭人掣出的花名签酒令是：桃花——武陵别景,诗句是："桃红又是一年春。"出自南宋谢枋得的《庆全庵桃花》："寻得桃源好避秦,桃红又是一年春。花飞莫遣随流水,怕有渔郎来问津。"

当然,这些所谓的花名签酒令都是作者的杜撰,至于其和诗相配所产生的隐藏之意,可参看蔡义江先生《红楼梦诗词曲赋鉴赏》中有关鉴赏的部分。

其实关于《千家诗》和《红楼梦》之关系,在小说的第一百零八回有更直接的描写。这一回的前半写贾母再一次为薛宝钗过生日,为了活跃气氛,大家还行起了新酒令：骰子酒令。当然行令的还是鸳鸯,规矩是：用四个骰子掷出后先说骰子名,再说曲牌名,末了说一句《千家诗》,轮着说。这次参加宴席的人数亦不少,有十多人,酒令共行了四次,后因宝玉的退出而冷清收场,正应了回目上说的"强欢笑蘅芜庆生辰"。

下面我们依次把这些酒令中的诗句和出处摘抄出来：

（7）贾母："将谓偷闲学少年。"出自北宋理学家程颢的《春日偶成》："云淡风轻近午天,傍花随柳过前川。时人不识余心乐,将谓偷闲学少年。"

（8）李纨："寻得桃源好避秦。"出处同（6）例,唯引用诗句不同。

（9）李绮："闲看儿童捉柳花。"出自南宋杨万里的《闲居初夏午睡起》："梅子留酸软齿牙,芭蕉分绿与窗纱。日长睡起无情思,闲看儿童捉柳花。"

（10）湘云："白苹吹尽楚江秋。"出自北宋理学家程颢的《题淮南寺》："南去北来休便休,白萍吹尽楚江秋。道人不是悲秋客,一任晚山相对愁。"

显然蔡先生也看到了这些诗句,只是对于此次行酒令的评价,蔡先生说："这是对'金鸳鸯三宣牙牌令'的效颦。应该描写贾府败落的时候,偏又行酒令,掷起骰子来。情节松散游离,所引曲牌、诗句略无深意,只是卖弄赌博知识罢了。"①从言辞上不难看出蔡先生严厉的批评态度,甚至他连引诗都不愿全录,与第六十三回的褒扬形成鲜明对比,而其对后四十回"续书者"的态度也隐含其中了。抛开对于"续书者"的偏见,也抛开对于它艺术价值的判断,单从这里来探究《红楼梦》和《千家诗》之间的关系,我们也不无一些新的发现。其一,《红楼梦》至少展现了乾隆时期《千家诗》的流行情况,连贾母这些老妇人都能随口说出,足见其在蒙学教育中的影响。其二,"续书者"似也朦胧感觉到《红楼梦》作者对《千家诗》的引用并非顺手拈来杂凑,或者仅仅出于"卖弄赌博知识"。仅这两点就足以促使我们再次检索《红楼梦》中有关《千家诗》的信息。

检查《红楼梦》中摘引《千家诗》的其他情况,果然我们又发现不少的例子:

(11) 第十七回宝玉道:"不过是探景一进步耳。莫如直书'曲径通幽处'这句旧诗在上,倒还大方气派。"诗句出自唐代常建《题破山寺后禅院》:"清晨入古寺,初日照高林。曲径通幽处,禅房花木深。山光悦鸟性,潭影空人心。万籁此俱寂,惟闻钟磬音。"

(12) 第二十回写到黛玉忽又想起前日见古人诗中有"水流花谢两无情"之句,即出自唐代崔涂的《春夕旅怀》:"水流花谢两无情,送尽东风过楚城。胡蝶梦中家万里,杜鹃枝上月三更。故园书动经年绝,华发春催两鬓生。自是不归归便得,五湖烟景有谁争?"

(13) 第四十回行牙牌令,湘云引用的诗句"日边红杏倚云栽",出处同(1)例,且所引诗句相同。

(14) 又同一回行牙牌令,宝钗引用的诗句"双双燕子语梁间",据蔡先生考证是用宋刘季孙《题饶州酒务厅屏》中的第一句改成的,刘诗也出自《千家诗》:"呢喃燕子语梁间,底事来惊梦里闲。说与旁人浑不解,杖藜携酒看芝山。"

(15) 第六十二回行酒令,湘云引用的诗句"江间波浪兼天涌"出自杜甫的《秋兴》之一:"玉露凋伤枫树林,巫山巫峡气萧森。江间波浪兼天涌,塞上风云接地阴。丛菊两开他日泪,孤舟一系故园心。寒衣处处催刀尺,白帝城高急暮砧。"

(16) 又同一回的酒令,湘云引用的诗句"玉碗盛来琥珀光"系出自李白的《客中行》:"兰陵美酒郁金香,玉碗盛来琥珀光。但使主人能醉客,不知何处是他乡。"

---

① 蔡义江:《红楼梦诗词曲赋鉴赏》,中华书局,2007,第 256 页。

(17) 又同一回宝玉与宝钗玩"射覆"游戏提到"敲断玉钗红烛冷"之句,出自唐郑谷的《题邸间壁》:"荼蘼香梦怯春寒,翠掩重门燕子闲。敲断玉钗红烛冷,计程应说到常山。"

(18) 第七十回,宝琴在论杜诗风格多样性时引用的"丛菊两开他日泪"之句,出处同(12)例,唯引用诗句不同。

以上这些摘引自《千家诗》中的诗句,大多能体现小说中引用之人的某些特征,或表现其当时的心境如(12)例,或反映了其一定的性格如(11)(15)(16)例,或展现其博学如(18)例,但也有仅仅只是引用而已如(13)(14)例。唯(17)例是个例外,带有蔡先生所说的"诗谶"意味。

《千家诗》和《红楼梦》更复杂的情况是,小说行文中的一些用典明显系出自《千家诗》:

(19) 小说第一回写"炎夏永昼,士隐于书房闲坐,至手倦抛书,伏几少憩",当中的"手倦抛书"即是出自北宋蔡确的《夏日登车盖亭》:"纸屏石枕竹方床,手倦抛书午梦长。睡起莞然成独笑,数声渔笛在沧浪。"

(20) 今人有关于第八回"梨香院"或"梨花院"的命名及典故出处的争论,要之,晏殊《寓意》诗中的颔联是很重要的参考:"油壁香车不再逢,峡云无迹任西东。梨花院落溶溶月,柳絮池塘淡淡风。几日寂寥伤酒后,一番萧瑟禁烟中。鱼书欲寄何由达,水远山长处处同。"

(21) 第十七回众清客提议拟名的"杏花村"典故,出自杜牧的《清明》一诗:"清明时节雨纷纷,路上行人欲断魂。借问酒家何处有?牧童遥指杏花村。"

(22) 同样第十七回,宝玉为"蘅芷清芬"所题一联的对句"睡足荼蘼梦亦香",显然是翻用的"荼蘼香梦怯春寒"一句,出处同(17)例。

(23) 又第十七回,清客们在怡红院提到的"崇光泛彩"之典,出自苏轼的《海棠》诗句"东风袅袅泛崇光",出处同(3)例。

以上几处用典,作者似信手拈来,而又能与小说情景相交融,不着痕迹。

《千家诗》和《红楼梦》关系的第五种情况则是我在仔细翻检蔡义江先生《红楼梦诗词曲赋鉴赏》时产生的随感,即我发现蔡先生在为《红楼梦》中那些作者自创诗词做注时,也引用了不少《千家诗》中的作品作为某句典故的出处。

(24) 第五回《虚花悟》中"天上夭桃盛,云中杏蕊多"句,蔡注引出处为"天上碧桃和露种,日边红杏倚云栽。"同(1)例。

(25) 第十八回李纨诗《文采风流》中"珠玉自应传盛世"句,蔡注引出处为杜甫诗《和贾至早朝大明宫》颈联"诗成珠玉在挥毫"。兹录全诗如下:"五夜漏声催晓箭,九重春色醉仙桃。旌旗日暖龙蛇动,宫殿风微燕雀高。朝罢香烟携满袖,诗成珠玉在挥毫。欲知世掌丝纶美,池上于今有凤毛。"

(26)又同一首诗的"神仙何幸下瑶台"句,蔡注说:"李白作《清平调》,曾以瑶台仙子比杨贵妃。这句说元妃省亲,如仙子下凡。"录《清平调》:"云想衣裳花想容,春风拂槛露华浓。若非群玉山头见,会向瑶台月下逢。"

(27)第十八回宝玉诗《怡红快绿》中"红妆夜未眠"句,蔡注引出处为苏轼《海棠》诗:"只恐夜深花睡去,故烧高烛照红妆。"同(3)(23)例。

(28)第二十二回灯谜宝钗之作(一作黛玉作)"朝罢谁携两袖烟"句,蔡注引出处为杜甫《和贾至早朝大明宫》:"朝罢香烟携满袖,诗成珠玉在挥毫。"同上(25)例。

(29)又同一首诗之"晓筹不用鸡人报"句,蔡注引出处为王维《和贾舍人早朝大明宫之作》"绛帻鸡人报晓筹"。录全诗如下:"绛帻鸡人报晓筹,尚衣方进翠云裘。九天阊阖开宫殿,万国衣冠拜冕旒。日色才临仙掌动,香烟欲傍衮龙浮。朝罢须裁五色诏,佩声归到凤池头。"

(30)第三十七回咏白海棠诗,黛玉之作的颔联"偷来梨蕊三分白,借得梅花一缕魂",蔡先生认为可能出自宋代诗人卢梅坡的《雪梅》诗:"梅雪争春未肯降,骚人搁笔费评章。梅须逊雪三分白,雪却输梅一段香。"

(31)同一回咏白海棠诗,湘云之作的"自是霜娥偏爱冷"句则借鉴了李商隐的《霜月》:"初闻征雁已无蝉,百尺楼台水接天。青衣素娥俱耐冷,月中霜里斗婵娟。"

(32)第四十五回黛玉《秋窗风雨夕》中"自向秋屏移泪珠"句,蔡先生指:"暗用唐代杜牧《秋夕》诗'银烛秋光冷画屏'句意,写孤独不寐。"

以上共引用九次,我们相信蔡先生把这些诗句的典故出处归结到《千家诗》自有其依据,这也正说明不管作者是否有意,《千家诗》都对他有着潜移默化的影响。其实类似这种化用《千家诗》中诗句或诗歌意象的例子,我们还可以在《红楼梦》中找到一些。

(33)第十八回黛玉代宝玉拟的《杏帘在望》中"十里稻花香"句,就很像出自黄庭坚《鄂州南楼书事》:"四顾山光接水光,凭栏十里芰荷香。清风明月无人管,并作南风一味凉。"

(34)第三十回中"蔷薇架"的命名应是出自高骈的《山亭夏日》:"绿树浓阴

夏日长,楼台倒影入池塘。水晶帘动微风起,满架蔷薇一院香。"

(35)第四十九回描写宝玉看到的雪中栊翠庵红梅画面,很容易让人联想到叶绍翁《游园不值》中"春色满园关不住,一枝红杏出墙来"的诗句。

(36)第七十六回的凸碧堂中秋品笛细节描写,像是化用了赵嘏的《闻笛》一诗:"谁家吹笛画楼中,断续声随断续风。响遏行云横碧落,清和冷月到帘栊。兴来三弄有桓子,赋就一篇怀马融。曲罢不知人在否,余音嘹亮尚飘空。"

综上所引,我们共得三十六例,虽然其中不乏有些牵强,但也绝非毫无道理。在这三十六例中,剔除其重复者,共计得诗二十八首(第十七回众清客提到崔颢的《黄鹤楼》诗未计算在内),这一数字占到了《千家诗》(223首)总数的八分之一强;若不计五言诗(仅一首),单看七言则比例更高得出奇。大家知道,乾隆时期正是我国各种诗歌选本泛滥的时期,以作者的诗歌储备又何止数千首,为什么他单单对于一部普通蒙学诗歌选本有着如此高的兴趣呢?另外,就《红楼梦》摘引、化用《千家诗》作品的方法和目的看也是多种多样。有精心设计的谶言式、有直接的摘引、有典故的化用,等等,要之多能与故事情节、人物性格命运等紧密联系在一起。再者,《红楼梦》将引用这些诗句、典故的角色分配给众多的男女老少,恐也非一句"蒙学读本"所能让人心服!

刘永良曾就《红楼梦》中出现的大量唐宋诗词现象说:"唐宋诗词的出现不再属于点缀文辞、增添风雅,甚至卖弄才学的需要了,而是成为刻画人物、描写景物、叙述故事、推进情节等的一种必要的艺术手段,唐宋诗词与小说的内容有机地融会在一起,反映出了作者高深的诗词艺术修养和渊博的才气学识。"①的是确论。这也符合《红楼梦》对《千家诗》中作品引用的实际情况。但反思《红楼梦》和《千家诗》之关系,却又觉得有时并不仅如此,仿佛有些地方《红楼梦》对《千家诗》的摘引和化用,简直就像是有意识地把它罗织到自己的小说中,或者我们也可以说作者对《千家诗》有一种什么情结。有了这种想法,当我们再联系到曹雪芹的祖父曹寅曾经是俗本《千家诗》的祖本《分门纂类唐宋时贤千家诗选》即《后村千家诗》的重要收藏者和刊刻者时,这样的推测会不会变得更加合理一些呢?

《分门纂类唐宋时贤千家诗选》即《后村千家诗》是曹雪芹的祖父曹寅收藏的重要善本之一,曾作为《楝亭十二种》之一,于康熙丙戌年(1706)由扬州书局重刊,在文人中颇有影响。尽管对于它的编选者及由来,自刊刻以来代有争论,但

---

① 刘永良《袭故弥新点铁成金——红楼梦对唐宋诗词的借鉴》,载《红楼梦学刊》,2005(3)。

大家对明末清初逐渐流行的俗本《千家诗》即源自此书,却基本没有争议。由此,我们甚至产生一个更为大胆的猜想,即《红楼梦》的作者不仅从小就受俗本《千家诗》的启蒙,而且还十分熟悉这部由其祖父曹寅收藏刊刻的《分门纂类唐宋时贤千家诗选》,并加以珍藏,甚或即使在后来艰难的岁月中也没有抛弃它,而其小说《红楼梦》的创作也颇受其中诗歌题材或思想的启发,遂成为一种别样含蓄的家族文化认知!

在仔细检索《后村千家诗》以后,我们得到两类具体的信息:

其一,《红楼梦》引用诗句或蔡先生注释中引用出自《后村千家诗》的有:

(37) 第十七回宝玉题的一处景观"蓼汀花溆",蔡先生认为典出唐罗邺《雁》:"暮天新雁起汀洲,红蓼花开水国愁。想得故园今夜月,几人相忆在江楼。"

(38) 第十八回宝玉作"怡红快绿"诗时,宝钗提到的一句诗"冷烛无烟绿蜡干"出自唐钱珝《未展芭蕉》:"冷烛无烟绿蜡干,芳心犹卷怯春寒。一缄书札藏何事,会被东风暗拆看。"

(39) 第五十回宝琴咏红梅花的颔联"余雪"典,蔡先生引唐戎昱《早梅》:"不知近水花先发,疑是经冬雪未消。"

(40) 第五十八回,宝玉病后出来散步看到一株杏树花落结子,遂产生"绿叶成阴子满枝"之感,诗句出自唐杜牧《怅诗》:"自是寻春去校迟,不须惆怅怨芳时。狂风落尽深红色,绿叶成阴子满枝。"

其二,《红楼梦》中人名受启发出自《后村千家诗》的有:

(41) "惜春"名字的出处大家多引用开元明公的《紫牡丹》:"长安豪贵惜春残,争赏新开紫牡丹。别有玉杯承露冷,无人起就月中看。"

(42) "探春"名字的出处为郑獬的《探春》诗:"雪后清风特地斜,柳条疏瘦未藏鸦。与君试去探春信,看到梅花第几花。"

(43) "袭人"与"琉璃"名字出现在同一首无名氏诗《夏夜》:"河汉微明星乍稀,碧莲香湿袭人衣。夜凉如水琉璃滑,自起开窗放月归。"

诚然,这些信息或许并不能进一步说明什么,但确是曹雪芹熟悉《后村千家诗》很好的例证。而在仔细阅读这部以分门纂类为特征的诗歌选集时,我们还被其中丰富的题材内容以及其与《红楼梦》中相类似题材内容的契合所感发,这又可分为三类情况:

其一,《红楼梦》明显有化用《后村千家诗》中的诗歌成为其故事叙述的诗性背景的。如张耒的《春暮》:"春尽空余白日长,枝头青杏已堪尝。人闲帘幕燕相语,风暖园林柳半黄。病里不知时节换,老来都减少年狂。残风浊酒应堪在,更遣流莺送几觞。"其中的"病里不知时节换"就很容易让人想起宝玉"绿叶成阴子满枝"感慨的那幅场景。可参看(19)及(36)例同。

其二,《红楼梦》中大量的咏物诗如咏海棠、菊花、螃蟹、红梅、白雪、中秋月、桃花、柳絮等,均可在《后村千家诗》中找到许多相关门类的诗歌,甚至第十八回的颂圣应制诗在《后村千家诗》中也有类似的例子。我们是否可以认为作者在年少时就经历过这些训练,或者这些作品至少为作者"按头制帽"式的诗歌创作提供了最方便的借鉴?

其三,《后村千家诗》分门纂类开始以春、夏、秋、冬张目,结束于僧人、道士类诗歌,其中的春恨、秋悲内容尤为突出,其是否对于作者构思《红楼梦》的四季叙事节奏以及一些其他主题产生过灵感和启发呢? 我们认为这也是一个值得深入探讨的话题。

刘上生在研究曹雪芹的创作心理时曾指出:"对《红楼梦》创作心理的研究,应包含以下方面的实证材料和记忆材料:作者的民族和家族记忆(包括近世记忆和远世记忆)材料、家世传承材料;作者的个体经验记忆材料和生平活动材料;作品文本材料;其他参证(包括书面记载和口头传说)材料。"①同时"为了寻找材料的内在联系,为了弥补材料的断层,也为了以有限的材料为起点,尽可能接近事物的真实本体,心理分析和逻辑推论不但不可缺少,而且十分必要"。② 刘著《走近曹雪芹——红楼梦心理新诠》正是基于这样的思路对曹雪芹的创作内驱力做了深入的开掘和有益的尝试。观察《千家诗》和《后村千家诗》于作者的状况,我们认为也基本符合上述的几个要件。首先,作为启蒙读物的俗本《千家诗》必定在作者的童年生活中扮演过十分重要的角色,包括他与长辈或兄弟姐妹之间的诗歌启蒙或游戏等。其次,作为曹氏家族盛世象征之一的《后村千家诗》,当是作者诗歌启蒙之后的另一个重要读本,其中大量的咏物诗题材必定为他的诗歌写作训练提供了模拟学习的对象。复次,若说上述两点都还略有猜测的性质,证之以《红楼梦》小说文本,则我们前文所罗列的《红楼梦》与《千家诗》《后村千家诗》的种种情况即是最好的明证。

总之,我们认为俗本《千家诗》和《后村千家诗》都成了曹雪芹心里潜藏的一

---

① 刘上生:《走近曹雪芹——〈红楼梦〉心理新诠》,湖南师范大学出版社,1997,第8页。
② 同上书,第9页。

个挥之不去的情结,尤其《后村千家诗》作为其家族盛世记忆的一个重要符号,在其怀旧情绪浓郁的《红楼梦》中自然就成了其家族文化认同的符号之一。但囿于政治的考量或其他原因,作者显然没有让《后村千家诗》直接出现在其作品中,于是,俗本《千家诗》——一个普通的蒙学诗歌选本就成了其家族文化认同《后村千家诗》的天然替代符号,以真真假假的独特艺术创作方法表现在其作品中,这就是我们最后的结论。

(原载《红楼梦学刊》2008年第6期)

论周瑞家的

众所周知,《红楼梦》中的老婆子群体由于贾宝玉著名的"女儿三段论"而历来被人们打入另册。她们既没有属于自己的名字,也大多被写得面目可憎、行为可鄙可恶。她们的群像在作品中始终与大观园女孩子们相对立而存在,在《红楼梦》的女性世界中构成了别有意义的一群。谢遂联称她们为红楼中最真实的一群:"她们既在'诗意真实'之外,又不在'伦理真实'之内,她们在作品中立体地凸现,因此她们是作品中的'原生态'的一群,最真实的一群。"①他把这一群像的本质概括为:恶奴才、帮凶和死灰色的一群;是主子性格阴暗面的化身和悲剧结局的信号;是作品必然悲剧的铁的注脚。谢先生的结论深刻而精警,然其中一些观点也不无商榷之处,如他说:"在五十九回以前,她们还只是'老婆子',还只是一些招之即来挥之即去的角色,还不具备任何性格、主题及审美倾向的意义。但这一回起,特别是第七十一回至第七十四回中,她们就成为不可替代的一群。"②这一结论固然指出了老婆子群像的某些真实,却未免有些武断,从而忽视了这一群像的丰富性和复杂性。笔者即以这一群像中的周瑞家的为例,试论述作为这一典型群核心的周瑞家的形象及其本质。

无疑,周瑞家的是小说中最早登场的贾府管家女仆之一,也是登场次数最多的管家女仆。据笔者统计,周瑞家的共在第六、七、二十四、二十五、二十九、三十四、三十九、四十五、五十一、六十八、七十一、七十四、七十七、八十三、一百〇一、一百〇三、一百一十三等回目中登场,如果把她的丈夫、女儿、女婿、儿子、干儿子等也都算上,他们一家人的出场次数则更多,其中有些场次还扮演着十分重要的角色。如小说第六回,刘姥姥进贾府打秋风就是周瑞家的一手操办而成的。再如接下来的第七回前半回,作者更是通过她的眼睛(到各房送宫花)巡视了一遍

---

①② 谢遂联《红楼灰影:红楼梦中的老婆子》,载《明清小说研究》,2001(1)。

这个大家族女眷小姐们的日常生活场景,从而正式拉开了小说宏大叙事的帷幕。这也是作者最后一次对贾府各色人物的皴染,借助于周瑞家的送宫花而轻车熟路地或叙家常、或开玩笑、或嗔或怒,十分自然生动地展现了不同主子们的生活样态,并且还照应了第二回的"冷子兴演说红楼梦"。

一、"二层主子"的社会地位

根据第六回王狗儿的交代我们知道,周瑞以及周瑞家的都是贾府二太太王夫人的陪房奴仆,所谓陪房就是旧社会"陪同主子姑娘出嫁到婆家的男女仆人"。[①] 这是当时有产阶层非常普遍的一种陪嫁习俗。著名红学家周汝昌关于陪房的解释可以帮助我们更好地理解这一问题,他说:"陪房者,旧时姑娘出阁,嫁到婆家,一切陌生,要从娘家带过来一位媳妇照料扶持她,包括教导指引家务礼数,种种关系,也是她的'保护者'。"众所周知,旧社会的一些世家大族礼数繁多,虽然一般女子出嫁之前,也多少都会接受一些礼数方面的教育,但毕竟有时经验不足或是不方便出面处理应酬,所以有经验懂礼数的奴仆媳妇作为陪嫁也就成了必然。自然能够作为陪嫁媳妇的,本身也应是受女家重用的奴仆。

作为主子姑娘从娘家带来的奴仆,虽然陪房属于家族的外来者或后来者,但由于和女主人之间特殊的主仆关系,使得他们往往比较容易获得女主人的信任,从而成为女主人的心腹和左右手,有些甚至获得重用、出任管家等。如《红楼梦》中王夫人的陪房周瑞夫妇,凤姐身边的平儿、来旺夫妇,邢夫人身边的费婆子、王善保家的等。第七十四回抄捡大观园时,王夫人即嘱咐凤姐"把周瑞媳妇、旺儿媳妇等四五个贴近不能走话的人安插在园内""一时周瑞家的与吴兴家的、郑华家的、来旺家的、来喜家的现在五家陪房进来,余者皆在南方各有执事"。在小说中,陪房显然成了某种特殊"身份"的标示,与嬷嬷、姨娘、大丫鬟(副小姐)、管家等一同成为贾府中的"二层主子"。所谓"二层主子"主要是指这样一些奴婢,即她们在主子面前是奴婢,但却又比一般奴婢的地位高,甚至享有一定的权利。这是曹雪芹对封建大家族中这种独特的奴婢现象的形象称呼。

在《红楼梦》所有的陪房奴婢中,显然又以掌握实权的王夫人的陪房周瑞家

---

① 周定一:《红楼梦语言词典》,商务印书馆,1995,第628页。

的及其丈夫最有体面和身份。其一,他们都是贾府的大管家,周瑞专管荣国府一年春秋两季的地租,而周瑞家的则是贾府的主要女管家之一,负责奶奶小姐们的出门。其二,他们有自己独立的院子,家里雇佣有小丫头,还认了个干儿子何三,可以说,生活上比有的主子一点都不差,甚至还拥有相当的土地(第六回王狗儿说周瑞当年争田地官司多亏了其父亲之力)。其三,周瑞和他的儿子虽在小说中不怎么显山露水,但周瑞家的却十分活跃,处处都留有她的身影。第六回,刘姥姥进贾府就是周瑞家的为"显弄自己的体面"自作主张领进来的。其四,就连宝玉、宝钗、黛玉、王熙凤、尤氏等正经主子见面都要叫她一声"周姐姐",而凤姐的陪房丫头平儿更要喊她一声"周大娘"。

其实小说中还有两件事足以说明周瑞家的及其丈夫在贾府中的体面和地位。第一,他们女儿的婚姻。小说交代周瑞家的女儿嫁给的是一位古董商人冷子兴。我们且莫小看了这场婚姻的意义,因为周瑞家的女儿本为奴仆贱民,而古董商人冷子兴则属于社会上的良民。按明清律法规定贱民不得与良人通婚,但他们的女儿却能嫁给古董商人冷子兴,这就只能有一种解释,即贾府主子开恩除了他们女儿的贱户奴籍,允许她从良(按:小说中获此殊荣的除了赖嬷嬷的孙子外,其他并不多见)。第二,他们儿子喝酒生事。周瑞家的儿子在凤姐的生日上,先是喝多了酒,后又把贺礼打翻了,凤姐派彩明去说他,他不仅不服教训,还骂了彩明。试想一下,什么样的奴仆敢这样的大胆和放肆,尤其是在贾府的管家婆凤姐的生日上?凤姐本想把他撵出贾府,但最终没有撵成,究其原因与其说是赖嬷嬷说情,不如说因为他不是贾府的家生子儿,而是太太陪房的缘故。

当然,在贾府的管家奴仆里,周瑞家的也并不是地位最高的。有着贾府"功臣"的老奴仆赖嬷嬷及其两个儿子赖大、赖二则是所有奴婢中最有实权也是最有经济实力的一家,不仅家里有自己的花园(单花园一项一年就有三四百两银子的进账),赖嬷嬷还可以和贾母在一个桌上打牌,甚至她的孙子赖尚荣可以出来做官等。比较而言,这主要是因为周瑞家的一家人毕竟属于外来和后来者,但比起贾府另外一家大管家林之孝夫妇显然又混得好多了。

二、较强的处事能力

作为周瑞家的的分内之事,她主要是负责贾府内奶奶小姐等主子们的出门事宜,小说用了两件事来表现周瑞家的办事能力。第二十九回,贾母去清虚观打平安醮,贾府几乎倾巢出动。男人们容易管理,那些平日很少出门的丫鬟们却唧唧喳喳,贾母的轿子都已经快到观里了,而这些人还没有出发。"这个说'我不同你在一处',那个说'你压了我们奶奶的包袱';那边车上又说'蹭了我的花',这边又说'碰折了我的扇子',唧唧呱呱,说笑不绝"。周瑞家的是专管女人出门的,很有经验,她马上走过去说:"姑娘们,这是街上,看人笑话。"果然说了两遍,丫鬟们就好多了。第五十一回,袭人母亲生病,袭人要回家探病,因为此时袭人已经被王夫人内定为宝玉的姨娘,所以这番回家,要一定的礼数。凤姐仍派懂礼数的周瑞家的陪同,送袭人回家;临走前,凤姐也不忘嘱咐周瑞家的注意礼数,周瑞家的说:"都知道。我们这去到那里,总叫他们的人回避;若住下,必是另要一两间内房的。"

职责以外的生活中,周瑞家的也表现了较强的处理日常突发事件的能力。第二十五回的"魇魔法姊弟逢五鬼"事件中,宝玉和凤姐被马道婆的巫术陷害,这边宝玉要死要活,一跳离地三尺高,拿刀弄杖,寻死觅活,大观园乱做一团。大家正没个主见,外面凤姐"又手持一把明晃晃钢刀砍进园来,见鸡杀鸡,见狗杀狗,见人就要杀人。众人越发慌了"。这时,周瑞家的带着几个有力量的胆壮的婆娘上去把凤姐抱住,并夺下刀来,抬回了房里。第一百零三回"施毒计金桂自焚身",夏金桂母亲听说女儿的死讯,带着干儿子到薛家来闹事。当时薛家家里只有薛姨妈、宝钗、宝琴等,夏家婆子一进门是又哭又骂,要讨人命,且直奔着薛姨妈来。薛家母女那见过这种阵势,吓得不知所措,正不可开交时,王夫人派周瑞家的来了。周瑞家的进来看见一个老婆子指着薛姨妈的脸哭骂,立即用言语制止,夏家婆子不依,又上前拉住薛姨妈的手,周瑞家的立马上前把她推开,为此还差点挨了夏婆干儿子打过来的椅子。夏家母子两个都索性撒泼的闹了起来,幸亏贾琏及时过来,制止了他们的胡闹。周瑞家的当着众人责备了夏婆的不是,在后面的争执中,周瑞家的也总能抓住问题的关键,让夏家母子理亏。

《红楼梦》第六回刘姥姥"打秋风"一事,是小说中十分精彩的一笔。这本是一桩周瑞家的闲事,因为亲戚的迎来送往不归她管,把旧日的有恩之人引进门,固然有卖弄自己体面的意思,却也不乏知恩图报的心理。这一回的描写确实"一石数鸟",主角当然是凤姐和刘姥姥,但设若缺少了周瑞家的穿针引线、对主子的熟悉以及办事的老道干练,故事显然即无法进行,刘姥姥此行也必不能获得成功。在周瑞家的帮助周旋下,刘姥姥虽然没有见到王夫人,但认识了凤姐,得到了意想不到的好处,满载而归,同样达到了目的,而一个善于把握时机、办事干练的管家奴仆形象也跃然纸上。

另外，小说中还几次描写了周瑞家的作为王夫人的左膀右臂所起到的作用，如第七十七回在处理司棋问题上，王夫人就采纳了她的意见，避免了和邢夫人的正面冲突。同时在和现任管家凤姐之间，作者也写出了她既有配合而又略有微词的复杂关系。如第六回在向刘姥姥介绍凤姐时，"我们这里又不比五年前了。如今太太竟不大管事，都是琏二奶奶管家了"。话语里既有失落，也有抱怨："就只一件，待下人未免太严些个。"

三、"半主半奴"的两面性

笔者在一篇文章中曾论述过作为"二层主子"的这种"半主半奴"类似陪房的两面性特征。"即一方面，他们是奴仆的身份，是伺候主子、替主子办事的，另一方面，他们地位又高于其他奴仆，沾上了一点主子的气味"。[①] 由于长期处于这种"半主半奴"的地位，使得他们大多变得心性乖滑，具有很突出的媚上欺下的两面性，周瑞家的堪称这方面的典型。第七十一回，作者有句对周瑞家的定评："周瑞家的虽不管事，因她素日仗着是王夫人的陪房，原有些体面，心性乖滑，专管各处献勤讨好，所以各处房里的主人都喜欢她。"正是对周瑞家的形象最好的概括。

第七回"送宫花"一节的艺术技巧历来颇受人们的关注。它表面上是描写封建大家庭的日常生活，却"闪现了从迎春、探春、惜春、凤姐、黛玉、宝玉到周瑞女人，以至金钏、香菱、丰儿、平儿、智能、余信、周瑞的女儿和女婿等等不下十数人不同的生活环境、阶级地位、精神面貌和性格特征"。[②] 我们认为其中对串线人物周瑞家的刻画更堪称经典之笔，小说把她善于见人说人话、见鬼说鬼话的"乖滑心性"形象地展现了出来。事件先叙写了她同宝钗拉家常，后又奉薛姨妈之命"送宫花"，几个主子的不同性格，既通过周瑞家的眼睛看出，也通过她的行为动作和语言表现了出来。如耐心听宝钗说"海上方"的由来、到凤姐院是"蹑手蹑足"、对黛玉的小性儿则"一声儿不言语"等。尤其"送宫花"途中的三个小插曲，看似闲笔，却正是刻画人物的点睛之笔。拉住香菱的手表示关切并为之"叹息伤感一回"，表现了她的同情心；直呼智能的师傅水月庵老尼姑为"秃歪剌"，并过问

---

① 孔令彬《一种封建婚姻习俗中特殊的陪嫁品——论〈红楼梦〉中的陪房》，载《红楼梦学刊》，2004(4)。
② 李亮《"红楼"艺术一瞥——谈谈"送宫花"一节的艺术描写》，载《红楼梦学刊》，1984(3)。

庵里"十五的月例香供银",表现了她的粗俗和多管闲事;路上碰见女儿讲女婿出事要被"递解",但对女儿所交代之事只轻描淡写地表示"这有什么大不了的事""小人儿家,没经过什么事,就急得你这样了"。反映了她一贯的狗仗人势。总之,"送宫花"这一节故事充分反映了周瑞家的在贾府中的特殊地位以及其"心性乖滑"的性格特征。

"心性乖滑"还表现在她对现任管家凤姐的巴结讨好等行为中。前文我们曾说对于现任的管家凤姐,周瑞家的既有失落、也有抱怨,但见风使舵的本性又很快使她转向了配合与巴结,因为在贾府复杂的人事关系中,毕竟凤姐和王夫人还是一条战线上的。如她可以当面批评刘姥姥在凤姐跟前不会说话,但对凤姐却说"如今等奶奶的示下",非常的恭敬。第二十四回,凤姐要出门,周瑞家的先从屋里出来伺候着,院子里其他奴仆正在拿着大高笤帚在那里扫院子,她立马让小厮们先停下来:"先别扫,奶奶出来了。"第八十三回凤姐向周瑞家的诉说自己的难处并哭穷,周瑞家的顺着凤姐的话说:"真正委屈死人了!这样大门头儿,除了奶奶这样心计儿当家罢了,别说是女人当不来,就是三头六臂的男人,还撑不住呢。还说这些个混账话。"第一百零一回凤姐去散花寺求签——"王熙凤衣锦还乡"。凤姐惊讶有人和她同名,周瑞家的马上就说起前年李先儿说书与凤姐同名的事,来替她解疑惑。自然,周瑞家的的努力也是有回报的,如她女婿的事,"把这些事不放在心上,晚间只求求凤姐儿便完了"。当然,她的儿子闹得实在有点可恶,受点责罚也是必然的。

如果说懂礼数、会说话、细心、尽心是主子们对周瑞家的肯定性的评价,那么对下,尤其是对地位比她低下的其他奴仆,周瑞家的则尽显了恶奴才和帮凶的劣根性。第七十一回,当尤氏受到荣国府两个婆子慢待时,她对尤氏说:"可了不得,气坏了奶奶了。偏我不在跟前!若在跟前,且打给她们几个耳光,再等过了这几日算账。"俨然一副管家婆的嘴脸。既有奴仆的谦卑,又有主子的架子。又第七十七回,周瑞家的奉命赶司棋出大观园,更显得十分恶毒。司棋要和姐妹话别,周瑞家的等人素日深恨她大样,所以便不给她机会。在出门时碰见宝玉,司棋又向宝玉求情,周瑞家的不让宝玉插手,并说:"你如今已不是副小姐了,若不听话,我就打得你。别想着往日姑娘护着,任你们作耗,越说着,还不好走!如今和小爷们拉拉扯扯,成个什么体统!"使得宝玉不由发出这样的感慨:"奇怪,奇怪,怎么这些人只一嫁了汉子,染了男人的气味,就这样混账起来,比男人更可杀了!"

四、也是"窝里斗"的典型

对于封建大家族的"窝里斗",探春曾经说出过这样痛心的话:"咱们倒是一家子亲骨肉呢,一个个不像乌鸡眼似的,恨不得你吃了我,我吃了你!"《红楼梦》不仅描写了主子与主子之间的矛盾,还写了主子与奴才、奴才与奴才等之间的复杂矛盾。周瑞家的也是这样一个"窝里斗"的典型。

分析其斗的原因不外有二:其一,为私心而斗;其二,为其主而斗。当然,有时这种争斗也很难分清利益。第七十一回,周瑞家的听说尤氏在这边院子受了两个老婆子的委屈,论理这事不该她管,但"素日因与这几个不睦",所以她见了尤氏说:"奶奶不要生气,等过了事,我告诉管事的打他个臭死。"接着立马向凤姐报告,并建议严肃处理这件事。在得了凤姐的指示后,立即叫人把那两个老婆子捆了起来,交到马圈让人看守。这件事固然是周瑞家的为维护尤氏和凤姐交好关系所采取的行动,但其中的私心却是显见的。事情的风波后来延及邢夫人、王夫人之间,既使凤姐和婆婆关系紧张,又使得王夫人对凤姐心生不满,最后以凤姐的受委屈而告终。又第七十五回的"抄检大观园",邢夫人和王夫人的两个陪房王善保家的、周瑞家的,各在其中扮演着十分重要的角色,在抄检的过程中,她们一路上明争暗斗,名义上她们都是受自己主子委托,但却从不乏自己的某种意图在里面,那就是借机打击对方。另外,周瑞家的一家和贾府原来的管家林之孝一家也有很深的矛盾。

总之,关于第七十一回和第七十四回的这两场矛盾冲突,诚如有人已经指出的:"老婆子们在这些回目的出现和尽情表演是荣府上层主子间、下层奴才间、主子与奴才间各种长期掩盖的矛盾尖锐化表面化的结果。""她们是女主子间矛盾争斗中性格阴暗面的化身"。换句话,也就是说陪房与陪房之间的矛盾冲突,其实质反映的则主要是荣国府女眷邢、王之间的矛盾冲突,象征的"是荣府经济困窘,后继乏人,即将衰败的征兆"。①

结　语

在中国文学史上,《红楼梦》中所写的管家奴仆群像自构成了别有意义的一

---

① 谢遂联《红楼灰影:〈红楼梦〉中的老婆子》,载《明清小说研究》,2001(1)。

群。虽然其中单是管家女仆就有林之孝家的、赖大家的、来升家的、吴新登家的、来旺家的、王善保家的等,但不论从形象的生动、意义的典型还是所占的篇幅上,周瑞家的都属于独特的"这一个"。作家不仅写出了周瑞家的这种生存状态、行为方式和性格特点的普遍性,而且还写出了她性格的独特性、丰富性和复杂性,为明清小说的人物画廊增添了一位鲜活的管家女仆形象。

(原载《铜仁学院学报》2009 年第 1 期)

《红楼梦》中的闺阁私语情话

——从第二十五回凤姐打趣黛玉的"婚事"说起

《红楼梦》第二十五回有一个鲜活的场景描写：黛玉到怡红院探望生病的宝玉，结果王熙凤、李纨和宝钗也都在。凤姐顺便问及前日送暹罗茶的事儿，林黛玉说不错，还想打发丫头去她那里要。凤姐说不用去取了，她派丫头送来，另外还有事相求黛玉。黛玉听了便笑道："你们听听，这是吃了他们家一点子茶叶，就来使唤人了。"凤姐笑道："倒求你，你倒说这些闲话，吃茶吃水的。你既吃了我们家的茶，怎么还不给我们家作媳妇？"众人听了，一齐都笑起来。黛玉的脸都红了，李纨则夸凤姐说话诙谐。林黛玉道："什么诙谐，不过是贫嘴贱舌讨人厌恶罢了。"说着便啐了一口。凤姐笑道："你别作梦！你给我们作了媳妇，少什么？"又指着贾宝玉说道："你瞧瞧，人物儿、门第配不上，根基配不上，家私配不上？那一点还玷辱了谁呢？"林黛玉抬身就走。宝钗便叫："颦儿急了，还不回来坐着，走了倒没意思。"说着便站起来拉住。

关于这段描写，一般人多从暗示的角度去分析，如认为凤姐打趣黛玉的话实际暗含了贾府上层（主要是贾母）对于宝黛婚姻的默许和认同。而我们则关注的是这段以情事和婚姻的私密话题来打趣黛玉的故事背后，反映了当时红楼闺阁女性怎样的一种生活样态？要知道那可是我国历史上礼教束缚女子尤其闺阁女子最为严厉的时期！即使退一步讲，如果仅是凤姐和李纨妯娌之间所开的类似玩笑，我们倒还能理解，毕竟她们都是过来人，但当着几个未婚青年男女尤其是当事人贾宝玉的面，这样的玩笑是否过分？然而我们看到的却是平日极度敏感的黛玉，这次既没有恼也没有立即走，只是羞红了脸并对凤姐进行反击。还有众人的态度，大家都笑了，包括未婚的宝钗也参与到打趣黛玉的行列，拉住黛玉不让她走。

其实《红楼梦》中描写闺阁女儿之间互相开对方情事或婚姻玩笑的日常生活

场景还有很多:

第二十五回,宝玉、凤姐的病稍微好了一点,黛玉先就念了一声"阿弥陀佛",宝钗嗤的笑了。惜春问宝钗笑什么,宝钗笑道:"我笑如来佛比人还忙,又要讲经说法,又要普渡众生;这如今宝玉、凤姐姐病了,又烧香还愿,赐福消灾;今才好些,又管林姑娘的姻缘了。你说忙的可笑不可笑。"林黛玉不觉的红了脸,啐了一口,一面说,一面摔帘子出去了。

第三十一回,宝玉、晴雯、袭人吵架,黛玉进来开袭人的玩笑道:"好嫂子,你告诉我。必定是你两个拌了嘴了。告诉妹妹,替你们和劝和劝。""你说你是丫头,我只拿你当嫂子待"。

第三十二回,袭人开湘云的玩笑:"大姑娘,听见前儿你大喜了。""这会子又害臊了。还记得十年前,咱们在西边暖阁住着,晚上你同我说的话儿?那会子不害臊,这会子怎么又害臊了?"

第三十四回,林黛玉独立花阴之下,看见薛宝钗无精打采,眼上又有泪痕,便在后面笑道:"姐姐也自保重些儿。就是哭出两缸眼泪,也医不好棒疮!"

第三十八回,鸳鸯对王熙凤说:"好没脸,吃我们的东西。"王熙凤便开玩笑说:"你少和我作怪。你知道你琏二爷爱上了你,要和老太太讨了你作小老婆呢。"

第四十二回,林黛玉理好了头发,指着李纨说:"这是叫你带着我们作针线教道理呢,你反招我们来大顽大笑的。"李纨便回敬说:"你们听他这刁话。他领着头闹,引着人笑了,倒赖我的不是。真真恨的我只保佑明儿你得一个利害婆婆,再得几个千刁万恶的大姑子小姑子,试试你那会子还这么刁不刁了。"

同一回,黛玉看了宝钗为惜春画画开列的材料单子,笑着拉探春悄悄的道:"你瞧瞧,画个画又要这些水缸箱子来了,想必她糊涂了,把她的嫁妆单子也写上了。"

第五十七回,黛玉和紫鹃有一段关于黛玉婚姻的私密体己话,由于篇幅较长,此处不录。

同一回,薛姨妈给宝钗、黛玉讲月下老人故事,宝钗开黛玉玩笑说要黛玉嫁给她的哥哥薛蟠。接下又是薛姨妈的打趣:"你宝兄弟老太太那样疼他,他又生的那样,若要外头说去,断不中意。不如竟把你林妹妹定与他,岂不四角俱全?"急切的紫鹃接上话说:"姨太太既有这主意,为什么不和太太说去?"结果也惹来了薛姨妈的打趣:"你这孩子,急什么,想必催着你姑娘出了阁,你也要早些寻一个女婿去了。"

第六十二回,香菱和几个丫鬟玩对花的游戏。香菱对道:"我有夫妻蕙。"荳官说从来未听说过,香菱说:"一箭一花为兰,一箭数花为蕙。凡蕙有两枝,上下结花者为兄弟蕙,有并头结花者为夫妻蕙。我这枝并头的,怎么不是?"荳官没的说了,便起身笑道:"依你说,若是两枝一大一小,就是老子儿子蕙了?若两枝背面而开花的,就是仇人蕙了?你汉子去了大半年,你想夫妻了便扯上蕙也有夫妻,好不害羞!"

第六十三回,在贾宝玉生日宴会时,探春抽得"瑶池仙品"签,诗句云:"日边红杏倚云栽。"注云:"得此签者,必得贵婿。"探春说是混账话不肯饮,大家笑着把酒给探春灌了下去。后来袭人抽的签又注云:"杏花陪一盏。"林黛玉便向探春笑道:"命中该着招贵婿的,你是杏花,快喝了,我们好喝。"探春笑道:"这是个什么,大嫂子顺手给她一下子。"李纨便笑了笑说:"人家不得贵婿反挨打,我也不忍的。"一句玩笑话把大家都说笑了。

除了以上这些,甚至我们还不难看到作者在描写宝、黛、钗三个年轻恋人之间微妙而暧昧的玩笑,如第十九回黛玉以金锁和通灵宝玉,奇香、冷香和暖香来开宝玉的玩笑。第二十八回宝钗也两次打趣宝玉:"吃不吃,陪着林妹妹走走。""你叫他快吃了瞧他林妹妹去罢。叫他在这里胡羼些什么。"至于第二十三回宝、黛共读《西厢记》时互相打趣的情节就更为大家所熟悉了。

上面这些鲜活生动的场景描写,无疑都是大观园女儿日常生活中最旖旎动人的画面。这些描写中,除了第五十七回薛姨妈打趣黛玉和紫鹃一段属于隔代人且年龄差距较大所开的关于婚姻与情事的私密玩笑,其他多是同辈同龄年青姊妹或姑嫂或主奴以及奴婢之间的相互打趣的玩笑。它们显然和以往人们较多关注的那些展现她们才情生活部分的描写如结社吟诗、饮酒聚会等不同,而应该完全属于闺阁女儿生活中比较私密的部分。当然它们也不同于平日里娘儿们姐妹之间一般的嬉戏玩笑,更不同于大观园外那些老少爷们在一起时所开的粗俗低级的玩笑。也许这些善意的私密玩笑和真实爽朗的笑声在我们今天算不得特别,但在封建礼教对闺阁女子束缚至为严苛的明清时期,难道不值得我们去多追问几个为什么吗?

众所周知,明清时期是程朱理学控制思想最为严密的时期,理学的"存天理,去人欲"等教条严重束缚着人性,而礼教中的"三从四德""女子无才便是德""饿死事小,失节事大"等女诫对女性的束缚也达到了历史的极致。当然这是仅就一般层面而言,实际上在程朱理学统治人心的明清时期,儒学内部也出现了一些哲学的反动和补充,尤其"晚明出现了向正统话语的许多前提提出挑战的哲学和美学运动,这里,哲学与美学运动是相互关联的"。其中,"争论的中心是人性与情、欲之间的关系。多义词'情'变成了晚明再塑自我之身份认同的一个话语性的中心点"。① 这就是后来我们所广泛认同的晚明个性解放思潮,也可以称之为"尚情思潮"。这一思潮从哲学领域到思想领域、从美学领域到文学领域,再到人们的日常生活实践,都带来了巨大的冲击,包括长期以来深受封建礼教束缚的女性。当然关于这些都属于老生常谈的话题,而《红楼梦》直接受这一"尚情思潮"的影响和启发也早为人们所论及,尤其是其中对女性才、德、美的推崇更直接来源于晚明社会对妇女性别认知的松动与变化,即对从传统三从四德型向才、德、美型转换的部分认同。②

但我们也不难注意到,以往对晚明社会妇女性别认知的研究,多采用的仍是男性的视角,如从当时流行的"三言二拍"等作品中获得一些对闺阁女性的认识,包括她们怎样通过"闺阁内的爱情导师"来表达对情爱的大胆追求等。③ 而近几年来,运用西方女性主义理论来研究明清妇女尤其是闺阁知识女性成了一种潮流,大家也都基本肯定了晚明以来闺阁知识女性对"德、才、色"等主体意识的追求。④ 这里尤让我们感兴趣的是晚明闺阁知识女性对于"色"的大胆表达,她们在这方面的直接描述,一方面让我们修正了晚明以来男性作品中对女性"欲望"的夸张描写,⑤同时也使我们在分析《红楼梦》中那些以两性话题为内容的闺阁私密玩笑时有了更具体和真实的参照。下面,我们通过解读几篇闺阁女性的作品来重新认识一下晚明知识女性在闺阁话题方面的自由与开放。

其一,女性对自身女性美的认识。晚明著名才女叶小鸾有一组很有名的《拟艳体连珠九首》(刘孝绰有艳体连珠,戏拟为之),分写了女性身体手、腰、头等各个部位的美。其中对足的描写:"盖闻步步生莲,曳长裙而难见;纤纤玉趾,印芳

---

① 艾美兰著,罗琳译:《竞争的话语:明清小说中的正统性、本真性及所生成之意义》,江苏人民出版社,2005,第61页。
② 可参考美国高彦颐的《闺塾师:明末清初江南的才女文化》第四章《从三从四德到才、德、美》,江苏人民出版社,2005,第153—191页。
③ 参考严明,沈美纪《闺阁内的爱情导师——"三言二拍"中婆子、丫鬟、尼姑的角色分析》,载《明清小说研究》,2006(1)。
④ 参考陈书录《"德、才、色"主体意识的复苏与女性群体文学的兴盛——明代吴江叶氏家族女性文学研究》,载《南京师大学报》,2001(5)。
⑤ 晚明以来大量的偷情故事或女子的自荐枕席,大多只是男人的白日梦而已。

尘而乍留。故素縠蹁跹,恒如新月;轻罗宛约,半蹙琼钩。是以遗袜马嵬,明皇增悼;凌波洛浦,子建生愁。"①关于这组诗高彦颐认为"从其笔尖流出的这行行诗句,传递出了一个陶醉于女性身体的青春少女的迷人魅力"。而"这种快乐完全是高尚的,使人想到了三位年轻《牡丹亭》评论家于香闺中对性的讨论"。②

其二,女性对于两性情爱话题的探讨。由于男性态度的开放,晚明闺阁知识女性基本可以自由阅读《牡丹亭》等表现"情迷"类的作品。她们不仅把自己的阅读感受写成评点文字,有时还对两性禁忌的性爱话题大胆发表自己的看法,吴吴山三妇(即陈同、谈则和钱宜)评点的《牡丹亭》即是其中的代表。陈同曾对戏曲中的一个性爱描写场景点评道:"极写两情欢狎,必不可离之意,反映下将扰乱。"要知道"当陈同做这一评论时,还是一个未婚的年轻女子,她选择对这样一个性爱场景做出评论,说明在女性闺阁内,对这一主题还是有着某种开放性的"。"这样一种开放性和陈同的关注都表明,这些年轻女子是视性爱为高尚的"。③

其三,闺阁中以情事为话题的嬉戏玩笑。叶小鸾有一曲子《黄莺儿》:"倚遍玉阑干,数春愁,几日闲。香肌瘦尽肠还断。罗衫渐斑,莺花渐残,红颜老去空长叹。掩重关,玉箫声怨,何日驾双鸾。"曲前有小序:"有一女,年甚长而未偶,众共笑之,戏为作此。"就是反映了生活中姐妹们以情事相玩笑打趣的情景。她母亲沈宜修在为她所写传记中也描写了母女间闺房私语玩笑的情景:"一日晓起,立余床前,面酥未洗,宿发未梳,风韵神致,亭亭无比。余戏谓之曰:'儿嗔人赞汝色美,今粗服乱头,尚且如此,真所谓笑笑生芳、步步生妍矣,我见犹怜,未知画眉人道汝何如?'"反映了她们之间亲密和谐的关系。

其四,或许下面这个例子更能反映当时闺阁中自由健康开放的生活气息。吴江叶氏三姐妹家有一位叫随春的少女,是她们母亲的婢女,年仅十三岁,便出落得婷婷玉立、楚楚动人。叶小鸾曾为她写了一首《浣溪沙》:"欲比飞花态更轻,低回红颊背银屏,半娇斜倚似含情。嗔带淡霞笼白雪,语偷新燕怯黄莺,不胜力弱懒调筝。"她的大姐叶纨纨和道:"翠黛新描桂叶轻,柳枝婀娜倚莲屏,风前闲立不胜情。细语娇声嗔乱蝶,清眸泪粉怨残莺,日长深院恼秦筝。"二姐叶小纨也和道:"鬓薄金钗半弹轻,佯羞微笑隐湘屏,嫩红染面作多情。长怨曲栏看斗鸭,惯嗔南陌听啼莺,月明帘下理瑶筝。"而她们的母亲沈宜修也参与到这种嬉戏玩笑

---

① 文中所有引用的叶家母女作品均出自叶绍袁编、冀勤辑校《午梦堂集》,中华书局,1998,后不再注。
② 高彦颐著,李志生译:《闺塾师:明末清初江南的才女文化》,江苏人民出版社,2005,第179页。
③ 同上书,第92页。

之中,她的和词云:"袖惹飞烟绿雨轻,翠裙拖出粉云屏,飘残柳絮暗知情。千唤懒回抛绣鹚,半含微吐涩新莺,嗔人无赖戛风筝。"这些优美的文字,使一位青春少女的顽皮活泼和含情脉脉跃然纸上,也表达了一个富有艺术氛围的大家庭的其乐融融和友爱亲情。关于三姊妹的这些作品,年轻的女博士王雪萍做了更进一步的解读:"这些婢女常常是处于青春期的小姐表达其对两性懵懂认知的玩笑对象。也就是说,因为生活中的亲密,婢女往往成为年轻主人们对两性向往探究的话题。如叶家三姐妹描写婢女稍懂情事的娇羞。从诗中的内容可以想见得到,叶家三姐妹对婢女的初次怀春娇羞的善意玩笑表明她们对男女之间的情事是了解的,至少可以说是比年幼婢女掌握得要多。就此我们不妨大胆推断:尽管情事在公共领域内是被严格限制谈论的话题,但在家内女性成员间的私人空间却是大方存在着,或许小姐们就是以女性之间所开的玩笑为途径实现了她们成长过程中性成熟和性认知这一人生重要课程。"①这样的解读是否有些阐释过度,似可商榷,但我们认为它应该基本符合当时闺阁女性这方面认知的事实。

　　上面我们所引述的这些闺阁女性作品,都真实再现了晚明知识女性的闺阁生活样态,表达了她们对于自身或者两性问题的看法。她们的自由和开放无疑在震撼和冲击着我们已有的僵化而呆板的思维。当然这里有个前提有必要先说清楚,即这些记录或描写闺阁女性生活的作品,从一开始就不是为了公开发表而仅是女性写给自己或闺中密友看的,这是它们与男性作品最大的不同。但晚明受了"尚情思潮"影响的开明男性作家们认为,这恰恰正是闺阁女性作品的价值和魅力所在,即"真"和"清"。② 于是从晚明以至于清末,收集出版女性作家作品便成了那个时代不少开明知识分子的习尚,至于文学中以家庭琐事、闺阁情话为对象的作品如才子佳人小说等更是风行一时。在了解了晚明闺阁知识女性的真实生活样态以及女性作家作品受欢迎的真正原因以后,我想我们对于受"尚情思潮"影响,尤其是以歌颂和推崇女儿美为主旨的《红楼梦》中之所以会出现前面所罗列的那些闺阁私语情事的描写,便多了几分理解。因为在这些鲜活生动大胆自由的场景中,正寄托了作者对闺阁女儿纯真、纯美理想的追求。

　　虽然作为一部男性的作品或者说男性视角的作品,我们很难说《红楼梦》中对女性的描写已经贴近了女性本身——尤其是作品中那些以两性话题为内容的

---

① 王雪萍《十六至十八世纪婢女生存状态研究》,东北师范大学,2007 年博士学位论文。
② 钟惺在编辑《名媛诗归》的序言中表达了这种看法,他认为才女居性灵文学之首,因为女性的纯真和敏感,使得她们的诗出于自然。

闺阁玩笑；但《红楼梦》为"闺阁女儿昭传"的创作目的、严谨的现实主义风格及其所表现出的崇高理想追求，都使得小说赢得了清代以及后世最多女性读者的认同和喜爱。单从这一点，我们就必须充分肯定《红楼梦》在描写闺阁女儿生活方面的出色成就。传统上由于儒家一直以来实行严格的对闺阁的封闭，"外言不入，内言不出"，使得闺阁生活和闺阁女性处于一种与世隔绝的状态，当然，这并非是说传统中国女性就一直生活在水深火热之中。高彦颐曾对中国古代传统女性生存样态有过精彩的概括：在"伦理规范和生活实践中间，难免存在着莫大的距离和紧张。儒家社会性别体系之所以能长期延续，应归之于相当大范围内的灵活性，在这一范围内，各种阶层、地区和年龄的女性，都在实践层面享受着生活的乐趣"。① 应当说正是晚明的个性解放思潮才开始打开了通向这幽深闺阁的一扇窗，让我们看到了闺阁中人的一些喜怒哀乐、她们的才情以及理想追求等。当然，这里既有男性作家不切实际的想象和理想，也更有女性作家自己本身有选择性的敞开。

无疑，《红楼梦》中的这些愉悦纯美的闺阁私密玩笑正是闺阁女儿青春萌动的男女两性关系的纯真表达，是她们在"实践层面享受着生活的乐趣"的最真实表现。这些描写，固然有受晚明闺阁知识女性生活情趣的直接影响，但更多的还应源于作者对生活细致的观察，即通过看戏、读书、亲戚往来、听女先儿说书、外出进香等清代闺阁女性普遍的生活方式，在即使礼教束缚比较严酷的氛围里，发现了闺阁女儿独特的生存乐趣——闺阁私密悄悄话。若进一步分析这些有关两性话题的闺阁玩笑，我们还不难发现其以下几个方面的特点：其一，贾宝玉的在场，甚至许多时候他也成为被打趣的对象，这是《红楼梦》里这些闺阁私密玩笑描写最大的特点。其二，"内言不出于阃"的原则。这里的阃或者说闺阁显然是个扩大了的闺阁即大观园。其三，多为平辈同龄年轻人之间的玩笑。甚至有时她们之间还打破了主仆的等级界限。其四，在玩笑中展现了女儿最纯真的一面，如受打趣的黛玉毫不生气，宝钗的"夫子气"也没有了。其五，以戏言出之的喜剧美学效果。在本是禁忌的两性话题，因双方的戏谑玩笑而解除了礼教的面具，返女儿以真实柔美的本性。自然，以上的这些描写或分析，又都从属于作者更高理想的一部分，即以"情"为核心的大观园理想世界的建构。

然而话又说回来，《红楼梦》诞生的时代毕竟已不同于晚明，在清代国家政策

---

① 高彦颐著，李志生译：《闺塾师：明末清初江南的才女文化》，江苏人民出版社，2005，第 7 页。

倾向复古的大背景下:"研读经书使人们注意到了古代许多饱学的女性——其引人注目的结果,包括女性作者逐渐得以兼具贤妻的身份,参与到盛清时期日益增强的、我称之为人伦道德的一种话语之中等等。这种话语把清朝盛世与高彦颐研究过的晚明,即对'情'——激情、爱怜、思慕——的痴迷风靡了多少吟诗作赋的士人淑女的明之季世,作出了清晰的划分。"① 自然,诞生于盛清的《红楼梦》也避免不了打上它那个时代的印记,这就是我们熟悉的小说中所表现的激烈的情与理或礼(欲)冲突主题。其实《红楼梦》所写两个世界的冲突,即大观园的理想世界和大观园以外的现实世界的冲突,正是这一主题形象的表达。

阅读作品我们不难深深体会到,作者所抒写的对女儿的颂歌,包括她们在闺阁中自由大胆的嬉戏玩笑的生活,也只能局限在大观园这个理想的园子以内,而超出大观园以外的世界,则仍为强大的礼教所牢牢控制。如第五十四回,贾母对才子佳人戏和说书故事的批评,即表达了园外礼教的声音:"只一见了一个清俊的男人,不管是亲是友,便想起终身大事来,父母也忘了,书礼也忘了,鬼不成鬼,贼不成贼,哪一点儿是佳人?便是满腹文章,做出这些事来,也算不得佳人了。""所以我从不许说这些书,丫头们也不懂这些话"。如果说贾母还是比较温和的表达了礼教的观点,那么王夫人则是直接扮演了礼教刽子手的角色。小说中金钏的跳井自杀,说晴雯是"狐狸精"并把她赶出大观园造成她的死亡,正是封建礼教"以礼杀人"的典型代表。另外,鲍二家的因与贾琏偷情被捉而上吊自杀、司棋因偷情被逐出大观园后的自杀等,也都是封建礼教的牺牲品。而礼教是如此强大以至连平日非常放纵的凤姐,当王夫人拿出绣春囊时,她也一样吓得跪在地上只剩下哭着辩解自己清白的份。当然尽管这礼教力量是如此的强大,作者也深刻洞察到它的虚伪性,并用了大量的篇幅描写了贾府里外许多男盗女娼的故事:正是"爬灰的爬灰,养小叔子的养小叔子",而所谓的以诗礼传家的贾府"除了那两个石头狮子干净,只怕连猫儿狗儿都不干净"。

写现实世界的假、恶、丑是为了反衬大观园理想世界的真、善、美。在"情"的普遍性受压抑或缺乏或丧失的清代社会,高举"情"的大纛,并将之完全赋予大观园的闺阁女儿身上,确是《红楼梦》最伟大和超越的地方。但即使作为理想世界的大观园,也时时存在着礼教的渗透和影响。薛宝钗便是作者所着力塑造的这

---

① 曼素恩著,定宜庄、颜宜葳译:《缀珍录——十八世纪及其前后的中国妇女》,江苏人民出版社,2005,第25页。

样一个复杂典型,在她身上既寄寓了作者对女儿的某些理想,但也更写出了封建礼教在她身上所打上的深深烙印,如她在大观园里那一系列的劝说活动等。①不仅如此,在作者所设计的动态过程中,大观园理想世界的整个崩塌,也正是外部礼教世界不断逼迫和挤压的必然结果!理解了作者在理想与现实之间的矛盾冲突以后,我们再回过头来看小说中他对闺阁女儿世界充满生机和活力的描写,他对闺阁女儿才情的激赏,以及他对她们闺阁私密情话的自由展现,不正建构了一种中国历史上全新的"闺阁文化精神"? 梅向东便认为:"他确立了一个先在的前提即:那种'惟心会而不可口传,可神通而不可语达'的'真情',只可能存在于闺阁世界,而不会出现于仕途经济或其他现实处所"。"他要把那个'真情'创造性地弘扬为一种富有独特价值的闺阁文化精神,从而以此来对传统文化尤其是对儒文化进行颠覆和否定"。②

总之,"《红楼梦》是一部专门为'闺阁昭传'的伟大作品",作者"通过对'闺阁一饮一食'的完整而详细的叙事,从而营造出一个完整而丰富的闺阁世界"。③并完成了它对传统闺阁文化超越性的建构,不仅在物质形态上塑造出了一个亘古未有的新的闺阁形式即大观园——大观园既是一个自然化了的闺阁世界,抑或说是一个闺阁化了的自然世界;也因贾宝玉的加入,"从性别上改变了闺阁单一的女性,而使之成为男女二性俱备的群体,因而大观园闺阁生活、闺阁人际关系等等都得到全面的改观。贾宝玉同众女子之间的关系是基于两性生命真情之相互吸引,此真情中,既包含有最基本的生命本能,又包含有超越本能的精神因素"。④

(原载《贵州文史丛刊》2009年第1期)

---

① 参见孙爱玲《大观园中温柔的"理"剑——论薛宝钗的劝说活动及其文化蕴涵》,载《红楼梦学刊》,2000(2)。
②③④ 梅向东《闺阁文化与〈红楼梦〉》,载《中国典籍与文化》,1997(2)。

"春凳"考略

"春凳"一词出现在《红楼梦》第三十三回:"早有丫鬟媳妇等上来,要搀宝玉,凤姐便骂:'糊涂东西,也不睁开眼瞧瞧,这个样儿,怎么搀着走得?还不快进去,把那藤屉子春凳抬出来呢!'众人听了,连忙进去,果然抬出春凳来,将宝玉抬放凳上,随着贾母王夫人等进去,送至贾母房中。"《红楼梦语言词典》对"春凳"的解释是:"一种既宽且长可坐可卧的凳子。"①

根据我们的检索,"春凳"一词最早出现在《金瓶梅词话》中,该书第六十回:"那潘金莲见孩子没了,李瓶儿死了生儿,每日抖擞精神,百般的称快,指着丫头骂道:'贼淫妇!我只说你日头常晌午,却怎的今日也有错了的时节?你斑鸠跌了弹也,嘴答谷了!春凳折了靠背儿,没的倚了。'"②按《汉语大词典》的解释,凳是指"没有靠背的坐具"。但此处潘金莲的村骂明明白白地说"春凳折了靠背儿",显然这里的"春凳"是有靠背的。

又现代作家二月河笔下的"春凳"也是有靠背的。"为防止桂林城兵士暴变,她派戴良臣日夜守护将军行辕,每日晚间戌时回府禀报一天事务,但今夜已过亥时二刻,戴良臣连人影儿也不见,心中便有些疑惑,令人搬来一张春凳儿半倚在上头,从窗格子里眺望着天空的星星出神"。③

当然,我们也可以找出更多"春凳"无靠背的例证。《姑妄言》:"富氏不许他同卧。叫丫头抬了条春凳,放在床傍与他睡。"《疗妒缘》:"(巧珠)自己就在春凳上和衣睡了。且说秦氏醒来,口中甚渴,见夜已将半,想来绝无有茶,也不便开口。不见巧珠来睡,揭开帐子一看,见他衣服未脱,睡在旁边,心中不安。"《侠女奇缘》:"进了正房,东间有槽隔断堂屋,西间一通连。西间靠窗南炕,通天排插。

---

① 周定一:《红楼梦语言词典》,商务印书馆,1995,第126页。
② 兰陵笑笑生:《金瓶梅》,上海文艺出版社,1994,第265页。
③ 二月河:《康熙大帝》(下册),中原农民出版社,1994,第158—159页。

堂屋正中一张方桌,两个机子,左右靠壁两张春凳。"上述几例中的"春凳",如果有靠背,靠壁或者靠床非但毫无必要,反而徒增麻烦。再如,茅盾《故乡杂记·内河小火轮》:"他们利用了老百姓家里的春凳,把水淋淋的衣服在春凳上拍拍的打。"《山东民俗》载:"麦个子运到打麦场,即于场边设一宽板凳(俗名'春凳'),凳上放铡刀,一人立凳上执铡,数人轮番抱麦个子来,茹麦个子入刀口内,使麦腰在内,执刀人一一铡断,麦头滚入场内。"[1]

那么,曹雪芹笔下的"春凳"是否有靠背呢?《红楼梦辞典》与《红楼梦语言词典》释义大致相近,都认为"春凳"的特点是"一种宽而长的凳子",但都没有明言是否有靠背。或许编者认为凳子没有靠背是一个常识,所以不必特别标明,也未可知。不过,前文所引例证分明揭示"春凳"是有靠背和无靠背两种,因之《红楼梦》中"春凳"靠背之有无仿佛也成了一个问题。如有些选本即认为"藤屉子春凳"是"一种带脚屉子的藤躺椅"。

在回答这一问题之前,我们不妨回顾一下"宝玉挨打"的场景:贾宝玉先被小厮们按在凳上,"举起大板,打了十来下",极度气愤的贾政觉得还不够,"一脚踢开掌板的,自己夺过板子来,狠命的又打了十几下"。因为这一场痛打,打得贾宝玉"面白气弱,底下穿着一条绿纱小衣,一片皆是血渍""由腿看至臀胫,或青或紫,或整或破,竟无一点好处"。可见,贾宝玉俯身挨打,受伤部位是身体的背面。宝玉被抬放到春凳上,当然是俯卧的,也就是挨打时的姿势。为了在抬放、搬移过程中避免伤口受到接触、磕碰,可以推测春凳还是应以没有靠背者为更合情理。

明清以来的生活中,确也以没有靠背的"春凳"为最常见。由于"春凳"具有坐、卧等多种功能,甚至许多人的嫁妆里都有"春凳"。《茅盾自传》:"后来,听说我曾祖父汇来两千两银子给长孙办喜事,外祖父临时添了五百两,那是现金(银元),给填箱用的(填箱,旧时婚姻,女家办嫁妆,一般的只是一橱两箱,外加桌、椅、春凳、瓷器、铜锡器用具等,富有者倍之。这是我的家乡的风俗)。"[2]吴世昌认为:"'春凳'和床一般高,是放在床边的家具:约一尺宽五尺长、可坐可睡。"[3]关于"春凳"的具体尺寸,我们还可以看两则档案材料。雍正元年四月十九日,清茶房首领太监吕兴朝传旨:"着做楠木春凳二个,杉木罩油春凳四个,俱长四尺三

---

[1] 山曼等:《山东民俗》,山东友谊出版社,1988,第274页。
[2] 茅盾:《茅盾自传》,江苏文艺出版社,1996,第15页。
[3] 吴世昌:《红楼梦探源外编》,上海古籍出版社,1980,第468页。

寸五分,宽一尺三寸,高一尺二寸五分。钦此。"同年九月初四,怡亲王谕:"着做书架一连,高六尺九寸,宽八尺八寸,入深一尺。书架四个,各高六尺九寸,宽五尺二寸,入深一尺。春凳二连,高二尺二寸,宽一尺一寸,长一丈一尺,谨此。"①

至于"春凳"的得名之由,《西园杂记》卷上称:"四时之景,惟春为可乐。春时风日和畅,花柳争妍,百鸟交鸣,人心悦怿。故人于此时,曰'寻芳',曰'踏青'。登山临水,随意所之,皆所以涤荡鼓舞,用宣春机,以助阳回之意,故桌曰'春台',凳曰'春凳',肴馔之具曰'春盘',果菜之品曰'春盛'。又曰'春榍',曰'春檠',酒曰'春酒',饼曰'春饼',茶曰'春茗',菜曰'春蔬',皆春时燕乐之具,他时则无有也"。② 似可备一说。

作为"燕乐之具",在明清小说中,"春凳"常常是作为男欢女爱的工具而出现的,如《姑妄言》《连城璧》等即是。

近人章炳麟在《新方言·释器》中的论证更具有启发意义:"今淮南谓床前长凳为桯凳,桯读如'晴',江南浙江音如'桱'"。③《百科大辞典》《新编古今汉语大词典》《汉语大词典》也都吸收了章炳麟的观点,认为"桯凳"即"春凳"。《说文解字》:"桯,床前几。"总之,我们认为,"春凳"在明代开始出现,受汉语方言的影响,"春"为"桯"的记音字。"春凳"由"床前几"逐渐演变为两种既宽又长的凳子,一种有靠背,一种没有靠背,后者在明清时期占据主流。

(原载《红楼梦学刊》2009 年第 3 期)

---

① 以上两条转引自林舒等选编的《名家谈鉴定》,紫禁城出版社,1995,第 356、358 页。
② 徐咸、胡侍:《西园杂记》,商务印书馆,1937。
③ 转引自张之杰、黄台香:《百科大辞典》,名扬出版社,1986,第 2648 页。

论《红楼梦》中的婆媳关系

从社会学的家庭分类方法看,《红楼梦》中的贾府无疑是一个典型的多代同堂扩大复合家庭,这也是中国封建社会贵族之家的主要家庭模式,人丁兴旺是他们普遍的追求,也是作为他们荣宗耀祖的重要标志。但人多、代际层次多,家庭伦理关系自然也就十分复杂,其中既有血亲、姻亲关系的如父子、叔伯、兄弟、姊妹、夫妻等,也有基本毫无瓜葛的外来者如婆媳、妯娌关系等。同在一个屋檐下,相互之间的利益争端、矛盾自是不可避免,特别是其中的婆媳关系。俗语云:"十对婆媳九不和""婆媳和,全家乐"。婆媳关系一紧张,父子关系、母子关系、公媳关系、夫妻关系往往随之而紧张。文学史上,由婆媳矛盾而酿成的家庭悲剧可以说是中国传统叙事作品的基本主题之一。当然,不同于传统主干家庭矛盾比较集中的婆媳关系,《红楼梦》中的婆媳关系仅是其家庭众多复杂关系和矛盾的一个重要组成部分,而作者也以比较生活化的方式描述了贾府诸多婆媳的日常生活,展现了世家大族在礼制约束以及脉脉温情掩盖下遮不住的家庭伦理冲突,为传统社会下不同样态的婆媳关系提供了形象的社会标本。

传统社会的婆媳关系显然是一种极不平等的人际关系,其中婆婆处于绝对的支配地位,做媳妇的只有服从、孝敬的义务。"传统的家庭伦理道德雷打不动地维护婆婆的尊贵地位和对儿媳颐指气使的特权,而儿媳的人格和尊严则备遭贬抑,几至扫地"。[①] 因此也造成了许多家庭悲剧,这在许多文学作品中都有生动反映。但《红楼梦》打破了以往过于单一的紧张型故事,还原了生活丰富多彩的样态,描绘了多种类型的婆媳关系。其中既有关系比较和睦的融洽型如贾母与王夫人,也有关系虽不亲热、但也基本相安无事的一般型如贾母与邢夫人,更有因各种原因从一般型发展至冲突不断紧张型的如邢夫人与凤姐,薛姨妈与夏

---

① 王成《浅谈婆媳关系的调适》,载《妇女学苑》,1996(2)。

金桂之间的冲突则是主干家庭婆媳关系紧张的代表。

贾母与王夫人

《红楼梦》中的贾母虽然是贾府权利结构中的宝塔顶,但她不仅是"一个体魄健壮的美食家,一个有强烈防御意识的家长,一个母爱情结泛化的老母,一个有威望渴求的老祖宗,一个有高雅情韵的老太太",[①]而且也绝对是一个好婆婆。"贾母不论对儿媳邢、王二夫人,还是对孙媳李纨和凤姐,从来都不摆贵婆婆架子、动辄横眉竖眼训斥人,而是一律持平等态度,和和气气,有事和大家商量;逢年过节或举办生日宴会,总是同众人平起平坐喝酒、行酒令或说笑话儿,做到'与民同乐'。"[②]在传统社会的大家族,能遇上这样的好婆婆绝对是做媳妇的福分。而接受了管家大权并且也同样出身于世家大族的王夫人,在遵守基本礼教的前提下,也努力配合婆婆,营造了一个婆媳间宽松和谐的外在生存环境,给贾府的小辈们树立了一个孝顺媳妇的典型。

试看小说中王夫人的表现:第二十九回打平安醮,王夫人本来回了不去,后来听贾母说要去,为了让贾母高兴,不仅自己要去,因为贾母爱热闹,还打发人到园里告诉:"有要逛的,只管初一跟了老太太逛去。"第三十八回,湘云请贾母等赏桂花吃螃蟹,贾母问哪一处比较好,王夫人毫不犹豫地说:"凭老太太爱在那一处,就在那一处。"第四十回,贾母和刘姥姥在园内逛着,凤姐问王夫人早饭摆在哪里时,王夫人也不加考虑地说:"问老太太在那里,就在那里罢了。"第四十三回,当贾母说她想了个新法子给凤姐过生日,王夫人还没听是怎样的一个法子就说:"老太太怎么想着好,就怎么样行。"第九十四回,贾府上下都往怡红院观看本已枯萎却突然盛开的海棠时,贾母说:"这花儿应在三月里开的,如今是十一月,因节气,还算十月,应着小阳春的天气,这花开因为和暖是有的。"王夫人非常赞同地应道:"老太太见得多,说的是。也不为奇。"由此可见,在王夫人眼中,老太太说的都有理,什么都依她的意思就是了,哪怕贾母错怪她。第四十六回贾母就因"鸳鸯事件"狠狠地责备了本不知情的王夫人,她"虽有委屈",却"不敢还一言",因为她懂得"曲从"这个道理,无论婆婆说得对或错,都不能顶嘴。

[①] 杜奋嘉《一个塔状的心理需求多层系统——论〈红楼梦〉的贾母形象》,载《广西师大学报》,1995(4)。
[②] 上官玉《贾母新论》,载《齐齐哈尔社会科学》,1998(2)。

除了媳妇们很难做到的"曲从"之礼，一般的侍养之礼如晨昏定省等，王夫人更是恪尽职守、始终如一。在贾府举行的所有重要的聚会包括家庭的小聚会中，几乎每次都可以看到她在贾母身边侍候的身影，而贾母的牌桌更铁定有王夫人的一个位置。安享晚年的贾母很喜欢热闹，这与经常吃斋念佛的王夫人未免有些观念不一样，虽然她不能理解贾母对凤姐的宠爱，时时提醒凤姐不要越礼，但尊重并让贾母开心是她做媳妇的基本准则。因此，和睦相处、和谐融洽是这对婆媳最突出的特征。

但在贾母的眼里，王夫人是否是她喜欢的儿媳妇呢？第三十五回，贾母在与宝钗等人的谈话中说到对这个儿媳的看法："你姨娘可怜见的，不大说话，和木头似的，在公婆跟前就不大显好。"这句话显然不是肯定而是颇有微词。分析其原因，通过贾母回忆自己年轻时管家的作风不难看出，王夫人和贾母不是志同道合的同路人。不过贾母接着又说："不大说话的又有不大说话的可疼之处，嘴乖的也有一宗可嫌的，倒不如不说话的好。"在贾母的两个儿媳妇中，比较而言，王夫人在贾母面前没有多少表情和言语，只是一味地顺从，也确实有她的"可疼之处"，这就怪不得贾母要把贾府的家政交给她了。

贾母与邢夫人

邢夫人是贾母的大儿媳妇，除了出身一般，又是继室，再加上贾母不喜欢大儿子贾赦，总之，贾母将家政大权交给了王夫人，并与小儿子住在一起。这种不很正常的家庭关系自然造成了贾母和邢夫人婆媳之间一种比较隔膜的关系：既不融洽和谐，却也不至于发生冲突。其实，生活中大部分的婆媳关系都可以归入到这一类型：一般型或平淡型。

对于自己的这对儿子媳妇，贾母心里十分清醒。她既不指望他们如何孝顺，也希望他们不要惹自己烦恼，能来"应个景儿"就算了，因此在贾府众多的家庭聚会中，不仅难觅贾赦的踪影，即使邢夫人也较少参与。第二十九回的平安醮，贾府几乎是内宅全体出动，却唯独看不见邢夫人的影子。第四十回的吃螃蟹赏菊花，老太太两宴大观园那样热闹的场面，缺席的也是邢夫人。尽可能少地接触倒也不失为处理一般婆媳矛盾的好办法。而贾母对这个大儿媳妇的评价也可谓一语中的："一味怕老爷，婆婆跟前不过应个景儿。"应景的邢夫人在许多场合话语不多，或者基本像个木偶，不仅一些重大活动如可卿葬礼、元春省亲、除夕祭祀等,即使日常的家庭聚会如元宵节家宴、中秋节聚会等,也难以看到她活跃的身影,与她自己的儿媳妇凤姐形成鲜明对比。

分析邢夫人在贾府的位置,其实也是蛮尴尬的一种境地。她既没有弟媳王夫人和儿媳凤姐那样家世显赫的娘家,自己也没生得一男半女,何况又是继室,在封建社会的大家庭里,这样的女人可以说是没有半点能够依恃的资本。再加上丈夫又是声色之徒,不时跟小老婆寻欢作乐,哪里把她当回事?除了想讨鸳鸯,派给她任务,平素里大概连理都不大理她。这种情况之下,她"奉承贾赦以自保"都来不及了,哪还有闲情去讨好婆婆!如果她能理智地看到这种尴尬处境,若无力改变现状,就只有承认现状、苟安求全。但是可惜,她也做不到这点,反而继续无端生出一些尴尬事来,不仅惹恼善良的婆婆,还不时地和自己的媳妇凤姐过不去,代贾赦向贾母讨鸳鸯做小老婆就是她作为尴尬人的一件极尴尬之事。

"鸳鸯事件"使得贾母和邢夫人婆媳之间终于打破了表面上的平淡和气,清醒的贾母立即看清楚了大儿子的别有用心:"你们原来都是哄我的!外头孝敬,暗地里盘算我,有好东西也来要,有好人也要,剩了这么个毛丫头,见她待我好了,你们自然气不过,弄开了她,好摆弄我!"在贾府里谁不知道鸳鸯是贾母的左右手,少了她贾母等于少了一只胳膊,可是作为一个媳妇,她却反而不知道,并不顾凤姐的劝说,居然想亲自开口去跟婆婆讨鸳鸯,难怪贾母要对邢夫人大发脾气:"我听见你替你老爷说媒来了,你倒也三从四德,只是这贤惠也太过了!""他逼着你杀人,你也杀去?"自"鸳鸯事件"之后,邢夫人与贾母的关系是越发冷淡了,不过善良的婆婆在临终散余资时还是没有亏待这位有点"左性"的大儿媳妇。

邢夫人与凤姐

邢夫人和凤姐这对婆媳的关系如同她们在贾府中奇怪的位置而表现得不同寻常。邢夫人是荣国府里的长房媳妇,但管家的大权却在弟媳王夫人手中;厉害能干的凤姐虽是她的儿媳妇,却是王夫人的内侄女,并在王夫人的监督下主持家政,又深受自己老婆婆贾母的疼爱。她们婆媳之间的关系经历了一个由一般型向冲突紧张型发展的过程。

"鸳鸯事件"之前的和平共处:这一阶段,邢夫人对凤姐虽谈不上疼爱,但还是把她当媳妇看,也维护她的脸面。第十三回,当秦氏病逝,宁府无人料理丧事,贾珍便向邢、王二夫人借用凤姐。邢夫人极为大度地笑着说:"你大妹妹现在你二婶子家,只和你二婶子说就是了。"第四十三回,贾母提议凑份子为凤姐过生日,邢夫人、王夫人也说要出十六两。邢夫人出钱不乏逢迎贾母之意,但也算给了媳妇脸面。另外,在贾琏因偷情和凤姐产生的冲突中,邢夫人也用长辈的威严维护了凤姐,尽了做婆婆的职责。从凤姐这方面看,刚过门才两三年的凤姐,也基本遵循传统的婆媳之礼,与婆婆相处没有多大的冲突。尤其"鸳鸯事件","凤姐知道劝不住了,硬劝下去毫无结果,只会把她和邢夫人的关系弄僵,于是她选择收回自己的意见,顺从婆婆的意思,遵守作为一个媳妇的本分,以尽'事奉舅姑'之道。"①

"抄检大观园"之前的日趋紧张:自"鸳鸯事件"后,邢夫人开始不断地挑剔、刁难凤姐,第六十五回作者即借下人之口交代了她的不满:"雀儿拣着旺处飞""自家的事不管,倒替人家去瞎张罗!要不是老太太在头里,早叫过她去了"。但凤姐在日常生活中仍尽着媳妇的本分,如对邢夫人交给她的邢岫烟"怜她家贫命苦",倒是"比别的姐妹多疼些"。第七十一回的捆老婆子事件是婆媳两人矛盾的第一次公开化。"有她的被贾母冷落众人慢待的愤懑,有她的不得参加猜谜会、螃蟹会的怨气,有她的得不到她那个级别待遇的不平,也有她的不能像别人大红大紫的嫉妒",②又有在侧一干小人,心内嫉妒,挟怨凤姐,便挑唆得邢夫人着实憎恶凤姐。于是,邢夫人便趁着一次机会当众讽刺和挖苦凤姐,让凤姐下不了台。第七十三回,迎春乳母因聚赌被查获,邢夫人又来数落迎春,她所说的一大篇话,恨怨交加,与其说是教训迎春懦弱,不如说在发泄对贾琏、特别是凤姐的积怨。

婆媳关系的彻底破裂:邢夫人和凤姐婆媳关系的进一步恶化,是第七十四回的抄检大观园,这次婆媳的交锋,是由邢夫人挑起,最后凤姐胜利了,却使婆媳关系走向决裂的边缘。事件起因于傻大姐拾到的绣春囊,但邢夫人却将此事当成撒手锏,存心扩大事态,惟恐天下不乱地交给了王夫人,起到了"把凤姐和王夫人一同放在火上烤"的作用。当然,接着的抄检大观园既是一出闹剧,又是一出悲剧,本是一次"扫黄"的行动,却"演化为对美好纯真的戕害",③而她们婆媳关系的破裂倒还在其次。第一百十回,在处理贾母的丧事上,邢夫人和凤姐婆媳关系走向了彻底的决裂。当时的贾府内外交困,凤姐力绌失人心又病倒,作为婆婆

---

① 陈健,周莲《论王熙凤的孝》,载《南方论刊》,2006(9)。
② 李国文:《楼外谈红 李国文破解红楼梦》,中国工人出版社,2003,第71页。
③ 卜键《是谁偷换了搜检的主题——关于"抄检大观园"的思考》,载《红楼梦学刊》,2003(2)。

本应扶一把,帮儿媳度过坎坷,可邢夫人不但没有同情凤姐,反而在一旁挑唆、说风凉话,气得凤姐就像哑巴吃黄连——有苦说不出,顿时"眼泪直流""喷出鲜红的血来"倒在地上。

总结她们婆媳二人关系发展演变的全过程,邢夫人显然居于矛盾的主要方面,而凤姐也负有一定的责任:"王熙凤用贵豪门千金的眼光斜睨着邢夫人,邢夫人以封建婆婆的威力镇压着王熙凤,可谓旗鼓相当、难分难解,这才形成了长期的对峙。"①其次,贾母的偏爱,使邢夫人既有婆婆权力的失落感,又嫉妒凤姐的得宠;再次,大房与二房微妙的权力矛盾,也间接导致了婆媳的不合;最后是下人们的挑唆使婆媳心生嫌隙。总之,邢夫人和凤姐婆媳之间的关系是"按照生活原貌以最平凡最琐碎的方式展开,作者完全摒弃了戏剧性或极端性的描写,在人人习焉不觉的日常生活的场景中营造了一出灰色的人间悲剧"。②

薛姨妈与夏金桂

"在老年寡妇和她的儿子、儿媳所组成的非完整的扩大家庭中,婆婆和儿媳争夺她们共同关心的男子的情感,是这个家庭内的永恒难题"。③ 薛姨妈与夏金桂这一对婆媳关系的紧张虽也因为"她们共同关心的男子",但矛盾的主导方面却与传统的主题正好相反,不是因为婆婆的专制,而是来自媳妇的骄横和撒泼。"薛姨妈是个慈爱的母亲、善良的妇女,以旧道德衡估,她是个十足的贤妻良母,她已经出色完成了那个时代要求女性的种种责任和义务"。④ 自然,她也是一个十分善良和称职的婆婆。为了不争气的儿子薛蟠,薛姨妈本想用婚姻来改变他,但可惜娶进家门的却是一个"搅门精"——夏金桂。

同样是"皇商家庭"出身的夏金桂,"外具花柳之姿",却"内秉风雷之性",是作者塑造的少有扁平式人物。"金桂刚到薛家,就想自竖旗帜,先整倒薛蟠,然后折磨香菱,挟制薛姨妈"。⑤《红楼梦》是这样评价夏金桂的:"生得亦颇有姿色,亦颇识得几个字。若论心中的丘壑经纬,颇步熙凤之后尘。……今日出了阁,自

---

① 闫红:《误读红楼》,当代世界出版社,2005,第140页。
② 江倩《论〈寒夜〉中婆媳关系的描写及其社会文化内涵》,载《中国现代文学研究丛刊》,2003(3)。
③ 谢国先《特定的文学作品与普遍的社会心理——从〈孔雀东南飞〉所表现的婆媳矛盾说起》,载《云南民族学院学报》,2002(3)。
④ 张利玲《薛姨妈新论》,载《吉首大学学报》,2000(1)。
⑤ 蔚然,顾克勇《夏金桂形象意蕴浅探》,载《曲靖师专学报》,1999(4)。

为要作当家的奶奶，比不得作女儿时腼腆温柔，须要拿出这威风来，才钤压得住人；况且见薛蟠气质刚硬，举止骄奢，若不趁热灶一气炮制，将来必不能自竖旗帜矣。又见有香菱这等一个才貌俱全的爱妾在室，越发添了'宋太祖灭南唐'之意，'卧榻之侧岂容他人酣睡'之心。"薛蟠与夏金桂结合后，不是三天一大吵，就是一日一小吵，家无宁日。开始时，薛姨妈还是心疼媳妇、向着媳妇的，认为是儿子"折磨人家"。金桂见婆婆如此良善，越发蛮横连婆婆也不放在眼里了，不久又千方百计借自己的陪嫁丫鬟宝蟾与薛蟠发生暧昧关系来整治香菱。薛姨妈听见金桂句句挟制儿子，终于看清了媳妇百般恶赖的样子，于是在骂儿子的同时也拐弯教训媳妇；但夏金桂哪有这么容易让人教训的，于是她不服气顶了回去，薛姨妈听了，气的身战气咽道："这是谁家的规矩？婆婆这里说话，媳妇隔着窗子拌嘴。亏你是旧人家的女儿！满嘴里大呼小喊，说的是什么！"金桂一不做二不休，越发发泼喊起来了，什么顾忌都没有了。这样折腾了一段时间后，薛蟠后悔娶了这"搅家精"，时常出门躲着，眼不见为快。可怜薛姨妈每次都暗自落泪，最后还气得动了肝火，闹出了病，家丑也弄得人尽皆知。

结　语

《红楼梦》中的婆媳关系除了以上几对，描写到的还有尤氏与秦可卿、王夫人与李纨、王夫人与薛宝钗等，另外贾母与凤姐以及贾母与李纨等婆婆与孙媳妇之间的关系也属于传统婆媳关系的范畴，但要之大都没有超出上述几种婆媳关系的类型。分析考察《红楼梦》对婆媳关系的描写，主要有两个突出特点：其一是男人的不在场或者淡化，也即丈夫或儿子在婆媳关系中的缺失。这在融洽型婆媳关系中倒还容易理解，但在冲突型婆媳关系中，让矛盾直接或主要在两代女人之间产生，无疑缺少了某种人性深度的开掘与碰撞，如贾赦、贾琏、薛蟠的存在并没有增加多少矛盾冲击的力度和强度，从而婆媳冲突悲剧的意蕴也就不够深刻。在某种意义上，它甚至还不如《孔雀东南飞》《聊斋志异·珊瑚》等作品中的婆媳冲突更具震撼意义和价值。其二是作者潜意识伦理化倾向的遮蔽。《红楼梦》中的婆媳关系显然主要是按照传统的家庭伦理道德观而展开，是非对错多归结为人物个体的道德品质或道德修养，冲突中虽然利益的争夺有时也成了焦点，但婆媳的形象大都只有"伦理的真实"，而非生活的真实。这主要与作者的创作态度密切相关，或者也可以说是作者潜意识中对这些有着自己亲人影子的形象遮蔽的结果,因此作者的好恶决定了形象的伦理化程度。在遮蔽的同时,偶尔的曲笔也就显示了它的价值,如描写贾母和王夫人在宝玉婚姻选择上的分歧、尤氏在秦可卿葬礼上的装病等。

当然《红楼梦》对婆媳关系描写的贡献也是比较突出的。其一是突破了传统婆媳矛盾或由婆婆或由媳妇单向度展开的模式,向双向度展开来发展。如邢夫人和凤姐之间的冲突,虽然说主要是由邢夫人主动挑起,但凤姐对矛盾的激化也负有一定的责任。其二是对婆媳关系新理想的呼唤。如果说贾母和王夫人一定程度上代表着传统理想的婆媳关系,而贾母与凤姐这对婆婆与孙媳妇身上则明显寄托着作者对婆媳关系的新理想。"贾母与凤姐都存在着对有别于传统伦理的内在心理追求,即企图在之间能建立起互相信任、互相关爱的新颖婆媳关系,其目的为了有一个婆媳间宽松、和谐的外在生存环境。"[①]其三是把婆媳关系放在家族衰败的过程中展开。这主要是指邢夫人和凤姐之间的婆媳矛盾,因利益而生冲突,因衰败而加剧矛盾,使得大家族的人生悲剧和社会悲剧不可避免。

(原载《洛阳师范学院学报》2009 年第 6 期)

[①] 徐定宝《传统伦理樊笼内透出的时代折光——论贾母与凤姐的婆媳关系》,载《中国文学研究》,2000(3)。

论薛宝钗的恋爱心路历程

在《红楼梦》的研究史上,薛宝钗的恋爱婚姻问题历来被当作宝黛爱情的对立面,也即主要是被当作批判的对象而立论的。吴组缃说:"红楼梦前四十回主要写贾宝玉和林、薛二人的恋爱关系和婚姻关系。贾宝玉同林黛玉的恋爱是一条路线,贾宝玉同薛宝钗的婚姻关系是一条路线。"① 张锦池说:"宝黛之间在爱情上的纠纷,实质上反映着钗黛之间在思想上的冲突。钗黛之间的矛盾不仅是反映为一般的从性爱问题上在争夺贾宝玉,更主要地是反映为从政治道路问题上在争夺贾宝玉。"② 新时期以来,论者逐渐从人性论的角度切入,从人的普遍欲求和行为出发,肯定了薛宝钗对恋爱追求的权利。"我们认为如果不是站在'扬黛抑钗'的立场上来看二人,都应该承认宝钗的那份感情的。也都能看出宝钗的恋爱心态"。③ "应该说,宝钗对宝玉是有感情的,这情也是源自长期的生活接触和了解"。④ "最初,薛宝钗也曾两小无猜情不自己地亲近过宝玉呢。虽不像林黛玉那样痴迷,却也是少男少女之间自然天性的自然流淌"。⑤ 但在具体到薛宝钗的恋爱方式和恋爱心理上,尽管许多文章都有涉及,大多仍属于浅尝辄止,未能进一步深入其中以探究竟。如类似于下面的许多描述:"我们还是能够通过那偶尔掀起的生活帷幕的一角,看到她在'本我'层次上,依然有着常情和爱心的悸动,真可谓'道是无情却有情'啊。"⑥ "但读者确能清楚地发现她对宝玉微妙的感情倾向,而这种感情时隐时现、时现时消、似是而非。宝钗性格中这一维的要素

---

① 吴组湘《贾宝玉的性格特点和他的恋爱婚姻悲剧》,见《名家图说贾宝玉》,文化艺术出版社,2007,第271页。
② 张锦池《论林黛玉性格及其爱情悲剧》,载《红楼梦学刊》,1980(2)。
③ 王蒙:《红楼启示录》,生活·读书·新知三联书店,2005,第86页。
④ 李希凡,李萌《可叹停机德——薛宝钗论》,载《红楼梦学刊》,2005(2)。
⑤ 刘敬圻《薛宝钗的一面观及五种困惑》,载《红楼梦学刊》,1991(1)。
⑥ 贺信民:《红情绿意》,中国社会科学出版社,2006,第206页。

很复杂。可称作'宝钗式的爱情'"。① 缘此,笔者拟就薛宝钗的恋爱动因以及她的恋爱心路历程做一详细而深入的探讨,并求教于方家。

一

关于薛宝钗的恋爱动因,其实以往的人们已经说了很多。"她爱宝玉,是正处于芳龄的少女对爱情的向往、追求,是她情感的自然流露"。② "在贾府、大观园那样特殊的环境中,她在与清秀多情的小表弟的相处中产生一种爱慕之情,心底里涌动一股热流,这是极合情理的事情"。③ "宝玉的人品性格和他对女性的尊重、温存,即宝钗所谓的'细心'和'用心',都是她亲身感觉体会到的。在她生活的天地里,贾宝玉是她唯一接触和熟识的才貌双全的公子哥"。④ 无疑,上面这些论述从男女两性之间的关系出发,强调了宝钗少女怀春的自然本性,打破了从前人们对宝钗"只有婚姻没有爱情"的偏见。但这种解释理解起来很容易产生另外一种偏见,即好像只有"不食人间烟火"的恋爱才是真正动人的恋爱,若掺杂了其他社会内容就不属于真正的爱情,或者至少不纯粹了,这也是为什么人们普遍更喜欢宝黛爱情而抵触宝钗爱情的主要原因之一。我们认为这既是对爱情的一大误解,同时也是对宝钗的一种不公平。应该说真正的爱情既有其自然属性的一面,也有其社会属性的一面,包括宝黛爱情。

在小说中,或者说在作者的设计中,比较而言,宝钗的爱情比之黛玉确实多了一些社会的因素,如四大家族以往的联姻关系以及在大观园流传的"金玉良缘"之说等。四大家族的联姻传统对于家长如王夫人、薛姨妈来说也许是一个十分现实的选择,但具体到宝钗的恋爱取向,我们在小说文本中实在看不出她有多少这方面的配合。或者即使她有这方面的想法,黛玉又何尝不受"亲上做亲"传统观念的影响?再说"金玉良缘"的问题,许多人认为宝钗"一开始就掉进母亲设的'金玉良姻'的圈套里",⑤并有意识地走上层路线以觊觎"宝二奶奶"的宝座。我们认为这更是对宝钗天大的误解。在我们看来,小说中的"金玉良缘"充其量

---

① 李悔吾《论薛宝钗性格的多维性》,载《湖北大学学报》,1989(5)。
② 许山河:《警世书〈红楼梦〉》,湖南人民出版社,2006,第 23 页。
③ 胡文彬:《魂牵梦萦红楼情》,中国书店,2000,第 12 页。
④ 李希凡,李萌《可叹停机德》,载《红楼梦学刊》,2005(2)。
⑤ 徐子余《美的毁灭和封建文明的衰落——论作为审美对象的薛宝钗》,载《红楼梦学刊》,1986(2)。

不过是作为一种凭证或者象征,主要起到的是一种心理暗示作用,其功能当与"月下老人"的"红线"相类似(可参考笔者的《论"金玉良缘"对宝、黛、钗等人物的心理暗示作用》一文)。至于宝钗的"会说话""会做人"应属于性格修养方面的问题,与"别有用心"实不相干。

另外还须强调的是,在宝钗恋爱的动因里面,宝玉的情感取向也扮演了十分重要的角色。有人认为"宝玉对宝钗的感情,绝不是爱情,也并不是像有些人说的那样在钗、黛之间徘徊"。① 这种观点显然忽略了小说中作者所着重表现的两个问题,一是宝玉"情不情"的心性;二是宝玉爱情是一个由朦胧到清晰、由泛爱到专一的过程。这也是两个被前人充分论证了的话题。我们想要补充的是宝玉"情不情"的心性以及他多次的"见了姐姐,忘了妹妹",至少曾给过宝钗一种爱的"错觉"。其次,由分不清自己喜欢的到明白真正需要的所爱的,宝玉情感的这一过程,也正是宝钗发展自己恋爱感情的自然过程。

总之,宝钗对宝玉的情感既有男女两性愉悦的因素,也有其一定的社会基础。"'体态的美丽,亲密的交往,融洽的旨趣'是诱发健康男女相互爱悦的基本要素。在薛宝钗与贾宝玉最初的交往中,相互之间的吸引是客观存在的。"②

二

著名评点家张新之曾对宝黛钗三人恋爱故事有过这样的描述:"是书中叙钗、黛为比肩,袭人、晴雯乃二人影子也。凡写宝玉同黛玉事迹,接写者必是宝钗;写宝玉同宝钗事迹,接写者必是黛玉。"③既指出了《红楼梦》中一个十分有趣的现象,也不经意间道出了一个颇与我们所想象的古典式爱情相背离的问题,即女性的主动精神。"林黛玉与薛宝钗对贾宝玉的爱情均具有自主性和主动性",④"薛宝钗对贾宝玉的感情一开始便带有自主性。其感情之强烈虽不如杜丽娘,其主动性却不亚于杜丽娘"。⑤ 当然,这种主动性、自主性又与她们的教养、性格以及当时的社会环境等构成了一组不可调和的矛盾,制约或规定着她们

---

① 李联《"金玉良缘"的爱情悲剧——试探宝、钗的婚姻关系》,载《本溪冶金高等专科学校学报》,2002(s1)。
② 刘敬圻《薛宝钗的一面观及五种困惑》,载《红楼梦学刊》,1991(1)。
③ 三家评本《红楼梦》,上海古籍出版社,1992,第32页。
④ 张锦池:《红楼十二论》,百花文艺出版社,1982,第275页。
⑤ 同上书,第273页。

爱情的表达方式和恋爱心理。"两人对宝玉都心存爱意,然而都是想爱而不敢爱,区别只是形式和性格上的"。①

研究她们爱情的这种形式和性格上的不同,对于黛玉,人们显然已经谈的足够多,如关于她的内心独白、她的诗歌、她的眼泪以及"宝黛吵架"等,尤其"宝黛吵架"可说是对宝黛恋爱方式最精彩的概括。但说到宝钗的情感历程和表达方式,人们却大多仍含糊其辞。如"黛玉把爱情看得高于一切,视宝玉为命根子;宝钗则依然'拿学问提着'情感,表达得朦胧迷幻"。②"宝钗的爱掺杂了不少俗世的东西,尽管如此,她对爱的追求在她的生活中仍占很重要的位置,而且不肯轻易放过的"。③"她处处顾忌别人说三道四,想尽办法掩饰自己对贾宝玉的感情"。④ 其实以上的诸多论者,大部分都已经注意到了小说中作者多次对宝钗的失态描写。我们认为"失态"或者"忘情"正可看作是这个"发乎情,止乎礼"的封建小姐的独特恋爱方式,此与略带偏执的甚至是病态的"宝黛吵架"的恋爱方式形成了鲜明对比。

什么是失态?"所谓失态,是指人物的语言、动作、心理在短暂的时间内偏离了正常的轨道,出现了与主体性格反差较大的倾斜和滑跌"。⑤ 以现代的心理学来解释,失态其实就是一种理智没有控制约束好的无意识或下意识行为,它与人们的潜意识活动密切相关。"心理失态与人的病态心理或变态心理是有实质性差异的。病态或变态心理通常都带有'内心分裂'的色彩,并在一段时间内具有相对的稳定性。它们还往往对主体性格造成严重的扭曲或根本的变形。而人的心理失态,虽然也难免会有虚妄、幻觉、怪异的成分,但它却从一个侧面表现出人的心理真实,从一个特殊的角度揭示人的深层次的复杂性格"。显然,心理失态"只是人的心理意识突然失去平衡后而形成的一个独特的活动层次,它在总体上仍属于正常思维的范畴,而从局部和间段上看,却显示出一定反常和变形的特征"。⑥ 分析宝钗和黛玉的基本人格以及她们在爱情中的表现,实不难区别这种差异。罗素有句名言:"回避最自然的东西就等于对它的加强,而且是以最病态的方式加强。"印证的是同样的道理。以偶然的失态方式来"加强"和以"最病态

---

① 徐乃为:《红楼三论》,中华书局,2005,第138页。
② 王人恩《宝钗的矛盾性格及其形成的历史文化原因》,载《咸阳师范学院学报》,2007(1)。
③ 刘雪坚《自卑与超越——关于林黛玉、薛宝钗的心理分析》,载《辽宁教育学院学报》,1991(1)。
④ 周思源:《周思源看红楼》,中华书局,2005,第93页。
⑤ 孙德祥《论〈红楼梦〉的失态描写》,载《红楼梦学刊》,1994(1)。
⑥ 李复威:《新时期小说的嬗变与拓展》,学苑出版社,1988,第158页。

的"吵架方式来表达,这确是曹雪芹在写爱情方面最深刻的理解和最伟大的创造。

三

其实关于薛宝钗恋爱中的失态描写,笔者在另一篇文章《论薛宝钗的几次失态》(载《贵州教育学院》2009年第1期)中已有过论述,也表达了相同的观点,但限于篇幅,许多地方未能展开,这里再略做一些补充,依然按照出现的先后为序。

(一)小说第八回:比灵通　　地点:梨香院　　时间:冬天下雪日

按:此回系小说安排的宝玉宝钗第一次正式会面,回目是"贾宝玉奇缘识金锁,薛宝钗巧合认灵通"。小说里描写的这块通灵宝玉有着神奇的来历,早被当作传奇故事传开并引起世人的好奇,小说即写了清虚观张道人把通灵宝玉请出去托在盘子上请其他道友们见识见识,和第十九回袭人把宝玉的通灵宝玉摘下来请自己的姨姊妹们看等细节。但此玉更是"木石前盟"和"金玉良缘"的关键,因此便有了宝黛初会时摔玉和二宝会面时看玉的精彩细节。宝钗第一次正式与宝玉见面就提出看玉以及看玉时的出神,无怪后文黛玉讽刺宝钗专在人带的东西上"越发留心"。

(二)小说第二十七回:宝钗扑蝶　　地点:大观园　　时间:四月二十六芒种日,饯花神

按:此回有两幅非常经典的场面:宝钗扑蝶和黛玉葬花。黛玉葬花的象征意义大家历来均无异议,但人们对宝钗扑蝶及其后面的"金蝉脱壳"却向有异议,如一方面承认扑蝶表现了她天真活泼的自然本性(这也是唯一的一次),另一方面却又把"金蝉脱壳"的宝钗说得恶毒不堪。杨义先生曾提醒我们要正确把握蝴蝶的意象,我们认为的确如此。传统中国的蝴蝶象征的多是爱情,宝钗所追的一双玉色蝴蝶,其实就是她对宝黛之间爱情的想象和幻想。因此扑蝶表面是表现了宝钗的青春活泼,而蝴蝶的自由翻飞正隐寓了她自己对爱情的渴望。偷听小红说话是从浪漫的幻想中惊醒,以黛玉做"金蝉脱壳",显非有意陷害,只是在她的无意识里黛玉还没有消失的缘故。

(三)小说第二十八回:羞笼红麝串　　地点:贾母院　　时间:端午节前

按:贵妃赐物向被人们解为对"金玉良缘"的认可。宝钗素不喜化妆,衣着朴素,就连她住的蘅芜院也如雪洞一般,有人说她有排红拒红的心理;但此次却

不同,昨天才收到的礼物,第二天便戴上,并到贾母和王夫人处走动(其实她还经常戴着她那只象征着"金玉良缘"的沉甸甸的金锁呢),在宝玉要看她的红麝香串时,她甚至忘情地露出了一段胳膊,等到清醒时,自己也羞得不好意思。

(四) 小说第三十回:机带双敲　　　地点:贾母院　　　时间:初夏

按:前有凤姐将黛玉比做戏子,惹黛玉背后恼;此处有宝玉把宝钗比做杨贵妃,使宝钗当面怒。小说中这两次相似的细节描写,十分值得玩味,前者造成了宝黛众多吵架中的一次,后者则表现了宝钗少有的机锋。分析其怒的原因,表层是宝玉将她比做杨贵妃,但深层的原因恐怕应是宝黛的和好。另一个对宝黛和好不高兴的人是王夫人,此回的下半王夫人打骂和撵金钏即是她发泄的结果。

(五) 小说第三十四回:探伤送药　　　地点:怡红院　　　时间:炎夏

按:宝玉挨打是《红楼梦》的一个高潮,也是故事的一个转折点,从此宝玉在大观园较少受到父亲的管制。在宝玉挨打案中,几乎所有重要人物都卷入其中,且心态各异:黛玉是哭肿了双眼,偷偷来看宝玉;宝钗则先后两次到场,先是问候,后是送药,关切之心可知,尤其她的半句话出口,甚至连宝玉都听出"亲切稠密,大有深意"。宝钗因为听说宝玉挨打跟哥哥有关,回去后还同哥哥生了一场不小的气,被哥哥当面说穿了自己的心事。

(六) 小说第三十六回:刺绣　　　地点:怡红院　　　时间:夏日正午

按:此回袭人被王夫人内定为姨娘,宝钗黛玉都是见证人。怡红院里袭人在忠实地履行自己的职责,并尽心尽力为宝玉绣兜肚,兜肚上的图案当然是极具象征意义的鸳鸯戏莲;后宝钗也坐在袭人刚刚坐过的位置上,这一景象又恰被约了湘云来给袭人道喜的黛玉所看见。"黛玉心下明白,冷笑了两声"。黛玉明白了什么呢? 其寓意不言自明。作者这里又让宝玉在梦中喊出"和尚、道士的话如何信得! 什么是金玉姻缘,我偏说是木石姻缘"的话,使宝钗不觉怔了。此回下半是"情悟梨香院",宝玉明白他只能得一人的眼泪,从此也再无"见了姐姐忘了妹妹"的二心。

总结以上这六次失态的描写,人们的争论已经很多,但要之它们都是宝钗的非常态,都表现了她平常难得一见的少女情怀;而除了宝玉,还有谁能撩拨起这个严密包裹自己的封建少女的内心情怀呢? 另外,通过分析不难发现,宝钗心理失态的情境设计大部分是符合现代心理学关于人的潜意识规律的,这同样表明了伟大艺术家在认识生活、观察生活上的共通之处。总之,我们认为正是通过这一次次的忘情、失态等细节描写,并结合与宝黛之间的种种纠葛,作者完整地展现了作为封建淑女的薛宝钗的恋爱心路历程。这些细节的描写也正是这个"以理御情"的封建少女独特的恋爱方式,在恋爱的进程中,她同样体验到了甜蜜而忧伤的爱情滋味,如笔者在《论薛宝钗的几次失态》一文中所概括的:

(1)第八回:初恋的感觉——看玉。(2)第二十七回:青春的觉醒——扑蝶。(3)第二十八回:恋爱中的娇羞——羞笼。(4)第三十回:嫉妒的反击——双敲。(5)第三十三回:忘情的口误——送药。(6)第三十六回:宁静的时刻——刺绣。

自然,宝钗的恋爱心路历程并非如有人所夸张的:"宝钗自从住进贾府,就对宝玉有深深的爱,她默默地但却是整个地把自己的心交给了宝玉。"[①]我们认为,就作者的设计而言,宝钗的恋爱轨迹是与宝玉、黛玉的恋爱轨迹紧密地交织在一起(很难想象缺少了宝钗恋爱故事的宝黛故事还会一样地令人感动)。如果说宝、黛的恋爱是小说的一条明线,则宝、钗的爱恋更像一条暗河、一场颇类似于现代单相思的暗恋;但恋爱中的宝钗如黛玉一样,也同样体验到了爱情的甜蜜和忧伤。尽管对于这爱情,刘敬圻先生称之为"属于一种自然萌发的包含着亲情友情和朦胧清新的青春期性觉醒在内的大杂烩感情"。[②] 夏志清先生则说:"《红楼梦》中的情侣们被剥夺了那种成熟的理解;对他们大部分而言,爱只停留在恼人的渴望的青春阶段。"[③]但不管怎样,六个场景,仿佛一个循环、一个轮回,一个起于和尚预言的故事,又巧妙地结束在神秘的梦的预言当中,这确是作者神奇的设计。自此以后,有关宝黛钗的恋爱故事在小说第三十六回以后均告一段落,故事的重心开始转移到悲剧发生前的集体青春狂欢阶段。

四

关于第三十六回以后宝钗的恋爱婚姻故事,实际上小说中也基本没有进一步的描写,直到"调包计"的出现。于此最有代表性的说法如刘梦溪:"黛玉经过诉肺腑的爱的洗礼,内心矛盾已获致解决。宝钗由于元妃表礼于前、贾母夸赞于后,地位稳如泰山,自然无须再和黛玉争雄。正是在这样的作品情节和人物性格

---

① 周志诚:《闲话红楼》,漓江出版社,2001,第 154 页。
② 刘敬圻《薛宝钗的一面观和五种困惑》,载《红楼梦学刊》,1991(1)。
③ 夏志清《〈红楼梦〉里的爱与怜悯》,见胡文彬、周雷编《海外红学论集》,上海古籍出版社,1982,第 129 页。

逻辑发展的情境下,钗黛和解了。"①也有人认为"宝玉的爱虽被黛玉抢去,但宝钗的爱并没有被消灭,而是转化为对婚姻的需求,转变为姐姐式的爱和妻子式的爱。"②甚至还有些人将后来黛玉之死的矛头直接对准了宝钗。但刘敬圻认为:"薛宝钗本人在联姻事件的全过程中,并无任何道义上的劣迹。她没有罪责,她是一个被动的被扭曲被牺牲的可悲角色。她无意损害别人,她只是损害了自己。"③比较而言,我们更赞同后者的观点。其实,进一步分析宝钗接受这桩婚事背后的深层心理,要说她只是被动而完全没有曾经的爱恋在心里,也并非符合事实。结婚以后,宝钗不在意夫妻之实,而努力地想使宝玉恢复并振作起来,不管以什么方式表达对逝者的记忆,他只要还愿意承担责任,但令"她的最后惊愕是一个以对于苦痛过度敏感为其最可爱特质的人现在竟全然不关心",④这才是她爱恋最大的悲哀,她和宝玉竟如同生活在两个世界里。

最后,对宝钗恋爱的心路历程中还需要做几点补记:

补记一:对宝玉"姐姐式的爱"

其实宝钗对宝玉"姐姐式的爱"由来已久,从第八回的劝宝玉不要喝冷酒,到第十八回帮宝玉改典故的"一字师",再到后来劝宝玉多见一些外面的客人等等。我们认为,宝钗的这些所谓"姐姐式的爱"都属于刘敬圻先生所说的"一种自然萌发的包含着亲情友情和朦胧清新的青春期性觉醒在内的大杂烩感情",而这也正是宝钗爱情社会属性的又一个突出特点。

补记二:经常性的拜访怡红院

宝钗经常有事没事跑到怡红院来坐,如第二十一回的清晨、第二十六回的晚间、第三十六回的中午,这些连续不合礼仪常轨的任情率性造访,既惹恼晴雯,又情伤黛玉;尤其熟悉小红、结识袭人,更为许多人所诟病。其实宝钗的这些行为同宝玉一日里往潇湘馆跑很多次是一样的心理,以亲戚或哥哥姐姐的名义靠近自己所喜欢的人,是潜意识心理行为的外在反应,并无轩轾区别。

补记三:对黛玉没有"藏奸"

作为一对恋爱对手,宝钗对黛玉的态度确实比较复杂。作者既写了她的"浑

---

① 刘梦溪《贾宝玉林黛玉爱情故事的心理过程》,载《红楼梦学刊》,2005(6)。
② 刘洪宇,许文儒《论薛宝钗的需要层次》,载《保定师专学报》,2000(3)。
③ 刘敬圻《薛宝钗的一面观和五种困惑》,载《红楼梦学刊》,1991(1)。
④ 夏志清:《〈红楼梦〉里的爱与怜悯》,见胡文彬、周雷编《海外红学论集》,上海古籍出版社,1982,第133页。

然不觉""佯装不知",甚至还几次附和别人或主动打趣宝黛;也写了她许多总是在不该出现的地方出现,并以"金锁"或者其他引起黛玉的猜忌,致使宝黛关系紧张。但我们绝不能由此认为宝钗对黛玉"藏奸"。因为从一开始宝钗的恋爱心理既不如宝黛那样强烈、那样张扬,而她的世界也比他们宽阔很多,所谓能投入亦能解脱,才符合宝钗随分从时的性格。"她退出了不自觉卷入的三人感情的旋涡;于是,她坦然地认同了二玉的恋情。"①

补记四:对"红"的排拒与隐藏

有人指出宝钗有一定的"排红拒红心理",我们认为这也可算作她恋爱进程中"以最病态的方式加强"的特殊反应了,不过比之宝黛,宝钗的恋爱心理还是要"健康"很多。② 正因为"健康",所以不够浪漫、不够理想,而悲剧便也不够凄美、不够感动。从这个意义上,宝钗的恋爱悲剧,也正是我们大多数人现实生活中不断上演的恋爱悲剧。

(原载《咸阳师范学院学报》2010 年第 1 期)

---

① 刘敬圻《薛宝钗的一面观和五种困惑》,载《红楼梦学刊》,1991(1)。
② 参见刘万里《万红丛中一片雪——薛宝钗对红排拒与隐藏及其心理透视》,载《红楼梦学刊》,2002(2)。

《红楼梦》里孤女多

一、《红楼梦》中的残缺家庭

《红楼梦》里有一个十分突出、同时也是大家司空见惯的文学现象,那就是其中的孤儿尤其是孤女形象特别多。① 这些众多的少男少女要么来自残缺的家庭,要么完全失去了家的依靠而寄养在亲戚或庵寺中,一些女婢或伶人甚至丧失了所有的直系亲属,以其微薄的收入依附于贾府这个封建贵族大家庭中。

所谓残缺家庭,"亦称不完全型家庭。残缺家庭表观为丧偶、离偶、丧子、弃子、无子女等。也有人认为,不问子女状况如何,只要夫妻双方缺少一方,就是残缺家庭。"②残缺家庭大多是由于一方去世或离婚造成的,在中国传统社会里,前者显然是造成众多残缺家庭的主要原因,《红楼梦》中的许多孤儿、孤女都属于这一情况。现将小说中出现的来自残缺家庭的孤儿、孤女形象介绍如下。

贾兰:贾珠之子,母亲李纨。贾兰自幼丧父,由寡母李纨抚养,后中举人。

迎春:贾赦之女,母亲为贾赦之妾,在迎春出场时已亡故。迎春与探春、惜春一起在贾母处读书生活,后嫁"中山狼"孙绍祖,被折磨致死。

惜春:贾敬之女,贾珍之妹,四春中排行最小。父亲好道,于城外玄真观修炼,母亲早已去世。惜春与迎春、探春两位姐姐一起在贾母处读书生活,后出家为尼。

薛蟠、宝钗:金陵人,皇商家庭出身,为书中金陵四大家族之一。兄妹二人幼年丧父,母亲薛姨妈独自抚养他们。第四回,到京都长安依贾府而居,宝钗进大观园与众姊妹为伴。后宝钗与宝玉结婚,宝玉出家,宝钗守寡。

---

① 这里所谓的孤儿、孤女既指那些父母双亡者,也指那些单亲家庭的未成年人。小说第三回,黛玉母亲去世,父亲仍在,贾母将其接往贾府抚养,回目即曰:"接外孙贾母惜孤女"。
② 张念宏主编:《家庭百科辞典》,农村读物出版社,1989,第196页。

秦钟：秦可卿之弟，父亲秦业，为营缮郎，五十余岁方得秦钟。秦钟之母早已亡故，与父亲一起过活。后秦钟夭折。

金荣：贾门亲戚，贾璜媳妇的娘家侄儿，母亲胡氏少寡。第十回回目为"金寡妇贪利权受辱"。

贾菌：第九回，"这贾菌亦系荣国府近派的重孙，其母亦少寡，独守着贾菌。这贾菌与贾兰最好，所以二人同桌而坐"。

袭人：宝玉身边大丫鬟。父亲早亡，因灾荒卖与贾府，先为贾母丫头，侍候过湘云，又归宝玉。王夫人本欲将她收为宝玉姨娘，后因宝玉出家，改嫁蒋玉菡。

贾芸：荣国府近派的重孙，后廊下五嫂儿子，卜世仁的外甥。第二十四回："我父亲没的时候，我年纪又小，不知事"。

李纹、李绮：李纨寡婶的两个女儿，在小说第四十九回时上京，住在李纨稻香村。李绮后许配甄宝玉为妻。

薛蝌、薛宝琴：为宝钗堂弟、堂妹，在小说第四十九回时上京，宝琴住大观园。第五十回薛姨妈道："可惜这孩子没福，前年他父亲就没了。……他母亲又是痰症。"后薛蝌娶邢岫烟为妻，宝琴嫁梅翰林之子。

春燕、小鸠：何婆的两个女儿，宝玉房中的小丫头。何婆也是芳官的干娘。第五十九回："况且我是寡妇，家里没人，正好一心无挂的在里头服侍姑娘们。"

尤二姐、尤三姐：尤老娘前夫的两个女儿。尤老娘改嫁给贾珍妻子尤氏父亲，成为贾府亲戚。尤二姐后嫁贾琏，因被凤姐使计暗算吞金自杀。尤三姐因柳湘莲退婚自杀。

夏金桂：薛蟠之妻。第七十九回："从小时父亲去世的早，又无同胞弟兄，寡母独守此女，娇养溺爱，不啻珍宝。"金桂嫁薛蟠后，因算计暗害香菱而毒死了自己。

巧姐：凤姐女儿。凤姐死后，巧姐被贾环等算计要卖掉，为刘姥姥所救，后嫁周姓地主之子。比较其他角色一登场就是孤女的身份，巧姐属于另外一种情况。

相比上述这些来自残缺家庭的少男少女，《红楼梦》中还描写了许多命运悲苦的真正意义上的孤儿。他们要么父母双亡，或为祖父母抚养，或独自流浪；要么寄养在亲戚、庵寺，或为人所抱养；更有一种被人拐卖，或为自己父母亲戚所卖者。总之，与那些残缺家庭中至少有父母一方的疼爱、有自己的家作为依靠的港湾相比，他们是无家可依的真正意义上的孤儿。这类形象有：

英莲：又名香菱、秋菱，姑苏人，甄士隐之女。五岁被人贩子拐走，失去父母，后被卖与冯渊，为薛蟠夺得，带入京都，进入贾府。先成为侍妾，后被扶正，死于难产。

黛玉：姑苏人，林如海之女，贾母的亲外孙女。五岁时母亲去世，被贾母接往贾府抚养，小说第十三回，父亲病重去世，成为真正的孤女寄养在贾家。因与宝玉婚姻无望而夭亡。

秦可卿：育婴堂的孤儿，为京都营缮郎小官秦业抱养回家，后嫁给贾蓉为妻，死时不足二十岁。

贾蔷："系宁府中之正派玄孙，父母早亡，从小儿跟着贾珍过活"。后贾珍为避嫌分与他房舍，让他自己过活。

贾瑞："贾瑞父母早亡，只有他祖父代儒教养。那代儒素日教训最严，不许贾瑞多走一步，生怕他在外吃酒赌钱，有误学业"。后因调戏凤姐不成反中其毒计而死。

湘云：金陵人，为书中金陵四大家族之一。襁褓中父母即双亡，寄养在叔父家，常往来贾府与史家之间，多得贾母照看。嫁卫若兰后不久守寡。

妙玉：姑苏人，世家出身。幼年多病，因买替身不中用，自己出家，带发修行；后父母双亡，来到贾府栊翠庵修行。小说结尾，在栊翠庵遭劫，不知所终。

傅秋芳：贾政门生傅试之妹，在小说中并未出场。从婚事要由哥哥做主，可推测其父母应已亡故。因傅试以妹妹攀附高门贵族不成，致使傅秋芳二十三岁犹未嫁人。

柳湘莲："原是世家子弟，读书不成，父母早丧，素性爽侠，不拘细事"。出场时家已"一贫如洗"，游走江湖。后因尤三姐自杀而断发出家。

平儿：凤姐的陪嫁丫鬟。"并无父母兄弟姊妹，独自一人，供应贾琏夫妇二人"。"贾琏之俗，凤姐之威，他竟能周全妥帖，今儿还遭荼毒，想来此人薄命，比黛玉尤甚"。

晴雯：宝玉身边大丫鬟。"原系赖大家的用银子买的，那是晴雯才得十岁，尚未留头"。因贾母喜欢，赖大家的孝敬了贾母使唤，贾母看其标致伶俐就又给了宝玉。"晴雯进来时，也不记得家乡父母"。抄检大观园时被王夫人赶出，后夭亡。

大观园十二官：贾蔷从姑苏采买的十二个女孩，为贵妃省亲之用的伶人，住在梨香院。她们小小年纪或为父母所卖，或为亲戚所卖。龄官、藕官、芳官、蕊官等是其中比较活跃的几个。藕官、芳官、蕊官在抄检大观园被逐出后均出家为尼。

另外,《红楼梦》中还有许多没有具体交代其家庭出身的,如黛玉的丫鬟雪雁、宝钗的丫鬟莺儿、水月庵的小尼姑智能等,她们都不是贾府的家生子奴婢,但从小离开父母的她们其实与孤儿的身份亦相去不远。

以上我们不厌其烦地胪列了《红楼梦》中有关孤儿、孤女形象的种种情况,在这部以封建大家庭为叙事背景的家族小说中,确实既让人触目惊心,同时也是古今中外小说中独一无二的。尽管作为小说第一主人公的贾宝玉本人并不是一个孤儿,《红楼梦》也不是一部孤儿题材的小说,但围绕在贾宝玉的周围,在他各色的朋友中间,乃至在他短暂一生的成长经历中,这些孤儿尤其是孤女形象却注定构成了他生命中最重要的组成部分。因此,研究《红楼梦》中的孤女形象群,研究她们的命运悲剧和性格悲剧,对于揭示小说"千红一哭、万艳同悲"的悲剧主题,以及作者关于"家"的沉重思考,也就具有了特别的意义和价值。

二、对孤女群像的有意设计

关于《红楼梦》的人物设置艺术,学者们的论述已有很多。吕启祥说:"使人感到十分有趣的是,《红楼梦》里各色人物几乎都可以作各种'排列组合',成为一个个序列或形成某种对照和映衬,在变化中看到统一,在比较中显出个性。……只要选择一定的视角,就能够发现其间具有可比性。"[①]王蒙也说:"书中展现了这么多人物的血缘、感情、利害关系,但除了这些可见可知的关系外,还有一种特殊的、作为书中人物的相对比相衬托相照应相补充的关系,后面的这一类关系是书中没有明讲出来的,全靠读者体察品味。"[②]

我们认为,《红楼梦》中的孤女群像也是出于作者的有意设计,如"金陵四大家族""金陵十二钗""贾府四春"等,只不过这群孤女形象的数量更为庞大、特征也更隐蔽一些。在"金陵十二钗"正钗中,属于孤女出身的有八位,分别是黛玉、宝钗、湘云、妙玉、迎春、惜春、巧姐、秦可卿;"金陵十二钗"副钗之首的香菱;又副钗之首的晴雯、第二的袭人,也都是孤女身份;其他比较重要的孤女形象还有平

---

① 吕启祥《谈谈〈红楼梦〉形象体系的辩证机趣》,载《北方论丛》,1984(1)。
② 王蒙:《红楼启示录》,生活·读书·新知三联书店,1991,第232页。

儿、宝琴、龄官、芳官、藕官、尤二姐、尤三姐等，可说都是入选"金陵十二钗"副钗或又副钗的必然人选。当然，如果再以与宝玉关系最为亲密的几位孤女而论，如黛玉、宝钗、湘云、妙玉、晴雯，加上袭人、秦可卿等，则孤女形象群所包含的意蕴就更加耐人寻味了。在小说中，作者对孤女群像的有意设计至少突出表现在两个方面：其一，对红楼女儿成为孤女原因的充分考虑；其二，对孤女们云集贾府、荟萃大观园的精心安排。①

如我们在小说中所看到的，在交代这些红楼女儿成为孤女的过程中，作者确实充分考虑到她们各自的家庭出身以及残缺状况的不同，分别运用了不同的描写手法。或排列，或对比；或详写，或略写；或出场介绍，或事后补充。总之，尽可能做到既不生硬重复，又能生动地展现红楼孤女们多种多样的生命样态，取得了"同而不同"的美学效果。

譬如，对于来自残缺家庭的孤女，作者比较喜欢"捉对"的手法。如同为失去母亲的迎春和惜春姊妹，一出荣国府，一为宁国府；迎春的母亲为庶妾，惜春的母亲则是正房，两人的父亲一为好色，一则好道。宝钗和宝琴堂姊妹，同样都是丧父，宝钗为自幼丧父，宝琴则跟着父亲走过许多地方，父亲是后来才去世；宝钗的母亲健康，宝琴的母亲则得了痰症；宝钗的哥哥为呆霸王，宝琴的哥哥则彬彬有礼。再如同为一母同胞而失去父亲的姊妹，李纹、李绮姊妹两个一直由寡母照看；尤二姐和尤三姐两姊妹，父亲死后跟母亲改嫁到尤家，而继父又亡。在失去父亲的残缺家庭里，唯有夏金桂似乎成了一个特例，无人和她对应。若一定要比，小说中最晚失去母亲的巧姐，从家庭残缺的角度看倒也算是一个呼应。

再如，关于那些父母双亡的孤女，作者在对比中还写出了变化。黛玉、妙玉即是两个具有充分可比性的对象，两人的相同点既多，不同点也不少。相同点是她们二人同为姑苏人，相似的家庭出身，并都曾拥有一个温馨的家和幸福的童年。另外，二人生来皆有先天的不足之症，有世外高人开出解决问题的办法亦都是出家修行。然不同的是，黛玉既没有依高人所言出家，又因母亲去世而依傍外家过活，违背了另外一条"不得见外人"的劝告；后来其父亲亦去世，终成寄人篱下的孤女。妙玉的家人显然也不愿其出家，只因给她买了许多替身皆不中用，只得送她到庵寺里带发修行，并派两个老嬷嬷和丫鬟照顾其生活；但父母双亡后，妙玉终究留在了庵寺里，跟着师傅走动，再后来连师傅也亡故，成一飘零孤女。

---

① 学者们多考证曹雪芹即为遗腹子，不知作者对孤儿以及孤女形象的设计是否与自己的身世有关。

与黛玉、妙玉堪称鼎足而三的湘云,其命运似乎比之黛玉和妙玉更苦。她是"襁褓之间父母违",从小连父母都没有见过,在叔叔家长大。在这一点上,被秦业从育婴堂抱养的秦可卿,倒也构成了一组对应关系。

出身于社会中层但最后却沦落为底层的香菱,可看作是社会中上阶层孤女形象向社会底层孤女形象的一个过渡。关于她的故事,作者在开篇第一回以及第四回有着详细的描写,这也是所有孤女中命运遭际最为凄惨的一个,从而成为薄命女儿的象征。至于那些来自社会底层的平民女儿,在饥荒之年或为父母所卖,或为兄弟亲戚所卖,红楼丫头中晴雯、袭人、平儿以及大观园十二官等人,皆自小离家,成为孤女和下人。这里的袭人和晴雯似也构成了一组可以比较的孤女形象。彻底不知父母家乡的晴雯,先为赖大家的所买,后又作为礼物被孝敬给了贾母,从而来到宝玉身边,其孤零身世之外只剩有一个提不起的姑表哥亲戚。与之对照的袭人,父亲去世后因饥荒卖入贾府,也是从贾母处来到宝玉的身边,她则有母亲、哥哥,住家离贾府不远。

作者对孤女群像有意设计的第二个突出特点或者也可以说目的,就是要把这许多本没有多少联系、又来自天南地北不同阶层出身的女孩送进同一个地方——贾府,进而会集大观园,好集中表现他"千红一哭,万艳同悲"的女儿悲剧主题。① 当然,把这么多女孩送入贾府既需要充足的理由,也需要细密的安排。我们认为,孤女的身份恰恰使这些女孩摆脱了原有父母与家庭的束缚,从而达到了一石多鸟的艺术效果。

在小说开始时,贾府其实已汇集了不少的孤女,如迎春、惜春因失去母亲而集中在贾母处教养,秦可卿以婚姻进入贾府,袭人以丫鬟身份被买进贾府,晴雯被作为礼品孝敬进入贾府,平儿以陪嫁丫鬟进入贾府。湘云是以亲戚身份较早进入贾府的外人之一,她之进入贾府也主要因贾母怜她是孤儿,是以常接了来住。

但小说真正所写第一个以孤女身份进入贾府的仍属小说的女主人公林黛玉,第三回回目"接外孙贾母惜孤女"即明白地将理由标示出来。在安排好黛玉之后,作者显然又马不停蹄地换了一副笔墨,以不清不楚的理由,将另一个主要

---

① 其实单是这么多孤女形象本身即已能唤起我们足够的怜悯与同情。朱光潜说:"秀美的东西往往是娇小、柔弱、温顺的,总有一点女性的因素在其中。它是不会反抗的,似乎总是表现爱与欢乐,唤起我们的爱怜。我们对于秀美的事物的反应,也似乎总是取一种保护者或至少是朋友的态度。我们的感情中混合着一点怜悯。"

人物宝钗附带着香菱送进了贾府。脂本第四回总评说:"看他写一宝钗之来,先以英莲事逼其进京,及以舅氏官出,惟姨可倚,辗转相逼来。"①一"逼"字形象揭示了黛玉、宝钗二人进贾府的不同。第十七、第十八回,作者借贵妃省亲一事,既建起了后来女儿们的乐园——大观园,也促成了妙玉以及"十二官"的"加盟"。第四十九回,作者又一次借投亲靠友,把宝琴、李纹、李绮等送入大观园,从而达到了大观园的鼎盛。第六十三回,因贾敬死,尤二姐、尤三姐随母亲来到贾府,此时已是贾府由盛而衰转折的开始。第七十九回,两个孤女迎春、夏金桂的一出一进更充满了象征的意味。

三、孤女群像的悲剧命运

列夫·托尔斯泰有句名言:"幸福的家庭都是相似的,不幸的家庭各有各的不幸。"不幸的是《红楼梦》中的许多女儿都被作者赋予了一个伤心的开始,不仅那些出身下层的贫民丫头,即使出身仕宦或贵族豪门的小姐,也难以逃脱命运的安排,成为世界上少人疼爱的孤女。从孤女这个角度看,红楼孤女群像的悲剧首先体现的是一种命运的悲剧。所谓"命运悲剧是社会历史必然性或自然力作为一种不可理解和不可抗拒的命运和人相对立,结果导致悲剧的结局",即"人逃不脱命运的摆布"。② 当然,这些红楼女儿真正的悲剧命运远不止始于她们的成为孤女之时,而是更具体展开在她们成为孤女之后。

其实,今人关于红楼女儿悲剧命运的分析文章已多如牛毛,有些就某一具体人物的悲剧命运而展开,有些从美学的形而上层面进行分析与总结。笔者拟再从孤女这一独特的生存状态,来重新审视作为形象群的红楼孤女们的共同悲剧命运。

一个有趣的现象是近代西方小说也有许多孤女形象。作为小说主人公的她们,一般都出身于社会的中下层,在父母双亡后被寄养在亲戚或教会,长大后进入社会。尽管经历过相当的苦难,这些孤女们都能坚持不懈,努力追求独立、平等、互相尊重等具有现代价值观念的东西。她们的形象显然反映了近代西方女性自我意识的独立与觉醒。相比较而言,《红楼梦》中的年轻女性包括所有的孤

---

① 陈庆浩:《新编石头记脂砚斋评语辑校》,中国友谊出版公司,1987,第108页。
② 杨辛,甘霖:《美学原理》,北京大学出版社,1993,第280页。

女们还只是徘徊在封建社会的末世,被严密地禁锢在贾府狭小的天空,即使有一个属于她们自己的园子——大观园,那也是一个封闭的空间,从而隔开了她们与社会进一步接触的可能。这样的生存状态似乎也有一个好处,那就是《红楼梦》中的孤女们,不论什么身份的出身,温饱在她们都不成其为问题。问题是不用为自己的生计发愁,是否就说明生活得很好很幸福呢?答案显然是否定的。我们试以贵族少女中的孤女黛玉和湘云为例来说明,她们既是孤女形象群的核心,也是作品重要的女主人公,她们的孤女生存状态应该具有充分的典型性。

在小说中,黛玉的客居意识无疑是所有孤女当中最为强烈的,这从她一走进贾府时就开始了。"步步留心,时时在意,不肯轻易多说一句话、多行一步路,惟恐被人耻笑了她去"。抱着这样一种寄居的心态,无怪乎她要问周瑞家的:宫花"还是单送我一人的,还是别的姑娘们都有呢?""我就知道,别人不挑剩下的也不给我"。同样,湘云的一个随意的玩笑也惹得她大恼:"我原是给你们取笑儿的,拿着我比戏子!"据此,许多人批评黛玉为人太敏感太多心,因为贾府给她的待遇并不差,又有宝玉的呵护,但她仍每每垂泪,这都是"春恨秋悲皆自惹"。事实真的如此吗?

我们且看第四十五回黛玉因宝钗劝她吃一些燕窝粥养病而说的一段体己话:"你如何比我?你又有母亲,又有哥哥。这里又有买卖土地,家里又仍有房有地。你不过亲戚的情分,白住在这里,一应大小事情又不沾他们一文半个,要走就走了。我是一无所有,吃穿用度、一草一木,皆是和他们家姑娘一样,那起小人岂有不多嫌的?""那些底下老婆子丫头们,未免嫌我太多事了,你看这里这些人,因见老太太多疼了宝玉和凤姐两个,他们尚虎视眈眈,背地里言三语四的,何况于我?况我又不是正经主子,原是无依无靠投奔了来的,他们已经多嫌着我呢。如今我还不知进退,何苦叫她们咒我"。读了这样沉痛的两段话以后,我们还能说是黛玉的不知足吗?毕竟"待遇只是形式,它与栖居尊严根本就是两回事"。①

其实,作为孤女的黛玉何尝没有把受的委屈自己装在心里的时候。第二十六回黛玉到怡红院敲门不开,想与宝玉正面冲突时:"自己又回思一番:虽说是舅母家如同自己家一样,到底是客边。如今父母双亡,无依无靠,现在他家依栖。如今认真淘气,也觉没趣。'"无人诉说的时候,就把思乡的情绪独自一人品尝,这

---

① 孙虹《论林黛玉的客居意识与悲情解脱》,载《红楼梦学刊》,2007(4)。

在黛玉的确成了一种习惯。听《西厢记》时感叹："双文,双文,诚为命薄人矣。然你虽命薄,尚有孀母弱弟;今日林黛玉之命薄,一并连孀母弱弟俱无。古人云'佳人命薄',然我又非佳人,何命薄胜于双文哉!"看宝玉挨打后多人来探视:"黛玉看了不觉点头,想起有父母的人的好处来,早又泪珠满面。"第四十八回见众人的亲戚来访:"黛玉见了,先是欢喜,次后想起众人皆有亲眷,独自己孤单,无个亲眷,不免又去垂泪。"这些都是触景生情的自然感受,绝不是简单的一个"敏感"所能包含得了的。

另外这种无人做主的孤女之思,更反映在黛玉自己的终身大事问题上。"父母早逝,虽有铭心刻骨之言,无人为我主张"。第八十二回黛玉的梦境更曲折地表达了她的担心。"深痛自己没有亲娘,便是外祖母与舅母姊妹们,平时何等待的好,可见都是假的"。而贾府在宝玉婚姻问题上的取舍,也最终造成了黛玉必然的悲剧结局。

如果说孤女的悲剧命运在黛玉身上更多体现的是一种精神上的折磨:没有家的孤独、对爱的渴望,以及爱情无人做主的悲哀等;而在湘云就是时不时地感受其缺少父母关爱的具体疼痛了。

关于湘云在婶母家的生存状态,作者其实并不曾实写,仅是通过一些侧面描写来表现。如通过宝钗之口的描述:"我近来看着云姑娘的神情,风里言风里语的,听起来,在家里一点点做不得主。他们家嫌费用大,竟不用那些针线上的人,差不多的东西,都是她们娘儿们动手。为什么这几次她来了,她和我说话儿,见没人在跟前,就说在家里累得慌?我再问她两句家常过日子的话,她就连眼圈儿都红了,嘴里含含糊糊,待说不说的。想其形景,自然从小没了爹娘的苦。我看见她,也不觉的伤起心来。"再如第三十六回,史家要接湘云回去,"那史湘云只是眼泪汪汪的,见有他家人在跟前,又不敢十分委曲。少时薛宝钗赶来,愈觉缱绻难舍。还是宝钗心内明白,他家人若回去告诉了他婶娘,待他家去又恐受气,因此倒催他走了。众人送至二门前,宝玉还要往外送,倒是湘云拦住了。一时,回身又叫宝玉到跟前,悄悄的嘱道:'便是老太太想不起我来,你时常提着打发人接我去。'"不能做主、在家里累得慌、不想回家、向往大观园的自由自在等,都从一定程度上反映了湘云对于婶母那个家的排斥与拒绝。

到了小说的第七十六回,作者仿佛不再满足于这种曲折和含蓄,而是直接跳出,用了十分浓重的笔墨,描写了中秋之夜被冷落在团圆宴席之外的三个孤女——黛玉、湘云、妙玉的共同形象。她们在冷月寒塘的凹晶馆的吟诗联句抒发了她们三人各自的孤寂和悲苦,可使天下所有的孤女们为之一哭。①

至于其他出身下层的孤女们的种种遭际与命运,如尤氏姐妹因经济上的依赖宁国府被贾珍贾蓉父子欺辱、香菱遭遇夫主和主妇的双重折磨、平儿无辜挨打、晴雯风流灵巧被谤、芳官被其干娘克扣打骂,等等,都是这些孤女们日常生活中最真实的生存写照,她们经受的是精神和物质的双重重压。当然,在贾府注定衰落的过程中,她们最后谁也逃脱不掉或死、或嫁、或出家的悲剧结局。

四、孤女群像的悲剧性格

有人在评价中西方命运悲剧不同时指出,中国古典悲剧命运的主人公:"在命运的打击面前,大都表现出一种被动隐忍、逆来顺受、消极保守,乃至苟且偷安的态势,即使有所反抗,也是一种消极的抗争。"②《红楼梦》中的孤女们虽也"逃不脱命运的摆布",但有着强烈生命意识的她们,即使在"恨不得你吃了我,我吃了你"的恶劣环境中,仍渴望摆脱孤独、渴望爱与被爱,重视友情、亲情,追求自由、平等以及互相尊重,在大观园的天地里充分展现了她们杰出的才情和对美好生活的向往。她们最终的被社会所扼杀,既是一出社会的悲剧,更是她们性格的悲剧。"在长期封建社会中,封建的宗教伦理制度、宗教迷信等统治着压制着争取民主、自由、解放的新生力量。这种斗争产生了所谓'性格悲剧'……这种性格鲜明的悲剧反映了封建社会内部滋长的民主主义思想和人文主义思想的萌芽"。③

研究《红楼梦》孤女们的悲剧性格特征,一个最不能忽视的现象,显然即残缺家庭中父母一方残缺或者家庭完全残缺所带给她们的影响。不知是否深谙某些现代心理学的真谛,《红楼梦》作者将其中大部分的闺阁女儿都设计成孤女,因为缺少来自成人世界如父母的约束或教导,这些女孩子才没有受到更多"男人气"的污染,得以保持了其干净、清纯的形象,"女儿是水做的骨肉"也才得以成其为现实的可能。当然,这种设计也让孤女们付出了惨痛的代价,如爱的缺失所产生的孤独、苦闷以及性格上的缺陷等。现代家庭教育心理学的研究表明:"失去父

---

① 脂批中亦有多处类似的批语:"普天下幼年丧母者齐来一哭""哭煞幼而丧父母者""未丧母者来细玩,既丧母者来痛哭"。
② 胡琼华《古希腊命运悲剧与中国古典命运悲剧之比较》,载《湖南省社会主义学院学报》,2005(5)。
③ 杨辛,甘霖:《美学原理》,北京大学出版社,1993,第281页。

母任何一方的爱,就会使孩子的心理失去平衡。失去母爱,对女孩子的成长更为不利;失去父爱,则对男孩子的成长更为不利。不论是离异或一方亡故,都会使孩子失去正常的父母之爱,使孩子应得到的爱大为削弱。"[1]

"女儿是水做的骨肉"可以说是《红楼梦》作者赋予闺阁女儿最突出的形象特征,孤儿的出身固然使这些女儿们尽可能地减少了来自社会传统礼俗的影响,但要保持和发展她们的这种天性,却还需要一个特殊的空间来安置她们,这就是大观园的建构;大观园显然是来自不同出身、不同阶层孤女们的乐园。在大观园的世界里,孤女们继续发展了自己多方面的天性。当然由于出身、命运遭际的不同,她们的性格也呈现了多样化的倾向。如黛玉的率真尖刻、宝钗的随分从时、晴雯的抓尖要强、湘云的豪爽、妙玉的孤傲、香菱的善良、袭人的柔顺、迎春的懦弱、惜春的孤介、尤三姐的刚烈等。但抛开各自性格的差异,其实在她们身上也不难发现孤女身份所带来的共同的印痕,如对自由、平等、互相尊重的要求,对爱情、友情、亲情的渴望,以及对诗化生活的向往。她们既凸显出了个体生命的坚韧与美丽,也彰显了孤女群像对真、善、美生活的共同追求。

由于来自不同的家庭、不同的阶层,《红楼梦》中的孤女群体近乎是一个松散的组合,尤其在大观园的世界里,她们既不依宗法血缘关系为纽带,也不依上下等级或主奴关系为准则,于是,相互尊重、平等、自由成了大观园秩序的主要标准。不仅贾宝玉带头维护这种平等、自由的人际关系,甘愿为女孩子做小伏低,对丫鬟们一视同仁,充当众女儿护花使者的角色,这些孤女们也同样表达了对自尊、平等、自由的渴望。如黛玉就很在意她在贾府的地位,湘云也说过类似的话,虽然一定程度上都是她们的自卑心理在作怪,但敏感的自尊和渴望得到别人的尊重在心理上是一致的。下层丫鬟们也表达了对自由平等同样的愿望,龄官和晴雯是其中突出的两个。第三十六回,晴雯道:"要是我,我就不要。若是给别人剩下的给我,也罢了。一样这屋里的人,难道谁又比谁高贵些?把好的给她,剩下的才给我,我宁可不要,冲撞了太太,我也不受这口软气。"即表达了对奴性的蔑视。被囚禁在狭小梨香院的伶人龄官更渴望自由的天空。龄官在贵妃省亲时,就违背过贵妃的懿旨,坚持唱自己的本行。宝玉想听她唱《袅晴丝》也不唱,说嗓子不好,前天贵妃让她唱都没有唱。贾蔷为了哄她开心,买来一只漂亮的鸟给她玩。龄官见了说:"你们家把好好儿的人弄了来,关在这牢坑里学这个劳什

---

[1] 彭立荣主编:《家庭教育学》,江苏教育出版社,1993,第 298 页。

子还不算,你这会子又弄个雀儿来,也偏生干这个。你分明是弄了来打趣形容我们,还问我好不好……"笼中鸟既是一个十分恰当的比喻,也表达了她们对笼外自由世界共同的渴望。

无疑,大观园暂时给红楼孤女们提供了一个相对平等、自由和宽松的活动空间,但家庭的残缺还带来了另外一个更为严重和现实的问题,即爱的缺失。缺少父母之爱,尤其是缺少母爱,对女孩幼小的心灵伤害更大,这只要比较一下黛玉、湘云与宝钗性格的不同可知。寂寞与孤独常相伴,许多人在孤独中形成了孤傲、孤僻乃至孤介的性格,而懦弱也是缺少爱的关怀和滋润的一种表现。从心理学的代偿机制可知,这种爱的缺失是急需各种外在和内在的心理补偿的,否则,人极易走向偏执。缘此,作者所创造的大观园以"情"为核心的世界,就正是对孤女们爱的缺失的一种心灵补偿。如果说贾宝玉在众女儿面前所表现出的忏悔意识、原罪意识和救赎意识是对孤女们情感的外在补偿,那么孤女们自身对爱情的追求、对友情的培养就是她们内在自我的心理补偿了。

借着这种补偿心理的作用,又有着青年男女天性的必然,于是《红楼梦》中最动人的爱情与友情故事发生了:黛玉、妙玉、湘云、宝钗、晴雯等几人形成了与宝玉之间复杂而又细腻的情感关系。另外,龄官的痴心画蔷、藕官对蕊官的"假凤泣虚凰",都是大观园中至为感人的爱情故事。同时,大观园里还开展了各种各样的游艺活动,包括吟诗结社、弹琴下棋、描鸾刺凤、踏雪寻梅、猜谜斗草、宴饮狂欢等。这些红楼孤女们最喜欢的群体活动,既培养了她们的某些优秀品格,也加深了她们之间的相互友谊。"这些宴会活动刚好发生在她们从童年到少年的成长阶段,处于身心成长阶段的少女们,受到宴会这种群体性生活的影响,自然要比性格已经定型的成人们更加巨大"。"大观园的年轻群体们通过宴会等活动,抒发着她们的情感,姐妹们彼此沟通、彼此关怀、彼此抚慰,建立了血浓于水的情谊,从而使她们的情感需求在一定程度上得到慰藉"。[①]

对于《红楼梦》中的游艺活动,孙爱玲还认为:"游戏生存方式就是海德格尔所说的'诗意栖居'。在'意淫'情境下的游戏生存方式中,真情儿女在人自身、人与人、人与自然的关系上,都脱去枷锁、洗去污浊,进入了生命本真的终极道境,即进入了'诗意栖居'。在'诗意栖居'中,真情儿女(甚至包括贾母、王熙凤等人)

[①] 孔令彬,苏紫燕《在宴会活动中进行的生命历程——论〈红楼梦〉中的宴会活动对青年贵族女子成长的影响》,载《红楼梦学刊》,2006(5)。

的生命得以真正自然地舒展开来,呈现出生命本真存在的深邃意趣,全方位地展示出生动活泼的生命生机。"①

五、一种对"家"的永恒的追问

关于《红楼梦》中的家、贾家以及贾宝玉的出家问题,许多前人都有过精彩的论述。尤其成穷先生从哲学的角度,高屋建瓴地解读了宝玉出家的文化内涵:"宝玉离开的,固然是作为空间关系的家(贾家)、作为血缘关系的家(家族),然而他真正离开的却是那个存在论意义上的家,即家之本质。"②笔者不揣谫陋,也拟从作者对孤女形象群的有意设计以及大观园的建造等角度,来进一步探讨作者对"家"的沉重思考。

什么是家呢?海德格尔说:"只有通过栖居,家才首次成为家。筑造要成为它真正所是的东西,只有在它一开始就与如下事物相合辙时才有可能:此种事物允许我们栖居并在一切情形下都能唤醒与确保栖居之更为源始的可能性。"③

这段话读起来显然有些抽象,让我们再来看一下成穷先生对这段话的理解与发挥:"家的最为内在的本质乃是安全的栖居,即对栖居者的肯定与保护。只有保护和肯定居者存在的家才是真正意义上的家。……即这样的家是否真正庇护他、肯定他,是他的情感和灵魂的真正栖息地。""在此,家乃是对居者的一种关系:既非外部的空间,亦非自然的血缘关系,而是内在的存在关系。"④这样一来,我们对家的概念的理解就容易多了。以之来考察《红楼梦》中的孤女群像,显然不论其是单亲存在,还是彻底失去所有亲人的,一个显著的特征即她们都是失去了家园的真正孤儿。

黛玉、湘云、妙玉、香菱、晴雯、"十二官"等自不必说,因为她们都永远失去了父母双亲和自己的家园,"黛玉无依无靠地客居异乡,寄居贾府篱下,这种一无依傍的栖居形式丧失了家的全部'所是'"。⑤ 有人会说湘云不是还有一个家吗?的确,湘云寄居的叔父家,从宗法伦理上讲是她的家,但从湘云一点不能做主和受到的待遇来看,那既不是她心中的家,更不是她理想的家园。其实即如居住在

---

① 孙爱玲:《〈红楼梦〉本真人文思想》,齐鲁书社,2007,第320页。
② 成穷:《从〈红楼梦〉看中国文化》,上海三联书店,1994,第198页。
③ 转引自成穷《从〈红楼梦〉看中国文化》,上海三联书店,1994,第176页。
④ 成穷:《从〈红楼梦〉看中国文化》,上海三联书店,1994,第181页。
⑤ 孙虹《论林黛玉的客居意识与悲情解脱》,载《红楼梦学刊》,2007(4)。

自己家里的迎春、惜春,虽有父亲在,又何曾得到过他们的任何关心?迎春的懦弱、惜春的孤介,就都是残缺家庭影响下的性格残缺。再进一步,宝玉、探春可说既有父亲、又有母亲在,但宝玉说:"我只恨我天天圈在家里,一点儿做不得主,行动就有人知道,不是这个拦就是那个劝的,能说不能行。虽然有钱,又不由我使。"而探春则更激烈地说:"我但凡是个男人,可以出得去,我必早走了,立一番事业,那时自有我一番道理。"即使身份已然高贵的贵妃元春,身在皇家,可她把它称之为"不得见人的去处",而渴望"虽齑盐布帛,终能聚天伦之乐"的田舍之家。其他依贾府而居、连血缘关系都没有的宝钗、尤氏姐妹等,也都可作如是观。

无疑,作者是将封建时代最至高无上的皇家和一般老百姓所理想的王侯之家一并都做了彻底的否定,因此,将这些无所依傍的孤女们通过不同的方式汇集到贾府——贾家,也就具有了浓重的象征意味,即贾(假)家根本不是也不可能成为孤女们的真家。她们真正栖居的家——是对家同样有着强烈向往的元春,以贵妃省亲的名义而为这些孤女们建造的大观园——安顿女儿们的理想之所。《红楼梦》中的两个世界,在此意义上,其实表达的是一个现实的家和一个理想的家。

现实中的贾家是所有封建大家庭的缩影。这已经是一个日渐衰落的家,"外面的架子虽未倒,内囊却也尽上来了",是百足之虫,死而不僵。这又是一个后继乏人的家,虽"生齿日繁",但儿孙们却一代不如一代,"安富尊荣者尽多,运筹谋划者无一"。同时,它也是一个充满了罪恶、欲望和争斗的家,"除了那两个石头狮子干净,只怕连猫儿狗儿都不干净"。这个家用探春的话:"咱们倒是一家子亲骨肉呢,一个个不像鸡乌眼似的,恨不得你吃了我,我吃了你!""这样大族人家,若从外头杀来,一时是杀不死的……必须先从家里自杀自灭起来,才能一败涂地"。

对比传统宗法制、父权制统治下的丑恶的贾家,大观园无疑是一个明媚的世界、阳光的世界,是人"诗意栖居"的地方,也是所有失去亲人、残缺家庭孤女们的理想家园。湘云即对大观园非常向往,每次回家,都提醒宝玉记着让贾母接她来住。香菱也十分渴望能住进大观园,她进入大观园的第一件事便是向黛玉、湘云请教学诗。梨香院的"十二官"甚至大部分不愿回自己的家,而宁愿留在大观园中。迎春对自己的住所更充满了感情,出嫁回来再住自己大观园中的房子。"还记挂着我的屋子,还得在园里旧房子里住得三五天,死也甘心了。不知下次还可能得住不得住呢"。就连已经出家在栊翠庵中修行的妙玉,也被大观园中的青春气息所感动，时不时地走出禅房，加入姐妹们的欢乐中。

大观园这一理想家园的设计，无疑截然有别于传统的封建之家。诚如上文我们所论述的，它既不依宗法血缘关系为纽带，也不依上下等级或主奴关系为准则，而是以相互尊重、平等、自由为标准，以情为核心，贾宝玉成了其中唯一的男性公民。但贾宝玉的存在不再是传统男性对女性的优越，对女性的欺压、玩弄，而是体贴、尊重乃至救赎。在这一点上，大观园中优美的自然环境倒还远在其次。总之，大观园中的诗意栖居、大观园之作为家园的意象显然构成了对中国传统宗法制、父权制家庭的根本颠覆。

然而，大观园毕竟又是建立在贾府的经济基础之上，或者说她仅是贾府的一个特殊构成部分，随着贾府衰败的日益加深，外部世界的恶的力量也逐渐侵袭着大观园并不高大的围墙。在众女儿包括宝玉都在尽情享受美好时光的同时，一个忧郁而敏感的诗人，也是一个有着强烈"思家"情结的孤女和作为《红楼梦》"歌者"的黛玉，却从头至尾地表达着对生命漂泊和女儿薄命的主题。有人以为"其'思家'，是渴望在情感上的被视为'一家人'一样的平等对待"。① 也有人认为："林黛玉的创作在很大程度上是把精神苦闷对象化、从而进入痛苦'自失'的状态。所以她的诗词大多寓漂泊感于花草飘零与红颜老去的普泛感怀之中，现实中强烈感受到的漂泊痛苦因之获得了释放和净化。"② 而我们则宁愿把她看作是作为孤女们精神家园的大观园的清醒预言者。终于，我们看到，在绣春囊出现之后，抄检大观园赶走了司棋、入画、四儿，夭折了晴雯，芳官、藕官、蕊官出家，宝钗也明哲保身地搬离蘅芜院；紧接着，贾赦因五千两银子的欠债将迎春卖给了"中山狼"孙绍祖，于是大观园处于一片风雨飘摇之中，而贾府也在加剧着分崩离析的过程。

这时的宝玉，应该说是彻底地清醒了，但早已到了无可挽回的地步，或者原本就没有挽回的可能，只是宝玉一直不愿承认、不肯承认罢了。晴雯死时"直叫了一夜的娘"。黛玉死时吩咐紫鹃道："妹妹，我这里并没有亲人，我的身子是干净的，你好歹叫他们送我回去。"当这两位在宝玉心目中分量最重的孤女离去时，离宝玉出家的日子也就不远了。叔本华说："在悲剧中我们看到，在漫长的冲突和苦难之后，最高尚的人都最终放弃了自己一向急切追求的目标，永远弃绝人生

---

① 薛海燕：《红楼梦：一个诗性的文本》，中国社会科学出版社，2003，第139页。
② 孙虹《论林黛玉的客居意识与悲情解脱》，载《红楼梦学刊》，2007(4)。

的一切享受,或者自在而欣然地放弃生命本身。"①宝玉的出家无疑即是这种"自在而欣然地放弃"的悲剧,他的出家不只表明了贾家的虚妄,也同时表明了中国传统文化之"家"这个最一般意义上的家的"虚妄"!② 然而,该着毁灭的仍在延续,承载着理想的却永远失去,宝玉又该在哪里安身呢?

(原载《红楼梦学刊》2010年第3期)

---

① 叔本华著,石冲白译:《作为意志和表象的世界》,商务印书馆,1982,第350页。
② 参见成穷《从〈红楼梦〉看中国文化》,上海三联书店,1994,第176—198页。

试论"金玉良缘"对宝黛钗等人的心理暗示作用

众所周知,《红楼梦》围绕着主人公宝黛钗的爱情婚姻悲剧写了两个奇缘的故事:"木石前盟"和"金玉良缘"。在小说中,"木石前盟"由于其神秘性既不为世人所知,甚至也不为它的主人公贾宝玉和林黛玉所感知,它只于宝、黛初会那一刹那和宝玉的梦话里惊人一现,带给了世人什么是"天情的体验"的非理性情感震撼。① 不同于"木石前盟","金玉良缘"则从第八回开始就以一种世俗都能认知、意会、理解和含蓄隐蔽的方式在故事中时不时地显现。它既是语言的,如薛姨妈就对王夫人说过"金锁是个和尚送的,等日后有玉的方可结为婚姻"的话;又是神秘的、符号的,如金锁本身连同它上面鎏刻的"不离不弃,芳龄永继"八个字,与宝玉的"通灵宝玉"器物和文字都恰好是一对。从此以后,它便吸引了小说中众多人物的关注,并以各种方式表达着对这一奇缘的或喜或悲、或爱或恨的复杂情感,且影响了故事的进程和发展。打一个不一定恰切的比方,"金玉良缘"的出现,就仿佛一块石头投入水中,从里向外激起了人们心理的种种波动,这波动有时是含蓄微妙的,有时又是疾风骤雨式的。如果进一步分析,则涟漪的中心当然是恋爱中的宝黛钗三个年轻人,他们三人都属于当事人系列,心理的波动自然更大也更直接。再外一层应是关心宝玉和黛玉、宝钗婚事的人,这又可以分成两个阵营,即支持宝黛的和支持"金玉良缘"的;前者有贾母、凤姐等,后者有王夫人及宫廷中的贵妃元春等。② 总之,"金玉良缘"就像是一片云彩甚至一个幽灵一样飘过许多人的心头,当然不是以一种公开的、激烈的或逻辑的方式,但却对许多

---

① 参看王蒙《王蒙活说红楼梦》中《天情的体验》一章,作家出版社,2005。
② 持类似观点的文章请参看任少东《王夫人与宝钗爱情婚姻悲剧》,载《红楼梦学刊》,2007(4);袁方《对宝黛钗爱情婚姻悲剧背后两种势力的分析》,载《咸阳师范学院学报》,2005(6);张兴德《前八十回就宝黛婚姻对贾母、王夫人矛盾的描写及意义》,载《红楼梦学刊》,2003(4)。

人产生了不可忽视的心理影响。这种作用、影响和过程,用一个心理学的术语即心理暗示现象来描述是再恰当不过。

所谓心理暗示是指:"用含蓄、间接的方法对人的心理和行为产生影响的过程。结果使人无意识地按一定的方式行动,或接受一定的意见或信念。"①由于暗示能"不用任何外力、论据、命令或强制"②而容易产生人们所期望的变化或效果,故在生活中被人们普遍使用。著名心理学家巴甫洛夫甚至认为它是人类最简单、最典型的条件反射。暗示心理学在西方曾经流行一时,被广泛地应用在宗教活动、医疗催眠、广告宣传、教学创新、艺术创作等领域;在我国则没有太大影响,一般学者也多不把它看作是心理学的一个分支,但这并不妨碍我们使用暗示心理学的一般理论来分析问题。

暗示心理学认为,暗示心理活动是由两个因素构成,即暗示者和受暗示者;用以度量暗示心理活动反映的叫暗示性,"它有强弱之分,易于接受暗示即为暗示性强,反之则弱"。③ 心理学研究认为:"暗示者的性别、年龄、人格特征、地位、权力、知识经验和受暗示者的关系等因素直接影响暗示效果,决定受暗示性的高低。"④"一般来说,人们在较熟悉的领域很难接受暗示,文化程度低、经验不丰富的人则容易接受暗示。"⑤在进行心理暗示手段的选择上,具体则"有言语、文字、表情、手势、物体、情境等"。⑥有人根据它的间接、含蓄的特点认为暗示主要是通过影响人的潜意识而发生作用的,但一般多认为"人在感觉、知觉、记忆、想象、思维、情感、意志等方面都能受到暗示的影响"。⑦ 另外,关于暗示的分类亦因标准不同而分法不同:"按有无目的分,有自然的暗示和有意的暗示;按范围分,有个体的暗示和社会的暗示;按意识作用形式分,有自发的暗示(即自我暗示)和他动的暗示(即一般暗示);从性质来分,有积极的暗示和消极的暗示。我们一般把暗示大致分为四类,即直接暗示、间接暗示、反暗示、自我暗示。除此之外,还有情境暗示、权威暗示、催眠暗示、个体暗示、群体暗示等等。"⑧最后关于暗示的特性:"暗示具有个体性、群聚性、群体(集体)性、社会性、情境性、权威性、目的性、

---

① 彭克宏主编:《社会科学大词典》,中国国际广播出版社,1990,第231页。
② 阿瑟·S.雷伯著,李伯黍译:《心理学词典》,上海译文出版社,1996,第845页。
③⑤ 孙非等:《社会心理学词典》,农村读物出版社,1988,第392页。
④⑥ 林崇德等:《心理学大辞典》,上海教育出版社,2003,第13页。
⑦ 傅荣:《暗示术》,江西人民出版社,1989,第5页。
⑧ 傅荣《创立暗示心理学刍议》,载《心理学探新》,1985(3)。

连续性和有效性等特性。"①

根据暗示心理学的相关理论，我们认为飘荡在大观园上空的那个既神秘、含蓄、隐蔽而又若隐若现的"金玉良缘"其实就是一种暗示信息。这个信息的施授者也即暗示者，最初应是那个神秘的癞头和尚，而中介则是那把薛宝钗无日不带在身上的符号化了的金锁；至于薛姨妈，充其量不过是一个不失时机的具体的宣传者和推销者而已。当然对于受这信息暗示的相关人物，他们各自接受信息的渠道和方式又呈现出不同的样态：或直接、或间接，或群体、或个体，或情境、或自我，纷繁复杂，各个不一，要之，其所受之影响以及他或她所反映的复杂心理活动均是典型的暗示心理学现象。以下我们拟从《红楼梦》人物与"金玉良缘"关系的远近及其所受影响的大小，运用暗示心理学的相关理论来具体解析它是如何对人物形象的心理产生暗示作用和影响的。

一、"金玉良缘"对薛宝钗的心理暗示

薛宝钗无疑是"金玉良缘"中最先直接受到暗示的一个，也是受暗示影响最大的一个，因为这个暗示信息源即来自她身上的那把略带神秘的金锁。在宝钗身上，其暗示和自我暗示是互相作用、密不可分的，也充分体现了暗示的连续性和有效性特征。据统计小说中直接涉及宝钗和"金玉良缘"相关故事的计有第八回的比通灵故事、第二十八回的金麒麟故事、第二十九回的红麝串故事、第三十四回的宝钗兄妹吵架、第三十五回的梅花络故事、第三十六回的刺绣以及第六十一回的射覆等七次。暗示心理学理论告诉我们：暗示者的权威性越高，则暗示的效果就会越明显，著名心理学家罗森塔尔将此称为"皮格马利翁效应"。通俗地说，就是随着暗示者的身份、名望和地位的提升，其暗示作用也就越大。小说中的"金玉良缘"之说对宝钗就有两个权威暗示：一个来自佛教中的和尚，一个则来自自己的母亲。②

关于薛宝钗何时开始佩戴这把金锁，我们不得而知，但肯定不是如有些人所说是他们进贾府前才制造出来并戴在身上的。那么她的母亲又是什么时候告诉她将来她的这把金锁是要和有玉的相配？我们也不得而知，但有一点是十分明

---

① 傅荣《暗示心理学研究在中国》，载《赣南师范学院学报》，1995(2)。
② 第五十七回薛姨妈对女孩子们所讲的关于"千里姻缘一线牵"的月老故事，对大家也具有同样的权威暗示效果。

确的,即金锁是薛宝钗心中的一个秘密,除了可以与家人偶尔分享外,她自己是绝无可能泄露的。这一方面是因为那个时代礼教对女孩子的规定,即绝不允许女孩子想自己的婚姻大事;另一方面,也是女孩子本身害羞的天性使然。但来到贾府以后,由于遇到了"金玉良缘"可能的另一半贾宝玉的"通灵宝玉",有了情境的施授,于是就有了第八回精彩的"比通灵"故事。我们认为宝钗主动提出看玉的原因有三:其一是受了年幼好奇心的驱使;其二宝钗的好奇心绝排除不了"金玉良缘"的心理暗示(以她和宝玉当时的年龄,谈婚姻似乎太早了点);其三便是恰当的情景施授。在自己的卧室、在没有外人窥视的环境下,更凸显了"金玉良缘"对宝钗的暗示影响。于是我们便看到宝钗沉浸在"金玉良缘"巧合所带来的朦胧感受中,不仅翻来覆去地看,复又出神地念,若不是莺儿,她恐难以从失态中清醒。当然清醒的她也及时打住了莺儿要说出来的使她难堪的信息,接下则是宝玉在看了金锁上文字后表现出来的"真的是一对"的雀跃惊喜了。[①] 无疑这是一段堪称经典的心理描写,尤其对宝钗内心世界的细腻刻画,如果我们不把暗示心理影响的因素考虑进去,势必会得出草率而又简单的结论,便不能正确理解和把握宝钗此时的心理特征。其他后文中宝钗时不时流露出对"通灵宝玉"异乎寻常的兴趣都应作如是观。如第二十九回宝钗回答贾母关于金麒麟的问题:"史大妹妹有一个,比这个小些。"第三十五回莺儿替宝玉打梅花络时,宝钗又及时建议为"通灵宝玉"也打一个,以及第六十一回宝玉生日上宝钗与宝玉射覆时以"通灵宝玉"为对象等,都是宝钗因受"金玉良缘"的暗示而下意识地想着"通灵宝玉"的心理反映[②]。

第二十八回宝钗"羞笼红麝串"和第三十六回"刺绣"等细节描写,也有着暗示心理学的分析价值。第二十八回描写"薛宝钗因往日母亲对王夫人等曾提过'金锁是个和尚送的,等日后有玉的方可结为婚姻'等语,所以总远着宝玉。昨儿见元春所赐的东西,独她与宝玉一样,心里越发没意思起来。幸亏宝玉被一个林黛玉缠住了,心心念念只记挂着林黛玉,并不理论这事"。这是小说中少有关于宝钗内心独白的描写,如果说这段话的前半是因"金玉良缘"的暗示被母亲挑明后宝钗的理性处理方式——避嫌,那么后面的话则是她因贵妃所赐礼物与宝玉相同而产生的微妙心理反应。透过现象看本质,诚如大家已知道的贵妃的礼物

---

① 关于"比通灵"的分析还可以参看拙作《宝黛初会与金玉良缘》,载《韩山师院学报》,2003(2)。
② 关于宝钗的恋爱方式见前文《试论薛宝钗的恋爱方式》,载《咸阳师范学院学报》,2009。

实际代表着或暗示着对"金玉姻缘"的认同,而这一暗示无疑因为有着贵妃的权威从而也更加强了宝钗对"金玉良缘"的认同,因此我们便看到本不喜欢花草的宝钗,立即就把红麝串戴在手腕上,并到贾母和王夫人处走动,这与她整日带着那把沉甸甸的金锁,都是一种自我暗示加强的心理表现。宝钗的这种自我暗示意识是如此之强,以至于她几乎控制不住自己的脚步,不断地走近宝玉的身边。第三十六回的描写也是许多人感兴趣的地方,因为此后宝黛恋爱开始进入稳定期。这里大家往往把主因归结在宝玉"识分定情悟梨香院"上,其实还有另一半原因即宝钗的主动退出,常为大家所忽略或误解。理解这一问题的关键是正确解读宝玉梦中的喊骂对宝钗所产生的影响。"和尚道士的话如何信得?什么是金玉姻缘?我偏说是木石前盟!"这里作者对宝钗的反应仅用一个"怔"字,但我们分明看出这个梦话对宝钗产生了极大冲击。我们认为宝玉的梦话实际上是代表着一种更神秘也更权威的暗示信息,这一点只要稍稍对中国古代梦兆信仰有点常识便可明白,而它正否定了宝钗从前所接受的来自和尚、母亲以及贵妃等世俗权威信息的暗示,使宝钗对"金玉姻缘"的信心产生了怀疑和动摇,从此以后我们便再难看到宝钗有对宝玉亲近的表示。其实早一点的变化还可以往前推到第三十四回宝钗和薛蟠的兄妹吵架。这次吵架薛蟠把"金玉姻缘"的暗示内容当面揭出,使宝钗整整哭了一夜,这一事件若从反暗示的角度来解读,则更能准确把握宝钗的心理。"如果外界刺激物的暗示,引起相反的心理和行为,叫反暗示"。[①] 应该说这里薛蟠把"金玉姻缘"当面揭出在宝钗心里正起到了反暗示的作用,使宝钗开始对早先一直暗示自己的"金玉姻缘"产生了理性反思,而第三十六回的"梦兆"则最终强化了这种怀疑和动摇。

二、"金玉良缘"对宝玉、黛玉的心理暗示作用

我们再看"金玉良缘"对它的另一半贾宝玉的心理暗示和影响。在"比通灵"一回,如果说宝玉还仅限于惊讶"通灵宝玉"和金锁上文字的巧合,等到随着故事发展,"金玉良缘"之说开始飘荡在贾府上空的时候,它对宝玉的暗示作用便实实在在地发生了。当然由于信息施授者不明确,兼之宝玉在贾府众星捧月的地位以及与黛玉的亲密关系,"金玉良缘"一开始对宝玉暗示影响并不大,倒是敏感的

---

① 傅荣:《暗示术》,江西人民出版社,1989,第 68 页。

黛玉因"金玉"之说几次跟宝玉吵架,反加强了宝玉受"金玉良缘"暗示力的影响,这一影响力在第二十八回故事中达到了一个高潮。故事说贵妃从宫中赐给家人节日礼物,宝玉和宝钗的相同而与黛玉的不同,宝玉对此事虽然敏感但并未深思,于是他就和同样敏感但领会了这礼物暗示意义的黛玉又一次因"金玉"之说发生了口角。宝玉说:"除了别人说什么金什么玉,我心里要有这个想头,天诛地灭,万世不得人身!"黛玉说:"你也不用起誓,我很知道你心里有'妹妹',但只是见了'姐姐',就把'妹妹'忘了。"宝玉说:"那是你多心,我再不的。"但紧接下来的"羞笼红麝串"描写中,作者便把宝玉产生意淫的心理情境与所受"金玉良缘"之暗示影响结合起来,轻松而巧妙地构成了对宝玉的反讽。但相对于其他那些温馨的意淫场景描写——宝玉多能从虚幻的满足中获得轻松愉悦的心境,而来自多方暗示的"金玉良缘"之说汇集一起则在第二十九回酿成宝黛之间最严重的争吵,恰与第二十八回"羞笼红麝串"的旖旎形成鲜明的对比。其实一直以来,只是宝玉不自觉,"金玉良缘"就如同魅影一样经常徘徊在宝玉的潜意识领域,以致这沉重的压力最终在第三十六回以非理性的白日梦形式释放出来,从此宝玉便如释重负,再也没有在钗黛之间摇摆过。

与宝玉接受"金玉良缘"暗示的形式和反应迥异不同,黛玉对"金玉良缘"的领受简直达到病态敏感的程度。暗示心理学研究表明,在易受暗示性方面女性要比男性强,感性的人比理性的人强,而"人在情况不明时、在困难和焦虑时,也最容易接受暗示"。① 比较而言林黛玉可能是《红楼梦》中最容易接受暗示的人。其实除了对"金玉良缘"暗示的接受外,她还受许多其他暗示信息的困扰,如她对自己孤儿寄养处境的反复自我暗示都加强了她的焦虑感。而这些暗示对黛玉来说,大部分又都是消极暗示,消极的心理暗示则必然会对人的情绪、智力和生理状态产生不良的影响。

"金玉良缘"对黛玉的暗示影响远远超过除宝钗之外的许多人。从第十九回开始黛玉的神经就明显表现出对"金玉"之说的在意:"蠢材,蠢材!你有玉,人家就有金来配你;人家有'冷香',你就没有'暖香'来配?"第二十八回由于贵妃所赐礼物的不同,她又敏感地感受到来自"金玉良缘"的压力:"我没这么大福禁受,比不得宝姑娘,什么金什么玉的,我们不过是草木之人!"第二十九回她甚至公开表现出对宝钗的讽刺:"她在别的上还有限,惟有这些人带的东西上越发留心。"而

---

① 傅荣:《暗示术》,江西人民出版社,1989,第71页。

接下来便发生了宝黛之间规模最大的一次口角。黛玉心里想着："你心里自然有我,虽有'金玉相对'之说,你岂是重这邪说不重我的?我便时常提这'金玉',你只管了然自若无闻的,方见得是待我重,而毫无此心了。如何我只一提'金玉'的事,你就着急,可知你心里时时有'金玉',见我一提,你又怕我多心,故意着急,安心哄我。"而这边宝玉则要砸了那象征着"金玉良缘"另一半的"通灵宝玉",直与第三回宝黛初见时的摔玉构成了呼应。以上这些细节都不难分析,从中也不难看出都是"金玉良缘"之说的反暗示作用惹的祸![①]

黛玉对"金麒麟事件"的态度也可看作是"金玉良缘"暗示影响的延伸。其实不独黛玉在意金麒麟,宝钗又何尝不留意别人佩带了什么饰物呢?经过第二十九回大吵之后,宝黛二人的内心又靠近一层,尤其贾母"不是冤家不聚头"的一席话,使两人"好似参禅的一般,都低头细嚼此话的滋味,都不觉潸然泣下。……却不是人居两地,情发一心"。此后,二人暂时解决了"金玉良缘"带来的紧张冲突。然黛玉却仍不放心,因为可能是另一个"金玉良缘"翻版的"金麒麟"故事还没有解决。于是我们又看到第三十一回黛玉讽刺宝玉的话:"她不会说话,她的金麒麟会说话。"以至于第三十二回黛玉甚至用跟踪的方法想要了解宝玉对湘云以及金麒麟的态度,其多心竟到如此地步!幸而她既偷听到了宝玉对自己的真心评价,又明白了宝玉"诉肺腑"的知己之意并最终放心。至此,黛玉那颗被"金玉良缘"折磨得疲惫多疑的心才终于平静下来,开始享受爱情所带来的喜悦和创造,尽管她又开始因父母不在无人做主而不时地折磨自己。

三、"金玉良缘"对贾母、王夫人、凤姐等人的心理暗示作用

"金玉良缘"之说还体现了暗示心理学的群体性、社会性特征。在小说中不独宝黛钗三个当事人接受了它暗示的影响,对他们婚姻比较关注的贾母、王夫人、凤姐、元春、薛姨妈等也或多或少、或强或弱、或直接或间接受到它的影响,并因了她们身份地位的不同而反应各异。根据接受信息的态度大致可以把她们分成两组,即赞成"金玉良缘"之说的王夫人、元春、薛姨妈和否定"金玉良缘"之说的贾母和凤姐。由于她们都是成人或者过来人,所以"金玉良缘"之说总体上对

[①] 当然个中原因还有宝玉本身的犹豫和摇摆不定、有宝钗在宝玉身边的"不离不弃",但更有黛玉所说的"我也是为了我的心"的执着和追求。

她们的暗示影响不大，这是她们与宝黛钗三个年轻当事人的不同。但这并不妨碍"金玉良缘"之说最终在她们那里蜕变成一个关于宝玉婚姻选择对象这样的问题而在她们之间以另外的方式展开着，从而折射出"金玉良缘"符号信息所象征和承载的传统婚姻价值观对世人的影响。由于历来关于宝黛钗爱情婚姻之争背后的矛盾分析的文章甚多，为避免重复，这里仍仅限于叙述与"金玉良缘"之说暗示相关的话题。

先说王夫人、元春、薛姨妈这一派所受"金玉良缘"之说暗示的影响，它大体上应归于积极暗示这一类。首先薛姨妈，如前所述我们认为她是这一信息最早的传播者或者宣传者，而对于"金玉良缘"之说来自一个和尚这一点我们和薛姨妈一样丝毫不怀疑。在小说里，接受了和尚暗示的薛姨妈又间接充当了暗示者的角色，她不仅对宝钗说，对薛蟠、对自己的姐姐王夫人也都说过。至于她有没有在贾母面前暗示过，我们不得而知，但她却常以亲戚的身份出现在贾母的牌桌上或闲谈中，而从宝玉和黛玉都是间接听到这一说法可以推知薛姨妈的宣传活动范围之广。薛姨妈上述的这些活动或者有意暗示也体现了暗示的目的性、连续性、群体性和有效性特征，并对许多人产生了心理暗示作用，这其中就包括她的姐姐王夫人。暗示心理学认为暗示者与受暗示者的亲密关系也会增强信息的暗示性。薛姨妈是王夫人的亲妹妹，所以我们完全可以想象王夫人对"金玉良缘"之说的态度，而王夫人之态度无疑又是影响她女儿贵妃态度的最好暗示信息，这样"金玉良缘"之说便一层层转换并通过贵妃端午节礼物的形式再次得到权威的暗示和加强，这也是贾府内部关于宝玉婚配选择对象展开矛盾斗争的一个结果。缘此，我们也不难看到王夫人对宝钗、对黛玉包括对凤姐态度的前后微妙变化。如果说让宝钗参与到大观园的管理包含着对凤姐的不满，那么王夫人对袭人的收买、对宝玉身边人的监视，以至于驱逐因"眉尖长得像林妹妹的"晴雯等，简直就等于是直接宣布对黛玉的厌恶。

贾母和凤姐是贾府位高权重的人，她们一个是最高权威家长，一个是现行的当家人，她们对"金玉良缘"的态度自然十分重要。我们知道以薛姨妈的宣传力度，她们不可能不知这一信息的流传，但从她们表现出的态度看，我们认为她们是宝黛"木石前盟"的支持者，也就是说"金玉良缘"在她们这里起到了消极的暗示作用，即成了反暗示和消极暗示。我们试各举一例说明之。第二十九回，就在贵妃的礼物暗示了某种信息以后，贾母带一家众人到清虚观打平安醮，席上张道士要为宝玉说亲，贾母于是趁机发表了对宝玉婚姻问题的看法。贾母道："上回有和尚说了,这孩子命里不该早娶,等再大一大再定罢。你可如今打听着,不管她根基富贵,只要模样配的上就好,来告诉我。便是那家子穷,不过给他几两银子罢了。"贾母的这席话,分明是对"金玉良缘"的否定。"金玉良缘"中说:"金锁是个和尚送的,等日后有玉的方可结为婚姻",而贾母则针锋相对"上回有和尚说了,这孩子命里不该早娶",这里用"和尚"否定"和尚"是很有深意的。其实贾母的态度通过凤姐的表现也可以看出。第二十五回凤姐曾开黛玉的玩笑说:"你既吃了我们家的茶,怎么还不给我们家作媳妇?"这不等于是公开表达了对宝黛婚姻的支持吗?反之,也就是曲折表达了对"金玉良缘"之说流行的不满。凤姐最会察言观色且善于揣摩老太太的意思,实际上不论从理解老太太的暗示还是从自己的利益出发,凤姐都应是"木石前盟"的支持者,因为如果她想要巩固自己的管家地位,黛玉无疑是宝玉婚配最合适的人选,而宝钗则只会对其构成威胁。同理,老太太对于宝黛的权威暗示还通过贾府下人的态度反映出来。如第六十六回兴儿对尤二姐介绍贾家情况时也是这样介绍宝黛婚事:"老太太便一开言,那是再无不准的了。"

四、不是结语的结语

由于本文仅限于分析"金玉良缘"这个信息的暗示心理学现象,确切地说主要是小说第三十六回以前的故事,至于后面围绕宝黛钗婚姻所展开的矛盾尤其是第八十回后的婚配故事包括贾母和凤姐态度的变化等,都已超出我们所关注的范围,这是首先要说明的。其次,显然作者在小说中十分普遍地使用了暗示这样一种表现手法,这种暗示手法在文学艺术中的使用,西方近现代已经有了较充分的理论自觉意识。"象征主义的本质因素便是暗示……暗示的完美运用就成为象征。法国象征派诗人马拉美的'直说即破坏,暗示才是创造'一语道破暗示在文艺创作中的特别作用"。[①] 本文中的暗示描写艺术正可作此解。最后,《红楼梦》的这种从生活中观察得来的不自觉的暗示描写艺术,在心理刻画上也已触及了人物的潜意识和前意识领域,由于这方面的红学文章已不少,此不再赘。

(原载《学术交流》2010年第5期)

---

① 林崇德等:《心理学大辞典》,上海教育出版社,2003,第14页。

也谈新编电视剧《红楼梦》中的
失误与穿帮镜头

2010年新版电视剧《红楼梦》在地方台播出第一轮之后,日前又开始了卫视的新一轮直播,照例又掀起了网友们的热评。笔者没有跟着电视台看直播,而是在电脑前花了几天的工夫一股脑看完,当然有些地方是拖着看的。这里笔者无意顺着众网友的"民意",将新编《红楼梦》电视剧一"黑"到底,但确实也对电视剧中出现的诸多失误不能不提出批评。以下是从网上搜罗的包括笔者自己看到的新编《红楼梦》电视剧中的一些失误或穿帮镜头,仅供大家参考。

第一类:打错字幕现象

(1) 贾母、刘姥姥等吃过饭游览到了妙玉的栊翠庵。这里栊翠庵的"栊"字打成了"拢",而后边出现"栊翠庵"三字时,既有打成"拢"、也有打成"栊"的,十分混乱。按:"拢"和"栊"两种写法在《红楼梦》的不同版本中都存在,但问题是这次改编使用的是1982年人民文学出版社的校注本,在这一版本中是写作"栊"。又,细心的观众还可以发现电视剧中出现栊翠庵时,其门楣的匾额上即是"栊翠庵"三个繁体字。

(2) 黛玉打趣来探望她的宝玉为"渔翁",后不慎又说自己是"渔婆",遂羞得脸红。这里"渔翁"打成了"鱼翁"。在后来黛玉焚稿时回放的这个片段里,这个错误又正好颠倒了过来,将"渔婆"打成了"鱼婆":"就像画里画的和戏上扮的鱼婆了。"

(3) 宝玉想着要为新来的几个姐妹接风,地点选在了芦雪庵,正好夜里又下了一场大雪,宝玉欢喜异常。这里"庵"字错打成了"广"字,后面又连续出现了好几次。按:《红楼梦》不同版本"芦雪庵"这个地名确有不同写法,如有的写作"芦雪庭",有的写作"芦雪广"。但依1982年人民文学出版社校注本,这里应为"芦雪庵"。

（4）同上回故事中，即景联诗落后的宝玉被罚去妙玉那里折红梅花并作《乞红梅诗》一首，这首诗最后一句"衣上犹沾佛院苔"中的"犹"，被错打成了"忧"字。

（5）鸳鸯拒婚一回，贾赦没有得逞，于是有"贾赦无法又含愧，只得又各处遣人购求寻觅"的旁白，这里"遣"字错打成了"谴"。

（6）贾政逼宝玉读书应试，说无论如何他都要参加今年的"秋闱"，这里"闱"错打成了"帷"字。

（7）邢夫人为巧姐做亲，并让几个妇人来瞧，平儿到王夫人处说"到底不知是哪个府里的"，这里"哪"字打成了"那"字。

（8）每集片尾题名"范曾"的"范"繁体字打成了"範"字。虽然"范"之繁体为"範"，但作姓氏用的"范"还是"范"，并无繁体之用。

另外，还有一些网友指出几处打错字现象，按 1982 年人民文学出版社校注本其实并不算错。如有人指秦可卿托梦凤姐有一句"脂粉堆里的英雄"，怀疑"脂粉堆"应该是"脂粉队"。再如贾芸入大观园种花种树前，晚上大观园值班的女管家传话里面的人说"明日有人带花匠来种树，叫你们严禁些"；蒋玉菡与袭人成亲以后，"原来当初只知是贾母的侍儿，益想不到是袭人"。这里的"严禁"和"益想"也不能改成"严谨"和"意想"。

第二类：演员或旁白读错字情况

（1）贾芸种花种树一回，台词"那土山上一溜都拦着帷幙呢"。这里的"幙"字不读 man，它其实是"幕"的异体字。

（2）前面"芦雪庵"不仅"庵"字打成了"广"，连字音也读成了"yan"，许多人可能不得其解，其实"广"既是多音字，也是异体字。按《说文》"广"字："因厂为屋，也，从厂，象对剌高屋之形。凡广之属皆从广。读若俨然之俨。鱼俭切。"又"广"同"庵"，清桂馥《说文解字义证·广部》："馥谓'广'即'庵'字，隶嫌其空，故加'庵'。"因此我们认为这里的"芦雪庵"乃是正解，而且电视剧画面上出现这一场景时，其门楣上的题字就是"芦雪庵"三字。

（3）宝玉《乞红梅诗》，开头一句"酒未开樽句未裁"的"裁"字，宝玉扮演者竟读成了"zai"。

（4）贾母出殡一场，旁白有"贾政为长，衰麻哭泣，极尽孝子之礼"，其中"衰"字不应读 shuai，而应该读 cui（平声）。后面又有旁白说众子女丫鬟上下人等送殡之人"衰麻孝服"，"衰"字也应如是读。这一异读字其实在小学课本中早已出现过——"乡音无改鬓毛衰"。

第三类：电视剧中出现的一些常识性错误

（1）辈分搞错。"冷子兴演说荣国府"中有一句台词："又有长子所遗一个玄孙"，既说是长子却说是"玄孙"，很是荒谬。

（2）用错礼仪：贾雨村娶娇杏用的竟是娶正房的礼仪。虽然婚礼是晚上，却既有大红喜字，又有红盖头、音乐唢呐等。

（3）抛头露面：黛玉进京路上，竟多次无遮挡地立在船头、码头看风景，全然不顾大家小姐的规矩礼仪。

（4）贾府何其小：以"大制作"著称的新版电视剧十分讲究布景的奢华和大气，但我们却不难注意到林黛玉进深宅大院荣国府时，"不进正门，只由西角门而进"，新剧画面上的正门距离西角门大约只有 10 米，使烜赫的国公府显得何其小！

（5）男女授受不亲：宝钗进贾府一回，原著中男眷女眷是分开两边拜见的，而新版电视剧中薛蟠则直接跟着薛姨妈进府，并大大咧咧地在贾府闺阁中穿行，与姑娘媳妇全无"男女授受不亲"的礼节。

（6）丫鬟不管小姐：黛玉初进贾府，鸳鸯在为"三春"通报大喊"他们来了"之后，竟甩开帘子自己走进门，全然不顾后面的三个小姐还要亲自打帘子。

（7）又一个搞错辈分：贾政的门人竟称贾政为"老世兄"，这实是他们对宝玉的称呼，小说原文称贾政为"老世翁"。

（8）王夫人年龄不统一：前面宝玉挨打时王夫人对贾政说"如今我已将五十的人了"；宝玉挨打后，王夫人又对袭人说"我也五六十的人了"，而原著则是"我已经快五十岁的人了"，这里我很疑心是演员自己顺口说错了（许多观众也批评王夫人的扮相看起来年龄偏大）。

（9）薛蝌竟然称呼薛姨妈为"姑妈"：宝钗允婚一回，宝钗在答应贾府婚事前，薛蝌有回薛姨妈关于薛蟠的案子："姑妈不必担心，哥哥的事上司已经准了误杀，一过堂就要题本了，叫咱们准备赎罪的银子。"把自己的婶子称为"姑妈"，这台词改编得也太不靠谱了。

（10）玉玦器形不对：贾母临终前将自己的宝贝"汉玉"留给了宝玉，"自贾母将祖传玉玦传与宝玉，两日不再进饮食"。台词称为"玉玦"的宝物是个"甜瓜"形状，这和"玉玦"环形有缺口的器形特征明显不符。

第四类：穿帮镜头

这一类也是网上批评最为激烈的一点；许多网友不仅指出其穿帮之处，并且还配有不少截图画面,"图文并茂",很是"精彩",囿于篇幅,这里也只能限于文字的描述。

(1) 风和日丽天气打伞:贾雨村在林如海府上做家教,因黛玉母亲病,功课少,所以经常于"风和日丽"之时出门散步,但在画外音"风和日丽"出现时的画面却是贾雨村打着伞出门,并意外地碰见了冷子兴。

(2) 现代平房:在元宵灯会一回中,远景镜头竟然出现了现代平房,虽然是远景且有些模糊,但也是一种败笔。另外,同个场景不久,水面上又出现了白色不明物件,希望不会是塑料袋之类的现代人物品!

(3) 会还原的茶杯:刘姥姥一进贾府,正喝水时闹钟响了,吓了一跳,水杯里的水洒在桌上,放回时盖子也斜了,但等她和板儿看过闹钟回到桌前,杯子一切又都摆正了,洒在桌子上的水也不见了。

(4) 忽隐忽现的斗篷:秦可卿出殡一回。在一个尼姑庵里,宝玉去找秦钟时,身上的斗篷一会儿披了,一会儿又没有披,最后出来时又披上了,可宝玉的身边并没有小厮跟着啊!

(5) 会变色的幔帐:元妃省亲,家宴时用的大厅幔帐一开始是一种暗黄色,但镜头拉近却变成了大红色,后来李纨叫宝黛钗和"三春"去看戏又变成了暗黄色。

(6) 都是特技惹的祸:电视剧中每当出现沁芳亭桥全景时,它的左下方都有两个模糊不清的小人在活动,估计这都是电脑特技惹的祸。

(7) 塑料花太假:许多网友指出黛玉葬花时的塑料花那几处都太假,有人甚至指出还有绳子吊着的穿帮镜头,这与1987年版中全用实景、美丽鲜艳的桃花形成了鲜明对比。

(8) 可怜的扇子:晴雯撕扇子一回,所撕扇子宝玉递给她的是一个,但她撕的却是另一个,图案都不一样,镜头一变又成了另外一把扇子。不知道晴雯到底撕的是谁的扇子,或者撕了几把扇子?

(9) 女孩子不穿打底裤:大观园众女孩在园中玩耍时不小心露出了一截小腿儿,不符合那个时代女孩子的穿着打扮。

(10) 吃顿饭也换个地方:大观园摆宴席,鸳鸯三宣牙牌令,小说里的地点是在缀锦阁,而且这场宴席一直都在同一地点举行。但电视剧则说是在"藕香榭",且还换了两个地方:开始是一个露天圆形的台子,比较开阔,大家说酒令;但接下来刘姥姥喝酒以及吃饭的镜头却是到了一个亭子里面,原来的小方桌也换成了大圆桌。

(11) 冬天在室外雪花纷飞时喂鱼：芦雪庵一回，老太太穿着厚厚的冬衣站在室内，打开窗子观看室外两个女孩儿正顶着纷飞的大雪喂小鱼，缸里的水没有结冰，鱼缸里的浮萍也还绿着。

(12) 难道两个兴儿不成：贾琏去平安州出差前安排了贴身仆人兴儿照顾尤二姐，但他从平安州办事回来先到尤二姐院，随身的仆人里是没有兴儿的；他在得知二姐已被凤姐"赚"入贾府后却顺口来了句台词"兴儿快走"，可此时兴儿早被凤姐看管了起来呢！

(13) 忽隐忽现的大树：荣国府正门口左边里面的一棵树，许多网友发现它有时有，有时又没有。

(14) 花囊中的花还在：黛玉葬花时明明已将花囊中的花瓣倒入坑中掩埋了起来，但黛玉离开时的镜头花囊却仍是鼓鼓的，花瓣竟然还在！

第五类：改编值得商榷的细节

这些细节改编的成败当然见仁见智，笔者的观点仅是一家之言。

(1) 黛玉进贾府吃饭时有漱口吐水的镜头，水流清晰可见；再后面刘姥姥讲笑话以致众人有"喷饭"的镜头，这些场面既不雅，也不合大家庭的礼仪规矩，更与编导所谓美轮美奂的美学追求不相符。

(2) 第二集宝玉与众姐妹玩捉迷藏游戏，镜头里竟有摸到了宝钗身上金锁的细节；虽然说亲戚姊妹可以不大避嫌，但如此亲密似有越礼嫌疑。

(3) 比"通灵"一回戏，宝钗看宝玉的通灵宝玉，宝玉是摘下来递给她看的，但在宝玉要看金锁时，宝钗竟未摘下来，而是任由宝玉凑在自己的胸前拿在手上看，与宝钗修养不符。另，宝钗的金锁这里是用项链串起的，因而不得不从衣领子里掏出，可前面以及后来的镜头中却都是在项圈上挂着的。

(4) 第十集宝钗生日，大家在听戏，宝、黛、钗三人本是坐在一张小桌旁的，彼此靠得已是不能再近了，但宝钗为宝玉念《寄生草》曲子时却有句台词"你过来"，显得十分生硬。

(5) 第十二集黛玉夜访怡红院遭拒，在门外哭泣。编剧这里设计了下雨的情节，并让她在雨中徘徊，虽然增添了悲剧气氛，但却没有考虑身子瘦弱的黛玉怎经得起雨淋？另外，下雨了她的丫鬟怎么会不来找她？

(6) 第十三集，既然昨天晚上下了雨，但我们看黛玉葬花时挖的泥土却是干的，非常疏松。同集，黛玉葬花后，有一个对花冢的特写镜头，是两个土堆，但这两个土堆明显都是新土。若说刚刚埋的是新土,另一个却是几天前的花冢,经过一场雨,显然不应该再是这样。又两个土堆的方位也与黛玉葬花的位置不一样,很显然并不是刚才她所葬花的地方。

(7) 羞笼红麝串一回戏,设计为在王夫人跟前,让宝钗娇羞的情景都落在王夫人眼里,而黛玉吃醋表情也没有逃过她的眼睛。另,王夫人还有几次观察宝、黛、钗之间互相明争暗斗的特写镜头,这些也都值得商榷。

(8) 兴儿向尤二姐演说贾府的一段戏,让兴儿介绍贾府情况竟用了十三分钟之多,戏份似乎有点太长,而且这一段戏实在缺乏戏剧性,除了沉闷还是沉闷;倒是后来凤姐让兴儿自掌嘴巴的镜头很是出彩。

(9) 《红楼梦》中女孩是天足还是小脚一直是红学界争论的话题之一,贾母看尤二姐小脚这一细节虽然1982年人民文学出版社版的《红楼梦》有这样的描写,但拍出来却感觉不是很合适,有些突兀。

(10) 柳湘莲出家时的背景仍是三姐死亡时乱糟糟的场景,这与画外音买棺下葬后方出家的情形显然有些不合榫。

(11) 滑稽的问答场景:尤二姐吞金死后,众人发现并把她抬到了另外一个地方停灵。在众人抬着尤二姐尸体的路上,有一段贾琏向凤姐要钱发葬二姐的对话,两个人的一问一答给人的感觉很是滑稽。

(12) 抄检大观园一回,探春打王善保家的动作好像有点太多,打一巴掌还不够,竟然让颇知礼仪的三小姐愤愤地追着打。

(13) 抄检大观园一回,改编者竟然让司棋亲自念查抄出来的表弟潘又安写给她的情书;以司棋比较刚烈的个性,这种当面羞辱应是难以想象的,可说完全不符合司棋的性格。

(14) 争议最大的改编恐怕莫过于"黛玉裸死"这个问题,网上已有很多声讨导演的帖子,这里就不再展开。

(15) 另外还有两处吵架的细节处理也稍显失当:第十四集,晴雯与宝玉、袭人拌嘴,晴雯嗓门大得似乎有些刺耳。第十五集,薛蟠与母亲吵架一回,薛蟠动作大到几乎要将薛姨妈推到。

以上就2010年新版电视剧《红楼梦》梳理出大小五十余个问题,笔者自然并非有意针对它的五十集而设计。其实存在这么多问题,固然既有前期准备工作的不周密,更有后期制作的不严谨,但我们也不必求全责备。据说制作方已就网友们提出的常识错误,在新一轮放映的剧中做了些改动。再者,退一步说,即使影视作品中很多经典名片,不也存在着诸多这样那样的问题吗?这一点大家只要看看"穿帮网"上的统计就可知道(1987年版《红楼梦》有三十处穿帮镜头,1986年版《西游记》有四十余处穿帮镜头)。

笔者对2010年新版《红楼梦》总体上还是颇为看好的,有争议非常正常,当年1987年的《大话西游》也曾被人诟病不轻,但制作者就在这争议之中踏上了他的经典之路。也许是爱之深,所以才责之切,所以希望大家都多给作品一些时间,让时间来检验一切吧。

(原载《电影评介》2010年第19期)

二十世纪以来香菱研究综述

香菱是《红楼梦》中第一位出场的女子,在小说中位列金陵十二钗副钗之首,是一个十分重要的人物。传统旧红学以评点或题红诗等形式对这一人物多有评介,但明显重视不够,二十世纪以来尤其是八十年代以来,对香菱形象的研究逐渐多了起来。据笔者对目前"中国知网"的统计,二十世纪以来有关香菱形象的论文有三百余篇。研究这些文章的分布,不难发现以下一些特点:其一,新时期以前尤其是1949年之前,单篇论文数量极少,加起来总共也就十余篇,并且大都属于泛泛之谈,质量不高。其二,二十世纪八十年代以后,有关香菱的研究虽然开始多起来,但论文真正的增加甚至可以说"井喷"主要还是在进入二十一世纪之后,尤其是"香菱学诗"入选中学语文课本以后。其三,这些"井喷"时期的文章大部分只是中小学教师的教学论文,主要还是研讨"香菱学诗"这篇课文,所以重复、没有学术价值但数量庞杂是一大特色。其四,受"香菱学诗"入选中学语文课本影响,一些学者也增加了对这一人物的关注,写了不少有质量的论文,推动了香菱形象研究向前发展。综合而言,二十世纪以降,属于学术范畴的香菱研究论文包括一些论著中的章节还是取得了不小成绩,使香菱研究与其人物形象在小说中的实际地位逐渐相匹配。考察近百十年来的研究成果,不难发现学者们的关注焦点主要是围绕以下几个方面的话题来进行的。

一、命名取义

关于香菱一生三个阶段三个名字的命名取义,其实早在评点派阶段就已经明白指出,如脂评里就有:"二字仍从莲上起来,盖'英莲'者'应怜'也,'香菱'者亦'相怜'之意。此是改名之英莲也。"①王雪香还对"英莲"和"香菱"两个名字之间的内在关系做了一些解释："莲花命名,大概用青、红、白、翠、紫、绿、玉等字。今取英字,与人独异。英者,落英也,莲落则菱生矣。"②沿着前人的这一思路,今人则做了更加深入细致的阐释工作,如周思源就挖掘了香菱三个名字之间转换的丰富内涵,他指出："菱与莲虽然都生于水中,但是莲的根茎扎于泥里为藕,茎伸出水面开出荷花,所以判词说'根并荷花一茎香',暗示她就是英莲。而菱虽然也是水生植物,却并不扎根于泥,暗示香菱已经失去父母。"复次,"荷花与菱花虽然都有香气,但是菱香和莲香也有一个重要区别即荷花是多年生草本植物,而菱为一年生草本植物。所以当英莲变成香菱后,就意味着这个女孩生命力的短暂。"再者,"造成香菱生命短促的原因是薛蟠娶了夏金桂之后,'香菱'又被迫改成'秋菱',菱为夏末秋初开花,秋季结实,一年的生命周期就结束了"。③ 应该说上述的解释有它一定的道理,也基本符合作者的原意。此外,刘晓明还就夏金桂、薛宝蟾、秋菱三个名字之间的复杂关系专门撰文做了解释："金桂者,八月之季花也。宝蟾者,月宫之蟾蜍也。两者的出现均与中国人注重的中秋之月有关,与人之圆缺有关。而香菱变秋菱,香者,芳香也;秋者,肃杀也。……由芳香到肃杀,菱藕自然生长之过程也。"并指出："赏月的花季与场所,金桂盛开,看重宝蟾,香菱却变秋菱莲枯藕败。这是《石头记》赏月季节金桂、宝蟾与香菱三者的规律性与特点,她们之间是相互关联的。"④与以往解释"甄英莲"谐音"真应怜"并指向所有红楼女儿薄命的象征寓意不同,孙俊红却认为"甄英莲"谐音"真应怜",是虚化了的曹家命运的一个象征符号,并指出作者通过虚化了的"甄英莲"之后的几个意象而将曹家败亡的过程串了起来,"曹家因离'葫芦庙'太近而有致火(祸)之险。因'炸(榨)供'而致大火(大祸)。大火(大祸)'接二连三,牵五挂四'烧了好几家。曹家'只有他夫妇并几个家人性命不曾伤了'(后来到了北京)"。⑤ 这也算是一家之言吧。

结合香菱三个名字的变化来描述香菱一生的悲剧命运,是当代许多关于香菱研究文章的一种行文模式,最早使用这一模式的是蒋和森的《香菱的名字》："不过,通过这个'薄命女'的三个名字的变化,已经可以看出一个人的曲折而多

---

① 陈庆浩:《新编石头记脂砚斋评语辑校》,中国友谊出版公司,1987,第156页。
② 朱一玄:《红楼梦资料汇编》,南开大学出版社,2001,第587页。
③ 参见周思源《周思源正解金陵十二钗》,中华书局,2005,第135—144页。
④ 刘晓明:《红楼人物谈》,南京出版社,1997,第154—156页。
⑤ 孙俊红《浅析〈红楼梦〉中"甄英莲"形象的象征意义》,载《名作欣赏》,2008(24)。

难的一生。"①于此我们读出了香菱三个名字与她一生命运的密切关系。傅继馥也强调并指出这种关系的重要性:"如果以为'香菱'只是'英莲'的转化,而忽略了其中更深的寓意,那就未免是买椟还珠了。"②康来新则更进一步指出名字变化之于香菱形象的独特意义:"先是姓甄乳名英莲;而后在薛家为妾,唤名香菱;薛家娶夏金桂为媳妇,香菱遂改称秋菱;金桂势力消失,'香菱'的禁忌被解除,'秋菱'扶为正室'香菱';而最后……她又回归到最初'英莲'的身份,依旧做她父亲在尘世中未曾了却的唯一受引渡者——'小女英莲'。这一组峰回路转式的名分改称,又配合香菱形容的实质转换,遂使香菱成为《红楼梦》里极少数兼具生理年龄蜕变形象与名分改换的人物。"③当然,关于香菱三个名字变化与其一生的关系有人也有不同的见解,如袁锦贵就认为与其说作者让香菱经历了三个名字,不如说是作者赋予了香菱三个灵魂。他认为:"'英莲'之名隐喻了香菱与宝玉的情爱;'香菱'之名隐喻其'有命无运''陷入泥沼,不能自拔'的悲哀和'实堪伤'的平生遭际,更隐喻了香菱与宝玉情爱的虚幻;'秋菱'之名隐喻其在中秋之后金桂死去不久即将逝去的悲剧结局,而且隐喻香菱的死与金桂有很大关系。总之,三个名字,三个阶段:情爱——情空(幻缘)——逝去。"④或许人们不见得会认同他的这种说法,但这也正好说明了香菱名字命名取义的可阐释空间。

此外,还有一些文章谈到《红楼梦》中女仆改名现象所折射的社会问题。王开桃认为这种现象既"反映中国封建社会晚期女奴不能自主的悲惨命运",也"揭露贵族统治者对女奴的蔑视和憎恨",同时也表现了"女奴对被奴役被迫害的命运的麻木心态"。⑤陈慧玲具体结合夏金桂为香菱改名的细节,则进一步把矛头指向了历史上儒家所倡导的"正名"理论。在文中,她首先分析了夏金桂为香菱改名的具体原因,并指出这其中逻辑的荒谬性:"香菱本来是应该在夏天,却硬被金桂改名为'秋菱';金桂本来是在秋天,可偏偏是姓夏,名与实之间的这种'错位',并非语言符号本身的问题,而是使用者主观使然。"⑥而正是这种所谓尊卑的理念导致了名与实的分裂,从而也揭穿了儒家"正名论"的虚伪性。

---

① 蒋和森:《红楼梦论稿》,人民文学出版社,1959,第356页。
② 傅继馥《〈红楼梦〉人物命名的艺术》,载《红楼梦学刊》,1980(2)。
③ 胡文彬,周雷编:《台湾红学论文选》,百花文艺出版社,1981,第309页。
④ 袁锦贵《从香菱改名看香菱的命运——〈红楼梦〉中"香菱"新解》,载《小说评论》,2009(S1)。
⑤ 王开桃《论〈红楼梦〉中有关女奴被改名的描写》,载《红楼梦学刊》,2002(3)。
⑥ 陈惠玲《〈红楼梦〉香菱改名的批判功能》,载《名作欣赏》,2010(5)。

二、性格特征与审美意蕴

关于香菱的形象性格,学界一直以来都有比较普遍的解读与定评。木村说:"香菱以呆态出现于书中,这个呆,可不是薛蟠呆霸王之呆……乃是斯文中呆性行为。"① 朱淡文说:"呆,痴,其实乃是纯真和一往情深的代词。无论是对学诗、对薛蟠还是他人,香菱都表现出这一性格特征。"② 胡文彬也指出:"这三'呆',足以表现香菱的纯情和天真的情性。"③ 康来新的评价更高:"香菱虽遭厄运的磨难,却依然浑融天真,毫无心机,她总是笑嘻嘻地面对人世的一切,恒守着她温和专一的性格。"④ 而吴晓南则几乎把她提升到一个"完美"的高度:"悲惨的生活既不能使她失去她的温柔、纯真和爱心,便更无法使她失去对美好的追求;她既非任情任性,又非人情练达;她既没有一丁点儿清高孤傲,也没有半丝礼教气息。她不抱怨、不自怜,她不自持、不自傲,待人处世全凭一副真心眼儿,换言之,她的性格是一种没有被社会异化的、纯粹的'女儿'原来的特质。"⑤ 持同样论点的还有赵继承:"香菱的性格如前所述也正有这样的特点,温柔、善良、纯真、娇憨,然而其真善美却全源自一片自然天性,不假一丝一毫的人为做作。"⑥ 而在谢俊德那里,除了集合所有女性优点于一身,香菱还是一个德行方面的"完人":"在她近乎完美的外在形象背后,更多的还是表现出符合封建社会对女子的'礼义'规范,这成为香菱艺术形象的基本性格特征。"⑦ 总之,不仅是学者,而且在许多读者的眼里,香菱也是书中少有的一个纯真且具有诗心的"万人迷"。

但是,在一片赞美之词的背后,也有不少人表示了某种困惑。雨后说:"在私有权力统治下的几千年历史上,如香菱的身世遭际的并不罕见。奇怪的是,香菱对自己的身世似乎并不关心。这和林黛玉、史湘云因父母双亡而感伤的心态,表现出了明显的区别。"⑧ 詹丹也说:"更为令人感觉沉痛的是,香菱始终以一种置

---

① 吕启祥、林东海主编:《红楼梦研究稀见资料汇编》,人民文学出版社,2001,第 1279 页。
② 朱淡文《香菱爱薛蟠》,载《红楼梦学刊》,1998(4)。
③ 胡文彬:《冷眼看红楼》,中国书店,2001,第 37 页。
④ 胡文彬、周雷编:《台湾红学论文选》,百花文艺出版社,1981,第 309—311 页。
⑤ 吴晓南:《"钗黛合一"新论》,广东人民出版社,1985,第 39—40 页。
⑥ 赵继承《回归浑沌——"钗黛合一"的另一种可能——香菱形象的深层内涵兼论湘云》,载《河南教育学院学报》,2008(1)。
⑦ 谢德俊《论香菱的艺术形象及其思想内涵》,载《西安建筑科技大学学报》,2010(3)。
⑧ 雨后:《红楼微言——曹雪芹到底在说什么》,河北教育出版社,2006,第 199 页。

之度外的态度来坦然领受这样的痛苦,甚至都感觉不到她有过痛苦的第四回,当她得知可以摆脱人拐子之手得嫁冯渊时,她居然说是自己罪孽满了,好像她的一切不幸,都是前世作下的孽。"①那么,该怎样解释香菱身上这种按常理是很难理解的矛盾表现呢?

显然,对于上述问题的质疑构成了另外一些关于香菱形象性格的解读。王意如认为香菱的"呆"即包括有认命在内的成分:"她把所有的苦难都看作是自己造成的,尽管她善良得到了'呆'的地步,她还是相信自己在前世有'罪孽'。也正因为如此,她乖乖地忍受命运的安排,从不逾规越矩。"②持相同观点的还有丁武光:"作者不时赋予她'痴'与'憨'的评判,或许,这正是香菱对于加诸自己命运的隐忍与认可,以自身的拙朴憨痴消解一些人生境遇的狰狞与悲苦。"③万萍则指出香菱在表面憨痴的背后隐藏的却是内心的伤痕累累:"进入势利的贾府之后,香菱更加冷静,更加成熟了。她毫不希罕世俗人心的怜悯,可以说,在她淡漠摇头的后面,正隐藏着遍体的累累鞭痕。"④但沈威风在从职场生存的角度解读时,却发现"这么些年香菱却好似从来不知道搭把手管管家里的事,一出场就是摘花弄草憨解了一条石榴裙。……她竟是不晓得未雨绸缪、建立自己的势力和地盘、站稳了脚跟、让薛家离了她不行。"⑤由此得出香菱绝不是一个善识时务者的结论。周思源甚至一针见血地指出,香菱的"呆"和"痴"不仅不是她天真和纯情的表现,而是一种可怕的麻木:"她所受的苦难和这种痛苦经历对性格的消极影响,要比晴雯大得多。由于香菱的悲惨遭遇,在她身上缺乏少女通常具有的那种灵气。……所以香菱的呆,不是笨,也不是宝玉式的痴情,而是精神上的麻木!"⑥与此同时,网络上也发出了一片批评之声,如有人指她只是个"糊涂虫""悲剧的不觉悟者""一朵迷失的花"等。

到底生活的苦难有没有改变她"少女的善良、纯真与娇憨的天性"⑦,看来这个问题的论争还要继续下去。其实即便睿智如王蒙也曾对香菱形象发出过这样的慨叹:"惟独香菱,我读《红》少说着也有十几遍了,始终没找到对于香菱的感

---

① 詹丹《从说开去到说进去——谈中学语文教材中的"香菱学诗"》,载《红楼梦学刊》,2011(1)。
② 王意如:《趣说红楼人物》,上海人民出版社,2008,第178页。
③ 丁武光《香菱故事的多重视角》,载《贵州民族学院学报》,2009(3)。
④ 万萍《关于香菱学诗》,载《红楼梦学刊》,1984(2)。
⑤ 沈威风:《职场红楼》,东方出版社,2004,第211页。
⑥ 参见周思源《周思源正解金陵十二钗》,中华书局,2005,第135—144页。
⑦ 李希凡,李萌:《传神文笔足千秋:〈红楼梦〉人物论》,文化艺术出版社,2006,第301页。

觉。""是不是作者太同情和喜欢这个人物了，反看不出人物轮廓了呢？如此悲惨而无悲情；如此孤单而不感孤单；如此学诗有成心有灵犀，乃至可以与黛玉对话、至少能与黛玉做伴；如此能为宝玉情解石榴裙（按情解石榴裙的含义是绝无含糊的，就是把身体给了宝玉之义），而又天真无瑕。"①或许吴敏的说法可以解释一部分王蒙的慨叹："可是对于香菱，我们却只能从他的观察、评说中得个不甚明晰的概念，很难具体分析她的个性特点。所以，我认为作者是有意用'云浓雾雨'的手法把香菱塑造成一个具有共性而个性不甚明了的人物形象。"②

其实，如同香菱性格的是是非非一样，有关这一人物形象的审美意蕴也众说纷纭、莫衷一是，这也正好反映了香菱形象的复杂性与可阐释空间。如一些论者认为："曹雪芹用痴呆概括香菱的性格特征，并以此展开笔墨用正衬与反衬塑造香菱'痴、呆'的人物形象，诗化其'痴呆'的典型个性，进而更深入地将其'痴呆'的个性升华到审美的高度。"③康来新则认为香菱是小说孤女这一类型人物中，既不同于"孤高冷僻得过了分"如黛玉、妙玉，也不同于"人情练达、世故而持重"如宝钗、袭人、平儿者，她代表的是作者因"钟爱与怜惜"而塑造的另外一种典型。④还有论者借用道家的一些说法，称香菱为返璞归真型："香菱则是将宝钗的温柔和平都化为一种黛玉式的自然率真，消除了宝钗的世俗气息又没有黛玉的孤高自许，将黛玉的任情任性与宝钗的温柔和平都化入一片浑厚之中，从而在自然化的方向上更趋于极点，借用道家的说法就是——返璞归真。"⑤刘宏彬更从自我超越的角度给予香菱极高的评价："如果说，晴雯对袭人构成第一次超越，即精神需要对物质需要的超越，那么，香菱则对晴雯构成第二次超越，即自我实现需要对物质、精神一般需要的超越……香菱代表的境界，是人生的最高境界，此境与宝玉的'意淫'相沟通，是一种'灵境'。"⑥

有意思的是，同样是从儒家思想的角度切入，并且同样都指认香菱是封建社会女子悲剧命运的典型，人们却得出了截然相反的结论。谢德俊说："在她身上不仅体现了女性的才、情、美、德，还是封建礼教规范的自觉维护者，体现了作者

---

① 王蒙：《王蒙谈红说事》，北京十月文艺出版社，2008，第50—51，265—267页。
② 吴敏《薄命司中薄命女》，载《黄山学院学报》，2001(4)。
③ 王明好《如痴如呆话香菱——解读〈红楼梦〉中香菱的人物形象》，载《时代人物》，2008(5)。
④ 胡文彬，周雷编：《台湾红学论文选》，百花文艺出版社，1981，第309—311页。
⑤ 赵继承：《回归浑沌，"钗黛合一"的另一种可能——香菱形象的深层内涵兼论湘云》，载《河南教育学院学报》，2008(1)。
⑥ 刘宏彬：《红楼梦接受美学论》，河南人民出版社，1992，第188—189页。

'守理衷情'的人生理想。作者对她饱含同情与悲悯,就是对'存天理,去人欲'的封建伦理制度的控诉。"①而周思源认为:"她的女性意识完全丧失了……所以香菱最应该可怜的正是这种极度的性麻木,自觉的妾意识。曹雪芹通过香菱这个艺术形象批判的正是最道貌岸然的封建礼教对女性造成的严重精神创伤。这正是香菱形象的独特典型意义。"②

三、香菱学诗与情解石榴裙

随着2003年"香菱学诗"入选人教版中学语文课本,其后上海、山东、广东等地也纷纷将这一精彩片段选入语文教材中,这就是前面我们介绍"中国知网"两百多篇关于"香菱学诗"教学论文"井喷"的大背景。但这些文章于香菱形象研究几无任何学术价值,大部分属于詹丹所说的既没有"说进去"也没有"说开去"的那种,甚至对香菱形象的解读还不无负面影响。"当香菱学诗的复杂意义从文本的具体语境中被抽取出来,成为当下现实功利化的同质化个案时,不但抹杀了经典文学的深刻内涵,也模糊了人们对当下现实本该有的清醒认识。"③詹丹的批评主要是针对当下语文教学中把香菱形象简单解读为励志典型的倾向。

抛开入选中学语文教材这件事情的影响,客观地说,"香菱学诗"的确是香菱形象塑造最为浓墨重彩的一笔,陈文新甚至认为:"是'学诗'这一情节托起了香菱这一人物形象。没有香菱的学诗,也就没有香菱这个人物。"④当然,具体到这一故事情节的阐释也是"横看成岭侧成峰"的,这又可分叙事层面和人物塑造两个方面。

在叙事层面上,"香菱学诗"中的"诗"无疑是人们关注的焦点。民国时期张笑侠在批评这段故事时即说写得"津津有味",对学诗者也不无帮助,但却嫌有点"过火",香菱的三首诗"总看着不似初学诗之人所作"。⑤关注这段故事所反映的作者诗学观是更多人的一种兴趣。如周汝昌、刘操南、贺信民等,他们都认为"曹雪芹匠心独至,把他对诗歌创作与鉴赏方面的宝贵经验和清新见解编织进妙趣横生的故事情节中"⑥,因此而致力于爬梳作者的诗学见解以及相关的诗学背

---

① 谢德俊《论香菱的艺术形象及其思想内涵》,载《西安建筑科技大学学报》,2010(3)。
② 参见周思源《周思源正解金陵十二钗》,中华书局,2005,第142页。
③ 詹丹《从说开去到说进去——谈中学语文教材中的"香菱学诗"》,载《红楼梦学刊》,2011(1)。
④ 陈文新,余来明:《红楼梦:悲剧人生》,武汉大学出版社,2002,第241页。
⑤ 吕启祥,林东海主编:《红楼梦研究稀见资料汇编》,人民文学出版社,2001,第238页。
⑥ 贺信民《〈红楼梦〉"香菱学诗"二题》,载《汉中师院学报》,1991(3)。

景。杨槃槃还进一步探究了这些诗学思想的渊源:"但在有意无意之间,通过黛玉的教学,成就了曹雪芹的一篇'诗歌创作谈',较为浅近地表达了曹雪芹的部分美学思想。而这些思想,不难在汤显祖关于诗歌、剧作的论述中寻找到其滥觞。"①还有一种理路我们可以称之为"说开去"或"说出去"的。如张平仁的《学诗、解诗、作诗——由香菱学诗说开》和季学源的《两颗诗心的相遇》,他们更多是在"香菱学诗"故事背景下将古典诗学的许多相关东西拉进来或者说出去,以方便诠释自己的观点。而另外一种又可称之为"说进去"的,如邓云乡的《香菱学诗》、张庆善的《淡中有味的香菱学诗》等,实则属于鉴赏性质的文章,但依托作者深厚的文化底蕴,广征博引,带领读者进入生动的故事中,既拓展了知识,又给人以美的享受。最后一个话题是关于香菱《咏月》诗第三首命义分析的。传统观点多认为香菱诗中的伤感、牵念有薛蟠的原因,如朱淡文说:"此诗透露出香菱对薛蟠之爱与思念还相当深沉。"②但江峰认为:"香菱的所感、所悟、所歌、所咏既可是世事不平,也可是命途难测,既可是千年之愁,也可是万古之恨,唯独不会系于俗物,因为她有一颗真正的诗心,她自当有此番如诗深情。"③我们以为,还是后者的解读更接近香菱情感的真实。

在论及"香菱学诗"故事对其形象塑造的影响方面,邸瑞平认为"香菱学诗"表明了"她虽是现实社会的奴隶,却是精神世界的主人"④。刘宏彬从马斯洛"需要层次"理论出发,指出"香菱作为一个地位低下的婢女,以其学诗过程中逐步达到的自我实现,把她和其他婢女鲜明地区别开来。……可以说,香菱也是中国文学史上第一个'自我实现'的女奴形象。"⑤万萍也说:"香菱之所以要学诗,与其说是向往地主阶级的精神生活,远不如说是自信本人的才智,不屈服于沉沦的命运。"⑥但周思源批评了以上诸种说法,他认为:"香菱学诗并没有学到诗人气质,没有学到诗人那种追求自由、抒发情感的意识与情绪;香菱只是学到了一些写诗的技巧,都是些皮毛。"⑦关于"学诗"之于香菱形象的意义,詹丹的评述似更为恰

---

① 杨槃槃《〈红楼梦〉对汤显祖美学思想的承续——以"香菱学诗"为核心》,见吕晨飞主编《北大社团学术作品合集》(第2辑),北京大学出版社,2010。
② 朱淡文《香菱爱薛蟠》,载《红楼梦学刊》,1998(4)。
③ 江峰《诗情诗韵,挹之不尽——香菱学诗赏析》,见祁念曾、张效民、唐建新主编《新教材高中语文名作欣赏》,北岳文艺出版社,2000。
④ 邸瑞平:《红楼独步》,上海古籍出版社,2010,第297页。
⑤ 刘宏彬:《〈红楼梦〉接受美学论》,河南人民出版社,1992,第188—189页。
⑥ 万萍《关于香菱学诗》,载《红楼梦学刊》,1984(2)。
⑦ 参见周思源《周思源正解金陵十二钗》,中华书局,2005,第140页。

切一些:"她的诗性智慧发展得越充分,她从学诗中得到的快乐越充盈,与她不得不离开大观园后的真实处境相比,其反差就显得越强烈,从乐园跌落进深渊的感觉,也就越沉痛。"①另外,还有一些小文章论及"香菱学诗"故事对其他人物的刻画,如刘永良的《借一事而巧写数人——"香菱学诗"中的人物刻画》、李国文的《香菱学诗——钗黛间一次斯文较量》等,都有一得之见。相比于人们对"香菱学诗"的重视,"情解石榴裙"一节无疑要少了许多关注,但大家对这段浪漫而旖旎的情感故事仍不乏兴趣,这主要集中在对宝玉和香菱二人关系的探究上。传统观点一向认为这里主要表现的仍是贾宝玉式的"意淫"。早期的护花主人说:"宝玉埋夫妻蕙、并蒂莲及看平儿鸳鸯梳妆等事是描写'意淫'二字。"②吴组缃把这种"意淫"称之为"感伤的温情":"可见贾宝玉对平儿和香菱的用心都是很严肃的。他只是对这些处于悲苦地位遭受压迫蹂躏的女子怀着莫可奈何的关怀和怜惜;他无力改变这种现状,于是到处发挥这种不能自制的感伤的温情。"③邹自振说香菱也有这类似"意淫"的情感体验:"第六十二回中的'夫妻蕙''并蒂菱'的双双埋葬,说明她与宝玉的情分仅停留在'发乎情而止乎礼'的程度,而非肉欲关系,这便是这个人物所具有的意淫色彩。"④丁武光还把此处宝玉埋葬"夫妻蕙""并蒂菱"的行为等同于黛玉葬花:"这时宝玉的一举一动给予人一种神圣的感觉,由此寄寓的情感与黛玉葬花相同,表现为一种高洁而美好的精神寄托,在污浊的尘世不可能被人理解的愿望只能归于纯净。"⑤

但上述说法一直以来也不断遭到质疑。杜世杰就怀疑宝玉和香菱的关系并不那么简单:"本来香菱在宝玉面前解裙子,就是荒唐事,更何况情解石榴裙呢?"⑥王蒙也说呆香菱情解石榴裙一节,读来读去总有些不明就里。"情解石榴裙云云,这个词儿实在太香艳,比良宵花解语与《红》中的任何回目都富有性的暗示——几乎是明示了。但内容又无任何问题,几乎是俚语所说的荤闷(谜)儿素猜了。"⑦祝秉权则含蓄地把这次斗草游戏称之为香菱"醒了的爱情":"她的裙,因玩'夫妻蕙'而湿,又因遇'并蒂莲'而解、而换。个中意味之深长,读者未必能

---

① 詹丹《从说开去到说进去——谈中学语文教材中的"香菱学诗"》,载《红楼梦学刊》,2011(1)。
② 《红楼梦三家评本》,上海古籍出版社,1988,第1028页。
③ 吴组缃:《论贾宝玉典型形象》,载《北京大学学报》,1956(4)。
④ 邹自振、陈建芳《香菱:另一块补天之石》,载《闽江学院学报》,2005(6)。
⑤ 丁武光《香菱故事的多重视角》,载《贵州民族学院学报》,2009(3)。
⑥ 杜世杰:《红楼梦考释》,中国文学出版社,1995,第20页。
⑦ 王蒙:《王蒙谈红说事》,北京十月文艺出版社,2008,第50—51页。

悟。她两次红着脸,对宝玉欲言又止,而终于对他说'不要告诉你哥哥'的秘语,表示了她内心对宝玉的一片爱意。香菱由呆而醒,爱欲蠢蠢而动。"① 袁锦贵甚至明白指出:"第六十二回中香菱的夫妻蕙和贾宝玉的并蒂菱就是他们存在爱情关系的隐喻,同时'石榴'本身也有爱情之喻。"② 另外,还有许多论者以此作为宝玉和香菱有恋爱关系的铁证而加以发挥。③ 如此看来,宝玉和香菱之间到底有没有进一步的关系,或者有,是谁先起意,或是两人都有意,恐怕要成为一桩谁也说不清的糊涂案了!

四、隐喻作用与结构功能

作为小说中第一个出场而又最后一个退场的薄命女子,香菱形象无疑在《红楼梦》中发挥着独特的隐喻作用和结构功能,这也是她与金陵十二钗其他女性最为显著区别的艺术功能。

就其隐喻作用和象征意味,其实早在她第一个名字的命名取义里就体现出来,这已由许多人指出,并进而生发了更多广泛的探讨。张雷说:"她的名字和遭遇,构成了对存在于文本之内与文本之外的女性的集体命运的象征。""香菱这一人物形象具有女性性格和命运的综合性。"④ 吴晓南指出:"甄士隐父女的故事有如传统话本小说的入话,而入话里的人物总是或正或反影映小说正文主角的,从这点上说,香菱实际上是全体'女儿'的影子。"⑤ 裔锦声说:"像她的父亲一样,英莲的存在具有强烈的象征意义,代表甄士隐的感情寄托。"⑥ 谢德俊甚至评介说:"不但名字,连这一人物本身都已成为作者的一个叙事符号,其象征意义大于在小说中的现实存在。"⑦

许多人在分析香菱形象寓意时还关注到了她和秦可卿之间的特殊关系。詹丹认为:"早在第七回,周瑞家的以及金钏等人就把香菱和秦可卿联系了起来,而秦可卿,恰是在她生命最灿烂的时候突然夭折,体现出一种有运无命的特点,这

---

① 祝秉权:《百味红楼:红楼梦分回品赏》,巴蜀书社,2006,第259页。
② 袁锦贵《从香菱改名看香菱的命运——〈红楼梦〉中"香菱"新解》,载《小说评论》,2009(S1)。
③ 如陈婴的《香菱和宝玉——〈石头记〉中的爱情悲剧》一文(《红楼梦学刊》1996年第2期),即是专论宝玉和香菱爱情故事的;但李新灿在《何来香菱和宝玉的"爱情悲剧"——与陈婴同志商榷》(《咸宁师专学报》1998年第2期)一文中批驳了陈婴的观点。
④ 张雷、张璐《香菱:从女性符号到结构符号——论〈红楼梦〉的叙事结构》,载《伊犁师范学院学报》,2006(3)。
⑤ 吴晓南:《"钗黛合一"新论》,广东人民出版社,1985,第37—42页。
⑥ 裔锦声:《红楼梦:爱的寓言》,北京大学出版社,2000,第104页。
⑦ 谢德俊《论香菱的艺术形象及其思想内涵》,载《西安建筑科技大学学报》,2010(3)。

跟香菱的有命无运互为补充,把人生的无常、特别是女性命运的无常,形象而又浓缩地概括了出来。"①谢德俊用"荷与菱"来形象比喻她们之间的共生关系:"除具有相似的身世、容貌、性格和命运遭际外,两者在小说中的存在方式在作者笔下也几乎出于同一思路,即以不合常理的多种性格特征集于一身而使人物形象呈现出某种含混的模糊状态,正是这种存在方式加强了二者的隐喻效果,使之具备成为全书纲领性人物的特质。"②赵继承论述了香菱作为"兼美"形象的寓意功能:"'兼美'是人性的极致,因而也只能存在于人性的两个极点,秦可卿和香菱就各自站在一个极点之上。事实上,香菱与秦可卿的并置也如同黛玉与宝钗的对峙,趋向两极而终归于一脉。"③其他论述到二人特殊关系的还有吴晓南、章必功、陈婴等。总之,"香菱的命运,在《红楼梦》全书中,具有更广泛的隐喻意义",④这应该是当前学界一致的共识。

相比隐喻作用,许多人更关注她在小说中的特殊结构功能。张雷指香菱不仅是《红楼梦》中的一个女性符号,同时也是小说结构的符号。"不同于甄士隐与贾雨村的是:她没有在中途离去,悄然隐匿于幕后,而兀自让贾府人物上演一幕又一幕的人生悲剧;相反地,她还实际参与了大观园里兴衰的种种活动,而且她的命运还和园里的一部分息息相关。她和小说结构的关系可以分解为:与小说外围、小说预言和小说主体之间的关系。"⑤冯军谈到香菱故事的"引子"结构功能:"香菱不是作品中的主人公,然而却是引子""作为第一个薄命女儿、第一个家庭历劫、第一个对薄命鸳鸯的承受者",香菱的"遭际预示着《红楼梦》的悲剧,反映出《红楼梦》基本的结构模式即个人——儿女情感——家庭发展及悲剧结局,后文关于宝玉、黛玉、宝钗等铺写,就是在此基础上延伸。"⑥周思源补充了她的这一特殊功能:"香菱有一个独特作用,这是其他少女、少妇所没有的,那就是由于香菱和她父母命运的变化,带动了许多其他重要人物的出场,使他们聚合在一起,并深化了其他艺术形象。"⑦不仅仅是引领出场或者陪衬,丁武光认为香菱还

---

① 詹丹《从说开去到说进去——谈中学语文教材中的"香菱学诗"》,载《红楼梦学刊》,2011(1)。
② 谢德俊《论香菱的艺术形象及其思想内涵》,《西安建筑科技大学学报》,2010(3)。
③ 赵继承《回归浑沌:"钗黛合一"的另一种可能——香菱形象的深层内涵兼论湘云》,载《河南教育学院学报》,2008(1)。
④ 高宇《论香菱亦主亦仆的身份意义》,载《内蒙古民族大学学报》,2010(4)。
⑤ 张雷、张璐《香菱:从女性符号到结构符号——论〈红楼梦〉的叙事结构》,载《伊犁师范学院学报》,2006(3)。
⑥ 冯军《论香菱——兼论曹雪芹的反讽语选择》,载《保定师范专科学校学报》,2005(3)。
⑦ 参见周思源《周思源正解金陵十二钗》,中华书局,2005,136页。

是"一个表现社会生活的多面体","香菱的存在就像一面镜子,既能映衬出大观园女儿世界至真至美的理想境界,又能折射出多层面的社会状态和现实人生;既能衬托以宝玉、黛玉、宝钗等这样一些主要人物的精神境界,表现自身价值;又能将世间的丑恶攫取给人看,表现人间种种苦难的来由和根源。"①

在小说文本的总体架构方面,邹自振、陈建芳认为香菱起到了两次非常重要的作用。第一次体现在"香菱是连接甄家和贾府及大观园两个世界的'桥梁'"。"'甄家'是'微缩版'的贾家,贾家是'放大版'的甄家"。另一次则贯穿于整个文本结构中,"她从第一回至第一百二十回贯穿始终,实现了《红楼梦》中女性人物命运最大一个'圆圈式'叙事结构的圆满划定","给人一种'一切皆前定'的神秘宿命感"。② 李珊也强调了香菱在全书叙事结构中所扮演的重要角色,她认为香菱在《红楼梦》叙事结构中至少起着四个方面的作用:其一,香菱是"构建甄家命运成为以贾家为代表的四大家族命运预演这一叙事结构中的重要一环";其二,作为《红楼梦》第一个出场的薄命女子,香菱的命运遭际印证了"薄命司"对大观园女儿身世命运预测的准确性,也对后文写大观园女儿"千红一哭,万艳同悲"的悲剧情节起到了提示作用;其三,作者借香菱之口对宝钗"无日不生尘"的结局作了交代;其四,作为全书中第一个出场、最后一回退场的"薄命女",香菱归结了全书的女性命运,实现了小说叙事上的又一个圆形结构。③

总之,用冯军的话来概括香菱在小说结构中的作用,那就是:"香菱沟通的是神话与现实,勾连的是大观园的内与外,见证的是两极女儿,领略的是'皮肤滥淫'与'意淫'两种男人及这两种男人的存在状态,她同样见识的是人间的世态炎凉,经历个人的苦与甘,自身也跨越贫穷与富贵,她也受过极端的凌辱与异常的宠爱。短暂的一生有太多两极的经历,短暂的一生留下太多的凄美,也留下过多的谜底。她匆匆而来,匆匆而去,短暂又飘零,只是完成作者赋予她的使命罢了。"④

五、索隐与探佚

在传统索隐派红学中,包括在蔡元培《石头记索隐》之前,其实并无人关注到

---

① 丁武光《香菱故事的多重视角》,载《贵州民族学院学报》,2009(3)。
② 邹自振、陈建芳《香菱:另一块补天之石》,载《闽江学院学报》,2005(6)。
③ 李珊《菱花开来清香幽——〈红楼梦〉中香菱形象的新视点》,载《南昌教育学院学报》,2011(1)。
④ 冯军《论香菱——兼论曹雪芹的反谶语选择》,载《保定师范专科学校学报》,2005(3)。

香菱这些较次要人物的影射问题,最先提出这一问题的是王梦阮、沈瓶庵的《红楼梦索隐》,他们认为香菱影射吴三桂的一个小妾。"香菱本名英莲,指三桂妾莲儿也。……莲儿以奇女子侍三桂以终"。但同时他们又说香菱也影射名妓"陈圆圆","书中写香菱大半为圆圆写照。言其所配非偶,人所应怜耳"。① 只是书中被指影射陈圆圆的还有元、迎、探、惜四姐妹以及宝钗、妙玉、袭人等人,可见作者并无一定的体例和主见。民国间另一位索隐派大将邓狂言比较赞同王、沈二人的观点:"英莲写吴三桂家人,若其妻,若圆圆,若莲儿。王、沈评是矣。"但通过解读香菱其人其遇,他又认为香菱也可能影射的是"齐王氏"。"然曹氏之写香菱,则其义更奇。盖彼意直以呆霸王写齐林,以香菱写齐王氏也。"②中国台湾地区索隐派的代表人物杜世杰有三本这方面的著作,早期他认同香菱影射"陈圆圆"的观点,并从吴梅村《圆圆曲》中找到不少比附的材料;但到了《红楼梦考释》一书,他却认为香菱影射的应是"董鄂妃"。中国香港李知其的《红楼梦谜》一书,同样根据的是吴梅村《圆圆曲》,但却得出了香菱影射"吴三桂"的不同结论,"甄英莲的一再改名,就是暗示吴三桂的一再叛逆"。"甄英莲在第一回便以幼小女婴的角色出场,第一百二十回又以她的死亡来照应故事的结束。可见作者除了用《情僧记》的结构写顺治帝的轶史外,同时也以吴三桂引清兵入关的情节开讲《红楼梦》,而以汉人起义败亡来嗟叹完场的"。③

将《红楼梦》本事锁定在明末清初改朝换代的大背景,俨然是许多索隐者的共识;二十世纪八十年代以后兴起的索隐热,也大多沿着这一传统发表各自的见解。1981年最先在《团结报》上连载的许宝骙《掘微索隐共话红楼》,胡文彬先生看到的部分即是这样:"香菱是影射陈圆圆,刘姥姥影射钱谦益,王熙凤影射吴良辅,薛宝琴影射朱舜水。"④1993年刘铄《红楼梦真相》一书也指出:"香菱改名秋菱,这暗示南明历史告终,明王朝不复存在了。曹雪芹使香菱在第八十回改名秋菱,这件事也暗示第八十回是《红楼梦》的'悬崖'。"⑤自诩为"新新红学第一人"的陈斯园,在《一代春娇寂寞重读红楼》中贩卖的其实也是早期索隐派的观点:香菱影映陈圆圆。"香菱的两度改名,从英莲到秋菱,其实就是暗示陈圆圆两次被夺的屈辱经历! 而陈圆圆的爱人,也有两个,能文的是冒襄,会武的是吴三

---

① 王梦阮:《红楼梦索隐》,北京大学出版社,1989,第8页。
② 邓狂言:《红楼梦释真》,辽宁古籍出版社,1997,第7页。
③ 李知其:《红楼梦谜》,1984~1985年印行,非卖品,第9页。
④ 刘铄:《红楼梦真相》,华艺出版社,1993,第2页。
⑤ 同上书,第69页。

桂"。不过又加了一些所谓《周易》等故弄玄虚的由头。"香菱是《红楼梦》女儿中的关键人物,也是隐射关系最复杂的人物。……作者是用《周易》的演绎方式,把香菱派生出《红楼梦》的其他儿女"。① 至于兴盛一时的土默热红学,热炒的则是明末清初另外一段文人的风流韵事:"《红楼梦》创作初期,是写柳如是与陈子龙、钱谦益的三角爱情故事,书中的香菱,谐音'湘灵',身上便寄托着柳如是的影子。"②此外,还有署名逗红轩的《石头印红楼之明亡清兴录》,把香菱影射的对象既指向人又指向物和事件,"英莲代表明朝,胭脂痣乃朱姓王朝的印迹也。""香菱指辽阳及其所代表的东北。""秋菱"谐音"酉临",指福临也即顺治皇帝。③ 这样混乱的影射关系无疑只能增加人们的困惑而更加使人莫名其妙了。

以上这些索隐多与作者关系不大。还有一种观点,显然是受了考证派红学的影响,认为作品中隐藏了作者的一些本事。如曾经喧嚣一时的《红楼解梦》就认为香菱是一个叫竺香玉的女子的分身,而竺香玉也就是作者曹天佑的情人。作者在其后出版的另一本书中分析"薄命女偏逢薄命郎"一段故事时是这样解读的:"这里的薛蟠是喻指雍正,冯渊是曹天佑(曹雪芹)的一个分身,而英莲则是竺香玉的分身。作者以薛蟠打死冯渊夺走英莲,喻指雍正夺走竺香玉等于要了曹天佑的命。"④此外,张晓琦从香菱的判词中解读出了另外一段与作者相关的宫闱秘事:"在《红楼梦》谜底的层次上,香菱是《红楼梦》作者曹宣即顺治真正的皇七子隐写自己'生平遭际实堪伤'之人生经历的重要符号。……香菱画面,是曹宣的真实生日和康熙登基日的隐语,也就是曹宣所失去了的皇子和太子身份的隐语。"⑤这样的索隐故事,有时完全是可以和刘心武的"秦学"一起来对比参照着看。

香菱结局也是现代红学探佚中一个比较重要的话题,这不仅是因为香菱在小说中丰富的隐喻意味和结构上的独特性,还有她刚好在第八十回戛然而止的故事。一般观点认为:"雪芹写《红楼》,目的在追怀薄命女子,对过去豪华生活,深致忏悔回味之意。而高鹗多少是一个道学家,其人物结局,往往带有劝世意味。……香菱结局之改变,亦其一例。"⑥因此,带着批评高鹗的眼光来探寻香菱

---

① 陈斯园:《一代春娇寂寞重读红楼》,华文出版社,2009,第79页。
② 土默热:《土默热红学续:〈红楼梦〉思想源流与文化传承新探》,吉林人民出版社,2006,第290页。
③ 逗红轩:《石头印红楼之明亡清兴录》,山东画报出版社,2008,第12—22页。
④ 霍国玲、紫军:《曹雪芹毒杀雍正帝——揭开雍正暴亡之谜》,东方出版社,2007,第140页。
⑤ 张晓琦《香菱判词的政治意味》,载《北方论丛》,2009(1)。
⑥ 吕启祥、林东海主编:《红楼梦研究稀见资料汇编》,人民文学出版社,2001,第972页。

可能的故事结局,成为很多人的兴趣所在。

首先是香菱故事的续写问题。许多人鉴于八十回故事的发展趋势,认为在作者迷失的原著里必定是接着续写香菱的。如丁维忠主张第八十回与后续三十回应以薛家败家、香菱之死、迎春之死接榫,诸芳"之尽要由香菱、迎春之死开头"。① 刘心武也赞同这种观点:"只有死了以后,她的魂魄,才得以返回故乡……这是曹雪芹的构思。曹雪芹在第八十回后,很可能就在第八十一回里,要写出这样一个结局。"②

其次是香菱之死的问题。香菱的死亡结局大家都无任何异议,但具体到香菱死于谁之手以及如何死,学界显然还是有些争议。大部分人根据判词"自从两地生孤木"认为香菱当死于夏金桂之手,如设想的一种情况是:"薛蟠入狱后无人开脱,薛家乱成一团,夏金桂经常冷语相向、恶言相加,病重的香菱不但无人照料,而且还满怀愁绪无处诉说,最后郁郁而死。"③这也是绝大多数人理解的一种。吴敏还提供了另外一种想象的可能,那就是薛家势败,薛蟠被处死,薛姨妈因为独子夭亡,儿媳不贤,女儿又在守活寡,自己老来无依,终于气急而死。此时的夏金桂"既为拔去眼中刺,也为满足自己挥霍而将香菱卖到姑苏或为奴、或做娼。不久(或者就是刚到姑苏),香菱终在羞愤中绝望地死于姑苏"。④此外,学界还有一种猜测,那就是香菱非死于夏金桂,而是死于薛蟠之手。俞平伯在他的一篇小文《香菱地位的改动》里提出了这一说法:"好像香菱直被夏金桂逼死,其实何尝如此。薛蟠真喜欢香菱,难道不会'宠妾灭妻'么?"他认为入住大观园时期的香菱跟宝玉之间"有必须瞒着薛蟠的事",⑤嫉妒心非常强烈的薛蟠有可能以此为借口逼死了香菱。大概是受俞平伯观点的启发,陈建平专门写了一篇《香菱死因探秘》的文章,认为"曹雪芹最初的设计是香菱被夏金桂诬陷与宝玉有私情后含冤去世"。他把香菱的死因归结为"封建的贞节观戕害致死的"。⑥

最后,对于高鹗后四十回香菱结局的处理,其实学界也有不同的看法。钟良顺就肯定了高鹗版香菱结局的艺术价值:不仅深入刻画了夏金桂的泼妇形象,就是因果报应的描写和情节安排也与前八十回的佛道思想一脉相承,认为"高鹗

---

① 丁维忠:《红楼探佚》,京华出版社,2006,第54页。
② 刘心武《香菱之谜》,载《上海文学》,2010(4)。
③④ 吴敏《薄命司中薄命女》,载《黄山学院学报》,2001(4)。
⑤ 见俞平伯:《俞平伯讲红楼梦》,凤凰出版社,2011,第219—223页。
⑥ 见陈建平:《红楼臆论》,天津社会科学院出版社,2008,第71—78页。

的这一改动,使香菱不幸的一生中有一个起伏,使读者对香菱的遭遇,寄予更大的同情和感慨。"①王靖的《香菱的结局:"自从两地生孤木"别解》对"桂"字有所新发明,认为香菱是在生了一个叫"桂"字的男孩以后,难产而死。"或许高鹗已早见及此,于是写出了香菱非死于夏金桂而是'产难完劫'的结局来。可见,这种结局实在是忠于原著的。"②宗春启在《是谁改变了香菱的结局?》一文中甚至认为"改变香菱的命运结局的不是高鹗,而是曹雪芹"。"作者在创作小说的过程中,对人物命运的安排也不可能是一成不变的。情节展开之后,人物的最后结果有违作者初衷,这种现象在别的小说里也不是没有发生过"。因此,"以香菱等人的结局与当初判词不相吻合来否定曹雪芹对后四十回的著作权,理由是不充分的"。③

(原载《红楼梦学刊》2013 年第 2 期)

---

① 钟良顺:《林黛玉和香菱的悲剧——高鹗后四十回的情节安排特色浅谈》,载《苏州教育学院学报》,1993(6)。
② 王靖:《香菱的结局:"自从两地生孤木"别解》,载《红楼梦学刊》2000 年第 3 期。
③ 见宗春启:《反看红楼梦》,同心出版社,2009,第 301—304 页。

关于读花人涂瀛的几则新考证

在清代旧红学批评中,读花人涂瀛的《红楼梦论赞》及《或问》有着重要的学术价值和影响,但当前学界关于其人的了解除了一粟《红楼梦书录》提到的几则外,迄无任何研究进展。笔者试着利用已知的记载包括自己发现的几则新材料,希望能够爬梳出一些有关涂瀛的信息,并求教于方家。

一

其实,根据1842年养余精舍本《红楼梦论赞》邱登的序以及何炳麟的跋,人们不难得知涂瀛的籍贯是桂林、曾中过举人、并参加过两次会试这些信息,如此只需检索相关的地方志即可得到印证。查检光绪《临桂县志》,笔者果然在选举志中找到了涂瀛的名字。涂瀛中的是嘉庆二十一年(1816)举人,同榜考中的临桂人还有廖重机、白从瀛、冷葆真、周咸、朱建一、郑邦涟、欧靖国、龙钟兰、董文炳、陈迈熙、张嗣炳、莫之伟等十三人。因为何炳麟说涂瀛曾两应礼部试落第,我们接着又查了选举志的其他一些信息。譬如,和涂瀛一起参加嘉庆二十二年会试并考中进士的临桂籍考生就有周炳绶、周贻徽、李光瀛三人。再如,嘉庆二十四年是一个恩科,这一年临桂人考中进士的廖重机,便是与涂瀛同一年的举人。再查嘉庆二十五年(1820)的科举,更是临桂人的骄傲,出现了整个清王朝历史上的第二个三元及第——陈继昌。这便是涂瀛两次会试落第前后五年间的背景,所谓几家欢乐几家愁,只是幸运没有再次降临到涂瀛的头上。检查选举志我们还无意间发现另外一个情况,即和涂瀛同榜中举的十四人中,只有三人后来不曾做官,廖重机是考中进士出仕的,其他人亦都有选官。再查涂瀛前后几科,中举后出仕做官的是大部分,不知为何,涂瀛却未仕。没有做官,在地方上的影响力自然就大大减弱,笔者在翻检临桂县人物志、艺文志的过程中,也没有发现涂瀛的只言片语,包括他的名声在外的《红楼梦论赞》。或许另外一种情况可以解释这个现象:清代的临桂既是广西的首府,也是科举兴盛之地,据现代人统计,有清一代临桂中举者有一千一百多人,中进士者几近二百人。或者如涂瀛这样中举的人实在太多,人物志、艺文志没有收录也就不难理解了。

笔者在翻检光绪《临桂县志》的同时,也希望通过了解这一时期临桂的地方名人和文学活动,来查找有关涂瀛的蛛丝马迹。出乎意料的是嘉、道时期的临桂文学,诗文鼎盛、人物众多,主要却是以寄居在桂林的临川李氏家族和他们的朋友为核心。而李氏家族的核心成员之一李秉绶,就是一粟引用《石头记集评》中临桂人江梦花别驾晓所说的涂瀛的东翁李水部芸圃先生。"涂香雨馆李芸圃水部秉绶家,手批此书未竣,病革之日,犹亲书'遗恨红楼'四字额,用以自挽。怡红有知,定当倒屣于青埂峰下矣。"①这一发现真使笔者喜出望外,以为可以有更大收获。然而当笔者翻检李秉礼、李宗瀛、朱琦、朱依真、况澍等有可能与涂瀛交往的当地名人诗集后(李秉绶无诗集流传),却不免有些气馁,因为其中不仅无一丝涂瀛的消息,甚至关于"临桂人江梦花别驾晓"这个颇有身份地位的人也毫无信息。

但功夫不负有心人,一个偶然机会,笔者翻检到一位现代人编辑的广西古代词集《粤西词载》,其中赫然有一首关于涂瀛的词作,作者是周必超。现将内容抄录如下:

满江红(又一体)·书涂香雨先生《红楼论赞》后

香雨先生,是当代、风流人物。论才调、香浓班马,艳高宋屈。苏老大名谁未慑,欧公巨眼偏难觅。叹从前、两次上春官,鳞空湿。　　可千古,传经席;罗万有,藏书室。便神游象外,题红品碧。臣朔寓言皆笑骂,雍门鼓曲堪歌泣。爱游嬉、一卷赞《红楼》,生花笔。

这确实是一个意外发现,在编者的介绍里周必超的情况大致如下:

周必超(1806—1869),字熙桥,号慎庵,广西临桂人。道光十四年(1834)甲午科举人,庚戌科(1850)进士。补甘肃礼县知县。性情敦笃朴直,为士林矜式。著《分青山房集》行世。词稿一卷,附集后。②

笔者又通过核查其诗集《分青山房集》,上引那首《满江红》即是附在诗集后

---

① 转引自一粟《红楼梦书录》,古典文学出版社,1958,第175页。
② 见曾德珪编《粤西词载》,漓江出版社,1993,第241、240页。结尾处"受游嬉"有误,据周必超《分青山房集》改为"爱游嬉"。

面词稿卷的第二首,其前诗歌部分并无只字提及涂瀛。按周必超中举时间比涂瀛晚近二十年,二人属于两代人无疑,这从整首词的内容也可看出。另外,周必超诗集基本属于编年性质,结合他词稿第一首《满江红》的内容是约几位朋友喝酒发牢骚,我们似可得出这首写涂香雨的作品也属于其早年词作。至于写作时间当不晚于他中举的道光十四年,早则二十岁之前都有可能,这应是我们迄今见到的最早一首读《红楼梦论赞》并留下读后感的作品。

周必超这首《满江红·书涂香雨先生〈红楼论赞〉后》的发现无疑十分重要,它不仅再次证明了《红楼梦论赞》著作权的问题,而且还进一步丰富了人们对这个当代风流人物、深情才子的印象。

词的上阕一开始就给予了香雨先生很高的评价:"当世风流人物",并以班马、屈宋为比较对象,点出其文章"香""艳"的特点以及其卓绝的才情。接下来作者反用苏洵四十多岁方被欧阳修赏识的典故,描写了涂瀛两次应礼部试失败的命运遭际,并为他十分惋惜。词中的这一记载也恰好印证了何炳麟跋文中"举孝廉后,两应礼部试;报罢,遂灰心云路,闭户著书"的说法。

词的下阕则描写了香雨先生的习性、爱好以及撰写《红楼梦论赞》的情况。"可千古、传经席",用的显然是刘向传经的典故,当指涂瀛在精研经书方面有相当成就。"罗万有,藏书室",明确指其喜欢收藏各种金石书籍等,其中自然应包括那部当世的奇书——《红楼梦》。邱登序中所说"嗜古笃学,闭户不妄交",何炳麟指其"幼负鼠狱鸡碑之异,长搜金匮石室之奇,天资人力,各著其优",[①]也都是可以互相佐证的材料。接着作者又用了两个典故:"臣朔寓言皆笑骂,雍门鼓曲堪歌泣。"前者用西汉滑稽名臣东方朔暗示了涂瀛嬉笑怒骂的诙谐性格,后者用雍门弹琴的典故指出了其琴艺的高超。这内涵颇为丰富的一联,是刻画涂瀛形象浓重的一笔。词的结尾点题,回到作者撰写读《红楼梦论赞》上。周必超虽然称其文字为"生花笔",肯定了他的文采,但把涂瀛撰写这类文字称之为"爱游嬉",分明表现了作者对小说包括《红楼梦》的轻视态度。[②]

分析完这首词,一个深研经书、朋友不多、爱好金石古籍、[③]多才多艺、有独

---

① 转引自一粟《红楼梦书录》,古典文学出版社,1958,第174页。
② 笔者在以李秉礼、李秉绶为首的嘉、道粤西诗人群体中尚未发现相关的咏"红"作品,表明了他们对《红楼梦》小说共同的漠视。
③ 徐振辉在一篇文章中指出涂瀛的"红学"人物论喜欢以历史人物做比附,其中提到的历史人物约20多人,充分反映了涂瀛的史学见识和美学鉴赏眼光。参见徐振辉《历史比附:独特的人物品评》,载《红楼梦学刊》,1994(1)。

特个性的深情人形象，便跃然纸上了。这样的形象其实也可从他的两个自号"读花人""香雨"中窥探一二，显示出《红楼梦》小说对他影响巨大。

二

毕竟不是同龄人，周必超虽抓住了涂瀛"香浓""艳高""爱游嬉"的性格特点，但理解起来却是隔膜的。而涂瀛不多的两个朋友，邱登为之写序和跋，何炳麟写跋，尤其是邱登还承担了为其刊刻成书的任务，都在自己的文字中给予了《红楼梦论赞》以很高的评价。笔者以为弄清楚这二人的行踪事迹，也会于我们了解涂瀛大有帮助，但不幸的是目前能检索到的二人资料却并不比涂瀛本人多多少。

首先，借助于清代文人名号别称索引、光绪《杭州府志》（未见到光绪《仁和县志》）、光绪《藤县志》等，对邱登的了解大体如下：邱登，浙江仁和人，字云甫，号养余精舍、华鬘仙馆、养余老人、眉影楼、穀泉。作品有《华鬘仙馆诗集》《养余精舍文集》《眉影楼词稿》（以上三种集子北京几大图书馆均未见，浙江省图书馆、浙江大学图书馆检索亦未发现）。嘉庆十八年（1813）癸酉科举人，道光六年（1826）丙戌进士，道光十年（1830）曾任广西藤县县令；光绪《藤县志》的评语是"醲爱勤慎"。在给涂瀛的序跋中，邱登说自己"昔宦桂林""邂逅涂君"，则邱登似应在桂林还做过官，但《临桂县志》无载，光绪《桂林府志》又缺，所以，邱登是何年到桂林任何职，又何时离任，都无信息。至于邱涂二人之交往，大概可以画个时间线即道光十年至二十二年间，而从邱登既为涂瀛《红楼梦论赞》写序和跋、又替他刊印出书，二人关系自不同一般。可惜的是道光二十二年新书出版前，涂瀛已经去世，所谓"人琴已杳"也。另，邱登刊印此书时必不在桂林，养余精舍只是邱登的室名别号，这是我们比以往要说得更清楚的。"深情人"涂瀛与很晚才登入仕途的杭州人邱登在桂林邂逅相遇，一见如故，他们之间的共同话语除了古籍经传，自然是被他们誉为天下第一情书的《红楼梦》；邱登于是接过为涂瀛《红楼梦论赞》写序、甚至可能包括谋划出版的任务，但这一任务却直到涂瀛去世、很可能是邱登回到杭州之后的道光二十二年才得以完成。邱登的跋文充满了感伤之情，为这个老朋友的去世，也为这个世界又少了一个"深情人"。

再说为《红楼梦论赞》做跋的另一位作者何炳麟，资料就更少见，其基本情况只有以下一些："字梅阁，长沙人。清道光初诸生。《吟梅阁集唐诗钞》三卷[清道光二十六年（1846）刻本、1914年上海广益书局《古今文艺丛书》本]、《吟梅阁文集》六卷、《吟梅阁史评》二卷、《吟梅阁诗集》八卷,皆未见。"①又一粟曰:"按梅阁衰年客桂林,贫病且瞽,半生赍志,百忧薰心。清道光甲午(1834)、乙未(1835)著《吟梅阁集唐》七律二卷,自抒其不已之情。"②从何炳麟自己的跋文中可看出他和涂瀛认识比较早,③并且相当熟悉。他说:"吾爱铁纶文,吾转惜铁纶遇矣。"这里的"惜铁纶遇",应该不仅仅是指涂瀛科举上的失意与事业上的不顺遂,恐怕还应包括他自己半生沦落的无限感慨在里面。在何的跋文中还提到涂瀛阅读《红楼梦》并创作论赞的细节背景。"一日偶阅《红楼梦》而好之,课读之暇,爰运妙腕、抒妙笔,作为论赞若干首,录而成帙。"④"课读之暇"的"课读"明显系指涂瀛教书先生的身份,但是否就是他在李水部芸圃家做西席时,似还可商榷。因为按前引临桂人江梦花所说"涂香雨馆李芸圃水部秉绶家,手批此书未竣,病革之日,犹亲书'遗恨红楼'四字额,用以自挽",这里的信息显然链接不上,后者的信息里包括的是涂瀛至死都未完成的评点《红楼梦》事业。再者,何文中提到的"一日偶阅《红楼梦》"中的"偶阅",又系指何时及什么情况下呢?是科举不成功之前还是之后?仿佛何炳麟还是这一故事的见证人,这恐怕又与何炳麟是什么时候流寓桂林一样,难以考证了。

说到涂瀛批红至死这桩尤为感人的红楼轶事,我们就不能不着重考察一下与涂瀛相关的其东翁先生李芸圃水部秉绶。

李秉绶(1783—1842),字佩之、芸甫,号竹坪、信天翁、环碧主人。祖籍临川县温圳杨溪村(今属江西省进贤县温圳),寄籍广西桂林。清代著名画家兼诗人。曾居官工部都水司郎中,人称"李水部"。其为官约在嘉庆二十年前后,在北京时即与朱鹤年、汤贻芬等齐名,有"乾嘉十六画人"之称。同时人说他为人"故豪迈,散金结客,座上常满舆马,冠盖相望",⑤这皆是因为有李氏家族经营盐业富甲桂林的经济基础支持。李秉绶壮年即辞官回桂林,一方面是接手李氏家族盐业的经营管理,一方面是负责教养家族子弟以及专心自己的画事。李秉绶的大哥李秉礼是李氏家族前期出色的核心人物,曾捐刑部江苏郎中,其子李宗瀚则进士出身,官浙江学政。围绕李秉礼有众多的桂林籍诗人,以及一些外来寓居的文人。

---

① 寻霖,龚笃清编:《湘人著述表(1)》,岳麓书社,2010,第 504 页。
② 转引自一粟《红楼梦书录》,古典文学出版社,1958,第 176 页。
③ 1832 年双清仙馆本《红楼梦》中的《红楼梦论赞》74 则,人物论中已有 43 则署名梅阁的评点文字,其中一些文字不是对内容的评点,而是对著者发表的感慨,表明二人至少 1832 年前就非常熟悉了。
④ 转引自一粟《红楼梦书录》,古典文学出版社,1958,第 175 页。
⑤ 邓显鹤:《南村草堂文钞》,岳麓书社,2008,第 301 页。

李氏家族后期则是以李秉绶和他的侄儿李宗瀚、李宗瀛为核心，主要是以诗人和书画家为主的群体。

在环碧园和李园，来自江苏的名画家阳湖孟觐乙、长洲宋光宝是李秉绶的座上宾，他们在桂林李家住了好多年，并随李秉绶到过广州进行绘画交流和访友。我很怀疑，涂瀛应该也是很早就被李秉绶礼请为西席，来教育自己的侄儿乃至孙儿辈。李秉绶卒年与涂瀛接近，据笔者推断其年龄也应该相仿。涂瀛第一次参加会试时，李则在京师就任水部，风流潇洒、十分活跃。嘉庆末期，李辞官回乡，涂瀛两试不第，从此放弃了科举。从这些信息来看，涂瀛是极有可能接受了李秉绶的邀请出任西席一职。当然，涂瀛本身即是桂林人，有自己的家业，未必一定住在东翁的家里，且以他的性格，也未必喜欢李秉绶家经常高朋满座的环境。但在笔者看来，他的这位东翁先生很可能就是其《红楼梦论赞》的主要传播者，《红楼梦论赞》包括其中的"影子说"就是随着李秉绶经商、访友、寓居、交流等多种形式而传播到东南沿海以及南粤大地。

三

今天我们见到最早刊刻《红楼梦论赞》内容的是王希廉道光十二年（1832）的双清仙馆本《新评绣像红楼梦全传》，书中署名为读花人戏编。历史上曾经有人以为《红楼梦论赞》就是王希廉所撰，现在当然已很清楚；但王希廉是通过什么途径而得到远在桂林的涂瀛的论赞呢？笔者认为这中间的关键人物就是李秉绶。李秉绶虽居家桂林，但曾经多次到江南苏杭一带游历（还有生意），甚至在苏州还有自己的寓所，并居住过不短的一段时间，这从不少的图书记载中可以得到印证，以下试举几例。

其一，《苏台五美图》故事。林京海考证李秉绶曾于道光初年游于江苏苏州，寓居山塘，"征歌选胜，得其魁翘五人，请名手图其形，遍征吟咏"，曰《苏台五美图》；归桂林后，于杉湖畔筑五美堂，藏画其中。① 其二，李秉绶的儿女亲家在高邮，并且是高邮最著名的王家；据考证李秉绶的一个女儿嫁的就是王引之的孙子王恩洽。② 其三，道光六年至十年，嘉定县重修震川书院，李秉绶曾捐银五百两，

---

① 转引自林京海《居巢游寓广西事迹》，见《广西博物馆文集》第三辑，第 325 页。
② "李秉绶一女嫁张维屏子张祥鉴，另一女嫁高邮王引之孙王恩洽。"见徐雁平编著《清代文学世家姻亲谱系》，凤凰出版社，2011，第 343 页。

此事在两江总督陶澍上书请奖的奏折里曾提到:"寓居该处之工部郎中江西临川人李秉绶。"①如此之多的信息,都充分说明李秉绶是江南一带的常客,并且社交活动十分活跃。

毋庸置疑,李秉绶对《红楼梦》应该是不陌生的,他在北京任职水部的嘉庆时期,正是《红楼梦》开始在士大夫乃至市井阶层中流行的时期。"开言不谈《红楼梦》,读尽诗书也枉然"。而此时的江南也已是十分盛行,二十多岁的王希廉包括年长一些的南通人孙崧甫都已开始了评点《红楼梦》的工作。身为苏州人的王希廉在某个场合认识这位早已名满天下的前辈画家兼诗人,是很有可能的事情。而李秉绶家里就有因为同样喜欢《红楼梦》而入迷的涂瀛,于是为其牵线搭桥,将《红楼梦论赞》传播到江南也就成了顺理成章的事情。王希廉把这位素昧平生的前辈作品放在刻本的前面部分。从基本观点上,王是属于所谓的"扬钗抑黛"派,涂瀛则是个典型的"扬黛抑钗"派,但因为喜欢涂瀛的文采,于是惺惺相惜,或者不无借以自重、增加自己评点本的分量,这都是可以理解的年轻人行为。事实证明,自从读花人戏编的《红楼梦论赞》以及《红楼梦问答》被刻入王评本之后,它们就再也没有被删除过,即充分说明了它们受欢迎的程度。虽然王希廉自己的评语并没有受涂瀛多大影响,除了偶尔接受一些"影子说"。

说到"影子说"还有两桩公案,亟待解惑。一是南通孙崧甫1829年评点本的弁言部分有一段文字:"晴雯自是黛玉影子,袭人自是宝钗影子。然黛玉轻人傲物,则全是一段矜高;晴雯志大心强,则终带三分浮动。黛玉焚手帕于临终之倾,则已超入仙缘;晴雯赠指甲于将死之时,则犹未登悟境。宝钗出闺成礼,名义自是堂皇;袭人闻梦偷情,行为终涉淫乱。"②二是陈钟麟1835年广东汗青斋本《红楼梦传奇·凡例》中的一段文字:"晴雯是黛玉影子,袭人是宝钗影子,所谓身外身也。今摹拟黛玉晴雯,极为苍凉;摹拟宝钗袭人,极为势利,可以见人心之变。"这两段文字绝对都有涂瀛"影子说"的"影子",但其中的关系却无人说得清,于是便有人认为孙崧甫的"影子说"更早于涂瀛。③ 此外,吴晓铃说:"陈钟麟的《红楼梦传奇》虽然刊于道光十五年乙未(1835),但是,这年他已经是七十三岁的老翁,估计成书年月应该早一些,大约是在嘉庆末或道光初。"④如按吴晓铃的说法,则

---

① 陶澍:《陶澍全集:奏疏(2)》,岳麓书社,2010,第253页。
② 转引自梁左《孙崧甫抄本〈红楼梦〉记略》,载《红楼梦学刊》,1983(1)。
③ 见何红梅《红楼梦评点理论研究》,2007年,山东师范大学博士论文。
④ 吴晓铃:《吴晓铃集》(第5卷),河北教育出版社,2006,第256页。

陈钟麟的"影子说"岂不比孙崧甫的更早！这两种观点显然都是剥夺了涂瀛"影子说"的著作权。诚然，人们会说，所谓"影子说"其实不过前人评点时的一种比喻说法而已，所谓英雄所见略同，也是常有之事，固亦无所谓是谁首倡。

但笔者并不苟同以上诸种说法，认为三种说法之间存在着必然关系，是有首创、有接受和发展的内在联系。确切地说，我们认为"影子说"最先仍是来源于涂瀛，孙崧甫对这一说法有所丰富，而陈钟麟则是把它作为编剧的重要结构线索。具体理由有二：其一，"影子说"自身的一个逻辑前提，即"扬黛抑钗"，它不只是一个简单的比喻命题，而是牵涉对《红楼梦》重大事件的倾向性。在"扬黛抑钗"问题上，涂瀛无疑是当前已知最早和最典型的一个批评家，所谓"影子说"即是附丽在这样一个重要观点之上。其二，也就是存在这样一种极可能的情况，即李秉绶把"影子说"带到了江南并影响了孙崧甫的评点和陈钟麟的创作。第二个理由的论述因为带有某种推断性质，所以相对复杂一些，故需进一步申论之。

首先，在江南《红楼梦》流行的大背景下，士大夫之间竞相谈红是一桩极其自然的事情，而多次往返江南、为人豪爽好客的李秉绶则具有谈红所需的各种天时、地利、人和等因素。其次，涂瀛的各种观点尤其是"影子说"具有无可比拟的艺术直觉和穿透力，一定深深影响过李秉绶本人；在各种聚会中，"影子说"又以其形象易懂和鲜明的倾向性而容易被人接受。于是，在不同的场合，可以想见李秉绶宣传涂瀛的"影子说"并和他人一起探讨的情形。有了前面两个理由，当然还必须要有孙崧甫与陈钟麟二人时间和地点的配合。

先说前者，据刘继保的考证，孙崧甫(1785—1866)，江苏南通人，道光五年秀才，十三年廪生，十五年举人，十八年进士[①]。梁左说孙崧甫的批语都是在道光九年(1829)前完成的，也就是他选为廪生之前。按年龄，孙和李秉绶可算作同龄人，其写批语时显然已不年轻，但功名无着，仅一领青衿，如此评点《红楼梦》可说是不务正业了。而在孙崧甫评点《红楼梦》的时间和地点范围之内，恰好都有李秉绶活动的身影；不能确定二人必然见过面，但"影子说"对于有志于评点《红楼梦》的孙崧甫来说，却是一种十分受用的观点，于是，我们便看到了他在弁言中的精彩发挥。

再说后者陈钟麟。民国《番禺县续志·人物志九》："陈钟麟(1763—1841)，字厚甫，江苏元和人。嘉庆四年(1799)进士，官至浙江杭嘉湖道。道光初，掌教

[①] 见刘继保《红楼梦评点研究》第十三章第八节《孙崧甫抄评本〈红楼梦〉》，北京图书馆出版社，2007。

粤秀书院。"①据笔者考证，其道光四年（1824）仍在杭嘉湖道任上，如此则陈钟麟赴广州接掌粤秀书院的时间似不应早于道光四年。按前吴晓铃的推断，陈的《红楼梦传奇》创作于嘉庆末道光初，但这时的陈钟麟仍官杭嘉湖道，这也是一个比较繁忙和责任重大的职位，其分心创作八十出长篇巨制的传奇似更无可能。当然，做官并不妨碍他本人构思和酝酿这一传奇故事，身为苏州人又在杭州做官，这里的谈红氛围如此之盛，若他果真有心创作《红楼梦传奇》，这里当然是收集材料包括各家观点信息交换的最佳集散地。如前所述，涂瀛的"影子说"经李秉绶而流布人口，也必然成为陈钟麟构思传奇的重要灵感源泉。我们看陈在传奇凡例中的开宗明义，就是以黛玉为第一女主角，将钗黛分成了两个阵营，分明就是受"扬黛抑钗"说影响的产物。至于其真正的创作时间，笔者以为，到广州之后，陈钟麟才会有时间认真揣摩推敲并创作他的长篇剧本《红楼梦传奇》。

另外，依据笔者收集到的资料，也不能排除陈钟麟接触"影子说"的其他两个途径。其一，陈钟麟曾经到过桂林。在桂林期间，他应该拜见过李氏家族之人，在那里见到过涂瀛亦未可知。笔者即看到过一篇陈钟麟写的《阳朔永邮记》，文章保存在《阳朔县志》中，时间无考。其二，还有一种可能，那就是李秉绶也曾经多次到岭南广州，从而把"影子说"带到了广州。今人考证早则嘉庆二十一年（1816）、迟至道光二年（1822），李秉绶就带着自己家里的两个江苏籍画家到广州交流过。"五月十六日，海珠寺得月台消夏，同李凤冈太守威、汤雨生都尉贻汾、谢里甫庶常兰生、叶云谷农部梦龙、李芸甫水部秉绶。汤、谢、李三君作画，余赋诗。"②而记载这件事情的作者张维屏诗人更是李秉绶的儿女亲家。张维屏自己在1837年也曾经到桂林旅游过一段时间。如此，作为粤秀书院掌教的陈钟麟在和当地士大夫交往的过程中听到他所感兴趣的《红楼梦》话题，包括"影子说"也就是自然而然的了。

结　语

笔者对于读花人涂瀛及其"影子说"的考证，虽然是建立在已有材料的基础之上，包括笔者的两条新发现，但由于某些旁证缺乏，如邱登与何炳麟文集之缺

---

① 民国《番禺县续志》，广东人民出版社，2000，第474页。
② 转引自陈滢《花到岭南无月令：居巢居廉及其乡土绘画》，上海古籍出版社，2010，第78页。

失,以及李秉绶诗文集之不见,故我们对涂瀛本人包括其《红楼梦论赞》与"影子说"等诸多问题的考证都只能建立在逻辑推理的基础上,甚至还不无想象的成分在里面,致使一些结论或尚难坐实,这是我们非常遗憾的。也因此,我期待大方之家能够将其中的结论或描述予以丰富充实,以增加我们对涂瀛这一旧红学批评家中杰出代表的认识,是所望焉。

(原载《红楼梦学刊》2013年第4期)

苦难之水何以浇出清香之花

——也谈香菱的形象塑造

近几年来,随着"香菱学诗"片段入选中学语文课本,互联网上关于香菱的研究讨论持续走热;虽然其中不少只是关于"香菱学诗"一文教学内容或方法之类的探讨,但却都不能不牵涉到一个基本的前提,即香菱形象的评价和定位问题。毕竟这段"香菱学诗"和《红楼梦》第六十三回的"情解石榴裙"既是小说中塑造香菱形象最为生动和出彩的两笔,也是人们判断香菱形象性格重要的依据。如一些论者就指出:香菱学诗是"自我实现者的典型行为特征""香菱是中国文学史上第一个'自我实现'的女奴形象"。[①]"'雅女苦吟诗'与'红香圃行令'这两个片段彰显了香菱不向命运屈服的顽强抗争过程,是'精华欲掩料应难'之才华智慧的展示,是她性格形象的完美体现。"[②]

关于香菱的形象性格,其实学界一直以来都有比较普遍的解读与定评。如早期的评点派人物涂瀛的《香菱赞》中即有:"香菱以一憨,直造到无眼耳鼻舌心意,无色声香味触法。故所处无不可意之境,无不可意之事,无不可意之人,嬉嬉然莲花世界也。"[③]红学家康来新说:"无论外界加诸香菱身上的磨难是如何的险恶,香菱却恒守她纯洁温和的性情……只要看她每次展现'笑嘻嘻'的喜颜面对人世的一切……然而在香菱则纯系浑融的天真,毫无心机……"[④]知名女红学家朱淡文评论道:"这三处细节描写均刻画出香菱的性格:宝钗说她'呆头呆脑',黛玉称她为'痴丫头',作者在回目中名之曰'呆香菱'。呆、痴,其实乃是纯真和一往情深的代词。无论是对学诗、对薛蟠还是他人,香菱都表现

---

① 刘宏彬:《红楼梦接受美学论》,河南人民出版社,1992,第188页。
② 高宇《论香菱亦主亦仆的身份意义》,《内蒙古民族大学学报》,2010(4)。
③ 一粟编:《红楼梦资料汇编》(上),中华书局,2005,第130页。
④ 胡文彬,周雷编:《台湾红学论文选》,百花文艺出版社,1981,第311页。

出这一性格特征。"①胡文彬也明确指出:"这三'呆',足以表现香菱的纯情和天真的情性。……香菱'呆'得可爱,有几分孩子气。"②而吴晓南的评价就更高了:"悲惨的生活既不能使她失去她的温柔、纯真和爱心,便更无法使她失去对美好的追求,她既非任情任性,又非人情练达,她既没有一丁点儿清高孤傲,又没有半丝礼教气息,她不抱怨,不自怜,她不自持,不自傲,待人处世全凭一副真心眼儿,换言之,她的性格是一种没有被社会异化的,纯粹的'女儿'原本的特质。"③无疑,在众多读者的眼里,香菱确实是书中少有的一个纯真且具有诗心的"万人迷",她的性格或许真如她在解释自己名字命名取义时所描述的那样:"不独菱花,就连荷叶莲蓬,都是有一股清香的。但他那原不是花香可比,若静日静夜或清早半夜细领略了去,那一股香比是花儿都好闻呢。就连菱角、鸡头、苇叶、芦根得了风露,那一股清香,就令人心神爽快的。"

但这种对香菱形象的传统评价近年来也不无批评之声,如有人就说香菱不但不是个"万人迷",而且还是个"糊涂虫""不识时务者""悲剧的不觉悟者""一朵迷失的花"。周思源则更指出香菱的"呆"和"痴"不仅不是她天真和纯情的表现,而且是一种可怕的麻木:"香菱学诗并没有学到诗人气质,没有学到诗人那种追求自由、抒发情感的意识与情绪;香菱只是学到了一些写诗的技巧,都是些皮毛。所以香菱的呆,不是笨,也不是宝玉式的痴情,而是精神上的麻木!""所以香菱最应该可怜的正是这种极度的性麻木,自觉的妾意识。曹雪芹通过香菱这个艺术形象批判的正是最道貌岸然的封建礼教对女性造成的严重精神创伤。这正是香菱形象的独特典型意义。"④

之所以会出现这样的争论,我的理解,其实正如论者们一直都十分强调的香菱的三个名字就是对其一生三个不同阶段命运的概括,传统的观点显然主要关注的是进入贾府以后的"香菱"形象,而近年来的人们则较多考虑了香菱"英莲"时期的磨难对其以后性格的影响。无疑,这后者的思路即构成本文立论的起点——"苦难之水何以浇出清香之花"。

其实,若仅就贾府时期的香菱形象而言,尤其是"香菱学诗"和"香菱斗草"两

---

① 朱淡文《香菱爱薛蟠》,《红楼梦学刊》,1998(4)。
② 胡文彬:《冷眼看红楼》,中国书店,2001,第 37 页。
③ 吴晓南:《"钗黛合一"新论——〈红楼梦〉主要人物结构关系研究》,广东人民出版社,1985,第 39—40 页。
④ 周思源:《周思源正解金陵十二钗》,中华书局,2006,第 140、142 页。

处浓墨重彩的描写,人们确实不难得出其"浑融天真,毫无心机""展现'笑嘻嘻'的喜颜面对人世的一切"的性格特点,甚至还不无一些"孩子气"。或如有人评论的:香菱是"整个《红楼梦》自始至终都摇曳着一个极温柔极轻巧的影子"。① 但是,考虑到香菱的一生三个命名阶段是一个整体的过程,尤其是她在"英莲"时期所遭遇的种种苦难:童年被拐、少年被卖而偏逢薄命郎,最后落入呆霸王薛蟠手中,她的这种性格上所表现出来的巨大反差就不能不引起人们的怀疑,那就是为什么童年和少年时期的伤痕竟丝毫没有影响到她后来的性格?

现代教育学、心理学等方面的研究成果表明,一个人的性格养成是与他童年的经历密切相关的。"童年的经验对决定成年人格特征具有极大的重要意义。"②虽然,香菱在童年时期曾经有过一个温馨幸福的家庭,但这种温馨和幸福体验却因四岁的那场变故戛然而止,不负责任的家仆以及万恶的拐子将小英莲推向了悲剧命运的深渊。从四岁到十二三岁这七八年光景,香菱可以说是经历了人世间最悲惨的遭遇,"她是被拐子打怕了的,万不敢说,只说拐子系她亲爹,因无钱偿债,故卖她。我又哄之再四,她又哭了,只说'我不记得小时之事!'这可无疑了。那日冯公子相看了,兑了银子,拐子醉了,她自叹道:'我今日罪孽可满了!'"从门子的这些话里不难读出,被拐卖的命运对香菱的影响是何等的巨大!日本心理学家诧摩武俊说:"当我们考虑性格形成的问题时,不可忽视的是,有时仅仅是一次偶发的事件,就会给一个人留下强烈的影响。"③尽管香菱的童年和少年经历了那么多的创伤性经验,但不知为何,小说却让走进贾府的香菱似乎完全忘却过去的苦难,变成了一个整日笑嘻嘻而又无忧无虑的纯真少女形象!

面对香菱形象前后的这种不合常理,有过相同疑惑的当然不止笔者,雨后说:"在私有权力统治下的几千年历史上,如香菱的身世遭际的并不罕见。奇怪的是,香菱对自己的身世似乎并不关心。这和林黛玉、史湘云因父母双亡而感伤的心态,表现出了明显的区别。"④詹丹也说:"更为令人感觉沉痛的是,香菱始终以一种置之度外的态度来坦然领受这样的痛苦,甚至都感觉不到她有过痛苦。第四回,当她得知可以摆脱人拐子之手得嫁冯渊时,她居然说是自己罪孽满了,好像她的一切不幸,都是前世作下的孽。"⑤考虑到《红楼梦》小说比较严谨的现

---

① 姜夕吉《精华欲掩料应难,影自娟娟魄自寒——〈香菱学诗〉的悲剧意蕴》,《中学语文教学》,2007(11)。
② 赫根汉著,何瑾、冯增俊译:《人格心理学导论》,海南人民出版社,1986,第478页。
③ 转引自颜海璐,张毓光著《名著中的家庭教育》,吉林大学出版社,2008,第12页。
④ 雨后:《红楼微言——曹雪芹到底在说什么》,河北教育出版社,2006,第199页。
⑤ 詹丹《从说开去到说进去——谈中学语文教材中的"香菱学诗"》,《红楼梦学刊》,2011(1)。

实主义笔法,虽然那个时代的作家还不可能有现代的心理学、教育学方面的知识,但因为有了林黛玉、史湘云、妙玉、探春等人物形象现实主义描写的成功经验,我们显然也不能轻易割裂从英莲到香菱形象这一巨大的变化和转折过程。

对于香菱的选择遗忘及其在贾府中所表现出的温情与纯真等方面的性格,笔者也试着从薛府人际关系的简单、薛姨妈的善良、薛蟠的呆傻以及薛宝钗的关心等方面来找原因,但在经过仔细的文本梳理和推敲之后,我们发现这只是一种徒劳。因为随着文本阅读和思考的加深,我们发现这一人物身上出现的矛盾却越来越多,有些甚至成为死结。譬如单是小说中众人对香菱的评价就是一个让人犯糊涂的问题:

周瑞家的便拉了她的手,细细的看了一会,因向金钏儿笑道:"倒好个模样儿,竟有些像咱们东府里蓉大奶奶的品格儿。"金钏儿笑道:"我也是这们说呢。"

贾琏:"生的好齐整模样……名叫香菱的,竟与薛大傻子作了房里人,开了脸,越发出挑的标致了。那薛大傻子真玷辱了她。"

凤姐:"姨妈看着香菱模样儿好还是末则,其为人行事,却又比别的女孩子不同,温柔安静,差不多的主子姑娘也跟她不上呢,故此摆酒请客的费事,明堂正道的与他作了妾。过了没半月,也看的马棚风一般了,我倒心里可惜了的。"

黛玉说香菱:"你又是一个极聪敏伶俐的人,不用一年的工夫,不愁不是诗翁了!"

宝钗说香菱:"你本来呆头呆脑的,再添上这个,越发弄成个呆子了。"

宝玉笑道:"这正是'地灵人杰',老天生人再不虚赋情性的。我们成日叹说可惜她这么个人竟俗了,谁知到底有今日。可见天地至公。"

宝玉:"香菱之为人,无人不怜爱的。"

上面这些评价涉及香菱的才、貌、德、识等几个方面,无疑与人们印象中她的天真、纯情的形象相距甚远,何况他们之间的评价如黛玉和宝钗之间也不无抵牾之处;而所谓的天真、纯情,就更是与"东府里蓉大奶奶的品格"以及凤姐难得的揄扬扯不上多少关系。再进一步考察小说中的描写,这个身居金陵十二钗副钗之首的香菱在贾府其实还是有着蛮不错的人缘,上至小姐、侍妾,下至管家、婆子、丫鬟等,许多人都和她相当玩得来,并且从她的一些言谈举止包括处世中也完全看不出她像是一个不谙世事的侍妾来。譬如,香菱进入大观园学诗选拜师对象,就没有选择近水楼台的薛宝钗,而是选择了更为热心的"诗翁"林黛玉等。

此外,作者为刻画香菱一以贯之的单纯形象,在接近小说悲剧最高潮的第七十九回安排了薛蟠迎娶夏金桂这一故事,这也是香菱命运的又一次大的转折。在包括宝玉等人都在为她的侍妾命运担忧的时候,她却表现出异常的欣喜,诚挚企盼这个正房嫡室的到来,并对宝玉的担心报以不可思议的抢白。按理说,小说故事发展到这个时候,这个曾经参与过贾府众多活动并熟悉贾府情况的她,在经历过贾府一连串的事件之后,不应该不会增加一些基本的人生经验。要知道其中的有些事件如金钏跳井、平儿挨打、晴雯被逐等,当事人也是她曾经的好朋友和玩伴,难道这些人的悲剧命运竟丝毫没有影响过她,或者至少没有影响到她对自己侍妾命运的思考?再者,这也是在她成为薛蟠侍妾以后几年间陆续发生的事情,她是有着足够的时间来理解这些事情并接受别人的教训的。然而这一切的一切,我们在小说中都没有看到,看到的反而是她让人疼痛的单纯。更使人难以理解的是,也就仅仅经历了几次薛蟠和夏金桂的折磨,这个在童年和少年时期已历经更多磨难都不曾被压垮、甚至还生机勃勃的她,竟很快地露出了要弃世的光景来。"自此以后,香菱果跟随宝钗去了,把前面路径竟一心断绝。虽然如此,终不免对月伤悲,挑灯自叹。本来怯弱,虽在薛蟠房中几年,皆由血分中有病,是以并无胎孕。今复加以气怒伤感,内外折挫不堪,竟酿成干血之症,日渐羸瘦作烧,饮食懒进,请医诊视服药亦不效验。"

对于小说,谁都不能否认这是一部伟大的现实主义作品,而曹雪芹是一位现实主义的艺术大师,但使我们疑惑的是为什么他伟大的现实主义手法却偏偏在《红楼梦》中第一个登场的薄命女子香菱身上失去了灵光呢?这种难解之处就连著名作家王蒙也曾感叹过:

惟独香菱,我读《红》少说着也有十几遍了,始终没找到对于香菱的感觉。……

是不是作者太同情和喜欢这个人物了,反看不出人物轮廓了呢?如此悲惨而无悲情,如此孤单而不感孤单,如此学诗有成心有灵犀,乃至可以与黛玉对话至少能与黛玉做伴,而一直被称为傻、呆。能为宝玉情解石榴裙(按情解石榴裙的含义是绝无含糊的,就是把身体给了宝玉之义),而又天真无瑕。被称为美香菱而不涉风月,这可能吗?其高度甚至超过了宝钗了。宝钗还是教育出来的,她对黛玉讲过她读闲书而受责罚的事迹,而香菱从小被人贩子拐去,哪有受教育的可能?幸而她的命太不好了,命运对她太苛刻了,作者又一再强调其呆傻,否则,她会不会也被怀疑是城府权谋韬光养晦呢?①

其实,要回答这个问题我们觉得也并不难,具体思路是我们必须要从小说中那些既有的突出描写香菱形象性格的细节中跳脱出去,回到学界一直以来都十分关注和强调的另外一个重要话题,即香菱形象在小说中的隐喻功能和象征意味,这也是香菱形象不同于金陵十二钗及小说中其他现实人物形象最为独特的地方。目前,学界对于香菱形象的隐喻功能、象征意味和结构功能进行了较为充分的探讨和发掘,其中有些是关于香菱故事具体情节或细节方面的。如周思源认为:"香菱有一个独特作用,这是其他少女、少妇所没有的,那就是由于香菱和她父母命运的变化,带动了许多其他重要人物的出场,使他们聚合在一起,并深化了其他艺术形象。"他还认为:"香菱与许多比较重要的人物的主要区别在于,她基本上没有自己独立的以她为主的戏。身份地位和她差不多的少女少妇,如鸳鸯、晴雯、袭人、平儿、紫鹃、司棋、尤二姐、尤三姐等等,都有一些令人印象深刻的独立的戏,但是香菱除了学诗以外,几乎没有以她为中心的故事,而且学诗在很大程度上也是在陪衬、突出宝钗和黛玉。"②詹丹则指出香菱和秦可卿之间存在着必然联系:"香菱的命运,在《红楼梦》全书中,具有更广泛的隐喻意义。早在第七回,周瑞家的以及金钏等人就把香菱和秦可卿联系了起来,而秦可卿,恰是在她生命最灿烂的时候突然夭折,体现出一种有运无命的特点。这跟香菱的有命无运,互为补充,把人生的无常,特别是女性命运的无常,形象而又浓缩地概括了出来。这种概括,深化了我们对传统社会女性命运的认识。"③另外,裔锦声和冯军都对香菱"英莲"时期的象征意义进行了诠释。裔锦声认为:"像她的父亲一样,英莲的存在具有强烈的象征意义,代表甄士隐的感情寄托。正是因为对女儿深深的爱使士隐错过了书中几次'觉醒'的机会。"④冯军则认为:"《红楼梦》写的主要是闺阁女儿及其情感和家庭的兴衰际遇。香菱不是作品中的主人公,然而却是引子","作为第一个薄命女儿、第一个家庭历劫、第一对薄命鸳鸯的承受者",香菱的"遭际预示着《红楼梦》的悲剧,反映出《红楼梦》基本的结构模式即个人——儿女情感——家庭发展及悲剧结局,后文关于宝玉、黛玉、宝钗等铺写,就

---

① 王蒙:《不奴隶,毋宁死?——王蒙谈红说事》,北京十月文艺出版社,2008,第50—51页。
② 周思源:《周思源正解金陵十二钗》,中华书局,2006,第136、135页。
③ 詹丹《从说开去到说进去——谈中学语文教材中的"香菱学诗"》,《红楼梦学刊》,2011(1)。
④ 裔锦声:《红楼梦:爱的寓言》,北京大学出版社,2000,第104页。

是在此基础上延伸。"①不同于以上各家的零散分析,丁武光则是全面解读了小说中有关香菱的重要故事。他指出香菱是"一个表现社会生活的多面体",在香菱身上所折射出来的"多重视角"展示出"纷繁复杂的社会生活和不同生活层面上的各类人物","香菱的存在就像一面镜子,既能映衬出大观园女儿世界至真至美的理想境界,又能折射出多层面的社会状态和现实人生;既能衬托以宝玉、黛玉、宝钗等这样一些主要人物的精神境界,表现自身价值;又能将世间的丑恶攫取给人看,表现人间种种苦难的来由和根源。"②

以上这些论点或具体到某一细节,或是对香菱故事的具体阐释,要之多能论述详切,言之成理。此外,学术界还有不少是关于香菱形象总体价值或意义方面的立论,这些观点大都高屋建瓴,不仅于香菱的形象解读、即使于小说的总体把握亦有十分裨益。

如邹自振、陈建芳认为香菱在小说文本结构中起到了两次非常重要的架构作用。第一次架构作用体现在"香菱是连接甄家和贾府及大观园两个世界的'桥梁'"。"'甄家'是'微缩版'的贾家,贾家是'放大版'的甄家"。"一部甄家兴衰史便是以贾府为代表的'四大家族'乃至整个封建社会的兴衰史的'预演'"。而另一次架构性作用则在于整个文本结构中,"香菱是整个红楼女性世界的悲剧标本","她从第一回至第一百二十回贯穿始终,实现了《红楼梦》中女性人物命运最大一个'圆圈式'叙事结构的圆满画定","给人一种'一切皆前定'的神秘宿命感"。③ 李珊也强调了香菱在全书叙事结构中所扮演的重要角色,她认为香菱在《红楼梦》叙事结构中至少起着四个方面的作用:其一,"香菱是构建甄家命运成为以贾家为代表的四大家族命运预演这一叙事结构中的重要一环";其二,作为《红楼梦》中第一个出场的薄命女子,香菱的命运遭际印证了"薄命司"对大观园女儿身世命运预测的准确性,也对后文写大观园众女儿"千红一哭,万艳同悲"的悲剧情节起到了提示作用;其三,作者借香菱之口对宝钗"无日不生尘"的结局作了交代;其四,作为全书中第一个出场、最后一回退场的"薄命女",香菱归结了全书的女性命运,实现了小说叙事上的又一个圆形结构。④ 相比较而言,张雷、张璐的《香菱:从女性符号到结构符号——论〈红楼梦〉的叙事结构》一文无疑更具

---

① 冯军《论香菱——兼论曹雪芹的反讽语选择》,《保定师范专科学校学报》,2005(3)。
② 丁武光《香菱故事的多重视角》,《贵州民族学院学报》,2009(3)。
③ 邹自振,陈建芳《香菱:另一块"补天之石"》,《闽江学院学报》,2005(6)。
④ 李珊《菱花开来清香幽——〈红楼梦〉中香菱形象的新视点》,《南昌教育学院学报》,2011(1)。

有总体框架和理论上的建构意义。他们认为："她的名字和遭遇，构成了对存在于文本之内与文本之外的女性的集体命运的象征。她步履匆匆的纤弱身影掠过那些精美淳炼的言语，辗转于故事主体与故事边缘之间，牵连着故事的演绎者与故事的旁观者。香菱作为《红楼梦》中的一个女性符号的同时，随着命运的迁延转化为小说结构的符号。"在女性符号意义上，"香菱这一人物形象具有女性性格和命运的综合性"。而在小说的整体结构意义上，"香菱的重要性已经超越了人物本身，而作为小说结构形式的概括和代表。她被预言最大的作用就是加强了小说各个环节的联系，使小说结构更紧密"。①

诚如以上各家所论，香菱的形象在小说中不仅确实具有丰富的隐喻功能与象征意味，同时她还是连接其中许多重要故事以及人物的纽带，具有十分重要的结构功能。她的这种特殊艺术功能无疑也早已超越了她作为小说人物本身的形象价值，从而成为《红楼梦》中少见的现实性与符号性相结合式的人物形象。"不但名字，连这一人物本身都已成为作者的一个叙事符号，其象征意义大于在小说中的现实存在"。②

行文至此，我想大体可以把握一下香菱形象的这种塑造特点了。作为小说中几个为数不多被完整展现其一生生命历程的角色，因为早被作者赋予了特殊的使命，香菱形象实际从一开始就不是在沿着一条现实主义的路子而被塑造。不仅从"英莲"到"香菱""秋菱"的命名取义，包括她的核心性格即以"荷花出污泥而不染"为主要意象的性格特征，都不过是作者一种特殊意念要表达的产物。其实对于香菱形象塑造的这种独特笔法，脂砚斋早在"香菱学诗"的那段著名评语中就已经提示过我们："细想香菱之为人也，根基不让迎探，容貌不让凤秦，端雅不让纨钗，风流不让湘黛，贤惠不让袭平，所惜者幼年罹祸，命运乖蹇，致为侧室。且虽读书，不能与林湘辈并驰于海棠之社耳。然此一人岂可不入园哉。故欲令入园，终无可入之隙，筹画再四，欲令入园，必呆兄远行后方可。"③显然，这种有意设计既不同于我们所普遍认可的传统现实主义，也不是小说中的那种传奇浪漫，庶几更接近于周思源先生所提出来的《红楼梦》中的一种"象征主义"。当然，具体到香菱形象的全部塑造过程，这三种主义却也不是有此无彼、有彼无此或完

---

① 张雷，张璐《香菱：从女性符号到结构符号——论〈红楼梦〉的叙事结构》，《伊犁师范学院学报》，2006(3)。
② 谢德俊《论香菱的艺术形象及其思想内涵》，《西安建筑科技大学学报》，2010(3)。
③ 俞平伯辑：《脂砚斋红楼梦辑评》，上海文艺联合出版社，1954，第523页。

全隔绝,而是存在着一定的交互使用现象。有时是现实主义占据了上风,譬如香菱童年和少年时期的那段不幸;有时则是浪漫和象征的交融,如著名的"香菱学诗"与"情解石榴裙",这后者其实也正是韩进廉在谈到《红楼梦》人物性格模糊性时所提出的"情境"。"《红楼梦》人物性格的模糊性还表现在人物性格的不确定性上,人物性格在一定程度上是由其所处的'情境'决定的。《红楼梦》的作者曹雪芹能诗善画,很善于设计种种富有诗情画意的'情境'"。① 另外,关于香菱形象的这种模糊性我们还可以从她亦主亦仆的身份,以及身为侍妾却依然明净"呆""痴"如少女的矛盾性格中体现出来。总之,"在作者笔下也几乎出于同一思路,即以不合常理的多种性格特征集于一身而使人物形象呈现出某种含混的模糊状态,正是这种存在方式加强了二者的隐喻效果,使之具备成为全书纲领性人物的特质"。②

有了上述这样一些研究共识和前提,当我们再回过来观照香菱的形象塑造时,也许真的就会释然很多;至于香菱这一艺术形象背后究竟隐含着作者怎样的深层喻意,那就是专家们各自见仁见智的事情了,但就总体上作者借助香菱这一角色想要表达的思想和意念还是得到了很好的展现。"总之,香菱沟通的是神话与现实,勾连的是大观园的内与外,见证的是两极女儿,领略的是'皮肤滥淫'与'意淫'两种男人及这两种男人的存在状态,她同样见识的是人间的世态炎凉,经历个人的苦与甘,自身也跨越贫穷与富贵,她也受过极端的凌辱与异常的宠爱。短暂的一生有太多两极的经历,短暂的一生留下太多的凄美,也留下过多的谜底。她匆匆而来,匆匆而去,短暂又飘零,只是完成作者赋予她的使命罢了"。③

(原载《文艺评论》2013 年第 4 期)

---

① 韩进廉《红楼梦人物性格的模糊性与明确性》,《河北学刊》,1987(3)。
② 谢德俊《论香菱的艺术形象及其思想内涵》,《西安建筑科技大学学报》,2010(3)。
③ 冯军《论香菱——兼论曹雪芹的反谶语选择》,《保定师范专科学校学报》,2005(3)。

林黛玉形象塑造"五法"

在人物形象塑造方面的巨大成功,是《红楼梦》打破"传统的思想和写法"的主要成就之一。尤其在重要人物形象塑造上,更突出体现了曹雪芹的这种创新精神。譬如林黛玉形象的塑造,就是作者运用多种创造性艺术手法的结晶。总结历来研究者对于林黛玉形象塑造方法的分析,虽各有侧重却鲜有全面把握者。笔者根据以往论者的研究将之综合归纳为五种艺术方法,即原型法、意象法、诗词法、影子法、对比法。

一、原型法

这里所谓的"原型"既指向林黛玉形象的神话原型,同时也包括了林黛玉形象的文学、历史乃至生活原型。著名红学家吕启祥曾说"林黛玉背后站着一整个人物的系列",并指出"设若我们对传统文化完全茫然,对相关的人物、典事、传说、风习无所了解或所知甚少,恐怕难以走进人物性格世界的深层"。[①] 要之,林黛玉形象的塑造是建立在作者深厚的传统文化认知以及作者本人深刻的生活体验基础之上,正因如此,所以小说中的林黛玉形象才会显得如此丰盈、充实、深刻而内涵丰富。

对林黛玉形象原型的追问首先是关于其"神话"原型方面的探讨。小说中直接与林黛玉描写相关的神话就有"木石前盟""潇湘妃子"等,于是学界围绕着绛珠草、绛珠仙子、芙蓉仙子、潇湘妃子、洛神等故事进行了原型分析。朱淡文认为:"曹雪芹以有关舜妃娥皇女英的神话传说为构思林黛玉的精神风貌和生活环境的素材,与以灵芝仙草和巫山女神瑶姬为绛珠草和绛珠仙子的神话渊源一样,

---

① 吕启祥《花的精魂 诗的化身——林黛玉形象的文化蕴含和造型特色》,《红楼梦学刊》,1987(3)。

都为这位《红楼梦》的第一女主角开掘并准备了丰富的美之源泉。"①郭玉雯认为:"是神话传说中既灵慧又美丽、既纯洁又多情的女神,成为塑造林黛玉之多种参考模型。追溯其渊源,至少有化为瑶草的帝女、宋玉《高唐赋》中的瑶姬、《楚辞·九歌·山鬼》里的巫山神女、庄子《逍遥游》里的姑射山神人;更因林黛玉在书中又名'潇湘妃子',以至于湘水之神,包括《楚辞·九歌》中的《湘君》《湘夫人》皆与之有直接关系。"②总之,神话原型分析论者认为,以上诸多神女神话在造型、姿态、精神、性格、环境等各个方面,不仅诠释了林黛玉的唯情、痴情、诗情、苦恋的爱情形态,也诠释了她的妩媚、窈窕、纯洁、自然、清幽的生命形态。在此意义上,我们民族集体无意识的一部分无疑也深深融入了林黛玉形象的创造中。

在林黛玉形象诞生之前,文学作品中最为人们所津津乐道的女性形象是《西厢记》中的崔莺莺和《牡丹亭》中的杜丽娘,而这两个鲜明生动的女性形象也都被作者巧妙地编织到作品里,从而构成了小说中林黛玉最直接的身份认同。如小说中宝黛共读《西厢》、黛玉独自品味《游园》曲文等场景描写。朱淡文说:"《红楼梦》中这些具体描写显示:曹雪芹在塑造林黛玉形象特别是在表现她内心深处对爱情的渴望方面,有从《西厢记》崔莺莺形象汲取素材及灵感的可能。"③王海燕说"杜丽娘情欲美人格对林黛玉的感召作用主要有三点":一是"杜丽娘情色双兼,唤醒了林黛玉的性爱意识";二是"杜丽娘对于青春的妙赏及其伤春情愫在林黛玉那里得到接受和延续";三是"杜丽娘为情而死、为情而生、生死不渝的爱情,衬托了林黛玉万苦不怨、之死靡他的爱情"。④对于这种现象,论者们当然一致认为这两个人物形象是作者塑造林黛玉形象的众多原型之一。

另外,历史上的许多才女故事也曾为曹雪芹塑造林黛玉时所借鉴,如谢道韫、李清照、朱淑真,包括直接被林黛玉在《五美吟》中所吟咏过的西施、虞姬、明妃、绿珠和红拂等。王海燕认为"这些中国历史上最有名的才色女子,都称得上林黛玉形象的'远亲'",⑤而对林黛玉形象塑造构成直接启发意义的"近亲"则是晚明以降的大量才女故事。这些才女故事中影响最大的是冯小青和叶小鸾,这一点已为许多学者所考证。"曹雪芹在塑造林黛玉形象时,为了渲染她的出身背

---

① 朱淡文《林黛玉形象探源》,《红楼梦学刊》,1994(1)。
② 郭玉雯《红楼梦与女神神话传说——林黛玉篇》,《台湾清华学报》,2001年1—2期合刊。
③ 朱淡文《林黛玉形象探源》,《红楼梦学刊》,1994(1)。
④ 王海燕:《花魂诗魄女儿心——林黛玉新论》,中国社会科学出版社,2007,第58—59页。
⑤ 同上书,第61页。

景以及她那尊重自我、多愁多情的性格,又从冯小青、朱楚生、叶小鸾等晚明才女的传记中撷取某些素材,加以变化改造,糅合于林黛玉形象之中。"①此外尚有《浮生六记》中的陈芸以及蒋坦的妻子关瑛等个性和气质独特的女子等。要之,"林黛玉就是在这样一些新的女性性格的映照下成长的。曹雪芹以最理解女性的笔触,融合传统文化的精华塑造出林黛玉这样不朽的女性形象"。②

当然,许多人还认为林黛玉的形象应有来自生活的原型,如朱淡文即认为:"林黛玉的生活原型是作者青年时期的恋人。"③至于索隐派对林黛玉生活原型的说法就更多,但它们与林黛玉的形象塑造方法基本无关,此处不论。

总之,在林黛玉形象塑造的原型问题上诚如吕启祥所说:"而且不限于女性,诸如心有七窍的比干、直烈遭危的鲧、高标见嫉的贾谊、登仙化蝶的庄生、采菊东篱的陶令……她(他)们或是以其姿容禀赋与黛玉相近,或者是以其遭际命运令黛玉同情,或是以其才具修养滋育黛玉生长。"④

二、意象法

杨义先生说:"研究中国叙事文学必须把意象,以及意象叙事方式作为基本命题之一。"⑤作为中国最诗化的一部小说,《红楼梦》中的意象以及意象叙事也一直为人们所关注。自然,作为小说中最具诗意的人物,作者围绕林黛玉所设计的诸多意象也就成了人们关注的焦点。"《红楼梦》中诸般意象,往往在它们展示于小说的艺术时空之时,迸射出蕴含深厚浓郁的诸多文化能量,以充实和丰盈我们的理解。"⑥

"水"是《红楼梦》中一个无处不在而又蕴涵丰富的意象,她不仅是女儿清净洁白的象征,并且还以其不同的形态丰富着我们对不同人物的理解。这其中与"水"意象最密切相关者莫过于林黛玉。在作者的设计中,林黛玉的前身"绛珠仙草"是因宝玉的"甘露"浇灌而得以修成女体;在诸少女中,唯有林黛玉是自扬州逆水而上、舟行来京的;在大观园的诸院落中,也唯独潇湘馆里有曲水相通;在结

---

① 朱淡文《林黛玉形象探源》,《红楼梦学刊》,1994(1)。
② 王海燕:《花魂诗魄女儿心——林黛玉新论》,中国社会科学出版社,2007,第68页。
③ 朱淡文《林黛玉形象探源》,《红楼梦学刊》,1994(1)。
④ 吕启祥《花的精魂诗的化身——林黛玉形象的文化蕴含和造型特色》,《红楼梦学刊》,1987(3)。
⑤ 杨义:《中国叙事学》,人民出版社,1997,第267页。
⑥ 俞晓红:《红楼梦意象的文化阐释》,安徽人民出版社,2008,第3页。

社取号时,"潇湘妃子"之名更是血痕斑斑、情爱离离、"水"象四溢;至于林黛玉的花名签无疑象征了她傍水而生、依露而活,恰似一枝风露清愁的水中莲花。另外,潇湘馆中的雨水也是最多的,林黛玉经常有看雨和听雨的行为。"雨不仅以自然意象的身份韵和着林黛玉凄寒孤寂的心绪,雨还是上天对超凡拔俗的人间灵魂倾诉情爱、益现性灵之举的一种感应。"①"曹雪芹在对潇湘馆的环境描写中恰到好处地使用了雨这个经典意象,他让雨打湿着潇湘馆,在雨飞竹林、雨滴芭蕉的氛围中,抒写一个凄楚的林黛玉、诗意的林黛玉、审美的林黛玉。"②当然,更为重要的是林黛玉为"还泪而来""泪尽而亡"中"眼泪"意象的设计,眼泪几乎成了林黛玉形象的第二外貌特征。"眼中流出的泪是水,心底流出的泪是血,血总是浓于水的。'绛珠'是对林黛玉将生命与灵魂全交付与爱情的精当概括。"③总之,林黛玉因"水"而生,又泪尽而亡,是《红楼梦》中"水作的骨肉"的代表。

"花"也是《红楼梦》中一个十分重要的整体性意象,她不仅象征着红楼女儿的青春与美丽,并且还时时映照着她们的性格与命运。作为"花魂"的林黛玉更是作者以花叶竹木意象所倾力塑造的对象,小说中作者分别以竹、菊花、桃花、柳絮、荷花、梨花、芭蕉、苍苔等具体花木意象来丰富林黛玉的形象。"《红楼梦》借助花叶竹木意象以喻群芳的姿容、体态、气质、性情,是通过多层次、多角度进行的。"④在林黛玉居住的潇湘馆里,首先映入人眼帘的是那千万竿的翠竹,这些与她朝夕相伴的竹子,不仅象征着她清雅孤傲、高标坚贞的君子品格,而且窗外那摇曳的竹影苔痕更"对她的悲剧心态产生了不可估量的影响"。⑤桃花也是与黛玉生命关切十分紧密的一个意象,有人甚至称她为林黛玉悲剧爱情、悲剧命运的主题花。"曹雪芹也撷取了桃花深化林黛玉的爱情悲剧,用生命周期短促的桃花比喻黛玉被扼杀在摇篮中的纯真的爱情。他还别出心裁地将桃花意象贯穿小说的始终,让桃花成为宝黛爱情的见证。"⑥至于"黛玉葬花"情节的象征意义,就更是人所共知的主题——葬花即葬人。第三十八回林黛玉魁夺菊花诗中的"菊花"意象,自古以来就是传统文人傲世独立品格的象征,在这里正好与黛玉的孤高自许、目无下尘的个性暗合。"菊花意象,不仅呈现了书中人并作书人的傲世风骨,

---

①③ 俞晓红《悲歌一曲水国吟——红楼梦水意象探幽》,《红楼梦学刊》,1997(2)。
② 濮擎红《与林黛玉形象塑造有关的一些原型、意象》,《明清小说研究》,1998(2)。
④ 俞晓红:《红楼梦意象的文化阐释》,安徽人民出版社,2008,第85页。
⑤ 王海燕:《花魂诗魄女儿心——林黛玉新论》,中国社会科学出版社,2007,第49页。
⑥ 杨真真《桃花意象及其对林黛玉形象的观照》,《红楼梦学刊》,2009(2)。

也凝聚了传统文化中最富代表性的那一份文人情怀。"[①]书中第六十三回林黛玉所抽花名签"风露清愁"的荷花自然也是她出污泥而不染的性格写照。"荷花喻黛玉,即是写她的高洁,又是写她性格的脆弱和隐寓结局的不幸。"[②]第七十回中黛玉《唐多令》所吟咏的"柳絮"意象,不仅暗示了青春易逝,还隐喻了她薄命以及漂泊无依的命运悲剧。另外,"梨花"象征着黛玉品性的高洁和性格的"清冷淡漠","苔痕"则象征了林黛玉的孤独寂寞,等等。

除了上述诸多自然意象,小说中还有不少人文意象如丝帕、潇湘馆以及其中的书香、药香、笔砚、琴、窗乃至色彩等,也都是解读林黛玉形象不可或缺的组成部分。潇湘馆初不过是大观园中的一个院落,但因了林黛玉的居住而完全不同,有人说"潇湘馆就是林黛玉的化身,它与林黛玉达到了形神合一、物我交融的完美境界",[③]的确如此。并且潇湘馆的色调也是经过作家精心设计的,那就是绿色——一种属于林黛玉的颜色意象。"'绿'色所涵容的诸般心迹,已然成为林黛玉情感世界的质的规定性。作者借助'绿'的映现功能,敷写黛玉的忧伤情怀,遂使其'情'得以外现化、具体化"。[④] 另外,潇湘馆中不仅自然意象丰富,其中的人文意象也内涵丰满,从不同角度充实着林黛玉的形象。譬如"窗"在古典诗词中多寄寓闺中女儿对外界的向往,所以在此也寄寓着林黛玉内心的渴求;"书"和"笔砚"则象征了黛玉的才情,体现了她高雅的品位和情调,等等。[⑤]

总之,"以上种种文学意象有力地烘托了黛玉的品格情操,表明林黛玉的个性清标、纯洁自尊、率真自然、孤高自许,乃至藐视功名利禄、唾弃庸俗、不喜羁绊、向往精神自由的气质情操,处逆境中仍能坚守自我、独立不屈以及对自然和艺术的爱好"。[⑥]"意象法"是塑造林黛玉诗人形象气质的一个重要方法。

三、诗词法

《红楼梦》中的女儿许多都会作诗,而且越是漂亮诗也写得越好,其中自然以林黛玉的诗写得最多也最好,所以其又被作者称之为"诗魂"。人们甚至可以说

---

① 俞晓红:《红楼梦意象的文化阐释》,安徽人民出版社,2008,第87页。
② 张庆善《说芙蓉》,《红楼梦学刊》,1984(4)。
③ 王晓洁《林黛玉与潇湘馆研究综述》,《红楼梦学刊》,2010(1)。
④ 俞晓红《红楼梦设色说》,《红楼梦学刊》,1995(3)。
⑤ 尹振华《人物性格的外化与延伸——略论〈红楼梦〉中潇湘馆的环境描写》,《河北师大学报》,1995(4)。
⑥ 王海燕:《花魂诗魄女儿心——林黛玉新论》,中国社会科学出版社,2007,第52页。

林黛玉就是大观园中的诗人,她的人和诗是真正合为一体的。"《红楼梦》才女辈出,但惟有林黛玉是被全方位诗化了的诗人"。① 以此可知诗词之于林黛玉形象塑造的意义。

历来论者对林黛玉形象的评价也往往聚焦在其诗歌上。蒋和森说:"这是一个诗人气质的少女;或者说,是一个女性气质的诗人……这就使得她的一言一动、多愁多感之中,发散着一种'美人香草'的韵味和清气逼人的风格。"②李希凡说:"敏感的诗人气质是林黛玉的性格之所以具有动人心魄的艺术力量的重要因素,诗的境界、诗的氛围培育了她的风神秀骨,使她在十二钗'群像'中,始终荡漾着清新雅丽的特殊韵味。"③李学英说:"追求爱情自由只是黛玉整个精神生活的一部分,在她心灵的王国里,还有一个精灵、一个主宰、一个寄托,那就是她心目中的上帝——诗神。她憧憬、追求的是做一个名留青史的诗人,去实现自己的人生价值。"④王跃飞说:"黛玉短暂的一生,只通过两样东西来宣泄自己的情感:一是流泪,二是吟诗。黛玉的泪珠是无字的诗,每一颗都辉映着诗的韵律;黛玉的诗篇是有声的泪,每一行都闪烁着泪的晶莹。失去泪与诗,就不成其为林黛玉。"⑤薛海燕说:"《红楼梦》对林黛玉形象的塑造,最明显地使用了以'诗'作喻的写法。黛玉是最喜欢以诗见性和以诗代言的女性。"⑥要之,诗是构成林黛玉生命形态最重要的一个组成部分。

另外,围绕着林黛玉诗歌的内容和性质,论者们也进行了广泛而深入的探讨。郭英德认为:"她是一个诗人,当然可以说是一个病态的诗人,是一个悲剧诗人,而不是夜莺式的诗人。""林黛玉属于诗人早期的阶段,属于穷愁的阶段,属于'女性气质的诗人'的阶段。"⑦林楠则认为:"她的诗长于探索和思考,在内容上,她偏重于对逆境的质疑和冲击;在感情上,她有深沉的哀怨和不平的愤怒;在对待未来的态度上,她是寻觅探索和挣扎进取的。"⑧李劼把林黛玉比作小说叙事中的"歌者",认为"歌者林黛玉的诗魂形象导引着小说中的全部韵文,从而使小

---

① 刘敬圻《林黛玉永恒魅力再探讨》,《求是学刊》,1996(3)。
② 蒋和森:《红楼梦论稿》,人民文学出版社,2006,第101—102页。
③ 李希凡《林黛玉的诗词与性格——〈红楼梦〉艺境探微》,《红楼梦学刊》,1983(1)。
④ 李学英《林黛玉的理想悲剧——兼与宋淇先生商榷》,《复旦学报》,1989(2)。
⑤ 王跃飞《试论林黛玉形象的诗情美》,《淮北煤炭师范学院学报》,2005(3)。
⑥ 薛海燕:《红楼梦——一个诗性的文本》,中国社会科学出版社,2003,第87页。
⑦ 郭英德:《中国四大名著讲演录》,广西师范大学出版社,2006,第325页。
⑧ 林楠《论黛玉的觉醒和宝玉的蛰眠——从宝黛诗文创作看宝黛形象的差异》,《河北大学学报》,1981(2)。

说具有了强烈的歌剧色彩"。①孙敏强甚至说林黛玉就是中国古代诗人的象征,"黛玉形象具有中国古代诗人审美追求与心灵历程的象征者和终结者的双重意味。"②但也有人注意到作为艺术形象的林黛玉诗词之不足。"黛玉的'诗体'语言用以建立与前代文人诗词之间的'审美场'则可,而表达其具体细腻的'女儿心'之能力则远远不足。"③"诗作很少是为了与宝玉之间的一己私情而作,她所表达的更多的还是她对自我生命意义和价值的沉思和追问。"④

前些年,有人提出了"《红楼梦》中劣诗多"的观点,这其中自然亦包括林黛玉的作品。平心而论,作者的持论中肯,并无哗众取宠之嫌,同时论者也并没有否定这种以诗词来塑造人物形象的方法。"《红楼梦》中的诗词,是作家为适应情节发展和人物塑造而制作的,是小说的有机组成部分。"⑤因此,这就需要我们实事求是地理解曹雪芹赋予林黛玉诗人形象的价值和意义。"由于林黛玉诗词毕竟是小说中人物诗文,而不是独立于小说之外的文人创作,对它的解读重点应该放在其塑造人物乃至于表达作品主旨的功用上。"⑥总之,"诗词法"不仅是作家塑造林黛玉形象所使用的具体艺术方法,而且还是其中最为重要之一种。

四、影子法

"影子说"是旧红学批评中十分有影响的一种说法。它首由读花人涂瀛提出,并经张新之、陈其泰、洪秋蕃、解盦居士等人发挥,在旧时代的读者中产生了广泛影响。新红学时期,"影子说"因被称为唯心主义而受到批判。新时期以来,传统"影子说"又重获学界的肯定。我们认为"影子法"确实是《红楼梦》作者塑造主要人物的一种写作手段,它于林黛玉的形象塑造尤其具有重要的价值。

我们先来了解一下评点派关于黛玉"影子"的种种说法。涂瀛在《红楼梦问答》中说:"晴雯,黛玉之影子也;写晴雯,所以写黛玉也。"他又于宝黛爱情故事说道:"凤姐地藏庵拆散之姻缘,则远影也;贾蔷之于龄官,则近影也;潘又安之于司

---

① 李劼:《历史文化的全息图像——论〈红楼梦〉》,东方出版中心,1995,第99页。
② 孙敏强《作为中国古代文士心灵史象征的黛玉形象》,《浙江大学学报》,2001(4)。
③ 薛海燕:《红楼梦:一个诗性的文本》,中国社会科学出版社,2003,第94页。
④ 王怀义:《〈红楼梦〉与传统诗学》,上海三联书店,2012,第78页。
⑤ 陈永正《〈红楼梦〉中劣诗多》,《文艺与你》,1985(1)。
⑥ 王海燕:《花魂诗魄女儿心——林黛玉新论》,中国社会科学出版社,2007,第116。

棋,则有情影也;柳湘莲之于尤三姐,则无情影也。"①此外又有藕官是"黛玉销魂影"、龄官是"黛玉离魂影"等说法。涂瀛之后,张新之是"影子说"的大力倡导者,其评点中关涉黛玉"影子说"多达数十处。如其云:"盖是书写情、写淫、写意淫,钗、黛并为之主,于本人必不能处处实写,故必多设影身以写之。在黛玉影身五:一晴雯,二湘云,三即小红,四四儿,五五儿。"②又说:"若止从本人实写,则是书数回可了,成鬼账簿矣。""夫又者,于本事说不清,则添一人于其次,是为又也。副者,于正身说不了,则设一人于其旁,是为副也。皆影儿之说。"③其对"影子说"的理解如此。陈其泰是另一位推崇"影子说"的代表,他说:"盖晴雯者,黛玉之影身,而五儿又晴雯之影身。若曰:黛玉,吾不得而见之矣。得见晴雯者,斯可矣。晴雯吾又不得而见之矣。得见五儿者,斯可矣。"④此外,解盦居士也说道:"此书专为灵河岸上之谪仙林颦卿一人而作。微特晴雯为颦颦小影,即香菱、龄官、柳五儿,亦无非为颦颦写照。""媜嫿、若玉亦皆为颦颦影子,媜嫿影其姓,若玉影其名。小红亦姓林氏,原名红玉,明是绛珠两字影子。"⑤以上诸种说法,或指出某某为林黛玉的影身,或解释了这种手法之意义功能,要之,都为我们解读林黛玉形象提供了不少形象和感性的认知。

毋庸讳言,传统"影子说"也有不少"捕风捉影"的成分,但剔除那些任意的主观猜测,"影子说"在塑造主要人物形象上还是具有不可替代的艺术作用。关于这一点胡晴的概括很好,她说:"'影子说'其实就是对比衬托的形象说法。""如果人物的性格相似,而他们在作品中的地位又有主次之别,那么写次要人物往往是为了更好地衬托主要人物的性格特点,通过这种相似性可以加强读者的类比联想,增加读者对主要人物的了解,在映衬中对主要人物的性格命运有更深刻的认识。"⑥另外,李欧、周子瑜也注意到"影子说"的妙处:"既是'影子',就并非全然一样,而正是在似与不似、相同与相异的设计中,才见其精巧微妙。并且感人心、发人思常常正是此处。"⑦总之,"影子法"是曹雪芹所独创的一种塑造主要人物的方法。

当然,《红楼梦》中的"影子法"并不是一种可以严格界定的艺术手法。譬如

---

① 一粟:《红楼梦资料汇编》,中华书局,1964,第143—144页。
② 三家评本《红楼梦》,上海古籍出版社,1988,第376页。
③ 同上书,第137、1979页。
④ 陈其泰评,刘操南辑:《桐花凤阁评〈红楼梦〉辑录》,天津人民出版社,1981,第333页。
⑤ 一粟:《红楼梦资料汇编》,中华书局,1964,第189页。
⑥ 胡晴《〈红楼梦〉评点中人物塑造理论的考察与研究之二》,《红楼梦学刊》,2005(3)。
⑦ 李欧,周子瑜:《梦与醒的匠心:蠡测缕析〈红楼梦〉的写作技法》,巴蜀书社,2002,第53页。

具体到小说中谁是黛玉的"影身"问题,不仅古人理解不一,即使当代学人也差异不小。这是因为有人从"形似"的角度来理解,但也有人强调从"神似"方面去把握;苛刻者认为小说中只有晴雯堪称黛玉之"影身","形似"论者又把香菱和龄官揽入其中。针对"影子说"的模糊不清,一些人甚至还别创一种说法以替代之,如李劼即用"形象区域"一词来代替,他把核心人物的"影子"又称为"形象副本",而林黛玉形象区域里面的形象副本有四个:晴雯、香菱、薛宝琴和龄官。"以林黛玉为核心的整个大观园女儿世界的灵魂构架就因此而得以完成了:由黛玉向四周展开,呈现出四个副本侧面,亦即晴雯的个性、龄官的痴情、香菱的心地、宝琴的才气。如果以五行图式排列之,这也许就是整个大观园女儿世界的核心布局。"①王海燕则用"形象系列"来指称"影子说"。"曹雪芹本着对生活的深刻理解和对艺术的独特把握,在精心刻画的女主人公林黛玉形象上作了特殊的艺术安排,正如贾宝玉有他的反射物甄宝玉、甄士隐,林黛玉周围也安排了许多'卫星'人物,即'小影'。他利用人物间的相互影映之法,以女主角林黛玉为中心,成功地塑造出了系列形象——林黛玉系列形象;通过这一系列形象塑造及其扩展,概括女儿群性格特征,从而将林黛玉性格置于金陵十二钗群体的核心,突出了'诗魂'的地位。"②至于林黛玉的这些"卫星式"人物即"小影",王海燕认为至少有"晴雯、妙玉、龄官以及尤三姐、香菱、小红、藕官等"。③

"影子说"对黛玉形象塑造的重要性已如上文所论,也许有人担心"影子说"会抹杀"影子"人物形象的独立性和价值,关于这一点其实前人早已指出:"尤妙者,写黛玉一身,用无数小影,黛玉与小影,固是二人;即小影与小影,亦不少复。可见中西小说家,每能于同处求异。"④

五、对比法

对比又称对照、比较等,是传统小说中非常普遍也最经常使用的一种写人方法。"对比是一种普遍适用的'艺术规律'……但可以说,运用得最好、最成功的莫过于《红楼梦》,其中的对比有正比、反比、巧比、暗比、远比、近比、虚比、实比等等。"⑤"在

---

① 李劼:《历史文化的全息图像——论〈红楼梦〉》,东方出版社,1995,第224页。
② 王海燕:《花魂诗魄女儿心——林黛玉新论》,中国社会科学出版社,2007,第239页。
③ 同上书,第244页。
④ 朱一玄:《红楼梦资料汇编》(第2版),南开大学出版社,2001,第868页。
⑤ 曾扬华:《红楼梦新探》,广东人民出版社,1987,第292页。

《红楼梦》作者的手里,对比艺术,已经不是偶或运用的表现手法,而是一种总体构思的美学原则。"①在《红楼梦》中,作为女主角的林黛玉无疑也是作家综合运用多种对比手法创造出来的鲜明形象。

以具体的对比技巧而言,作者有时候以叙述人的身份直接将黛玉和别人进行比较,如第五回开头作者就直言不讳地评价了林黛玉和薛宝钗在品格、容貌、行为和待人接物等方面的区别,给人留下了一个清晰印象。其次,作者有时又巧妙地"隐藏"起来,借助于小说人物的心理描写来凸显黛玉和别人的不同。如第二十九回宝黛因张道士提亲起口角之后,作者就有一大段两人细腻而感人肺腑的心理对比描写;再如第六十七回赵等姨娘收到薛宝钗送给贾环礼物时将宝钗和黛玉对比的一段心理描写等。再次,通过一个特定人物的眼睛,把黛玉和别的形象间的区别直接呈现在我们面前,这种方法小说中使用尤多。如第二十七回写丫鬟小红和坠儿在得知有人听了她们的话以后对钗黛二人的评价、如第二十八回宝玉由薛宝钗的"雪白一段酥臂"而勾起了将她和林黛玉的对比、如第三十二回因湘云"说混账话"从而引起袭人对钗黛有过一段比较。此外,还有第五十五回凤姐论"林丫头"和"宝姑娘"、第六十五回兴儿评"病西施"和"雪美人"等的对比描写。复次,作者甚至直接让林黛玉与小说中人物作比较,如第二十二回因"戏子"比喻,在宝玉、湘云、黛玉间引起了一场不小口角;故事中,作者不仅让湘云直接与黛玉做了比较,回过来,作者也让黛玉与湘云做了一回比较。②

上述这些例子多属作者或作者借助"他人"在比较中对黛玉的直接评价,这样的描写虽然简洁明了,但显然远不如通过具体事件的比较来得鲜活生动。事实上,小说更多的即是将林黛玉放置在不同的故事并与他人的比较中来刻画她的人物形象。面对同一事件,通过黛玉和别人不同的态度及动作行为,也是塑造黛玉形象的重要对比方法之一。如第七回"送宫花"故事中别的姐妹多不在意,而黛玉的一番话即突出表现了她的敏感与多疑。再如第十八回"归省庆元宵",姐妹们吟咏题诗时黛玉"安心大展奇才"的心理即表现了她的才气与争强好胜;第三十四回宝玉挨打,钗黛均曾先后过来探访,对比中更生动刻画了黛玉的痛苦与深情;第四十八回在"香菱学诗"一事上,黛玉不仅表现出与宝钗截然不同的热情,并且也与同为支持香菱学诗的湘云同中有异;第五十一回,面对薛宝琴的新

---

① 徐乃为《略论红楼梦的比较艺术》,《红楼梦学刊》,1987(4)。
② 本节观点受到张兵《红楼梦对比手法初探》一文启发,详参《张兵小说论集》,中国文史出版社,2005,第562—571页。

编《怀古诗》，钗黛也表现出各自不同的诗学态度和诗学观念；第七十回，众姊妹们新填柳絮词，黛玉和宝钗的两首词俨然便是两人不同性格的鲜明写照。另外，作家还有意设计不同故事、不同场景将黛玉与别人作比较，这样的比较难度更大当然也更富创新性。譬如小说中关于"金玉良缘"和"木石前盟"的设计，钗黛一个是"娇花"一个是"弱柳"的设计，怡红院的红色调、潇湘馆的绿色调与蘅芜院白色调的设计。再比如第二十七回"宝钗扑蝶"与"黛玉葬花"的设计、第三十八回黛玉魁夺菊花诗与宝钗讽和螃蟹咏的设计，等等。这些比较有的是远比、有的是近比，有的是明比、有的是暗比，形式多样，不一而足，要之都充分反映了作者的匠心独运，也是黛玉形象塑造成功的重要原因之一。

最引起人们兴趣的比较当然还是作家从总体上对人物形象的设计。作为小说的女主人公，林黛玉的形象是在与众人的鲜明对比当中鲜活起来的。不消说主人公宝黛之间所形成的重要对比，单是大观园中与黛玉具有"同类量"的可比人物就有妙玉、湘云和宝钗等数人，有人趣称这种多人对比的结构为"扇形对比"。一般而言，妙玉和湘云与黛玉之间的对比相似性要更多一些，而且也只是局部的比较；但黛玉和宝钗之间的对比却几乎贯穿了整个故事。有意思的是，作家有时候将她们作为对手来描写，有时候又抒写了她们之间温馨的友情。或许正是作家这种试图"兼美"的想法，既为传统的对比写法增添了新意，也使黛玉和宝钗的形象更加丰满；当然，也使得后世的读者们聚讼不已，如历史上著名的"钗黛之争"就是读者们兴趣集中之所在的产物。"钗黛之争"的公案历久不衰，正说明作家对比手法之成功，我们甚至完全可以说，取消了宝钗这个对象，林黛玉的人物形象也就不复存在！

结　语

以上是我们对塑造林黛玉形象的五种主要方法所进行的归纳和总结，事实证明它们在塑造林黛玉形象中都具有不可替代的艺术价值，是作家创造性艺术手法的结晶。固然，作者对林黛玉形象的塑造还使用了多种其他方法，譬如心理描写、白描、夸张等，但上述五种方法确实是其中最突出且具有原创性的方法。总结这些方法乃至发现其中的艺术规律，不仅有助于加深我们对林黛玉形象的认识，同时也是对《红楼梦》这部伟大作品的进一步认知。

（原载《浙江工业大学学报》2014年第2期）

新发现的《陈钟麟诗草》手稿本

一

陈钟麟,号厚甫。乾隆甲寅经魁,嘉庆己未进士。翰林院庶吉士,户部江西司主事,广东司、贵州司员外郎,礼部主客司郎中,军机章京,浙江道监察御史,巡视南城,掌京畿道。嘉庆甲子顺天乡试同考官。京察一等,记名以道府用陕西延安府知府、浙江杭嘉湖兵备道。历署浙江盐运使、按察使、布政使。历主广东粤秀、浙江敷文书院讲习。著有《就正草》《厚甫诗文集》七种,及《怀杜吟草》行世。[①]

这是陈钟麟孙子陈本枝1865年科举朱卷履历上对其祖父的介绍;在上述信息里,我们了解到陈钟麟著作的一般情况。据笔者对当今各大图书馆资料的查询搜索,其最早的时文集《就正草》(一册)有道光八年刊本,存苏州大学图书馆古籍部,只是封面已改为《陈厚甫先生全稿》,而内容仍是嘉庆五年初刻时"听雨轩"版的重印。[②] 另外,中国国家图书馆古籍部藏有道光二年广州芸香堂刊刻的《听雨轩今集》(六册),是陈钟麟所选当代人的时文集,也是他最为流行的时文选本。辽宁省图书馆早期的书目上收有陈钟麟《就正斋帖体诗》四卷,由苏州文渊堂于道光十年刊刻,但笔者经过上网查询包括电话咨询辽宁省图书馆,皆回复无此书。

此外,柯愈春的《清人诗文集总目提要》还曾提到陈钟麟晚年亲自编订的手稿本《自在轩吟稿》,这一手稿本最早出现在民国无锡私立大公图书馆的目录上。为此,笔者委托友人咨询无锡市图书馆包括江南大学图书馆,得到的答复也均是

---

① 顾廷龙编:《清代朱卷集成》,台北成文出版社,1992,第28册,第36—37页。
② 许多图书馆收藏的光绪刻本《陈厚甫稿》,其实也就是其《就正草》。

未见过此手稿。他们还进一步解释说早期的无锡私立大公图书馆的许多藏书,都在战乱时被损毁或遗失。不知柯愈春先生《清人诗文集总目提要》据何著录。又张慧剑《明清江苏文人年表》一书中也曾两次提到陈钟麟的《自在轩吟稿手稿题语》,一处是在 1763 年陈钟麟出生那一年,一处是在 1840 年;奇怪的是书中其他地方有关陈钟麟的材料,却完全没有引用这个所谓的"手稿本",而且其中关于陈钟麟的介绍资料也并不多,这就很使人怀疑作者是否曾见过此手稿本![1] 而根据笔者的了解,陈钟麟的书或者题名落款主要署的是"听雨轩"和"就正斋"这两个;尤其是"听雨轩",不仅署于其嘉庆五年最早刊刻的时文集《就正草》中,即使晚年其为林大宗辑的《名人印谱》(1839)所写之序,也署此名。再联系其孙对陈钟麟著作的介绍,其中亦并无"自在轩"一说,故不免让人怀疑起《自在轩吟稿》这个手稿本的真伪来。

陈钟麟最重要的著作《厚甫诗文集》显然今已不存,笔者只在一些别人集子中零星看到过他的几篇作品。陈钟麟诗文成就当并不很高,真正为他赢得声名的一则是他的时文,一则是他所改编的八十出《红楼梦传奇》(有关陈钟麟《红楼梦传奇》的版本情况,笔者另文介绍,此处不赘)。

陈钟麟是当时很有影响的时文家,这有许多记载为证:

梁章钜《制艺丛话》:"余入直枢禁,即闻前辈中有两时文手,一为管韫山,一为陈厚甫钟麟。厚甫为余甲寅同年,辈分略后于韫山,文诣亦尚居其次,然喜谈时文,娓娓不倦。"[2]

吴兰修《陈厚甫先生小影》:"先生精于制艺,有《听雨轩集》,世所称二十名家者,今年六十有八。每有程作,风采英英,精力弥满,所谓寿者相矣。"[3]

梁廷枏《粤秀书院志》:"先生粤中诸艺,颇尚声调,语亦俊伟可诵,时文中熟手也。""其论如此,皆一时猎取科名之捷径,而恰非先民正轨。"[4]

杨恩寿《词余丛话》:"先生工制艺,试帖为十名家之一。"[5]

桂文灿《经学博采录》:"观察独以工《四书》文,海内共推第一。"[6]

---

[1] 据作者书后引用文献介绍,此《自在轩吟稿》也是出自无锡大公图书馆旧藏。当然,我们不能排除这部书是 20 世纪 80 年代后才亡佚的可能。
[2] 陈水云,陈晓红校注:《梁章钜科举文献校注二种》,武汉大学出版社,2009,第 259 页。
[3] 冼剑民,陈鸿钧编:《广州碑刻集》,广东高等教育出版社,2006,第 964 页。
[4] 梁廷枏:《粤秀书院志》,见《中国历代书院志》第 3 册,江苏教育出版社,1995,第 245 页。
[5] 杨恩寿:《杨恩寿集》,岳麓书社,2010,第 339 页。
[6] 桂文灿:《经学博采录》,广西师范大学出版社,2011,第 274 页。

商衍鎏《清代科举考试述录》:"嘉、道、咸丰以来,时文多无骨力,日见衰靡。擅文名者,仅莫晋、陈钟麟、姚学塽、郭尚先、林则徐、陈继昌、路德等,而专以举业之法教授生徒,历充书院主讲,弟子甚多者,则为陈厚甫钟麟、路闰生德两人。"①

上述记载中,除了梁廷楠批评陈钟麟的举业之法为"皆一时猎取科名之捷径,而恰非先民正轨",其他人都肯定了他时文家的地位,至于是第一或者十名家之一、二十名家之一,当都在其次了。

二

《陈钟麟诗草》手稿本之发现纯属偶然。为了写一篇关于陈钟麟《红楼梦传奇》的考证文章,笔者遍查全国各大图书馆;当检索苏州市图书馆时,这部手稿便赫然在列。为了证实此书的存在,笔者又电话咨询了该馆古籍部孙忠旺主任,得到了孙先生的肯定答复,于是便有了2013年夏天冒酷暑到苏州访书的经历。接待我的孙忠旺主任还讲到了这部书的来历:原来该书是孙先生于2008年从一位私人藏书家手中购得,主要考虑到陈钟麟是苏州籍作家。由于工作繁忙,孙先生没有时间仔细翻阅这部书,所以一直无人介绍并引用过它。

《陈钟麟诗草》手稿本共两册,被苏州市图书馆定为善本。由于内容并不很多,笔者花了不到一天的时间就看完了,并做了一些简单笔记。现将这部手稿的情况略作介绍如下。

手稿本第一册封面题有"陈钟麟诗草"五字,落款为"朱老爷安甫篆""安志",从字迹看为一人所写,但与手稿对比,显非陈钟麟所书,或者即为这个名叫朱安甫的人所写。然则这个朱安甫何许人也?笔者却不得而知(应系手稿本的收藏者之一)。手稿本的用纸上印有"万合"字样,蓝色边框,页十一行。纸张保存基本完好,没有虫蛀现象。手稿本第一册开头没有目次,第二册结尾处也没有跋文之类,显然属于一个手稿本系统的一小部分。粗略地从内容上看,主要是陈钟麟任职粤秀书院掌教时期道光八年至道光九年间的一些作品,且看不出其有严格的时间编排顺序,因为其中还有一首写于道光七年除夕的作品。另外,手稿本的书写以行书为主,书法十分漂亮,由此可以看出陈钟麟书法的功力,甚至一些作品的落款署名(如书信)也与常见的陈钟麟书法拍卖品相像。

---

① 商衍鎏:《清代科举考试述录》,生活·读书·新知三联书店,1958,第243页。

《陈钟麟诗草》手稿本还钤有四方重要的印章，笔者仅能识读出其中的三方："厚甫""葑田""文庄公五世孙"，另一方只有一个字。"厚甫"为陈钟麟的号，手稿本上钤的这方印也最多。据笔者考证，陈钟麟五世祖乃晚明苏州府长洲县大姚村著名文人陈仁锡，陈仁锡去世后谥号为"文庄公"，则"文庄公五世孙"印显系陈钟麟用以表达自己的"慎终追远"之情。"葑田"一印较难理解。按"葑田"是指湖泽中葑菱积聚处，年久腐化变为泥土，水涸成田。还有一种人工在水上利用植物成片而架设的田地也叫"葑田"，此种田地封建时代一般免交赋税。陈钟麟从杭嘉湖道退下来后寓居在杭州西湖附近，西湖包括附近的很多湖泊沼泽都有这样的"葑田"，因此我很怀疑这方印是否表达了陈钟麟退守田园的某种生活理想。

具体到《陈钟麟诗草》的内容，据笔者粗略统计，手稿本共收录陈钟麟诗歌作品 105 首，体裁包括五律、七律、五绝、七绝、歌行体、七古、五古等，还有词 2 首。另外还有文 10 余篇，计有书信 3 封、赋 3 篇、骈文 1 篇、唁文 1 篇、墓志铭 1 篇、祝寿文 1 篇、跋文 1 篇、论说文 3 篇、制艺 1 篇。此外还有对联数副，如寿联 1 对、挽联 1 副、戏台对联 1 副、亭子对联 1 副、会馆对联 1 副等。如此看来，这应是陈钟麟两年间作品的大杂烩，后人给它题名为"诗草"是颇有些名实不符的！笔者还注意到其中有两篇代别人所写的作品，如代当时广东巡抚卢坤所写的《湖北布政使月樵某公墓志》，以及代广州将军庆保庆蕉园所写的《题庄滋圃协揆遗像》七古歌行一首，这些显然都是应酬性的作品。

以上是对《陈钟麟诗草》手稿本外在形式的介绍，如果一定要为它定性，我认为它既不是陈钟麟作品的原始草稿本，也远够不上其作品的写定本。从其所呈现的某些特征看，我觉得它更像是作者作品的誊写本，也即将草稿本上平时的作品誊抄到一起，而其中不少作品仍处于修改阶段，如其中可见许多涂改乃至红笔圈掉重写的痕迹。另外，《陈钟麟诗草》中的作品也并不是他道光八年至九年两年间作品的全部。据笔者了解，1828 年夏他到桂林旅游一个多月的作品便没有收录其中；再有就是 1828 年秋，陈钟麟的亲家也是他的同年吴荣光丁忧回乡，陈钟麟与之交往颇多，而诗草中也没有相关的文字记录。

三

就手稿本的具体内容看，虽然《陈钟麟诗草》所收作品不多，但题材相当驳杂,其中应酬性文字占了大部分篇幅。如诗歌中的题画诗最多,其他唱和诗也不少;而其文的应用性就更强。这也从一个侧面反映了陈钟麟在当地交往的广泛且活跃。至于这部《陈钟麟诗草》的价值,笔者以为艺术上实在没有多少特色,但却不乏一定的文献价值,这主要体现在以下几个方面。

第一,揭示了陈钟麟这一时期不少的重要行踪。譬如道光二年二月其从延安知府任上升任杭嘉湖道,五年因公失误降级辞官,六年冬在扬州,七年夏因阮元邀请到广州,八年初接任粤秀书院掌教,八年夏去桂林旅行一个多月,九年重阳节曾短暂回苏州等,因笔者另撰有《陈钟麟年谱简编》,兹不赘述。

第二,手稿中许多与朋友的应酬性文字也具有一定的史料参考价值。譬如其中关于画家宋光宝的四首诗,就为我们考证宋光宝的生平经历乃至早期岭南画派的某些问题提供了较为有力的证据。

第三,手稿中的大量应酬性作品不独反映了陈钟麟与当地官吏和文人的频繁交往情况,一定程度上也展示了诗人自己的个性。在当前有关陈钟麟研究资料阙如的情况下,这些作品亦颇值得我们关注。下面试选录其中的几首,以见晚年陈钟麟性情之一斑。

题 白 云 山

我本江湖一散仙,人间游戏几经年。偶然乞得安期枣,沧海罗浮数点烟。

即席述怀四章,并呈蕉园夫子、睦平制军、果亭中丞、淇园榷使、遂庵学使

其一

昔日逢谣诼,江湖老散人。妻孥权慰藉,童仆搅精神。词曲难成调,莺花只自春。粤南朋旧在,容我任天真。

其二

陈湖烟水畔(旧居陈湖阅帆堂),名姓隶江东。不慧书难读,无言病易工(余幼时多病)。家门零落后,少小黠痴中。阮籍穷途恸,常怀造化工。

其三

通籍留青琐,金华二十年。鹏程抟九万,雁路隔三千。前辈勤贻牍(谓绎堂夫子、煦斋相国),诸君早着鞭。人生无限意,回首梦幽燕。

其四

心事峥如铁,年华掷似梭。此身来日短,当代受恩多。世俗逢青盖,生涯付绿蓑。不平棋局事,老去竟如何。

赠同会诸君子,即步前韵

诸君不肯嫌吾老,谓我诙谐酒后好。三杯入手倦欲眠,头似千钧脚如扫。盘餐百槛斗新奇,狂呼不觉皆霾倒。谈笑何须问主宾,性情坦率天真抱。强持笔砚要吟诗,一醉薯腾忘腹稿。

上面所录诗歌的最后一首尤其形象地为我们刻画了一个善诙谐、性坦率的老者形象。关于陈钟麟的诙谐,他的好友胡敬《题钱秋岘北郭岘园图》诗中也有类似的描述:"惜哉雨竟日,散步苦泥潦。赖有老寓公,眉庞瞳子瞭(谓陈厚甫前辈)。诙谐语时作,一座为倾倒。桃李亦破颜,嫣然满林杪。"①

第四,手稿中还明确提到《红楼梦传奇》的大体创作时间。具体记载见其中的《致英煦斋相国书》:"夏间(1828年)又作粤西之行,山水之佳,此为绝胜,每到一处,为题咏……再,近年来初填词并度曲本(后面有'系属初学'四字涂去)。另有手卷一个,尚未写完,容当续达……"关于陈钟麟《红楼梦传奇》的创作时间与版本问题,因笔者已另文详述,此不赘。这里再补充一些其他时人记载的相关材料,以资佐证。

其一,杨掌生《辛壬癸甲录》:

道光七、八年……元和陈观察厚甫,方应抚军成果亭先生聘,主越秀书院讲习,暇则召主人诸郎弹丝品竹,陶写哀乐,如谢傅蹑屐东山……②

其二,梁廷楠《粤秀书院志》:

先生喜度曲,故婢仆亦精丝竹,抑扬顿挫,节拍铿然,与人声相为抗坠。良夜月明,辄发清兴,洋洋盈耳,时与东西斋书声如相酬答。东山丝竹、马生绛帐,先生殆兼其乐焉。

先生粤中诸艺,颇尚声调,语亦俊伟可诵,时文中熟手也。嘉应石华吴学博(兰修)题其石刻小影(今嵌堂壁),有:"长眉修髯,如断断然。指画经义,时语则当。时与及门讲艺,乐而忘疲。"可知罢官后专意词曲。尝取近人《红楼梦》小说为散题,填成八十折,介何藜阁以草本见示,招与商榷。予窃疑杂剧、院本两无此例,而所为曲又止据王、叶合刻《纳书楹》之取便歌喉,未尝分注正衬字者依为定谱,是以调多数句,句多数字,不解其用意,辞不敢往。意其偶尔游戏,非惯家能事也。③

---

① 胡敬:《崇雅堂诗钞》卷十,道光二十六年刻本。
② 转引自吴泰昌《关于红楼梦戏曲集》,《红楼梦学刊》,1980(2)。
③ 梁廷楠:《粤秀书院志》,见《中国历代书院志》第3册,江苏教育出版社,1995,第245—246页。

其三，袁翼《陈厚甫先生招饮粤秀书院奉陪辛庵学使师赋呈》：

宦海抽身赋《遂初》，寓公五载穗城居。甓头万户春常买，阁外千峰画不如。曲奏南飞招白鹤，梦随北去话金鱼。杨枝桃叶垂垂老，红袖挑灯伴著书。

少微星引使星光，豪醼今宵罄百觞。镜水已闻归贺监，铜符重见属王郎（令嗣处州太守）。江山绝妙招公隐，诗卷分编恕我狂（以诗稿嘱为编次）。度出金元新院本，玉箫檀板唱珠娘。

铁网骈罗七尺珊，天荒真欲破乌蛮（海南士子来书院肆业）。白沙讲席参朱路，红豆经师仰斗山（惠仲儒先生视学粤东，始以经学教士。后阮芸台制军及今学使与先生复振之）。词馆廿年前后辈，文章一脉盛衰间。安昌倘许彭宣侍，卉服荷巾任往还。

一楼眷属住神仙，供养还资问字钱。人识放翁纨扇上，我逢杜老饭山前。午桥洛社休官日，乞乌蛮花橐笔年。樽酒叨陪谈笑末，与公香火有因缘。①

以上数则材料，均指出粤秀书院期间陈钟麟的一大喜好即喜欢听曲娱乐并曾亲自"填词度曲"。尤其梁廷楠《粤秀书院志》中的记载不仅详实，而且还十分生动地描写了他的这种浓厚兴趣和爱好。更为重要的是记载中直接提到其八十出的《红楼梦传奇》剧本，并说陈钟麟曾经通过他的姐夫何太青藜阁将剧本的草稿本交给他，希望能听听他的批评意见。梁廷楠比陈钟麟小三十多岁，但在戏曲方面早已是行家里手，不仅创作过几部戏曲作品，而且也出版过戏曲评论的专著《曲话》，在当时有较大影响。记述中，梁廷楠显然拒绝了来自陈钟麟的邀请，并私下批评了陈著《红楼梦传奇》的不足。但从这件事我们不难读出另外的信息，那就是陈钟麟对自己作品的重视，希望多听听他人意见，甚至包括小他三十多岁的年轻后生。我们知道，陈钟麟的《红楼梦传奇》初次刊刻于道光十五年，即广州西湖街汙青斋刊本，此时距他完成初稿时间也已过了七八年，由此可见其态度的严肃认真。

另外，从袁翼的诗中，我们还能明白读出陈钟麟《红楼梦传奇》在朋友圈子里演出的情况，如"度出金元新院本，玉箫檀板唱珠娘"句中的"新院本"，无疑就是指他的昆曲剧本《红楼梦传奇》。总之，从以上的记载中人们不难看出，陈钟麟不

---

① 袁翼：《邃怀堂全集》诗集前编卷四，光绪十四年袁镇嵩刻本。

仅是昆曲的"超级票友",并且也是《红楼梦》的"超级票友",其八十出的《红楼梦传奇》在刊刻之前已在广东的朋友圈子里流传,并成为他们娱乐内容的一部分。从这个意义上说,陈钟麟也为《红楼梦》在广东的传播作出了重大贡献。

(原载《红楼梦学刊》2014 年第 2 期)

陈钟麟《红楼梦传奇》略考

一、陈钟麟略考

陈钟麟,字肇嘉,号厚甫,江苏元和(今苏州)人。嘉庆己未(1799)进士,官至杭嘉湖道。博通经史,善诗文,工制艺,以《红楼梦传奇》名于世。查同治《番禺县志》、同治《苏州府志》,人们不难得知,他曾是钱大昕在紫阳书院时的门人,钱大昕为他的时文集《就正草》写过序。道光初,陈钟麟还担任过广州粤秀书院的掌教,培养出包括陈澧、桂文耀等在内的一批当地学人。著名学者吴晓铃通过陈钟麟1799年参加殿试考试的卷子推算出其生年为1763年。"我曾获见他应嘉庆四年己未(1799)会试后的殿试卷,中第三甲第一〇二名进士,时年三十七,故推知氏生于乾隆二十八年癸未(1763)"。① 以上是一般工具书大都会介绍到的内容,但有时也会出现不少问题。譬如柯愈春的《清人诗文集总目提要》中关于陈钟麟的一段介绍就有不少错误:

> 陈厚甫稿一卷　续稿一卷
> 陈钟麟撰。钟麟生于乾隆二十八年(1763),卒年不详。字肇嘉,号厚甫,江苏元和人。嘉庆四年进士,授户部主事,升郎中。十八年考选浙江道观察御史,官至浙江杭嘉湖道。道光六年客扬州,九年居广州,十八年掌教杭州书院。以著《红楼梦传奇》有名于世。所撰《陈厚甫稿》一卷、《续稿》一卷,皆解经之作,光绪间刻,湖南省图书馆藏前集,首都图书馆藏续集。又有《自在轩吟稿》不分卷,稿本,道光二十一年自定,时年七十有九,无锡大众图书馆藏。②

---

① 吴晓铃:《吴晓铃集》(第3卷),河北教育出版社,2006,第70页。
② 柯愈春:《清人诗文集总目提要》(中),北京古籍出版社,2002,第988页。

其中的错误一是将陈钟麟到广州的时间定为道光九年,实际上陈氏到广州接掌粤秀书院的时间为道光八年的春天。杨掌生《辛壬癸甲录》说:"道光七、八年……元和陈观察厚甫,方应抚军成果亭先生聘,主越秀书院讲习。"①是大体不错的。更为可靠的证据则是粤秀书院保存下来的吴兰修写于道光十年的《陈厚甫先生小影》碑刻:

> 道光戊子,陈厚甫先生来主粤秀书院,岭海之士翕然宗之。是年举乡荐者,十有八人;明年捷南宫入词馆者一人,皆先生识拔士也。先生精于制艺,有《听雨轩集》,世所称二十名家者。今年六十有八。每有程作,风采英英,精力弥满,所谓寿者相矣。适陈子云为先生写照,长眉修髯,如见断断然指画经义时也。及门桂星垣庶常文耀以端石刻之,留于讲舍。先生名钟麟,元和人,嘉庆己未进士,官浙江杭嘉湖兵备道。庚寅十月,监院吴兰修记并书。②

其实关于陈钟麟到广州的确切时间及其接掌粤秀书院事,笔者有幸检索到更为详细的资料予以证明,这就是苏州图书馆古籍部收藏的手稿本《陈钟麟诗草》。③稿本中,陈钟麟在贺其表弟宋子抑六十大寿的第二首诗末自注云:"余自己未入都后,官途南北,暌隔三十余年。丁亥夏,樸被游粤,握手会面,各道生平。"以是可知陈钟麟早在道光七年夏天即到了广州。在稿本中,我们还可以清楚地得知他来广州接掌粤秀书院事并非是缘自成果亭中丞的邀约,而是起因于阮元的邀请。如其在《致英煦斋相国书》中说:"受业上年因芸台师有粤中之约,今春到粤,留掌粤秀书院。"又《致那绎堂师书》云:"上年因芸台师旧约来至粤东,即留主粤秀讲席。"即明白无误讲明了他系受阮元之邀来主粤秀书院事宜,如此,杨掌生的记载就显得有些想当然了!④

柯愈春的第二个错误是将陈钟麟主讲杭州敷文书院的时间定为道光十八年,其确切时间实为道光十七年。据《瞿木夫自订年谱》道光十七年记:"九月,携叶纫之赴杭,寓居觉苑寺僧房,访家颖山,纵观其所藏鼎彝各器及古镜汉印瓦当

---

① 转引自吴泰昌《关于红楼梦戏曲集》,《红楼梦学刊》,1980(2)。
② 《宣统番禺县续志》,卷三十八《金石志六》。
③ 《陈钟麟诗草》,此稿本经苏州图书馆古籍部主任孙中旺先生购得并鉴定为作者手稿本,笔者有幸花三天时间仔细阅读了此稿本,获得不少有用信息。以下出处不再注明。
④ 成果亭与陈钟麟同为乾隆甲寅科举人,成在浙江布政使任上与陈共事不到一年,时陈为杭嘉湖道。成于道光五年八月至道光八年八月在广东巡抚任上,与陈又有一年左右的接近。在手稿中,陈钟麟有几首与成唱和的诗歌。

诸物。又访陈厚甫钟麟、龚闇斋丽正,二观察时皆掌教书院,余在京时旧交也。"①而陈钟麟在敷文书院掌教任上则至少要至道光二十年。②

柯愈春的第三个错误是误将陈钟麟的两种时文集《陈厚甫稿》及《续稿》称为解经之作。据笔者在苏州大学图书馆古籍部以及吴江图书馆古籍部见到的《陈厚甫全稿》(道光八年刻本)及《陈厚甫稿》(道光二年刻本),皆为时文选本,惟前者乃陈氏早期自己时文作品《就正草》的翻刻,而后者是他选注别家的八股文选本。南海桂文灿说:"观察独以工《四书》文,海内共推第一。余闻之兰浦先生曰:'观察虽未著书说经,而时口授义,精确不易。'"③陈钟麟的得意门生陈澧即说陈钟麟没有著书说经,以是可知柯愈春之误。

柯愈春的第四个错误是把民国时期的无锡私立大公图书馆误为"大众图书馆"。陈钟麟《自在轩吟稿》稿本,在民国时期的无锡私立大公图书馆馆藏目录上可以查到,但由于无锡大公图书馆1949年后解散,其图书一部分归无锡市图书馆,一部分归江南大学等学校图书馆,而更多的则在抗日战争中散失。笔者通过关系遍查无锡各图书馆,迄未发现陈钟麟《自在轩吟稿》之踪迹;借助于全国高校古籍平台查询系统,也没有发现这部书的影子,不知柯愈春先生当年是在哪儿看到的此书?

关于陈钟麟的生平经历,笔者通过各种方式和努力,获得了不少信息,限于篇幅,仅举几例。如在中国第一历史档案馆官员履历折检索到一条:"郎中:陈钟麟,江苏苏州府元和县进士,年五十一岁,现任户部贵州司员外郎,论俸推升。嘉庆十七年十二月分签升礼部主客司郎中缺。"④再如《道光实录》中载有陈钟麟去官的具体原因:"(道光五年五月)杭嘉湖道陈钟麟不即驰往督办,迟至十余日始行前往,亦属不知事体轻重。李宗传、陈钟麟,俱着交部议处。署巡抚黄鸣杰,并不亲往督办,已属软弱无能,又复有心讳饰,含混入奏,实属辜恩溺职,黄鸣杰着交部严加议处。寻议上,得旨,黄鸣杰着即革职,罗尹孚、庆康俱着革职,李宗传、陈钟麟俱着降三级调用。"⑤

---

① 见《瞿木夫先生自订年谱》,北京图书馆藏珍本年谱丛刊本,北京图书馆出版社,1999,第131册,第361页。
② 见《道光庚子恩科浙江乡试同年齿录》第9册,转引自张慧剑《明清江苏文人年表》。
③ 桂文灿:《经学博采录》,广西师范大学出版社,2011,第268页。
④ 中国第一历史档案馆:《清代官员履历档案全编》,华东师范大学出版社,1997,第24册,第743页。
⑤ 见《清实录·宣宗实录》卷八十二,中华书局,1986,第34册,第328页。另,此论断也可在陈钟麟《致那绎堂师书》中得到印证。关于陈钟麟罢官原因,梁廷楠在《粤秀书院志》中则说是"以承审蔡倪氏命案罢官,受聘来粤",不知何所本。

更为重要的信息是陈钟麟孙子陈本枝朱卷履历上关于陈钟麟的记载：

> 祖钟麟：号厚甫。乾隆甲寅经魁，嘉庆己未进士。翰林院庶吉士，户部江西司主事，广东司、贵州司员外郎，礼部主客司郎中，军机章京，浙江道监察御史，巡视南城，掌京畿道。嘉庆甲子顺天乡试同考官。京察一等，记名以道府用陕西延安府知府、浙江杭嘉湖兵备道。历署浙江盐运使、按察使、布政使。历主广东粤秀、浙江敷文书院讲习。著有《就正草》《厚甫诗文集》七种，及《怀杜吟草》行世。诰授中宪大夫、晋赠资政大夫。
>
> 祖妣氏：顾，诰赠太恭人；吕，晋赠太夫人。①

由履历记载可知，陈钟麟原配顾氏，继配吕氏。陈共有四子：泰来、泰登、泰华、泰和，皆曾入仕，尤以长子陈泰来为最，知府署盐运使衔。陈续娶吕氏乃"毗陵七子"之一吕星垣的长女，"时陈婿厚甫在庶常馆，亦遣迎长女，女亦来告辞……嘉庆辛酉上元后三日叔讷记"。②

陈钟麟晚年寓居杭州的情况有高鹏年的记载，高之《湖墅小志》卷四："道光间，元和陈厚甫先生钟麟以杭嘉湖道致政，为敷文书院掌教，侨寓仓基。其子茹香太守泰来亦设公馆于此，与余外家金氏仅一墙之隔，时见车马盈门，填街塞巷。而钱秋岘太守家亦世居于此。未几，金子梅舅氏亦由科甲而当京官，时人以仓基为富贵街云。今相隔三四十年，兵燹一遭，半成焦土，岂地理亦有盛衰乎！"③

最后，关于陈钟麟的卒年，柯愈春说"不详"应是，但其1841年仍在世则确凿无疑。陈澧1841年正月赴京参加会试路经杭州，还拜会过自己的老师，陈钟麟曾就英国人入侵广东事发表见解："此事今人不能办，今人但能办有旧案之事，此事无旧案也。当知诸史即旧案，为官不可不读史。"④

二、《红楼梦传奇》成书及版本略考

陈钟麟的《红楼梦传奇》是小说《红楼梦》戏曲改编中的宏篇巨构，长达8卷80出，10万余字。一般认为道光十五年乙未（1835）粤东省城西湖街汗青斋刊本

---

① 顾廷龙编：《清代朱卷集成》，台北成文出版社，1992，第28册，第36—37页。
② 吕星垣《静远斋饮酒记》，转引自杜桂萍《清杂剧作家吕星垣年谱简编》，《中华戏曲》第42辑。
③ 孙忠焕主编：《杭州运河文献集成》，杭州出版社，2009，第1册，第444页。
④ 陈澧《记师说》，转引自刘善良《陈澧俞樾王闿运孙诒让诗文选译》，巴蜀书社，1997，第21页。

是其最早的刻本,这个本子在许多图书馆有藏。蒋星煜主编的《明清传奇鉴赏辞典》说还有一种道光十五年刻本,清宗廷辅题记,上海图书馆藏,但笔者检索上图未见。① 道光二十六年(1846)长沙出现了一种重刻本,方体字略小,题为海宁俞思谦评,世称巾箱本;光绪十六年(1890)孟夏月本是长沙刻本的重刊本,比较少见,笔者在杜春耕先生聚红轩中得以亲睹。民国三年(1914)群玉山房又出一种石印本,每卷前有人物插图两幅,共计 16 幅。民国 23 年(1934)上海大达图书供应社出版了江瀚校理的铅印本《红楼梦传奇》(上下册),民国 24 年(1935)再版一次。以上是陈钟麟《红楼梦传奇》不同时期的出版情况,据统计这也是《红楼梦》戏曲改编本中版次最多的一种。

关于陈钟麟《红楼梦传奇》的本子,笔者在《杭州抱经堂书局第十五期旧书目录·集部》还见到一条记载:"《红楼梦传奇》八卷,元和陈钟麟填词,嘉庆刊,四本十元。"②但此书笔者遍查未见,未知真假。又广东省中山图书馆善本藏书中有道光八年的陈钟麟《红楼梦传奇》,笔者亲自查阅了此书,书四册装,中缺第七卷,卷四缺半页,卷八缺后两页,部分页面损毁严重,重装过,封面及版权页不存,俞思谦《红楼梦题词》缺第一页。重装封面题签有:南州书楼藏书,徐汤殷整理,时间署为:1951 年 8 月 26 日。考南州书楼为广东著名藏书家番禺人徐绍棨(1879—1948)的藏书楼,抗战后,其藏书大部分捐给广东省中山图书馆,而此书的整理者徐汤殷即是其子徐承瑛。此书与笔者见到的道光十五年其他刊本并无任何差别,不知何故却被鉴定为道光八年刊刻本! 又,笔者 2013 年夏天的苏州之行,在苏州图书馆还看到了一种手抄本的陈钟麟《红楼梦传奇》,品相完好,系一人抄写完成,抄手书写功底甚佳。经与道光十五年刊本比对,除了没有眉批及卷后评,其他文字完全一样。据古籍部主任孙中旺先生说,书是 20 世纪 70 年代后期从民间征集来的,当时鉴定为善本。我和孙主任一致判断应该是晚清时期的抄本,但抄本未署名,不知系何人所抄。

陈著版本虽然存在不少疑问,但若解决了其成书年代,其中的一些问题自然可迎刃而解。查清人关于陈著的成书记载却是有相当分歧的。如身为广东人且与作者时代较接近的杨掌生在《长安看花记》中说:"尝论红豆村樵《红楼梦传奇》盛传于世,而余独心折荆石山民所撰《红楼梦散套》为当行作者。后来陈厚甫在

---

① 按:宗廷辅,号月锄,江苏常熟人,1825 年生,同治年间举人。从年龄看,其是绝无为 1835 年刊刻《红楼梦传奇》写题记之可能的。
② 《杭州抱经堂书局第十五期旧书目录》,第 138 页。

珠江按谱填词,命题皆佳(余最爱《画蔷》一出,《绣鸳》一出情景亦妙),而词曲徒砌金粉,绝少性灵。"① 显然杨掌生认为该书创作于陈就任粤秀书院掌教时期,即道光八年至十一年间。比杨掌生稍后的平步青则认为陈著要早于严问樵的《红楼梦新曲》,而严著创作于道光三、四年。"道光中,又有《梦补》《圆梦》《幻梦》三种,陈厚甫、严问樵两前辈各谱传奇,严后出而远跨陈上"。② "道光癸未甲申间,余以会试留都,暇日辄制新曲,付梨园歌之,倾动一时,彼中人多有以师事者……余所制《红楼杂剧》中有《巾缘》一折,叙花袭人嫁蒋玉菡事"。③ 现代著名学者吴晓铃较赞同后者的说法,认为:"这部传奇问世之年,陈氏已是七十又三的老翁,估计当写成于嘉庆后期。"④ 而吴新雷先生则比较认同前者的观点:"陈钟麟在广州粤秀书院创作昆曲剧本《红楼梦传奇》,时双桂新从京师来,声色既迥出辈流,出其余技,复足惊座人。"⑤

问题仿佛是聚讼纷纭、难以说清,但苏州图书馆的《陈钟麟诗草》却给我们提供了作者本人最直接的说法,终让这一问题得以澄清。其《致英煦斋相国书》中说:"夏间又作粤西之行,山水之佳,此为绝胜,每到一处,为题咏……再,近年来初填词并度曲本(后面有'系属初学'四字涂去)。另有手卷一个,尚未写完,容当续达……"如此,则陈著当成书于他到广州任职之前无疑。考虑到陈钟麟于嘉庆二十二年第一次外放任陕西延安知府,道光二年二月升浙江杭嘉湖道,道光五年八月致仕,六年客扬州,笔者倾向于认为陈著创作时间或始于其在杭嘉湖道任上的后期、甚至致仕之后,也即道光五年到七年间。这一时期的陈钟麟比较闲暇,江浙一带也有《红楼梦》戏曲演出与创作的氛围,于是便将其早年在京师时已有的创作欲望表达出来。⑥ 以是则可以推论杭州抱经堂书局嘉庆刊本之不可能,即便广东中山图书馆之道光八年刻本亦难落实,何况还是带有批点的本子?笔者认为它很可能也是道光十五年的汗青斋本。

但这里又引出另外一个问题,即道光十五年的汗青斋刻本同样也存在不少的疑问。其一,陈钟麟于道光十二年正月归杭州寓所,为什么这之前他人在广州

---

① 转引自一粟编《红楼梦书录》,上海古典文学出版社,1958,第315页。
② 转引自一粟编《红楼梦资料汇编》,中华书局,2008,第395页。
③ 梁章钜等编著,白化文、李鼎霞点校:《楹联丛话全编》,北京出版社,1996,第218页。
④ 吴晓铃:《吴晓铃集》(第3卷),河北教育出版社,2006,第70页。
⑤ 吴新雷:《中国戏曲史论》,江苏教育出版社,1996,第327页。
⑥ 陈钟麟自1799年入都,至1817年离京,前后近20年,此间正是《红楼梦》在京都最流行的时期;阅读喜欢《红楼梦》并将之改编为昆曲剧本,于此也就显得顺理成章了。

时没有刊刻,偏是走了之后三年才交由书坊出版?其二,广州西湖街汗青斋只是广州市众多私人刻书作坊中的一个,名气并不很大,为什么是它来刊刻?要知道当时的苏州也是全国的刻书中心之一!其三,刻本没有任何人写的序言或跋,前面仅有海宁俞思谦的《红楼梦题词》和作者的《凡例》,这也是非常不符合当时的出版习惯的。其四,书中有不少眉批和卷后评,不知出自何人之手?其五,道光二十六年长沙重刻本作"海宁俞思谦评点",考二书的批语和卷后评并不十分相同,后者要比前者多不少批语,这些批语究系一人或二人所写?其六,海宁俞思谦是道光十五年刻本、二十六年刻本的重要人物,然则他和陈钟麟是什么关系?其七,刻本封面"红楼梦传奇"五个大篆,为汪骍卿所题,而这位汪骍卿是何许人也,他和陈钟麟又是什么关系?凡此种种问题,要想有圆满的答案,只有等待新材料的发现。

笔者这里只能试着解释其中的一些问题。如为陈著封面题字的汪骍卿,《墨林今话续编》载:"汪之虞骍卿,钱塘人,为徐问蘧丈婿。少年好学,尝从西梅、石如、次闲诸君游。书画铁笔,俱有师承。惜早卒。"①《武林坊巷志》"瞿世瑛"条:"张叔未解元,徐问蘧、汪骍卿明经,常主其家,校刊《东莱博议》《帝王经世图谱》《阳春白雪》,世号善本。"②又林大宗云楼辑《十六家名人印谱》(1839)中即有汪之作品,而本书的序文作者之一就是陈钟麟。因此,晚年寓居杭州的陈钟麟与汪相识当可以肯定,于是陈钟麟请汪题写自己传奇的封面也就成了顺理成章的事情。

海宁俞思谦是陈钟麟《红楼梦传奇》刻本中的另一个重要人物,陈著没有序言而代之以俞思谦的《红楼梦题词》,可见其重要性。俞思谦的《红楼梦题词》最早见于周春的《红楼梦记》:"余作此记成,以示俞子秉渊,亦以为确寓张侯家事。翼日即集古作歌一首题之,包括全书,颇得《蒭绡》《蕃锦》之巧,因录存于此。"③俞诗作于乾隆五十九年(1794),早陈著《红楼梦传奇》30余年。俞思谦是和周春同一辈分并且齐名之人,至少早陈钟麟一代,或者陈著传奇出版时其已不在人世,亦未可知。④但俞思谦的这首《红楼梦题词》在当时颇有影响,并且能够提纲全书,或许这正是陈钟麟采入其作品的主要原因。又诗末署名"海宁俞思谦拜

---

① 蒋茝生:《墨林今话续编》卷一,见《清代传记丛刊:艺林类9》,台北明文书局,1985,第558页。
② 丁丙编撰:《武林坊巷志》(第5册),浙江人民出版社,1987,第191页。
③ 转引自王志良《红楼梦评论选》(下),中国社会科学出版社,1998,第782页。
④ 俞思谦,《海宁州志稿》中有传,说其80岁无疾而终,有人考其子俞宝华生于1760年,则俞思谦至少生于1740年以前;陈钟麟《红楼梦传奇》初刻于1835年,则可知俞已不在人世矣。

撰","拜撰"一说自然已无可能,但却不无广告的因素;至于后来长沙刻本署以"海宁俞思谦评点",就更是含有赤裸裸的广告目的在里面!

此外,陈著当初之所以没有在广州刊刻,笔者的理解是因作者系"初学"填词,由于作品规模庞大,其中必有不满意之处,而修改推敲又颇费时日,因此不能公开示人。① 及回杭州后,仔细打磨,并请友人加以点评,锦上添花,于是出版也就水到渠成。之所以选择广州一家私人书坊刊刻,主要是因为广州的刻工价钱便宜,并且作者也有先例,如其道光二年的八股文选本《陈厚甫稿》即是由广州双门底街的"芸香堂"承刊的。

陈著《红楼梦传奇》初刻于道光十五年的另外一个有力证据是翁心存的日记:"(道光十五年)廿三日(11月13日)晴。清晨,中丞以下诸公来话别。未刻起程,出武林,答陈厚甫前辈,观其手书《文选》及新刊近作、杜诗、试帖……厚甫先生以所刊制艺、传奇相赠,并来话别。"②这里的"传奇"必定是本年夏天刚刚由汗青斋刊刻出版的八卷本《红楼梦传奇》!

三、《红楼梦传奇》之评价问题

陈著《红楼梦传奇》刊行之后,较早发表批评意见的是嘉应杨掌生,其在《长安看花记》中评道:"后来陈厚甫在珠江,按谱填词,命题皆佳,而词曲徒砌金粉,绝少性灵。与不知谁何所撰袖珍本四册者,同为无足轻重。"评价为"无足轻重",不可谓不尖刻。相比之下,年长持重的姚燮就要客观许多。姚燮《今乐考证》云:"构局森严,运词绵丽,而能不袭三家一字,亦足树帜词场。"其《读红楼梦纲领》又云:"词颇绮缛,而笔少空灵,转觉读之伤气,以视仲氏所作,相去远矣。"③稍后的杨恩寿则批评了陈著的"排场"以及结构等,称它有似"时文家做割截题"。"先生工制艺试帖,为十名家之一。度曲乃其余事,尽多蕴藉风流、悱恻缠绵之作,惜排场未尽善也。原书断而不断、连而不连,起伏照应,自具草蛇灰线之妙。先生强为牵连,每出正文后另插宾白,引起下出;下出开场又用宾白,遥应上出,始及正文。颇似时文家作割截题,用意钩联,究非正轨。"同时,杨恩寿还批评了陈著在

---

① 梁廷楠《粤秀书院志》:"尝取近人〈红楼梦〉小说为散题,填成八十折。介何藜阁以草本见示,招与商榷。予窃疑杂剧、院本两无此例,而所为曲文又止据王、叶合刻《纳书楹》之取便歌喉,未尝分注正衬字者依为定谱,是以调多数句,句多数字,不解其用意,辞不敢往。意其偶尔游戏,非惯家能事也。"
② 翁心存著,张剑整理:《翁心存日记》(第1册),中华书局,2011,第175页。
③ 转引自一粟编《红楼梦书录》,古典文学出版社,1958,第322页。

角色方面安排的不足:"且以柳湘莲为红净、尤三姐为小丑,未免唐突;后成男女剑仙,更嫌蛇足。"①

与其他人的评价方式不同,林钧的《题陈厚甫红楼梦填词》用诗的形式表达了他读陈著《红楼梦传奇》的感受,"字字行行金错玉""曲中摹写喻意工,传神直在阿堵中。"这与其说是批评还不如说是鉴赏。无疑林钧"对陈著的内容和艺术都是甚为赞赏的",尤其艺术上评价极高,"给人以无以复加的感觉"。当然,林诗"大有借他人之酒杯、浇自己之块垒的用意"。② 以上是晚清颇具代表性的几家观点,除了林钧,人们大都既指出陈著的缺点,譬如缺少性灵、排场安排不善等问题,但也同时肯定了他的某些优点。

迨入民国,感觉这种批评之声的调门一下子转高许多。如张冥飞说:"陈钟麟之《红楼梦传奇》,其裁剪原书处,往往点金成铁。其笔墨亦不能圆转自如,生吞活剥,又加以硬凑,以致全无是处。至音调讹舛,尤为指不胜屈。我不知其何苦现世也。"③全然抹杀陈著的所有成绩,不免有些偏颇。与张冥飞主要从文本角度批评不同,近代戏曲大师吴梅则严厉批评了陈著曲律方面的不足。"陈厚甫《红楼梦》,曲律乖方,未能搬演""陈厚甫《红楼》一记,好摹《紫钗》,曲律乖方,亦与相等,不知妄作,宜其取讥于后人"。④ 持相同观点者还有许之衡。许之《曲律易知·概论》云:"嘉道间陈厚甫钟麟著《红楼梦传奇》,自序云全谱四梦。而在识者视之,笑柄百出。即不识曲者观之,亦觉满纸葛藤,几于不能读断。盖为若士所误,益加舛谬也。"⑤而同样批评陈著曲律的王季烈就显得平和多了:"谱钗黛事为传奇者有数本,而以此本(红豆村樵著本)及荆石山民之散套、陈厚甫之传奇为最盛行,荆石、厚甫于曲律皆门外汉,其所作不能被之管弦。"⑥另外,未从曲律方面批评的早期红学家吴克岐对陈著的评价还是颇高:"是卷凡八十阕,就原书之次第,写儿女之幽情,洋洋洒洒,诚传奇之大观矣。而牧堂题词集古一首,词意包举,语语如自己出,亦足与此书并传也。"⑦只是他也对陈著的改编方式有所批评:"夫传奇与演义,体制迥不相同。传奇者传其奇,借片语单词已足歌成雅奏;

---

① 杨恩寿撰,王婧之校点:《杨恩寿集》,岳麓书社,2010,第339—340页。
② 王人恩《新发现的林钧〈题陈厚甫红楼梦填词〉诗发微》,《社科纵横》,1996(1)。
③ 冥飞等撰:《古今小说评林》,民权出版部,1919,第77页。
④ 吴梅:《吴梅全集》(理论卷上),河北教育出版社,2002,第308、234页。
⑤ 转引自周秦《"沈汤之争"的历史观照》,《戏曲研究》,2005(2)。
⑥ 转引自蔡孟珍《近代曲学二家研究——吴梅、王季烈》,台北学生书局,1992,第255页。
⑦ 吴克岐:《忏玉楼丛书提要》,北京图书馆出版社,2002,第312页。

演义者演其义,非连篇累牍不能详其始终。陈氏传奇未明此理,至蹈演义之习,不免为识者所讥。"①诚可谓切中肯綮。稍晚一些的傅惜华无疑显得更为公允平和:"陈氏此作,编制方面,较之仲云涧所作,已有进步,对于小说中事迹之剪裁、脚色之分配,均称得法。结构尚为紧凑,词章亦颇工稳,止有一最大之缺点,即不协于'曲律'也!……盖陈氏并非一专门之曲学家,对于制曲方面,当然未有渊深之研究,彼亦曾自云'余素不谙协律,此本皆用四梦声调,有《纳书楹》可查检对,引子以下,大约相仿,惟工尺颇有不协。'吾人于此可知陈氏此作,纯用'四梦'声调,益知陈氏此作之绝对不能协于'曲律'。"②

当代学人在研究陈著《红楼梦传奇》时,亦基本不脱剧本与音律两方面,只是在文本分析上要更加细腻和深入。如李计筹认为:"在关目的安排上,只是流水账似的摘取原著中的回目,整体布局考虑欠周,各关目之间缺乏戏剧关系的维系,使得剧作显得芜杂、松散、拖沓,'戏'的味道冲淡了。"此外,他还指出其中一些角色安排等方面的问题。③杨昇则细致比较了仲云涧和陈钟麟同名作品的优劣,譬如"对于袭人的态度,虽然两个作品都怀有批判的精神,但仲著中对袭人的态度自始至终是深恶痛绝和全盘否定,而陈著对袭人的厌弃则似乎有一个渐进发展的过程,其作品开头对袭人的描写还比较公允,仲著用丑角扮袭人,陈著以贴扮之,已是一例"。④刘衍青还分析了陈著失败的主要原因:"陈钟麟在情节上忠于曹雪芹的《红楼梦》,在曲律上又以'四梦'为范本,思想上还要按照自己的意愿宣扬佛法,最终是顾此失彼,造成结构臃肿、音律不谐、曲词模仿痕迹重、思想局限性大等诸多不足。"⑤对于陈著的音律不谐,也有人指出了其客观方面存在的原因:"红楼戏曲改编多为文人的独立创作,形式上大部分是昆曲传奇,与当时红楼戏的作者们多出自江苏、熟悉并热爱昆曲有关系。由于编剧者在改编过程中,并没有十分明确的演出要求,更多属于一种文学创作,多止步于案头。"⑥上述这些探讨都有助于我们更加深入地理解作品的实质。

最后要补充的是,由于后人对陈著"不谐音律"的激烈批评,使许多人都误以为陈钟麟本人真的不解音律、或者不懂音乐,这其实是个绝大的误会。首先要澄

---

① 吴克岐:《忏玉楼丛书提要》,北京图书馆出版社,2002,第317—318页。
② 吕启祥、林东海:《红楼梦研究稀见资料汇编》,人民文学出版社,2001,第307页。
③ 李计筹《试论清代红楼戏的改编》,《中山大学研究生学刊》,2003(2)。
④ 杨昇《清代两种〈红楼梦传奇〉比较论》,《明清小说研究》,2010(4)。
⑤ 刘衍青《清代红楼戏改编动因试析》,《西夏研究》,2013(2)。
⑥ 朱小珍《红楼戏曲演出史稿》,上海戏剧学院博士学位论文,2010。

清的是,陈著《红楼梦传奇》在当时是有实际演出的情况,并非完全不能搬演。一粟编《红楼梦书录》中收有《红楼梦曲谱》一书,据这个带有曲谱的道光十七年之前的手抄本考证,其中的《圆诨》《闱试》两出折子戏即是出自陈钟麟的《红楼梦传奇》,证明了陈著在刊出没多久就曾经演出的事实。① 另外,出生于昆曲之乡的陈钟麟对昆曲的熟悉和热爱当无人可以怀疑,我们试着再举一例证。"先生喜度曲,故婢仆亦精丝竹,抑扬顿挫,节拍铿然,与人声相为抗坠。良夜月明,辄发清兴,洋洋盈耳,时与东西斋书声如相酬答。东山丝竹,马生绛帐,先生殆兼其乐焉。"②这是梁廷楠记录的陈钟麟在粤秀书院任职期间的真实生活!至于陈钟麟为什么要用为人们所诟病的《纳书楹》作为他八十出《红楼梦传奇》填词的依据,我想他在给朋友的那封书信里提到的"近年来初填词并度曲本(后面有'系属初学'四字涂去)",已经给人们提供了最好的解释和说明。

(原载《宁夏大学学报》2014 年第 2 期)

---

① 参见一粟编《红楼梦书录》,古典文学出版社,1958,第 323 页。
② 梁廷楠《粤秀书院志》卷十六,见《中国历代书院志》第 3 册,江苏教育出版社,1995,第 245 页。

《红楼梦传奇》作者陈钟麟年谱简编

陈钟麟，字肇嘉，号厚甫，苏州府元和县大姚村（今苏州市车坊镇大姚村）人。乾隆甲寅经魁，嘉庆己未进士，翰林院庶吉士。曾任户部江西司主事，广东司、贵州司员外郎，礼部主客司郎中，军机章京，浙江道监察御史，巡视南城，掌京畿道。嘉庆甲子任顺天乡试同考官，京察一等，记名以道府用陕西延安府知府，迁浙江杭嘉湖兵备道。历署浙江盐运使、按察使。历主广东粤秀、浙江敷文书院讲习。著有《就正草》《厚甫诗文集》七种及《怀杜吟草》行世。诰授中宪大夫、晋赠资政大夫。原配顾氏，继娶吕氏。

陈钟麟祖奕骏，号蓼圃，太学生。诰赠中宪大夫，晋赠资政大夫。祖妣顾氏，诰赠太恭人；汪氏，晋赠太夫人。

陈钟麟父基栋，号松溪，邑庠生。诰赠中宪大夫，晋赠资政大夫。母宋氏，诰赠太恭人，晋赠太夫人。

陈钟麟共有四子，顾氏生泰来、泰登，吕氏生泰华、泰和。

泰来，号茹香，太学生，光禄寺署正，云南曲靖府同知。浙江处州府知府、严州府知府。历署云南昆阳、新兴两州知州，丽江府中甸同知，澂江府知府，浙江绍兴、温州、宁波、衢州、嘉兴等府知府，三护金衢严道；同治四年现浙江补用道，钦加盐运使衔。

泰登，号柏君，太学生。安徽候补知县，历署潜山县、南陵县知县。例授文林郎。

泰华，号蕉堂，又号叔熊，太学生。浙江永嘉场盐课大使，仁和场大使。山西陵川县知县。历署浙江青村、黄湾等场大使，龙泉县知县，山西闻喜县知县，钦加知州衔。诰授奉直大夫。著有《燕归来室试帖诗》，待梓。

泰和，号春海，浙江按察使司照磨厅，例授登仕郎。

孙本枝，泰华子。字诜玉，号馨山，又号荣青，行一。道光癸巳年（1833）八月十五日生。系江苏苏州府元和县监生,民籍,户部候补主事。同治四年(1865)乙丑科二甲八八名进士出身。①

以上信息主要出自陈钟麟孙子陈本枝科举朱卷上的履历介绍。有关陈钟麟比较详细的记载还有《同治番禺县志》和《同治苏州府志》中的有关传记。根据陈钟麟自称为"文庄五世孙",②我们又可得知其具体籍贯为苏州府元和县大姚村(今苏州市车坊镇大姚村),而大姚村陈氏在明清时期的苏州属于一个科举望族,曾经出现过几个历史文化名人。

陈钟麟十一世祖陈璚(1440—1506),字玉汝,号成斋,明成化十四年(1478)进士。历官庶吉士、给事中、南京都察院左副都御史。博学工诗,尝与杜琼、陈颀等合纂府志,有《成斋集》。

陈璚的儿子陈淳(1483—1544),字道复,后以字行,更字复甫,号白阳。进士出身。天才秀发,凡经学、古文、词章、书法、诗、画咸臻其妙,尝游文徵明门下。在绘画史上,陈淳与徐渭并称为"白阳青藤"。

陈钟麟的五世祖为文庄公陈仁锡(1581—1636),字明卿,号芝台,明天启二年(1622)进士第三名,授翰林编修,因得罪权宦魏忠贤被罢职。崇祯初复官,官至国子监祭酒,谥"文庄"。陈仁锡讲求经济,性好学,喜著述,有《四书备考》《经济八编类纂》《重订古周礼》等。

四世祖陈济生(1618—1664),字皇士,顾炎武姊丈。少师事黄道周、刘宗周,崇祯十六年以荫官太仆寺丞。明亡,隐居奉母。顺治七年入惊隐诗社,二十年与归庄、梁以樟等在虎丘会。编著甚多,有《天启崇祯两朝遗诗》《再生纪略》等。

族兄陈鹤(1757—1811),字鹤龄,号稽亭。史学家。乾隆壬子举人,嘉庆丙辰恩科进士。工部虞衡司主事转营缮司主事,十数年不补官,有节操。晚年主讲江宁尊经书院。著有《桂门初稿》《桂门续稿》等。编撰《明纪》六十卷,未成,由其孙陈克家续编完成。陈克家(? —1860),字梁叔、子刚。少颖异,家贫力学,为桐城姚莹所器重。道光二十四年举人,咸丰三年大挑以教职用,张国梁聘为掌书记。与太平军战,溃败死之。有《蓬莱阁诗录》四卷。

陈钟麟孙陈小鲁,晚清词人。《蕙风词话》"陈小鲁词"条云:"仁和陈小鲁

---

① 以上资料见顾廷龙编《清代朱卷集成》第 28 册,台北成文书局,1992,第 35—40 页。
② 苏州图书馆古籍部藏《陈钟麟诗草》手稿本上钤有一方"文庄五世孙"印章。又,钱思元辑《吴门补乘》载:"陈钟麟,字肇嘉,文庄公仁锡五世孙,今官浙江杭嘉湖道。"

（行）《一窗秋影庵词·题山外看山图〈减字浣溪沙〉》云：'踞虎登龙心胆寒，上山容易下山难。幸君已过一重山。前面好山多似发，一山未了一山环。问君何日看山还。'按唐李肇《国史补》载韩退之游华山，穷极幽险，心悸目眩不能下，发狂号哭，投书与家人别，华阴令百计取之，方能下。此事可作小鲁词第二句注脚。"①又有梁绍壬《两般秋雨庵随笔》卷四"陈小鲁"条载其人其事。

◎乾隆二十八年癸未(1763)　1岁

吴晓铃："我曾获见他应嘉庆四年己未(1799)会试后的殿试卷，中第三甲第一〇二名进士，时年三十七，故推知氏生于乾隆二十八年癸未(1763)。"②

◎乾隆五十三年戊申(1788)　26岁

陈钟麟开始在紫阳书院从钱大昕问学。张慧剑《明清江苏文人年表》据《钱竹汀行述》，定"元和陈钟麟、陈鹤等先后在紫阳书院从钱大昕学"。③《同治苏州府志》卷九十："嘉定钱大昕主紫阳讲席，亟赏其（按，指陈钟麟）文。"

◎乾隆五十五年庚戌(1790)　28岁

是年入潘奕隽门受业，与潘奕隽子潘理斋结交。

潘奕隽《三松自订年谱》："乾隆五十五年庚戌：门人陈钟麟来受业。"④

◎乾隆五十八年癸丑(1793)　31岁

写七言百韵长诗贺青浦王昶七十寿辰。

"垂老何堪辱俊英，七言百韵并峥嵘。丰城剑气腾牛斗，果看同题桂苑名。（癸丑，予年七十，全椒汪上章庚、长洲陈肇嘉钟麟均以七言百韵律诗来寿；明年，同登乡榜，益信异才之必售也）。"⑤

王昶(1724—1806)，字德甫，号述庵，一字兰泉，又字琴德，江苏青浦（今上海市青浦区）人。编著有《金石萃编》一百六十卷、《明词综》十二卷、《国朝词综》四

---

① 况周颐撰，屈兴国辑注：《蕙风词话辑注》，江西人民出版社，2000，第415页。
② 吴晓铃：《吴晓铃集》（第3卷），河北教育出版社，2006，第70页。
③ 张慧剑：《明清江苏文人年表》，上海古籍出版社，1986，第1244页。
④ 潘奕隽：《三松自订年谱》，北京图书馆藏珍本年谱丛刊第110册，北京图书馆出版社，1999，第166页。
⑤ 王昶：《春融堂集》卷二十二，嘉庆十二年塾南书舍刻本。

十八卷、《湖海诗传》四十六卷及《续修西湖志》《青浦志》《太仓志》《陕西旧案成编》《云南铜政全书》等书。

◎乾隆五十九年甲寅(1794) 32岁

是年陈钟麟中乡试第二名,一经经魁。"乾隆五十九年,甲寅恩科,府学亚元。"①

俞思谦《红楼梦集古歌》创作于是年。周春《红楼梦记》中云:"余作此记成,以示俞子秉渊,亦以为确寓张侯家事。翼日即集古作歌一首题之,包括全书,颇得《蕺绡》《蕃锦》之巧,因录存于此。"②此诗后被陈钟麟采入《红楼梦传奇》置之卷首,以代序言。

◎嘉庆元年丙辰(1796) 34岁

丙辰恩科,是年族兄陈鹤中进士,陈钟麟因故又未参加会试(见钱大昕《就正草序》)。

陈钟麟等上书江苏巡抚反对元和县令实行的"一体当差"。

"嘉庆元年冬,元和知县舒怀脾谕里民亲自支更,一夜两户轮值,鸣锣击柝,风雨无间。里中有失,责成所值者,无论绅衿,一体当差,令出哗然。十月初三日,举人陈钟麟、黄一机、吴廷琛等合词上诉巡抚费文愨淳,即蒙批饬禁,照旧里甲支更,闾里帖然。"③

◎嘉庆三年戊午(1798) 36岁

伊秉绶为陈钟麟书写条幅二通。"十二月廿四日为陈钟麟(厚甫十一兄)临柳公权尺牍二通为条幅。"④

伊秉绶(1754—1815),字祖似,号墨卿,晚号默庵。福建汀洲人,著名书法家。时伊秉绶在刑部员外郎任上,陈钟麟到京参加会试。

◎嘉庆四年己未(1799) 37岁

嘉庆己未科进士,殿试三甲一〇二名,选翰林院庶吉士。同年中与吴荣光、

---

① 钱思元:《吴门补乘续编》,江苏古籍出版社,1986,第79页。
② 王志良:《红楼梦评论选》(下),中国社会科学出版社,1998,第782页。
③ 顾震涛:《吴门表隐》,江苏古籍出版社,1999,第361页。
④ 转引自马国权《伊墨卿先生年表》,《宁化方志通讯》1986年第4期。

卢坤等交往较多。

是年仲振奎《红楼梦传奇》由绿云红雨山房刊刻出版,为《红楼梦》小说的第一部戏曲改编作品,也是当时最受欢迎的红楼戏。仲振奎(1749—1811),江苏泰州人,字春龙,号云涧,别号红豆村樵(一作红豆山樵)。监生,才华出众,以游幕为生。其《红楼梦传奇》约完成于嘉庆二、三年间。

◎嘉庆五年庚申(1800)　38岁

陈钟麟时文集《就正草》由听雨轩刊刻,钱大昕为之作序,集中收录了陈钟麟在紫阳书院以及乡试中的部分程文作品。

是年,陈钟麟由京返乡,再出发去北京之前,潘理斋在自家三松堂召集吴门文人送陈钟麟入都,瞿中溶在座并有诗送行。

"九月五日,潘理斋农部(世璜)招集三松堂,即席赋送陈厚甫庶常(钟麟)入都,分韵得'文'字:佳日酾欢谯,离情感论文。玉堂宾主共,珍馔友朋分。菊淡栖三径,松高傍五云。重阳好风景,无那别陈群。"①

◎嘉庆六年辛酉(1801)　39岁

是年续娶吕氏,吕氏为"毗陵七子"之一吕星垣长女。"时陈婿厚甫在庶常馆,亦遣迎长女,女亦来告辞……嘉庆辛酉上元后三日叔讷记。"②

吕星垣(1753—1821),字叔讷,号湘皋,江苏武进人。廪贡生,乾隆五十年召试一等一名,由署江苏丹阳训导,仕至直隶河间知县。乾隆五十五年,摄吴县训导事。会邑人潘某捐修学宫,府君(吕星垣)为之经理,鸠工勒碑。吴下多名士,慕府君名,从游日众。陈钟麟或于是年结识吕星垣。

本年庶吉士散馆后,授户部主事。③

◎嘉庆七年壬戌(1802)　40岁

得《五同会图》,转赠给族兄陈鹤。

《雪桥诗话》:"明弘治中,稽亭十一世祖都宪琼,与同县吴文定宽、王文恪鏊、

---

① 瞿中溶《古泉山馆诗集》卷三,清同治十年刻本。
② 吕星垣《静远斋饮酒记》,转引自杜桂萍《清杂剧作家吕星垣年谱简编》,《中华戏曲》第42辑。
③ 一说授翰林院编修。陈钟麟自己在几次题名落款时有时署翰林院庶吉士,有时又署翰林院编修。陈钟麟的同年吴荣光在说到陈钟麟履历时只提及庶吉士,未说授编修之事,应确。

常熟李文安杰、吴江吴尚书洪,并官京都,公暇辄具酒为会,为五同。谓同时、同乡、同朝,而又志同、道同也。文定为序,诸人各有诗。尚书嘱越人丁衫写为图,各藏一本。陈氏所藏后毁于火。嘉庆壬戌,陈厚甫观察钟麟获一图,不知出自谁氏,以归稽亭。稽亭为跋,复为五赞。"①

◎嘉庆九年甲子(1804) 42岁

是年任顺天乡试同考官。《清秘述闻续》卷十三:同考官,嘉庆九年顺天乡试,"户部主事陈钟麟字厚甫,江苏元和人,己未进士"。②

◎嘉庆十年乙丑(1805) 43岁

记名以军机章京用,俟有缺出挨次充补。陈钟麟一直到嘉庆十六年二月才由户部主事入直。

《枢垣记略》卷四:"(嘉庆)十年十月二十九日旨:童槐、梁承福、王厚庆、王凤翰、李芳梅、戴聪、余霈元、陈钟麟、牛坤、程同文、聂镜敏、赵盛奎、杨振麟、朱渌、秦绳曾、陆蕆、吴书城、张光勋、张允垂、吴颐,俱着记名以军机章京用,俟有缺出挨次充补。"③

◎嘉庆十二年丁卯(1807) 45岁

时任户部主事,旧友瞿中溶来京拜访。

《瞿木夫自订年谱》:"六月十三日抵京,访亦轩内兄于李铁拐斜街曹定轩给谏宅,即寓东闲壁客店。时从弟勺亭先来京加捐同知,钱晓帆姑夫、金倩谷僚婿俱馆于京师,旧友顾南雅编修、陈稽亭虞部鹤、龚闇斋郎中丽正、陈厚甫户部钟麟,俱往还。"④

瞿中溶(1769—1842),字镜涛,一字木夫,嘉定人。嘉庆十九年进士,曾任辰州府通判、安福县知县。钱大昕长女婿。生平诗文、书法、绘画,无所不能,亦擅篆刻,并以刻印手法刻竹,别有风格。收藏古印、古钱、铜镜甚丰,蓄古镜多至数百枚,择有铭文款识者,考订辑成《石镜轩图录》一书;又有《古泉山馆印存》《古官

---

① 杨钟羲:《雪桥诗话余集》,北京古籍出版社,1992,第366页。
② 法式善等:《清秘述闻三种》(中),中华书局,1982,第821页。
③ 梁章钜:《枢垣记略》,中华书局,1984,第40页。
④ 瞿中溶:《瞿木夫先生自订年谱》,北京图书馆藏珍本年谱丛刊本,北京图书馆出版社,1999,第131册,第250页。

印考》《钱志补》《钱志续》。瞿中溶与陈钟麟交往应始于陈氏入钱大昕门墙之后。

◎嘉庆十六年辛未(1811)　49 岁

本年入直军机处,应是陈钟麟官运转机之年;此前,其一直在户部近 10 年。

《枢垣记略》卷十八:"陈钟麟　字厚甫,江苏元和人。嘉庆己未进士。十六年二月由户部主事入直,官至杭嘉湖道。"①

《吏部为陈钟麟接署章京一缺事》:"嘉庆十六年二月二十五日,内阁抄出军机章京光禄寺少卿卢荫溥现在奉旨出差,所有军机章京一缺应将现经服满以次应补之户部候补员外郎陈钟麟接署。"②

◎嘉庆十七年壬申(1812)　50 岁

已任户部贵州司员外郎,年末又升任礼部主客司郎中。

"郎中:陈钟麟,江苏苏州府元和县进士,年五十一岁,现任户部贵州司员外郎,论俸推升。嘉庆十七年十二月分签升礼部主客司郎中缺。"③

◎嘉庆十八年癸酉(1813)　51 岁

是年考选为浙江道监察御史,"陈钟麟,字肇嘉,号厚甫。江苏元和县人,嘉庆己未进士。由礼部郎中考选浙江道御史,升任浙江杭嘉湖道。"④

◎嘉庆十九年甲戌(1814)　52 岁

作为监察御史的陈钟麟本年上了多道奏折,其中军机处存 3 道,《仁宗实录》存 1 道。期间陈钟麟转为掌广西道监察御史。

03-1702-077《浙江道监察御史陈钟麟奏请敕部循例将新疆等处遣犯一体查办分别减释事》,嘉庆十九年闰二月二十四日。

03-2500-031《掌广西道监察御史陈钟麟奏为江苏省米贵请通商粜籴等事》,嘉庆十九年九月十六日。

03-2500-032《掌广西道监察御史陈钟麟奏为良民因宜抚恤莠民亦须弹压

---

① 梁章钜:《枢垣记略》,中华书局,1984,第 216 页。
② 引自台北"中研院"历史语言研究所藏内阁档案。
③ 中国第一历史档案馆:《清代官员履历档案全编》,华东师范大学出版社,1997,第 24 册,第 743 页。
④ 《国朝御史题名》光绪刻本,第 90 页。

事》,嘉庆十九年九月十六日。①

《仁宗实录》(嘉庆十九年五月乙卯):谕内阁,御史陈钟麟奏《重循吏以敦化理》一折。

◎嘉庆二十年乙亥(1815)　53岁

荆石山民《红楼梦散套》由蟾波阁出版,全书收套数十六,每套附图二幅或一对页。仲云涧《红楼梦传奇》、荆石山民《红楼梦散套》与陈钟麟《红楼梦传奇》是清代红楼戏中影响最大的三部。

吴镐,清戏曲作家,号荆石山民,江苏太仓人。嘉庆前后在世,曾为监生。

◎嘉庆二十二年丁丑(1817)　55岁

是年,陈钟麟在巡视南城掌京畿道任上以京察一等记名用为陕西延安知府,这也是陈钟麟在京为官近二十年之后第一次出任地方官。

程晋芳子从京师到西安过延安,请陈钟麟为其父《勉行堂文集》写序(见嘉庆二十五年刊刻本)。

又本年宜川知县赵秀峰修建城墙,陈钟麟有《重修县城记》勒石,事在《宜川县志》中。

◎嘉庆二十三年戊寅(1818)　56岁

陈钟麟为赵秀峰开渠修河事和诗一首。

"戊寅秋奉调入帘,府君时议开渠,教民种稻。乃言于卢中丞,量移外帘,期速归兴役,阅月渠成。府君喜赋诗,厚甫先生和韵,有'太平耕凿惠无穷,郑白渠成不计功。赋就西京垂荫句,从今塞下报年丰。'之句。"②

◎嘉庆二十四年己卯(1819)　57岁

石韫玉创作《红楼梦》十出,有嘉庆二十四年己卯(1819)石氏花韵庵家刊本。

石韫玉(1756—1837),文学家、藏书家。字执如,号琢堂,晚称独学老人。江苏吴县人,乾隆五十五年进士。晚年归隐,与黄丕烈等创办"问梅诗社"。陈钟麟

---

① 见中国第一历史档案馆《清代军机处嘉庆朝录副奏折档案》目录(第13辑)。
② 杨世钰,赵寅松主编:《大理丛书·族谱篇(卷4)》,云南民族出版社,2009,第1942页。

与这位同乡交游颇多,晚年亦加入问梅诗社活动。

◎嘉庆二十五年庚辰(1820)　58岁

陈钟麟《嘉庆定边县志序》:"嘉庆二十五年岁次庚辰春二月,赐进士出身、诰授朝议大夫陕西延安府知府前礼部主客司郎中、军机章京、掌京畿道监察御史、翰林院庶吉士元和陈钟麟序。"①

◎道光元年辛巳(1821)　59岁

是年,陈钟麟萌生退意,吴县吴慈鹤作《闻厚甫太守丐疾却寄二首》记其近况,谓可归老娄江。

《闻厚甫太守丐疾却寄二首》其一:"忙里抽闲得几人,羡君勇决世无伦。猛抛沧海二千石,肯恋魏风三百囷。长孺寡言长谢病,彦升封蜜正宜贫。娄江自有藏春坞,归种黄精老圃新。"其二:"三年清净盖公堂,久已齐民雀鼠忘。遗爱春郊截鞭镫,归程秋水送艅艎。云经作雨收逾妙,琴到无弦淡更长。我亦久耽松菊趣,他年龛画两柴桑。"②

吴慈鹤(1778—1826),字韵皋,号巢松,江苏吴县人。嘉庆十四年进士,改翰林院庶吉士。散馆,授编修。充云南乡试副考官,督学河南、山东。性好游览,使车所至,山水为缘,而发之于诗。官至翰林院侍讲。

是年陈钟麟长子陈泰来由光禄寺署正升任云南曲靖府同知。"臣陈泰来,江苏苏州府元和县监生,年三十四岁。现任光禄寺署正。嘉庆二十三年十一月奉记名外用。道光元年十二月分签升云南曲靖府同知缺。敬缮履历恭。"③

陈钟麟有一弟陈钟岳因陈泰来授封为奉直大夫。《吴门表隐·杂记》:"光禄寺署正陈泰来封叔父陈钟岳为奉直大夫。"④

◎道光二年壬午(1822)　60岁

是年二月,陈钟麟由延安知府调任浙江杭嘉湖兵备道,自此以后除了期间偶有外出,便常住在杭州。

---

① 黄沛修《嘉庆定边县志》,嘉庆二十五年刻本。
② 《清代诗文集汇编》,上海古籍出版社,2010,第524册,第176页。
③ 中国第一历史档案馆:《清代官员履历档案全编》,华东师范大学出版社,1997,第29册,第416页。
④ 顾震涛:《吴门表隐》,江苏古籍出版社,1999,第354页。

曾在杭州吴荣光寓所观看赵季由所藏《宋吴居父书碎锦帖》。

"道光壬午十一月,以宋拓英光堂米老题巨然海野诗对观,颇悟大令、长史源流消息。南海吴荣光识。同日观者,元和陈钟麟、顺德张青选、侯官林则徐。携此卷来者,阳湖赵学辙也。"①

吴荣光(1773—1843),字伯荣,又字殿垣,号荷屋、可庵,别署为拜经老人,晚年又别号石云山人,广东南海人。嘉庆己未进士,历任编修、擢御史及巡抚天津漕务(河运)。道光年间官至湖南巡抚兼署湖广总督,后因事被降职为福建布政使。吴荣光与陈钟麟既是同年,又是亲家。

本年林则徐为浙江盐运使,与陈钟麟多有交往,《林则徐日记》中即记有三次:

"(道光二年六月)十六日,陈厚甫(杭嘉湖道)往海塘,遣人送之。"

"(七月)二十日壬辰,晴。早晨诣院署禀谒,顺途拜客。陈厚甫送时文稿,阅至夜三鼓。"

"(八月)十八日己未,晴。早晨成方伯、蔡都转俱进贡院禀谒中丞,即同在陈厚甫观察处早饭(厚甫在闽提调),下午清江有捷足来,接本月十一日信。"②

是年陈钟麟流行最广的时文选本《听雨轩今集》由广州芸香堂刊印。

是年,叶绍本招同游栖霞,有诗纪其事。《招陈厚甫前辈钟麟保眠琴省郎受积堂潘顼卿同游栖霞和眠琴见赠韵》:"洞壑回环曲磴通,新秋景物似春融。云山合沓凭栏际,楼阁参差淹画中。岩气扑人衣袂冷,林阴入户酒杯空。风泉沙屿传佳咏,独有元长句最工。"③

◎道光三年癸未(1823)　　61岁

道光三年林则徐调任江苏按察使,陈钟麟曾署理浙江盐运使一年。"浙江盐运使,陈钟麟,江苏元和人,道光三年署任。"④

是年陈钟麟一女嫁吴荣光二子吴尚志为继室,时吴荣光署任浙江布政使。

"道光三年癸未:是年资政公纳侧室伍太孺人;为子尚志续娶陈氏(元和厚甫观察同年讳钟麟之女)。尚志先受业于厚甫观察之门,至是留居甥馆读书,十

---

① 吴荣光:《辛丑消夏记》卷二,光绪乙巳刊本,第26页。
② 上述三条信息见中山大学历史系中国近代现代教研组、研究室编《林则徐集·日记》,中华书局,1962,第99页、102页、105页。
③ 叶绍本《白鹤山房诗钞》卷十八,道光七年桂林使廨刻增修本。
④ 《杭州府志》卷十八,民国十一年本。

二月,余北行入觐。"

吴尚志夫妇在杭州陈钟麟家一直住至道光七年。

"道光六年,补授福建布政使。赴闽,路出杭州,子尚志及妇陈氏居甥馆读书。十月抵闽藩任。""孙女庆官生,尚志妇陈氏出,后许字萧山汤学治(敦甫协揆同年名金钊之孙郎中名宽之子)""道光七年,是年伍夫人携尚忠由粤到闽,尚志由浙到闽,先后随任。"①

◎道光四年甲申(1824)　62岁

是年陈钟麟在杭嘉湖道任上。

《宣宗实录》:"(道光四年)九月癸巳,禁浒墅关南北商船偷漏出海。丙申,贺长龄为江苏按察使。戊申,命苏松太道龚丽正、杭嘉湖道陈钟麟、留苏降调道员沈惇彝等勘估江、浙水利应修各工。"

◎道光五年乙酉(1825)　63岁

是年陈钟麟因浙江粮道水手滋事被牵连而连降三级,陈也因此致仕。

《宣宗实录》:(道光五年八月间)谕内阁程含章奏查明粮艘水手滋事情形据实参奏一折:"杭嘉湖道陈钟麟,不即驰往督办,迟至十余日始行前往,亦属不知事体轻重。李宗传、陈钟麟俱着交部议处。署巡抚黄鸣杰并不亲往督办,已属软弱无能,又复有心讳饰,含混入奏,实属辜恩溺职,黄鸣杰着交部严加议处。寻议上,得旨:黄鸣杰着即革职,罗尹孚、庆康俱著革职,李宗传、陈钟麟俱着降三级调用。"

致仕后的陈钟麟居住在杭州仓基,其子陈泰来后也侨居于此。高鹏年《湖墅小志》:"道光间,元和陈厚甫先生钟麟以杭嘉湖道致政,为敷文书院掌教,侨寓仓基。其子茹香太守泰来亦设公馆于此,与余外家金氏仅一墙之隔,时见车马盈门,填街塞巷。而钱秋岘太守家亦世居于此。未几,金子梅舅氏亦由科甲而当京官,时人以仓基为富贵街云。今相隔三四十年,兵燹一遭,半成焦土,岂地理亦有盛衰乎!"②

本年中秋前陈钟麟为孙二农的怡园作《游怡园记》,"乙酉中秋前人日,记并

---

① 以上几条信息见吴荣光撰,吴尚忠、吴尚志补编《荷屋府君年谱》,北京图书馆藏珍本年谱丛刊第134册,北京图书馆出版社,1999,第334页、341页、342页、343页。
② 孙忠焕主编:《杭州运河文献集成》(1),杭州出版社,2009,第444页。

书。"文收在《武林坊巷志》,系从《厚甫文集》中辑出。①

◎道光六年丙戌(1826) 64 岁

是年冬在扬州,未知因何事。《陈钟麟诗草》中《致那绎堂师书》云:"受业前冬在扬州阅逆回一事,私作《新疆议》一篇,因身已退,坚守庶人不干议之戒,从不放出示人。"②

"元和陈钟麟客扬州,与谢堃在桃花庵会,《兰言二集》六。"③

◎道光七年丁亥(1827) 65 岁

是年夏陈钟麟至广州,受阮元邀请拟出任粤秀书院掌教。

《陈钟麟诗草》中《子抑表弟六十寿》第二首诗末自注云:"余自己未入都后,官途南北,暌隔三十余年。丁亥夏,檏被游粤,握手会面,各道生平。"

是年除夕陈钟麟与甲寅同年广东巡抚成果亭一起度过,并诗纪其事。

"丁亥除夕,果亭中丞用六色子以当镜,卜余得五三二,拍案叫回,三月初二春属必来矣。预为此诗,以志验否,亦中丞所嘱也。粤左江南各一天,年华如水梦如烟。春光最好惟三月,预卜佳音上巳前。"(见《陈钟麟诗草》)

中秋后四日应朋友之邀同游海珠寺,有《中秋后四日,李芎甫观察、芸甫水部招同庆蕉园宫保、陈厚甫观察、潘伯临比部、陈理斋少尹集海珠寺》(张维屏《听松庐诗钞》卷十四)诗。

是年十月,陈钟麟与伍竹楼等友人两游云泉山馆,并题楹帖,后醉卧于小楼。(见《陈钟麟诗草》)

是年陈钟麟外孙袁兰升出生,陈钟麟有一女嫁渡桥袁氏袁学潮。

袁兰升(约 1827—1878),字青士,号铜井山人,学澜侄辈。外祖父陈厚甫、表兄陈馨山均为翰林。兰升为元和县诸生,气节高昂,广交天下文人雅士。④

是年,叶绍本有词送陈钟麟到广东。《金缕曲·送陈厚甫前辈赴粤东讲席,用己巳岁和同人韵》:"劝尽瑶卮酒。看江山、有情如此,公能留否? 一代才人陈无己,早识名高北斗。问故里、桥三百九。鸿雪前游同指点,谒崇祠、曾拜姑苏守

---

① 丁丙:《武林坊巷志》,浙江人民出版社,1987,第 4 册,第 401—403 页。
② 见《陈钟麟诗草》手稿本,苏州市图书馆古籍部藏,后文出处不再注。
③ 张慧剑:《明清江苏文人年表》,上海古籍出版社,1986,第 1417 页。
④ 张学群等编:《苏州名门望族》,广陵书社,2006,第 457 页。

（余与先生同肄业紫阳，讲舍与韦公祠相近）。卅载事，猛回首。　声华不胫天涯走。剧喜是、殊方把袂，蛮乡携手，桂岭环城岚烟翠，合让诗仙领受。只惆怅、相思江口，十幅蒲帆东去速，赋骊歌、拙调惭粗丑。伫尺素，书堂庑（先生将主讲粤东）。"①

◎**道光八年戊子（1828）　66岁**

是年春天陈钟麟开始接掌粤秀书院，秋季乡试粤秀书院中式者十八人，陈因此以善于识人著称。曾将书院优秀者番禺杨荣绪、顺德卢同伯、南海桂文耀、番禺陈澧四人目为"四俊"，并书写一联将卢、桂两人名字隐于其中："卢橘夏熟，桂树冬荣。""语为楹帖，悬所居室，未几果并捷南宫，闻者服其鉴识不谬。"②

是年夏天，陈钟麟到桂林旅行，一路行来，题咏不绝，其《阳朔永郎记》保存在当地方志中，为后来很多散文选本收录。

其《致英煦斋相国书》："受业上年因芸台师有粤中之约，今春到粤，留掌粤秀书院，夏间又作粤西之行，山水之佳，此为绝胜。每到一处，为题咏。"（见《陈钟麟诗草》）

本年，其原著时文集《就正草》以《陈厚甫先生全稿》之名重刊，只是封面多了"粤秀书院掌教陈厚甫先生"几字，仍由听雨轩刊印。苏州大学图书馆有藏本。

四月二十六日，送书给越华书院山长谢兰生。"陈厚甫前辈送至时文稿"（谢兰生《常惺惺斋日记》），其后二人多有交往。

陈钟麟初到广州粤秀书院任上，既有两广总督李鸿宾、广东巡抚成果亭、广州将军庆宝、广东学政翁心存等一班老朋友，也有新结识的当地学界名人如张维屏、吴兰修、叶梦龙、谢兰生等，生活过得相当惬意，其《致苏芸耕中丞书》云："麟自逗留东省半载，于兹上游深相器重，诸生濯磨，上下之间，颇为相得。抑且赋诗饮酒，赏雨看花，朝夕招邀，琴樽多兴，老年得此，良足自娱。"（见《陈钟麟诗草》）

又，陈钟麟《红楼梦传奇》剧本完成于此年前，其《致英煦斋相国书》云："再，近年来初填词并度曲本，系属初学（四字涂去）。另有手卷一个，尚未写完。"笔者判断陈钟麟创作《红楼梦传奇》当于其在杭嘉湖道任上晚期，因系初学，所以仍在细致的推敲之中。

又，本年为南海人伍东坪观察及其子梅村孝廉作题画诗多首，其中有被其孙

---

① 叶绍本《白鹤山房词钞》卷二《花影斋倚声集》，道光七年增修本。
② 梁廷楠：《粤秀书院志》，见《中国历代书院志》第3册，江苏教育出版社，1995，第245—246页。

伍竹楼观察收入《梅关步武图咏》的七律作品二首。

本年《陈钟麟诗草》中有《送果亭中丞同年北行并贺六十寿》三首,成果亭调离广东巡抚,接替他出任广东巡抚的卢坤是陈钟麟己未科的同年。

是年腊月朔日,陈厚甫邀请吴兰修、何惕庵等人到学海堂观梅花,其弟子陈澧写诗《腊月朔日厚甫师招同吴石华、何惕庵两学博杨黼香张玉堂学海堂探梅因与玉堂登镇海楼》记之。①

◎道光九年己丑(1829) 67岁

道光八年六月,吴荣光丁父忧返乡,十一年除服,期间与陈钟麟多有往返。

吴荣光《辛丑销夏记》卷三《元赵文敏轩辕问道图》:"道光九年正月,吴门陈钟麟,南海谢兰生、观生,同观于叶氏之风满楼,兰生题字。"②

又,本年吴荣光为张维屏书写的扇面也提到他们一起参加了番禺庄有恭的重葬仪式:"庄滋圃节相之殡,权厝祖茔旁六十余年。余偕张南山司马、陈厚甫观察、陈莲史太守、谢里甫庶常、张云巢直指、潘伯临比部,卜地告助,同人会葬有日,其曾孙廷启以墓表请。用杜《九日蓝田》韵赋诗:众峰罗拜百城宽,定卜归魂一笑欢。五纪露霜新宅兆,三朝文武旧衣冠。丰碑自愧韩文重,贵胄谁怜潘国寒。只解直书羊杜事,他年应有泪痕看。"③

庄有恭重葬一事,《陈钟麟诗草》中还录有其替广州将军庆宝所写《题庄滋圃协揆遗照》七言歌行一首。

《陈钟麟诗草》中《致那绎堂师书》写于本年正月初六日。

本年重阳节前,陈钟麟回到苏州老家,并为敬山堂落成撰写对联一副:畅矣兰亭寄其天趣,快哉竹茂揽此盛观。其自注云:"己丑重九前一日,吾乡敬山堂落成,招余小饮,再集兰亭字以赠。"

五月十四日,送谢兰生礼品,"陈厚甫前辈送凤鸭四只"(谢兰生《常惺惺斋日记》)。

◎道光十年庚寅(1830) 68岁

是年粤秀书院监院吴兰修撰《陈厚甫先生小影》,勒石存于书院。

---

① 陈澧:《陈澧集》(第1册),上海古籍出版社,2008,第545页。
② 吴荣光:《辛丑销夏记》卷三,光绪乙巳刊本,第24页。
③ 番禺市地方志编纂委员会:《民国番禺县续志》,广东人民出版社,2000,第764页。

"道光戊子，陈厚甫先生来主粤秀书院，岭海之士翕然宗之。是年举乡荐者，十有八人；明年捷南宫入词馆者一人，皆先生识拔士也。先生精于制艺，有《听雨轩集》，世所称二十名家者。今年六十有八。每有程作，风采英英，精力弥满，所谓寿者相矣。适陈子云为先生写照，长眉修髯，如见断断然指画经义时也。及门桂星垣庶常文耀以端石刻之，留于讲舍。先生名钟麟，元和人，嘉庆己未进士，官浙江杭嘉湖兵备道。庚寅十月，监院吴兰修记并书。"①

是年，陈钟麟《就正斋帖体诗》四卷由苏州文渊堂刊刻，宋清寿笺注。辽宁省图书馆藏。

◎道光十一年辛卯(1831)　69岁

是年，陈钟麟长子陈泰来第一次调署严州知府，后曾四任严州知府，前后凡二十余年。

是年春，张维屏为陈钟麟绘画题长诗《〈溪山访梦图〉，为陈厚甫观察钟麟题》。诗的结尾两句"请将新制红楼曲，谱入霓裳风水声"。自注云："先生近撰《红楼梦传奇》。"②

是年底，陈钟麟辞去粤秀书院掌教一职，具体原因可能与他的八股文教学在本年的秋闱成绩不理想有关。梁章钜《制艺丛话》记载了此事："陈厚甫掌广东书院，以'所以动心忍性，曾益其所不能'命题，诸生文有平列三扇者，必遭呵斥，悬为厉禁。值乡试闱题即此，凡书院肄业生笃信师说者，无不改头换面，相戒不作三扇，榜发无一隽。及阅闱墨，则无非三扇平列者，惟解元文以动忍与增益平对，后比云：'动忍以崇其德，增益以富其才。'稍合厚甫之说而已。闻厚甫因此气沮者旬余日，至欲辞馆他适云。"③

◎道光十二年壬辰(1832)　70岁

陈钟麟于道光十二年正月归杭州寓所(陈澧自记)："十二年壬辰正月，厚甫先生归杭州。"陈澧在道光十二年中举后，先后数次参加会试，其中道光十三年、十五年、二十一年皆经过杭州，登门拜见陈钟麟。④

---

① 冼剑民,陈鸿钧编：《广州碑刻集》，广东高等教育出版社，2006，第964—965页。
② 张维屏：《张南山全集》(第1册)，广东高等教育出版社，1995，第457页。
③ 梁章钜：《制艺丛话·试律丛话》，上海书店出版社，2001，第215页。
④ 见汪宗衍《陈东塾先生年谱》，《岭南学报》1935年第1期。

陈钟麟第三子陈泰华一直跟随父亲,是年开始出任浙江黄湾场大使。《海宁州志稿》卷二十四《职官志下》:"道光十二年,陈泰华,元和人,监生署。"①

◎道光十三年癸巳(1833)　71岁

翁心存在广东学政任上即与陈钟麟相识,是年过安徽潜山,遇见陈钟麟二子陈泰登,时泰登署潜山知县。

道光十三年:"十四日(3月5日)此三十五里甚大,抵四十余里。店甚湫隘,不可容车,而饮馔甚精腆。署县令试用知县陈泰登,厚甫先生之第二少君也。问其家人,云厚甫先生今年亦要来。"②

本年八月十五日,陈钟麟孙子陈本枝生。陈本枝,父泰华,咸丰五年顺天副榜,同治乙丑年(1865)进士,晚清书画家。

是年陈泰华转任永嘉场大使,并于十六年、十九年两次回任。③

◎道光十四年甲午(1834)　72岁

三子陈泰华仍任永嘉场大使。《永嘉县志》有张振夔传:"所居滨海,多潮患,振夔谋于场使陈泰华,督民筑软塘,南起天马,北抵黄石,绵亘二十里;复于内河要冲建闸,以时启闭,民赖之。"④

是年顾震涛编纂之《吴门表隐》二十卷由小辟疆园梓板。

陈钟麟与顾震涛有姻亲关系,在《吴门表隐》中顾震涛称陈钟麟为"表伯"。陈钟麟曾为顾震涛《吴门表隐》写有一首律诗:"忘年谊笃范张亲(君之曾大母,余祖姑母也),卅载重逢合有因。移棹朗吟湖上月(君甫冠已有文望,是时在韩旭亭、张芝冈、姜度香、周东田、郭晓泉、潘榕皋诸公斋中,得时相见。兹因令兄竹虚别驾官浙中,重晤苏堤,须发亦斑白矣),听钟忽悟眼前春。佐扬苦节三千口(君同诸公采访苦节妇女,汇请旌典),勤访名贤五百人(先中丞、文庄、白阳三公均在列)。羡子集成表隐重,树功桑梓笔扶轮。"⑤

顾震涛(1790—1834),又名瀚,字默庵、景澜,号小野、非之、墨安,长洲(今苏州市)人。一生怀才不遇,遭遇坎坷,自称"长洲茕独民"。幼专谱学,尤好吟咏,

---

① 许傅霈,朱锡恩等:《海宁州志稿》,台北成文出版社,1983,第2640页。
② 翁心存著,张剑整理:《翁心存日记》(第1册),中华书局,2011,第93页。
③ 见《永嘉县志》卷五,光绪八年刻本,台北成文出版社,第538页、539页。
④ 永嘉县地方志编纂委员整理:《光绪永嘉县志》(中),中华书局,2011,第735页。
⑤ 顾震涛:《吴门表隐》,江苏古籍出版社,1999,第62页。

吴中山林古迹,题咏殆遍。终年著述,无间寒暑。

◎道光十五年乙未(1835)　73岁

是年林则徐于江苏巡抚任上,在苏州再次遇见陈钟麟。陈钟麟回杭州不久即加入了石韫玉等在苏州组织的问梅诗社,林则徐也经常与诗社成员唱和。林则徐日记记载:"(道光十五年十月):初九日,甲子。昨夕转西风,今日大晴,可卜一冬和暖。赴石竹堂家答拜陈厚甫,即回。午后延画士胡芑香在上房写照,常州医家吴仲山晚饭后回舟去。""十二日,丁卯。晴。早晨西北风大,赴阊门一带拜客,即回。延陈厚甫、石琢堂、吴棣华来署早饭。未刻舟儿由闽到署,系九月二十六日自闽起身,由陆路来。"①

是年陈钟麟《红楼梦传奇》由广州汗青斋刊刻出版,封面题字汪驼卿。翁心存日记记载了陈钟麟本年刻书情况:"廿三日(11月13日)晴。清晨,中丞以下诸公来话别。未刻起程,出武林,答陈厚甫前辈,观其手书《文选》及新刊近作、杜诗、试帖。遂至马头,退旃总宪、敬端中丞以下各官皆来送,登舟后复来话别。诸生送者约廿人(厚甫先生以所刊制义、传奇相赠,并来话别),遂解维泊谢村。"②

杨恩寿评陈钟麟所作《红楼梦传奇》:"所见者仅陈厚甫先生所著院本耳。先生工制艺试帖,为十名家之一。度曲乃其余事,尽多蕴藉风流、悱恻缠绵之作,惜排场未尽善也。原书断而不断、连而不连,起伏照应,自具草蛇灰线之妙。先生强为牵连,每出正文后另插宾白,引起下出;下出开场又用宾白,遥应上出,始及正文。颇似时文家作割截题,用意钩联,究非正轨。"③

是年陈钟麟三子陈泰华始任龙泉知县。二子泰登任南陵县知县,至十七年结束。

◎道光十七年丁酉(1837)　74岁

陈钟麟至少于本年开始出任杭州敷文书院掌教。

《瞿木夫自订年谱》道光十七年:"九月,携叶纫之赴杭,寓居觉苑寺僧房,访家颍山,纵观其所藏鼎彝各器及古镜汉印瓦当诸物。又访陈厚甫钟麟、龚闇斋丽

---

① 中山大学历史系中国近代现代教研组、研究室编:《林则徐集·日记》,中华书局,1962,第205页、206页。
② 翁心存著,张剑整理:《翁心存日记》(第1册),中华书局,2011,第175页。
③ 杨恩寿撰,王婧之校点:《杨恩寿集》,岳麓书社,2010,第340页。

正,二观察时皆掌教书院,余在京时旧交也。"①

陈钟麟与龚丽正同朝为官多年,二人熟悉并多有交往,惜二人诗文集于今皆不存。

此年,陈钟麟《红楼梦传奇》有两出被选入曲谱传唱。一粟《红楼梦书录》中收有《红楼梦曲谱》一书,据这个带有曲谱的道光十七年之前的手抄本,其中的《圆诨》《闱试》两出折子戏即是出自陈钟麟的《红楼梦传奇》。②

◎道光十九年己亥(1839)　76岁

陈钟麟仍在敷文书院掌教任上。

是年林云楼(大宗)辑当时浙江名人印章为《名人印集》,此集录丁钝丁敬、黄小松易、蒋山堂仁、奚铁生冈、胡长庚唐、张芑堂燕昌、陈秋堂豫钟、陈曼生鸿寿、高爽泉垲、江石如介、屠琴坞倬、汪静渊潭、孙古云均、徐问渠楘、赵次闲之琛、汪驺卿之虞,共16人,故又名《十六家名人印谱》。其中的"汪驺卿之虞"即是为陈钟麟《红楼梦传奇》封面题字之人。林云楼请朱文翰和陈钟麟各写一序。陈序约220字,结尾署"道光己亥二月花朝,元和陈钟麟题于听雨轩"。③

◎道光二十年庚子(1840)　77岁

道光二十年:陈厚甫主讲杭州敷文书院。(《道光庚子恩科浙江乡试同年齿录》第9册)

是年陈钟麟长子陈泰来在严州知府任上,《遂安县志》载:"英人扰浙,知府陈茹香募修城垣,以资防御。"④

◎道光二十一年辛丑(1841)　78岁

是年陈钟麟自编诗文集《自在轩吟稿》。

元和陈钟麟一八四一年自定《自在轩吟稿》,此年年七十八,《自在轩吟稿手稿题语》。⑤

---

① 瞿中溶《瞿木夫先生自订年谱》,北京图书馆藏珍本年谱丛刊本,北京图书馆出版社,1999,第131册,第361页。
② 参见一粟编:《红楼梦书录》,上海古典文学出版社,1958,第323页。
③ 此处资料引自专业网站"真微印网"之"十六家名人印谱"刻本。
④ 姚桓等纂:《遂安县志》,台北成文出版社,1975,第485页。
⑤ 转引自张慧剑《明清江苏文人年表》,上海古籍出版社,1986,第1472页。

正月，为《移建参议丁公祠堂碑记》题额，落款为："赐进士出身诰授中宪大夫浙江杭嘉湖兵备道前翰林院编修乡后学陈钟麟篆额。道光二十一年岁次辛丑春王正月上石。"①

其门生陈澧道光二十一年会试过杭州拜谒陈钟麟，二人同游西湖，时为正月。"闻广东有夷寇，先生曰：'此事今人不能办，今人但能办有旧案之事，此事无旧案也。当知诸史即旧案，为官不可不读史。'"②

◎道光二十三年癸卯(1843)　　81岁

陈钟麟约于本年去世。

主要依据《光绪严州府志》卷十一陈钟麟长子陈泰来小传："陈泰来，字茹香，江苏元和县人，道光十一年署，十六年补授，十七年任，二十年护理金衢严道，二十五年调署宁波府，二十六年回任。三十年调署温州府，咸丰元年回任，寻又调省，四年回任。"③

从陈泰来任职履历可以看出，道光二十五年之后几乎没有中断，且地方志中均可查，而之前恰有几年时间空缺。我们认为陈泰来当是在二十三年金衢严道上丁忧的，三年之后补授署理宁波知府。

（原载《广州大典研究》2020年第1辑）

---

① 王国平，唐力行主编：《明清以来苏州社会史碑刻集》，苏州大学出版社，1998，第502页。
② 刘善良：《陈澧俞樾王闿运孙诒让诗文选译》，巴蜀书社，1997，第21页。
③ 《光绪严州府志》，台北成文出版社，1970，第224页。

后　　记

　　历史上最近的几个庚子于中国多是苦难的记忆,而今年的庚子更加注定了它的不同寻常。因为此次"新冠"疫情所带来的伤害,更是世界的百年一遇,即使时间如今已过太半,这世界还仍看不到灾难的尽头。

　　在抗击疫情的日子里,每天关注着新闻里报道疫情的消息,书是很难读得下去;但人于百无聊赖中总要寻些事情做,这样也不至于太无聊,于是整理旧稿、编辑成书就成了本书的缘起。虽然这是一件本不拟为之事,毕竟这些旧稿过去均曾公开发表,零散且不成系统。然而,借这个机会为自己曾经用心做过的一些旧事做个总结,也未尝不是事情的另外一种意义。

　　我之与《红楼梦》结缘始于硕士研究生期间,但真正的研究却是毕业之后。大概1998年的秋季学期,那时我在为学生开设"红楼梦研究"的选修课,课堂上自然不能单讲前人或者别人的研究成果,总要有自己的一得之见吧,于是学期结束后的寒假就捣鼓了一篇小文投给了《红楼梦学刊》,不曾想于1999年的第4辑刊登了出来。此后的10多年间,红学研究一直都是我学术的重要课题。不论是开课的需要还是为了评职称,也包括读博期间学校规定的科研任务,都敦促着我不得不前行。当然,这其中更有《红楼梦》小说本身的艺术魅力在,每次授课,与学生一起分享阅读经典的感受,也是莫大的人生乐趣。而加入组织、结识更多好玩的红学界朋友,无疑则是另外一种人生情趣所在。我是2005年成为中国《红楼梦》学会会员,2010年当选为理事,2012年秋至2013年春,又特别至中国艺术研究院《红楼梦》研究所访学交流一年。这段时间,亦可称为我人生最惬意的阶段,几乎参加了"红学会"组织的所有国际和国内学术会议,认识了大半"红学"圈中人。尤其北京访学的一年间,在所长孙玉明先生等人的照拂下,度过了人生中最高光和快乐的时节,多彩生活与《红楼梦》中的华丽乐章差可比拟。然而令我自己都感到讶异的是,访学归来后暑期所写的论文竟是我最后一篇"红学"论文

（发表在《红楼梦学刊》2014年第2期），此后，我的学术兴趣便转移到岭南与岭东的区域文化研究方面，虽然此时手里仍存有不少"红学"研究材料和拟定好的写作计划，但再也不曾写过一篇"红学"论文！15年间，我的"红学梦"仿佛一个轮回，始于一个偶然机遇，又在极繁盛处戛然而止，不正照应了《红楼梦》中"繁华已逝，盛宴难再"的谶语？而这也颇与自己半生的境遇相仿佛，真真是时耶、命耶！？

自认为是一个比较散漫之人，既受不了拘束，也不愿吃苦，所以研究生毕业后即选择南下，定居于一座有山有水的小城。学术研究从来是凭兴趣出发，不做计划，即使博士论文亦复如此，无外乎混个文凭。15年不经意间，在"红学"的道路上走了颇长一段路，如今检索旧文，先后积累也有30余篇，本次结集仅选择其中的20余篇以资纪念，知我罪我，皆在其中矣。书稿编撰以发表时间先后为序，文章内容亦十分驳杂，要之不出"三文"——"文学""文献""文化"的研究思路；大略早期偏向"文学"的理路，中间以"文化"研究为主，晚近则更注重于"文献"的方法。文章写作过程中，其中不乏与朋友和学生合作的成果，留下了珍贵的回忆，他们分别是魏启君博士、苏紫燕和陈家欢同学等，在此一并表示谢忱！文章仅是按照统一体例进行了编辑，修改了某些明显错误，内容方面则一仍如旧，非敝帚自珍，实为保存旧貌，照见自己一路行来的蹒跚足迹，以为镜鉴。

书稿初拟名《"红楼"梦一回》，我很喜欢，不仅寓意自己曾在"红楼"的世界里走过一遭，年来更是看到了不少朋友的起起伏伏，况且自己这半百人生也算是"翻过跟头"之人，此时再读旧文，联想《红楼》，总有一切人和事无不在"红楼"之慨。然上海大学出版社的朋友副总编辑邹西礼先生告诉我这个名字可能存在定位不明晰，会导致图书分类不清、读者容易混淆等问题，于是只得忍痛割爱，遂改为最大众的书名曰《红楼散论》。又得中国艺术研究院美研所孔德平博士亲笔题写书签，为本书增色不少。复有谭凤嬛女史同意使用其《红楼梦》工笔人物画数帧以做插页，更为本书增辉添彩，一并致谢！

书稿编辑完成，走完所有出版流程，又耗费不少时日，尚缺一书序。本来一好友十分合适，奈何他誓言自己著作从不求序，自己亦从不与人做序，征求再三而不可得，乃付之阙如。后记写作之日，适知天命寿诞之时，三五朋友知己，胡吃海喝一顿，又胡诌了几句所谓的齐言诗，置之书后，见笑大方！

诗曰：

五 十 自 寿

半百人生莫问天，到头还似酒中仙。

从来处说庄周梦，宜教人观山海篇。
秋水盈盈云共乐，初衣振振影相连。
而今车马浑无事，四望惟知风物妍。

附：

和令彬兄五十自寿韵
殷学国教授
师法宗风君自传，中年演易欲知天。
南华昼梦迷形变，山海经疏坐酒船。
秋水盈盈春待渡，斜阳冉冉月浮川。
而今车马爱丘壑，海岳林泉随处眠。

和孔师兄五十自寿诗
徐君辉教授
胸中丘壑早知天，阅世悠然是谪仙。
山水有情还踏遍，文章胜锦自吟篇。
荷衣赋罢丰姿好，蕢序行来气度闲。
更喜韩江能放眼，四时风物四时妍。

庚子年八月廿四日于凤城